jürgen-peter brünn

DAS ERBE DER GEWALT

Roman

Originalausgabe

Für
Angelina und Michael

Umwelthinweis:
Dieses Buch wurde auf
chlor- und säurefreiem Papier gedruckt.

1. Auflage

Herstellung: Libri Books on Demand

ISBN 3-89811-225-X

Der Schuss erschlug die Stille meines Arbeitszimmers.

Ein stechender Schmerz durchfuhr mein rechtes Ohr. Der peitschenden Explosion folgte ein in Watte begrabenes Klingeln und der Schmerz wich einer dumpfen Benommenheit.

Entsetzt, den Mund und die Augen weit aufgerissen, das rechte Augenlid unkontrolliert zuckend, starrte ich auf das Loch im Parkettfußboden, in den sich die Kugel gebohrt hatte. Fassungslos verfolgte ich die Flugbahn des Projektils zurück bis zu der Pistole in meiner zitternden Hand. Das Geschoss hatte auf seinem Weg eine Kerbe in die Schreibtischkante gerissen, den Aschenbecher zertrümmert und den Inhalt im Zimmer verstreut, und nur wenige Zentimeter vor meinem Gesicht in den Kofferdeckel meiner Reiseschreibmaschine ein kreisrundes Loch gestanzt.

Ich war mir so sicher, dass die Pistole nicht geladen war. Eben noch hatte ich sie mir an den Kopf gehalten, hatte spielerisch auf verschiedene Gegenstände gezielt und den Abzug nur zart gestreichelt.

Und nun? Verblüfft, mit einer fast medizinischen Nüchternheit, stellte ich fest, ich hätte tot sein können. Gerne hätte ich Marions Gesicht gesehen, wenn sie mich gefunden hätte, vornüber geschleudert auf meiner Schreibmaschine liegend, mit einem kreisrunden Loch in der Schläfe, aus dem langsam Blut sickerte. Ich stellte mir vor, wie sie das Zimmer betrat und mit einem quiekenden Ausruf des Erstaunens verharrte. Ihren Kopf leicht schräg haltend mit ihrem so typisch vorwurfsvollen Blick und nachdenklich mit dem Zeigefinger ihren Nasenrücken massierend. Würde sie zuerst mit ihrer Mutter telefonieren und die Frage klären, wie sich Blutflecken entfernen ließen und dann erst die Polizei informieren, oder ...?

Vielleicht wäre ich auch gar nicht tot gewesen, möglicherweise hätte mir die Kugel nur das Gehirn perforiert. Erschrocken ließ ich die Waffe auf die Schreibtischplatte fallen und schob den auf mich gerichteten Lauf mit dem Lineal von mir weg. Der Gedanke schickte mir einen eiskalten Schauer über den Rücken. Mein Gott, das wäre ja totale Abhängigkeit. Für den erbärmlichen Rest meines Lebens Marion am Griff meines Rollstuhls. Als sabberndes, total verblödetes Ungeheuer ihrer Hilfe ausgeliefert und willenlos ihrer energischen Selbstsicherheit überlassen.

Fraglos war heute der jämmerlichste Tag meines Lebens. Zwar war ich mir dessen auch schon gestern, vorgestern und in den Tagen und Wochen davor sicher, aber so gewiss wie heute war ich mir noch nie.

Den ganzen Vormittag hatte ich an meinem Schreibtisch verbracht und mich in Selbstmitleid gesuhlt.

Herrgott - muss das eine herrliche Zeit gewesen sein, als man sie an ihren Haaren in seine Höhle zerren konnte. Da war der Mann noch der Chef im Ring, der Herr im Haus und nicht der Versager aus der Mietwohnung.

Wieder einmal hatte Marion die Tür hinter sich zugeworfen und war zum Arbeiten in das Café am Markt gegangen. Wie in letzter Zeit immer häufiger, hatten wir uns gestritten.

Ich hatte ihr nur eine Albernheit aus der Zeitung vorgelesen: „Sie war zu dusselig, sich zwei gleiche Strümpfe aus dem Wäscheschrank zu fischen. Für sie musste man die Strumpfhosen erfinden“, und sie hatte es persönlich genommen.

Längst war Marions verklärte Bewunderung für mich, den jungen Schriftsteller, der Realität gewichen. „Früher“, - eines ihrer Lieblingsworte – „hast du interessante und spannende Geschichten erzählt und damit die Pausen gefüllt, wenn wir ermattet und verschwitzt von unserer stürmischen Liebe auf dem ausrangierten Krankenhausbett in meiner Studentenbude lagen, aber heute ...?“ Meist war das der Beginn langer, vorwurfsvoller Vorträge, und ich dachte mir dabei, früher hatte sie mir verliebt zugehört und mit ihren zierlichen Fingern zärtlich an meinen Brusthaaren gezupft und daraus kleine Löckchen gedreht, aber heute ...?

Wie lange war das her? Vier, fast fünf Jahre.

Es hatte nicht funktioniert. Nichts, weder die Liebe, noch die Leidenschaft oder die glanzvollen Pläne. Vorbei waren die gemeinsamen

Träume vom weißen Haus in Spanien an der levantinischen Küste.

Gleich nach unserem Kennen lernen, hatten wir Urlaub an der Costa Blanca gemacht und uns in das im Frühling so stille, fast griechisch anmutende, zwischen Berg und Meer schwebende Jávea verliebt. Ein Ort, umgeben von einer Landschaft, die aussieht, als habe sie der liebe Gott in Handarbeit gebastelt.

In der Altstadt von Jávea hatten wir ein kleines Dachzimmer gemietet mit einem wuchtigen, aus dunklem Holz geschnitzten Ehebett. Oft lagen wir hier eng umschlungen, vom schweren Riojawein und der ungestümen Lebensfreude beschwipst, lachend und kichernd wie Kinder. Und wenn wir die Köpfe hoben, konnten wir aus dem Fenster über die Dächer der Stadt sehen, auf denen die Sonnenstrahlen in Lichtblitzen tanzten. Wie aus der obersten Loge eines Amphitheaters, die halbmondförmige Bucht von Jávea zu unseren Füßen, begrenzt von den Kaps San Antonio und San Martín, wanderten unsere Blicke und Träume hinaus in die unendliche Weite des tiefblauen Mittelmeeres.

Unvergessen war für mich die Mandelblüte. Ein rosarotes Blütenmeer, getüpfelt mit weißen Orangenblüten und dazwischen, am gleichen Baum, das satte Orange der bereits reifen Früchte.

Hier hatte ich ein Stück meiner Seele gelassen. An diesem Ort träumte ich zu leben, die Füße im sommerwarmen Meer und die Schreibmaschine auf den Knien. Mehr Ideen im Kopf, als die flinken Finger auf der Tastatur verarbeiten konnten. Und heute? Vorbei die Träume vom erfolgreichen Schriftsteller, allseits angesehen, kultureller Mittelpunkt jeder gesellschaftlichen Veranstaltung.

»Michael Hellhaus, diesen Namen muss man sich merken. Hier scheint sich ein erfolgversprechendes Schriftstellertalent zu entwickeln«, stand nach meinem ersten veröffentlichten Kurzroman in der Zeitung.

Tagelang war ich mit stolz geschwellter Brust durch die Kneipen gezogen und hatte jedem meiner Bekannten den Artikel unter die Nase gehalten.

Geblieben war die Stammkneipe vorn an der Ecke bei der Busstation, und meine Gesellschaft waren die wenigen verbliebenen Freunde aus meiner Studienzeit. Ihnen erzählte ich beim Bier zum hundertsten Mal meine gleichen Geschichten. Ihre Gesichter spiegelten immer neu ihr Interesse, und ihre staunenden Augen heuchelten Begeisterung.

Freunde? - mit in unzähligen bierseligen Stunden eingefrorenen

Fassaden, hinter denen ihre eigenen Probleme kreisten und keinen Platz ließen für Phantasien und Ideale anderer.

Ich war mir sicher, diese verlogene Welt zu durchschauen und begegnete ihr mit Sarkasmus und meist verletzender Ironie. Marion hielt mich für einen mitleidlosen Kritiker meiner Umwelt, der entzauberte und analysierte und sich ein eigenes, vernichtendes Bild seiner Mitmenschen schuf. Ja, ich verabscheute meine Artgenossen, weil sie mir ein Spiegelbild meiner eigenen Schwächen vorhielten, und so hatte ich, wie Marion es formulierte, im Lauf der Jahre Fenster um Fenster meiner Seele zugemauert.

Anfangs lachte Marion viel über meine Art, fand mein Wesen intelligent und charmant. Doch mit der Zeit wurde ihr Lachen schriller und seltener, und Verbitterung und Streit füllten die früher so zärtliche Nähe.

»Schreib endlich deinen scheiß Roman oder fang wenigsten damit an, du verblödeter Schwätzer!«, hatte sie mit überschlagender Stimme geschrieen. Ich hatte ihr verbittert nachgeschaut und hörte das helle, wütende Klicken ihrer Absätze noch lange, nachdem die Wohnungstür sie verschluckt hatte.

Meine Finger lagen auf der Tastatur der Schreibmaschine. Das, um die Walze gedrehte Papier, war weiß, jungfräulich rein. Was wusste diese Frau von meiner Arbeit, von den Nächten, die ich durchwachte und der Roman, mein Roman, Gestalt annahm. Im diffusen Licht, der durch die dünnen Gardinen scheinenden Straßenlaterne, tauchten sie auf, die aus meiner Phantasie geschaffenen Figuren, verselbständigten sich und bekamen ein Eigenleben. Fügten mich in die Geschehnisse ein, zogen mich mit und trieben die Handlung voran.

Nur der Anfang, diesen mistigen Anfang auf das Mistpapier zu bringen, daran scheiterte bislang mein geniales Schaffen.

Durch die Spalten der Jalousie brach sich die Sonne ihren Weg und stapelte an der Wand, über meiner Schreibmaschine, Goldbarren auf Goldbarren. So flüchtig und unrealistisch wie mein Leben. Mit einer Handbewegung veränderbar in tiefschwarze Schatten.

Scheiß Leben. Der Schmelinger vom Tagblatt hatte mich für einen Kulturbeitrag nach Freudenstadt geschickt. Große original spanische Flamencoshow, war reißerisch angekündigt.

»Hellhaus, Sie könned doch Schpanisch. Meine Spanischkenntnisse beschränked sich aufs Praktische, wie: Herr Doktor mai Frau hat leichte Magenbeschwerden; und: kann die Leiche von mainer Frau mit dem Flugzeug hoim transportiert werde? - Also, aufgeht's in die

Feschthalle!«

Er hatte glucksend vor sich hin gekichert, und mich mit den Händen aus dem stickigen Büro gewedelt.

Fast zwei Stunden malträtierten drei Hombres ihre Gitarren. Dazu wirbelte ein schwindsüchtiges Bürschchen, schweißnass und händeklatschend, um drei feurige Spanierinnen in volantbesetzten Flamencokostümen. Die Drei ließen die Kastagnetten klappern und trommelten ihre Absätze auf die Holzbretter der Bühne, dass die Halle bebte. Den Einheimischen schien es zu gefallen.

Hätte der dicke Schmelinger gewusst, dass eine der Tänzerinnen Französin war und die kleine mit den großen Brüsten Helena hieß und aus Bielefeld stammte, wäre er wahrscheinlich selbst nach Freudenstadt gefahren.

Die Dritte, Claudia, war eine kesse Göre aus Berlin. Sie war nicht mein Typ. Für mich mussten sich Frauen keusch geben und erotisch sein. Claudia gab sich erotisch und war sexy, aber ich war ihr Typ, wie sie an ihren Fingern abzählend erklärte: »Die schlanke, sportliche Figur, die dunkelblonden, leicht gewellten Haare und die wachen, braunen Augen, um die sich beim Lachen ein Kranz lustiger Fältchen legt. Und nicht zu vergessen«, - stellte sie abschließend fest - »mit dem süßen Hintern, rundum ein Mann wie er erfahrenen Frauen gefällt.«

Mit Claudia hatte ich eine erfindungsreiche Nacht verbracht, aber als kulturellen Höhepunkt ließ sich das auch nicht beschreiben.

Gestern Nachmittag hatte ich dem Schmelinger vom Tagblatt den Text für das Feuilleton abgegeben und auf sofortige Bezahlung bestanden. Dreihundertvierundneunzig Mark inklusive Spesen. Ich hatte gehofft, Bargeld zu bekommen. Statt dessen gab mir der fette Kerl, anzüglich grinsend, einen Scheck.

»Wollemer ned so sai, ich schreib vierhondert Mark für onsern Künschtler.«

Ich fluchte in mich hinein, schaffte es aber dennoch, höflich zu danken. Hinter meiner Stirn bohrten zornige Gedanken und ich wünschte mir, dass mein Blick lähmen könnte, dann würde Schmelinger von diesem Augenblick an berechtigter Benutzer von Behindertenparkplätzen sein.

Ein Mist war das, mein Girokonto war in den Miesen. Der Typ von der Sparkasse hatte sich über den Scheck gefreut, mir aber tief bedauernd keine müde Mark herausgerückt. Seine schleimige Art war mir so zuwider wie ein eingewachsener Zehennagel.

Wieder eine Woche, in der wir von Marions Trinkgeldern leben mussten. Ich hasste diese Abhängigkeit und die damit verbunden Vorwürfe. Ich hasste den kurzen Rock, von dem sie behauptete, dass die Rocklänge und die Höhe der Trinkgelder für Kaffee und Schwarzwälderkirschtorte in direktem Verhältnis stünde. Ich verabscheute die geilen Kaffeehausbesucher, und ich war wütend und hasste Marion für meine eigene verfluchte Situation, jede dieser Wochen ein bisschen mehr.

Und dieser Schwachsinn, Marions Tick mit dem gemeinsamen Sparbuch. Vierundzwanzigtausend Mark - jede Woche 100 DM, seit fast 5 Jahren und ich hatte Löcher von den Münzen in der Tasche. Verdammt noch mal, wie sahen Geldscheine überhaupt aus?

Man sollte die Courage besitzen, einfach Schluss zu machen, Koffer packen und abhauen. Was würde der Blödmann von der Sparkasse glotzen, wenn ich meine Hälfte vom Sparbuch abheben würde.

Ja, verdammt noch mal, das war doch mein Leben. Das könnte ich doch so leben, wie ich es wollte. Wenn mich der Raucherkrebs erwischte, was ging das Marion an. Oder dieser halbsenile Dr. med. Melzing mit seinem salbungsvollen Geschwafel. »Wir sollten nicht so viel trinken und auf unsere Leber achten.« Was sollte denn das Wir, wenn der Kerl säuft, ist es seine Sache, und meine Leber gehört mir.

Vollgeladen mit trotzigem Zorn, griff ich zur Weinbrandflasche und nahm einen ordentlichen Schluck. Prompt rebellierte mein Magen und ich zog eine Grimasse, als hätte ich Gülle gesoffen, aber ich wollte nicht mehr kuschen. Vor nichts und niemand, auch nicht vor mir selbst.

Wo waren die Zigaretten? Da, leer.

Ich drehte die leere Packung in meiner Hand. Chesterfield, der Bundesgesundheitsminister warnt ...

Warum warnt der Verteidigungsminister nicht: Soldat sein gefährdet ihre Gesundheit?

Lügner, alles Lügner. Die ganze Welt ein verlogenes Scheißhaus, und ich mitten drin.

Nein, so durfte das nicht weitergehen. Man lebt nur einmal, wenn überhaupt. Ich musste raus aus diesem Mief. Einen Schluss-Strich ziehen. Raus aus dieser reglementierten Enge. Wütend zerrte ich die Jalousie hoch, riss das Fenster auf und brüllte: »Aus, Schluss, Ende, Amen!«

Zwei Stockwerke unter mir hoben die Passanten verwundert die

Köpfe. Ein junger Bursche tippte sich an die Stirn, und ich ballte ihm zornig die Faust entgegen.

»Ich springe dir gleich auf deinen dämlichen Kopf.«

Das Jüngelchen zeigte mir den Mittelfinger.

»Spring doch, du Idiot!«

»Wenn ich springe, geht das dich einen Scheißdreck an.«

Fuchsteufelswild knallte ich das Fenster zu.

»Himmel, Arsch und Zwirn!«

Ich fluchte wie ein Holzfäller, dem der Baum in die falsche Richtung gefallen war. Noch einen Weinbrand? Nein, in meinem Magen rumorte noch der letzte Schluck, und ich hatte einen eklig sauren Geschmack im Mund.

Aus dem Fenster springen, das wär's. Der Gedanke hatte sich in mir festgesetzt. Irgendwo hatte ich gelesen, Suizid sei die aufrichtigste Form der Selbstkritik. Achtzig Prozent der Selbstmörder waren Männer. Der Rest qualmte sich vor Stress und Ärger einen Lungenkrebs oder krepierte an einem Herzkasper.

Zwei Stockwerke. Mit dem Kopf aufs Pflaster. Peng, aus. Vielleicht wachen die Idioten da unten auf, wenn ihnen mein Gehirn auf die Designerklamotten spritzt?

Irgendwo musste doch noch eine Packung Zigaretten sein. Ich durchwühlte meinen Schreibtisch.

Plötzlich lag sie vor mir. Mattsilbern, glänzend, mit einem dunklen Holzgriff. Mit dem Magazin gerade 400 Gramm schwer. Nur 13,5 Zentimeter lang, fast zierlich, aber absolut tödlich. Deutlich lesbar eingraviert: 222266 WAFFENFABRIK MAUSER A.-G. OBERNDORF A.N.

Zögernd, eher ängstlich, drehte ich die Pistole in der Hand. Am unteren Griffende war eine kleine schwarze Klappe. Als ich sie mit dem Daumen zurückzog rutschte das Magazin heraus. Es fiel vor mir auf den Parkettboden. Erschrocken starrte ich einer über den Boden rollende Patrone nach.

Behutsam legte ich die Waffe auf die Schreibunterlage. Neben dem Abzug war der Sicherungshebel. Aber war sie gesichert? Verdammt, da zeigte das Fernsehen einen Kriminalfilm nach dem andern und ich hatte keine Ahnung.

Kann in einer Pistole nicht auch eine Patrone sein, wenn das Magazin herausgenommen ist? Woher, zum Teufel, sollte ich das wissen?

Am Boden eine, und im Magazin befand sich noch eine.

Wie viel Patronen hatte ich damals mitgekauft, zwei oder drei? Ich erinnerte mich nicht.

Vorsichtig umfasste ich mit der linken Hand den Griff der Waffe. Die Ausschussöffnung von mir weghaltend, zog ich das bewegliche Oberteil zurück. Durch die ovale Öffnung konnte ich ins Innere sehen. Leer? Ich glaubte mich meiner Sache sicher und atmete auf.

Also, zwei, nur zwei Patronen hatte ich damals zur Pistole dazubekommen. Die anderen waren verschossen, so hatte es mir der Typ damals erzählt.

Mensch, wie lange war das her? Doch mindestens sechs Jahre - nein sieben, ja genau, sieben Jahre.

Ich drückte die zweite Patrone aus dem Magazin, schob es in die Waffe zurück und legte den Zeigefinger um den Abzug.

Über die silberne Einkerbung zielte ich auf das Ziffernblatt der Wanduhr und schnalzte mit der Zunge, was sich in meiner Vorstellung wie ein Schuss anhörte.

Ich wog die Waffe in meiner Hand. So ein kleines Stück Eisen. Eine Handvoll Metall. Was könnte man damit alles tun?

Man könnte als Killer ewigen Frieden zu angemessenen Preisen verkaufen. Ich könnte bei der Sparkasse mehr als meine läppischen zwölftausend Mark abheben oder ich könnte mich mit einem einzigen Schuss auf den Weg in die Unendlichkeit machen. Ich zielte mit der Pistole auf meinen Kopf, doch der Gedanke hatte nichts Endgültiges, nichts Abschließendes und schien nur neue Probleme heraufzubeschwören. Womöglich müsste ich mich irgendeinem höheren Wesen gegenüber rechtfertigen oder vielleicht gab es die Wiedergeburt tatsächlich? Ich nahm mir den Papierkorb als neues Ziel und streichelte über den Abzug, in diesem Moment löste sich der Schuss. Damit war wenigstens eine Frage geklärt. Drei, ich hatte drei Patronen gekauft.

Sieben Jahre lag das Schießeisen im Schreibtisch. Warum hatte ich es damals gekauft? Ich wusste es nicht mehr. Wahrscheinlich nur, weil ich eben die Gelegenheit hatte und der Nervenkitzel das Ding durch den Zoll zu bringen. Jugendlicher Blödsinn, oder war es die Geschichte, die der Spanier mir von der Knarre erzählte?

Jetzt erinnerte ich mich wieder. Auf der Fähre von Menorca nach Mallorca hatte ich sie sogar in der Jackentasche, erst vor dem Einchecken auf dem Flughafen Palma versteckte ich sie im Koffer, in meinem Waschbeutel. Ich war damals sogar ein wenig enttäuscht, weil keiner etwas bemerkte.

Zuhause ärgerte ich mich über den Kauf. Zweihundertfünfzig Mark für nada, für nichts, und die Pistole verschwand in der hintersten Ekke im Schreibtisch.

Zwei Wochen hatte ich damals Urlaub auf Menorca gemacht. Als Geheimtipp, Natur pur und kaum Touristen, wurde mir die Nachbarinsel von Mallorca empfohlen. Alleinsein war der Zustand, den ich wollte, aber was ich empfand, war Einsamkeit und trostlose Langeweile. Das Hotel war dem Billigangebot entsprechend und die Hälfte der Zeit hatte es geregnet. Als einzige Abwechslung die Höhlendisco in Ciudadela, kaum Frauen, und die Musik passte zu der saumäßigen Akustik. Hier hatte ich den Pistolentyp kennen gelernt.

Antonio hieß er, daran konnte ich mich erinnern, und mit Nachnamen so ähnlich wie mein Mathe-Pauker Dr. Schimpf, nur auf spanisch. Verflixt wo war das Wörterbuch?

Ich blätterte, da: Schimpf = baldón. Richtig, Antonio Baldón - so, oder so ähnlich hieß er.

Mensch, wenn das stimmte, was der Menorquiner mir erzählt hatte, dann wäre die Knarre ja schon über fünfzig Jahre alt und hätte eine hoch interessante Geschichte.

Auf dem Lokus der Disco hatte mich Antonio angequatscht.

»Du deutsch?«

Bevor ich antworten konnte, hatte er mir die Pistole vor die Nase gehalten und ich klammerte mich erschrocken am Pissoir fest.

»Du nix Angst, ich nur Frage.«

Antonio zeigte auf die Gravur im Lauf der Pistole.

»Ist Name von Soldatmann?«

Ich las: OBERNDORF A.N.

»Nein, Mensch, das ist ein Ort in Süddeutschland, am Neckar - ein pueblo, wie Ciudadela oder Mahón. - Wo hast du denn eine deutsche Knarre her?«

Und Antonio erzählte mir: Sommer 1944. Sein Großvater war Fischer und der hatte einige Kilometer vor der Küste einen schwerverletzten deutschen Piloten aufgefischt. Von ihm war die Pistole, und seit der Zeit lag sie mit anderen Dingen bei Antonios Großvater im Schrank.

Ich hatte am gleichen Abend dem Menorquiner die Waffe abgehandelt, und nun lag sie vor mir, ein halbes Jahrhundert später und knapp 40 Kilometer von Oberndorf entfernt.

Jetzt brauchte ich doch noch einen Cognac. Wenn die Geschichte wirklich stimmte, könnte man daraus eine blitzsaubere Geschichte, ja, vielleicht sogar ein ganzes Buch machen.

Ich überlegte. Dazu müsste ich nach Oberndorf fahren. Ich musste mehr über die Waffe wissen. Bestimmt war das Herstellungsjahr zu erfahren. War es wirklich eine Wehrmachtswaffe für Piloten? Was ließe sich anhand der Waffennummer feststellen? Die Leute von Mauser könnten mir wahrscheinlich weiterhelfen.

Ich ging zum Kleiderschrank, zog meinen Koffer aus dem obersten Fach und fing mit dem Packen an.

Als ich fertig war, hatte ich mein ganzes bisheriges Leben in einem Koffer und einer Reisetasche verstaut. Obenauf lag die Kofferschreibmaschine mit dem Einschussloch im Deckel, eine Aktentasche mit meinen Papieren und der Fotoapparat.

Nicht gerade viel für einen Mann mit knapp 34 Jahren. Als ich auf meine paar Habseligkeiten blickte, beschlich mich wieder der Katzenjammer.

In der Diele klappte eine Tür. Marion war zurück. Sie stand wie angewurzelt in der Diele. Ihr Blick wanderte über das Gepäck zu mir. Unsere Blicke begegneten sich, bauten eine Brücke, aber keiner betrat sie. Jeder fühlte sich auf der richtigen Seite des Lebens. Ich stand mit hängenden Schultern und wunderte mich, dass die befürchtete Szene ausblieb. Nur um ihre Mundwinkel gruben sich tiefe Kerben und ihr Blick huschte forschend über meinen Körper, als erwartete sie irgendwo die geprägten Zahlen des Verfallsdatums unserer Beziehung zu entdecken. Dann senkte sie den Kopf, und sagte mit einer leisen, andächtigen Stimme, so als würde sie ein Gebet sprechen: »Du verdammter Scheißkerl.« Ohne mich noch einmal anzusehen drehte sie sich um und verließ die Wohnung. Ich machte keinen Versuch sie zu halten oder zu erklären - beide wussten wir, das war das Ende.

Am frühen Mittag zog ich die Wohnungstür hinter mir ins Schloss und warf den Wohnungsschlüssel in den Briefkasten.

Das Gepäck verstaute ich in meinem Ford Fiesta, und mein erster Weg führte mich zur Sparkasse. Dort knallte ich das Sparbuch auf die Theke, löste mein Girokonto auf und verlangte Zehntausend Mark in bar.

Der Typ am Schalter wollte sich querlegen, faselte etwas von höchstens Dreitausend und Vorschusszinsen oder so ähnlich, aber als ich laut wurde, erhielt ich den vollen Betrag.

Anschließend fuhr ich zurück zur Wohnung und warf auch das

Sparbuch in den Briefkasten, dann gondelte ich ab in Richtung Oberndorf.

Gleich am Ortseingang las ich auf einem Reklameschild: Ein herzliches Willkommen! - Gasthaus Neckarblick, preiswerte und gemütliche Zimmer frei.

Am Empfang begrüßte mich die Wirtin. Ein kolossales Weib. Ich war auch eine stattliche Erscheinung, einsachtzig groß und breitschultrig, aber was mir da gegenüberstand, war ein in Mieder gepresster Fleischberg jenseits aller Konfektionsgrößen, ein Monument, ein Tatsch Mahal aus Fleisch und Fett.

Sie studierte meinen Anmeldezettel.

»Herr Michael Hellhaus heißen Sie?« Dabei begutachtete sie mich wie der Metzger sein Schlachtvieh. »Wie lange wollen Sie denn bleiben?«

»Ich weiß noch nicht, vielleicht drei oder vier Tage. «

Offensichtlich waren ihre Begutachtung und meine Antwort zu ihrer Zufriedenheit ausgefallen. Die Walküre lachte mich herzlich an und zeigte mir mein Zimmer, wobei sie es sich nicht nehmen ließ, meinen Koffer in den ersten Stock zu tragen.

Als ich meine Sachen ausgepackt hatte, besichtigte ich den Wirtsgarten. Unter ausladenden Kastanienbäumen standen glatte Holztische und harte Holzstühle. An durch den Garten gespannten Drähten hingen Glühbirnen. Eine handgeschriebene Speisekarte: Flädlessuppe, Schwäbische Maultaschen, Leberkäse mit Brezel, Saure Kutteln mit Bratkartoffeln, Rostbraten mit Spätzle. Alles zu annehmbaren Preisen. - Preiswerte Gemütlichkeit mit kostenloser Herzlichkeit. - Die Reklame hatte nicht gelogen.

Später, abends, trank ich mir hier den Kummer von der Seele. Der Wirt, ein eher schmächtiger Mann, hieß Berthold. Wie alle jenseits der Tresen war er gewohnt, dass sich die Unverstandenen dieser Welt an seiner Theke ausweinten, aber diesmal sollte es interessant werden.

Anfänglich war es die übliche Meine-Frau-versteht-mich-nicht-Storie zu der der Wirt verständnisvoll nickte. Den erfolgreichen Schriftsteller glaubte er mir zwar nicht so ganz, aber was ich ihm von der Mauser und dem Piloten erzählte, klang so griffig, dass es ihn interessierte.

In regelmäßigen Abständen stellte die Wirtstochter neue Biergläser auf den Tisch, nicht ohne mir einen interessierten Blick zuzuwerfen oder, natürlich ganz unabsichtlich, ihren beachtlichen Busen an meiner Schulter zu reiben.

Ab und zu wurde sie von einem der Gäste oder ihrer Mutter Bienchen gerufen, was bei mir jedes Mal einen Erstickungsanfall auslöste. Bienchen, mit richtigem Namen Sabine, war das jüngere Ebenbild ihrer Mutter und konnte deren Kleider ohne jede Änderung tragen.

Ab dem sechsten oder siebten Bier waren Berthold und ich uns zunehmend sympathischer geworden.

Der Wirt nahm einen kräftigen Zug, wischte sich den Schaum von der Oberlippe und setzte zu einem Vortrag an.

»Jetzt pass mal auf, Michael, zu den Mauser-Werken zu fahren, ist völlig sinnlos. Nach dem Zweiten Weltkrieg ist die Fabrik von den Alliierten vollständig ausgeräumt worden und über die Hälfte der Werksanlagen wurde restlos zerstört. Damit waren natürlich auch alle Archivunterlagen weg.«

»Mensch, das ist ja ein schöner Mist, dann bin ich ja völlig umsonst hier.«

Berthold klopfte mir beruhigend auf die Schulter.

»Nun lass mal den Kopf nicht hängen, ich glaube, ich weiß jemand, der dir weiterhelfen kann.« Und zu Bienchen rief er: »Bring uns zwei neue Biere und die Flasche Kirschwasser!«

Als ich weit nach Mitternacht auf mein Zimmer wankte, hatte der Wirt beschlossen, an ein paar Fäden zu ziehen.

Die Reaktion kam schon am nächsten Morgen um halb Neun. Ich trank gerade die erste Tasse schwarzen Kaffee, um überhaupt die Augen aufmachen zu können und meinen Kopf klar zu bekommen, als Berthold mit einem älteren Mann in die Gaststube kam.

Mit dem Finger auf mich zeigend, sagte Berthold zu seinem Begleiter: »Willi, das ist der junge Spund, der deine Hilfe braucht.«

Sie traten an meinen Tisch.

»Guten Morgen Herr Hellhaus.«

Ich betrachtete den Besucher erwartungsvoll.

»Guten Morgen, meine Herren.«

»Mein Name ist Willi Schmieder. Berthold hat mich gebeten, mit Ihnen wegen der Mauser-Pistole zu reden.«

Wir gaben uns die Hand. Herr Schmieder hatte für sein Alter einen überraschend kräftigen Händedruck.

»Ich freue mich Herr Schmieder, bitte nehmen Sie doch Platz. Darf ich Ihnen auch ein Frühstück bestellen?«

»Nein, nein, danke, ich habe schon, aber essen Sie ruhig weiter.«

Der Besucher war ein gepflegter, weißhaariger Herr. Aus einem freundlichen, offenen Gesicht musterte er mich mit intelligenten und quicklebendigen Augen.

»Aber eine Tasse Kaffee trinken Sie doch mit?«

»Kaffee immer, ja danke.«

Herr Schmieder setzte sich zu mir an den Tisch und auch Berthold zog sich einen Stuhl heran und sagte, zu mir gewandt: »Willi war früher Architekt und betreut ehrenamtlich das Oberndorfer Waffenmuseum. Im Lauf der vergangenen Jahrzehnte hat er ein umfangreiches Privatarchiv aufgebaut. Garantiert kann er dir helfen. Über Waffen weiß er alles«, und grinsend fügte er hinzu: »Nur Skat lernt er nie.«

Herr Schmieder winkte lachend ab.

»Solange ich dich beim Skat schlage, reicht es.« und zu mir, »Berthold übertreibt, natürlich müsste ich die Pistole erst sehen.«

Ich zögerte, so einfach die Waffe auf den Tisch zu legen, schien mir nicht angeraten, ich hatte ja keinen Waffenschein.

»Herr Schmieder, ich freue mich, dass Sie mir helfen wollen, aber im Moment habe ich die Waffe nicht hier. Reichen nicht auch Fotos. Welche Angaben brauchen Sie denn?«

»Besser wäre natürlich, wenn ich die Pistole sehen könnte. Für eine genaue Identifikation sind Einzelheiten wichtig, wie das Griffschalenmaterial und die Struktur des Griffs. Experten sprechen zum Beispiel von Fischhautverschneidung, und die wichtigste Frage ist die nach dem Kaliber.«

Ich hatte aufmerksam zugehört.

»Ich verstehe, was Sie meinen. Welche Kaliber gibt es denn?«

»Von den in Frage kommenden Pistolen wurden die ersten schon 1910 im Kaliber 6,35 Millimeter und ab 1914 auch im Kaliber 7,65 Millimeter hergestellt. Im Lauf der Jahre wurden immer wieder geringfügige Veränderungen an beiden Ausführungen vorgenommen. Die Fertigung endete im Jahr 1938/39 und wurde dann durch die Mauser-Hahn-Selbstspannpistole, Modell HSC, ersetzt. - Mit der Seriennummer kämen wir natürlich ein Stück weiter.«

Ich war sichtlich beeindruckt. Dieser Schmieder wusste offensichtlich, wovon er sprach.«

»Die Nummer habe ich im Kopf, sie ist viermal die Zwei und

zweimal die Sechs.«

Herr Schmieder nickte zufrieden.

»Da haben wir's doch schon. Jetzt können wir die HSC ausschließen. Aber von den anderen Pistolenserien wurden in den 28 Jahren, bis Ende 1938, circa eine halbe Million Stück hergestellt. Die Nummerierungen laufen von 1 bis ungefähr 640.000, wobei vermutlich die Seriennummern 100.000 bis 200.000 übersprungen wurden.«

»Michael, ich glaube, so hat das keinen Sinn, du musst Willi schon die Pistole zeigen, wenn du mehr wissen willst«, meinte Berthold.

Herr Schmieder schaute mich fragend an. Ich nickte zustimmend.

»Ja, Berthold, hat wahrscheinlich recht. Ich werde mir das Ganze durch den Kopf gehen lassen, ich wollte mir sowieso noch ihr Museum ansehen.«

»Prima, Herr Hellhaus, am besten gleich morgen früh. Wenn es Ihnen recht ist, treffen wir uns um elf Uhr in meinem Büro. Abgemacht?«

»Ich komme – versprochen.«

Am Abend telefonierte ich mit Marion.

»Es ist schön, dass du anrufst - wie geht's dir?« fragte sie mit leiser Stimme.

»Danke, gut, und dir, Marion?«

»Es geht schon, - es muss ja.« Eine Pause entstand, in der ich nur ihr Atmen hörte, dann schien sie sich gefangen zu haben, und mit fester Stimme sagte sie: »Erzähl mal was du machst.«

Ich erzählte ihr von der Pistole, von Herrn Schmieder und von Berthold; und als ich Bertholds Frau und Bienchen beschrieb, musste sie lachen.

Ich bat Marion, falls Post für mich käme, sie zum Neckarblick nachzusenden. Ich gab ihr die Adresse und die Telefonnummer, und wir versprachen uns Freunde zu bleiben. Und als ich sagte: »Ich melde mich wieder, und irgendwann werden wir über alles reden«, meinte ich sie verhalten weinen zu hören - dann hatte sie aufgelegt.

Am nächsten Morgen, ich wollte mich eben auf den Weg zum Waffenmuseum machen, meldete sich telefonisch Herr Schmelinger vom Tagblatt.

»Ja, was musste ich denn do von der süßen Marion hören. Onser

Künschtler isch auf einem Selbschtfindungstrip.«

Ich reagierte kurz und patzig, informierte über meinen mir selbst genehmigten Urlaub und Schmelinger beendete beleidigt das Gespräch.

Kurz nach elf traf ich im Museum ein. Herr Schmieder war offensichtlich in bester Laune.

»Da sind Sie ja, immer hereinspaziert in die gute Stube.«

Ich wurde wie ein alter Bekannter begrüßt, und anschließend führte mich der Waffenexperte mit sichtlichem Besitzerstolz durch die Räume des kleinen Museums. Eine halbe Stunde später stellte Herr Schmieder die entscheidende Frage.

»Haben Sie denn die Pistole dabei?«

Ich bejahte.

»Na, dann kommen Sie mal mit.«

Im Büro legte ich die Pistole auf den Schreibtisch und Schmieder zog sie zu sich heran.

»Da haben wir ja das gute Stück.«

Er nahm sie in die Hand und drehte sie bedächtig unter dem Licht der Schreibtischlampe. Ich schluckte meine Ungeduld und rutschte unruhig auf meinem Stuhl hin und her.

Schmieder lächelte mich verstehend an, dann sagte er: »Auf der Rückseite des Griffkastens, unter dem Verschluss-Stück, müssten die letzten vier Ziffern der Seriennummer stehen, und darunter ein kleiner Kreis mit einem Dreieck darin - hier, sehen Sie.«

Er hielt mir die Waffe hin.

»Die Pistole war nie als sogenannte Ordonnanzwaffe eingeführt. Die Walther und die Luger, beides automatische Handfeuerwaffen, waren bei den deutschen Streitkräften verbreitet. Die Mauser konnte jedoch von jedermann erworben werden und viele Offiziere haben sich während den Kriegsjahren eine Mauser gekauft. Ich selbst hatte damals auch schon eine.«

Er reichte mir ein vergilbtes, postkartengroßes schwarzweiß Foto, auf dem Herr Schmieder als vielleicht 18-jähriger Soldat mit umgeschnallter Pistolentasche abgebildet war.

»Vom waffentechnischen Standpunkt aus betrachtet, stellten diese Mauser-Pistolen nichts Besonderes dar. Die große Magazinkapazität von neun Patronen und die verhältnismäßig große Lauflänge von 78,5 Millimeter ließen sie aber zu einem sofortigen Verkaufsschlager werden, wozu natürlich auch die ausgezeichnete Konstruktion und die erstklassige Verarbeitung beigetragen haben.«

Er beugte sich zu mir.

»Alle erkennbaren Merkmale, wie hier zum Beispiel - schauen Sie, hier, Herr Hellhaus.«

Mit dem Bleistift zeigte er auf verschiedene Details der Waffe.

»Rundes Korn, sieben Rillen im Schlitten, Holzgriffschalen, das Kaliber 6,35 Millimeter, die Art der Beschriftung und vor allem die Seriennummer lassen eigentlich den Schluss zu, dass es sich um das Modell 1910/14 handelt, das 1920 oder 1921 für Portugal gefertigt wurde.«

Ich war sichtlich überrascht und verwirrt.

»Können Sie mir auch erklären, wie die Waffe aus Portugal in die Hände eines deutschen Fliegers kommt - und was meinen Sie mit eigentlich, sind Sie nicht sicher?«

Herr Schmieder kratzte sich nachdenklich mit dem Bleistift an der Nase.

»Ja, eigentlich müsste ich mir sicher sein, allerdings hatten alle für Portugal bestimmten Waffen unter dem Schriftzug WAFFEN-FABRIK MAUSER A.-G. OBERNDORF A.N. noch das Emblem der Firma - und das fehlt eindeutig auf dieser Pistole.«

Ich war enttäuscht.

»Na, das war's dann ja wohl, außer Spesen nichts gewesen.«

»Mein junger Freund, Sie geben zu schnell auf. Immer mit der Ruhe, und dann mit 'nem Ruck.«

»Nein, Herr Schmieder, aber einen unbekannten Empfänger in Portugal finden zu wollen, das wäre, als wollte man ein bestimmtes Häufchen Kinderkacke in der Kläranlage von New York suchen.«

Herr Schmieder lächelte nachsichtig.

»Lassen Sie mir die Waffe da, ich werde sie mit zu einem Freund nach Stuttgart nehmen. Ich habe da jemanden im Auge, der uns vielleicht weiterhelfen kann.«

Vier Tage lang blieb Herr Schmieder verschollen. Ich wurde unruhig und nervös. Ich hasste Warten, für mich war Warten vertanes Leben, der Tod auf Raten. Oberndorf hatte ich schon zweimal zu Fuß erkundet. Zur Ruine Waseneck war ich gewandert, und die Augustiner Kirche hatte mir Bienchen gezeigt, mit wirklich sehenswerten Deckenfresken von Johann Baptist Enderle. Sogar im Kino war ich mit Bienchen gewesen. Eine Herz- und Schmerz-Schnulze und Bienchen hielt während den Liebesszenen meine Hand umklammert, bis ich einen Krampf bekam.

Endlich erschien Herr Schmieder im Neckarblick. Er gab mir die Pistole zurück und berichtete. Sein Freund aus dem Ministerium, Dr. Heilbringer, habe alle Hebel in Bewegung gesetzt. Noch in seinem Beisein habe er die ersten Telefonate geführt und Telefaxe verschickt. Aber Ergebnisse? Nein, Ergebnisse gab es noch keine.

Berthold meinte: »Freunde, was soll's, warten wir eben in Ruhe ab. Was haltet ihr denn von einem zünftigen Skat?«

Bienchen brachte drei Biere an den Tisch, und wir begannen Karten zu spielen.

Ich schimpfte.

»Mir hängt dieses untätige Warten zum Hals heraus.«

Schmunzelnd beobachtete mich Herr Schmieder.

»Immer langsam mit den jungen Pferden. Welche Ungeduld doch die Jugend hat. Dabei hat sie noch das ganze Leben Zeit. Wir Alten müssten ungeduldig sein.«

Berthold knurrte dazu: »Ich bin auch ungeduldig! Höre ich jetzt mehr als Sechsunddreißig?«

»Vierzig«, sagte ich und zu Herr Schmieder gewandt: »Verstehen Sie doch, ich sitze hier nur rum, gebe Geld aus und nichts passiert.«

»Michael, jetzt beruhigen Sie sich mal. Mein Freund im Innenministerium ist eine weltweit anerkannte Kapazität mit den besten Kontakten; und wenn es über ihre Pistole nichts herauszufinden gäbe, hätte er sich schon längst gemeldet. - Sehen Sie's einmal so. Je länger wir warten müssen, um so interessanter wird möglicherweise das Ergebnis.«

Ich war mit meinen Gedanken nicht beim Spiel.

Ich spielte einen sicheren Grande mit Zweien. Anstatt auf das Kontra von Berthold ein Re zu geben, spielte ich völlig unkonzentriert. Trotzdem gewann ich mit 63 Augen, weil Herr Schmieder auf die von Berthold gestochene Herz-Dame statt seinem Pik-König nur eine Lusche schmierte.

Berthold warf verärgert seine Karten auf den Tisch.

»Ja, bin ich denn hier im Kindergarten? Ich reize 36, und der eine denkt dabei an Waffenkaliber und der andere redet über einen internationalen Innenminister. - Spielen wir hier Skat oder was?«

Wütend notierte er 144 Punkte für mich.

An diesem Abend fiel kein Wort mehr über die Pistole.

Wieder vergingen vier Tage. Dann kam Herr Schmieder freudestrahlend und mit einem Briefumschlag wedelnd in den Neckarblick.

»Auf, auf meine Herren! Morgenstund' hat Gold im Mund, die Arbeit ruft.«

Er legte vier eng beschriebene Blätter Papier auf den Stammtisch.

»Sabine, du bringst mir ein Bier, und dann Ruhe bitte, ich lese vor.«

»Der Anfang ist privat ..., dann kommt ein Verzeichnis der Militärarchive, Wehrmachtsberichte, Kriegstagebücher und so weiter ..., darauf können wir im Moment verzichten ...

Hier, das interessiert Sie, Herr Hellhaus: Wir können mit Sicherheit sagen, dass die Seriennummern 222 051 bis 222 875 nicht nach Portugal geliefert wurden. Die Gründe sind nicht bekannt. Auch nicht bekannt ist, warum auf diesen 825 Pistolen das Mauser-Zeichen fehlt.

Gesichert ist auch, dass die Nummern 222 145 bis 222 274 Mitte 1941 an das Sonderkommando Einsatzstab Reichsleiter Rosenberg geliefert wurden, siehe Anlagen. Warum? - konnte nicht ermittelt werden.

Ich unterbrach Herrn Schmieder.

»Dann ging meine Pistole mit der Nummer 222 266 also an ein Sonderkommando.«

»Es scheint so, aber lesen wir erst weiter bevor wir Schlüsse ziehen«, erwiderte Herr Schmieder.

Die Frage, wie 1941 gelieferte Waffen zu Seriennummern kommen, die den Produktionsjahren 1920/21 zuzuordnen sind, ist ungeklärt.

Die technischen Besonderheiten der Pistolen lassen eindeutig den Schluss zu, dass sie frühestens Ende 1937 hergestellt wurden.

Lieber Willi, die Besonderheiten dieser Seriennummern werden uns beiden noch einiges Kopfzerbrechen bereiten. Für deinen jungen Freund bedeuten sie jedoch einen glücklichen Zufall, denn dadurch ist es uns gelungen, den Empfänger der Pistole mit der Endnummer 266 zu ermitteln.

Es handelt sich um einen Leutnant Johann Karl Klenk, Adjutant in besagtem Einsatzstab. Die Heimatadresse dieses Leutnants war Hechingen. Ich habe dort bereits versucht, Verwandte ausfindig zu machen, leider bislang vergebens.«

Herr Schmieder schaute selbstzufrieden in die Runde und nahm einen kräftigen Zug aus dem Bierglas.

Dann wischte er sich den Schaum von der Oberlippe und erklärte: »Der Rest des Briefes ist privat. - Was sagen Sie jetzt, Herr Hellhaus?«

»Ehrlich, ich bin erschlagen, daran habe ich nicht mehr geglaubt.«

Auch Berthold war begeistert und spendierte eine Runde Kirschwasser.

Herr Schmieder griff zum zweiten Blatt.

»Hier geht es weiter, das ist der Lebenslauf aus der Personalstammakte.

Ich, Johann Karl Klenk, wurde am Donnerstag, dem 12. August 1920, in Hechingen/Hohenzollern als zweites Kind geboren. Mein Vater, Karl-Otto Klenk, war Inhaber einer mittelständischen Näh- und Strickwarenfabrik. Verheiratet mit Rosa, Berta Hübner aus Tübingen. Bis zu meinem 10. Lebensjahr verbrachte ich meine Jugend in der Geborgenheit des väterlichen Hauses.

Von 1930 an besuchte ich das Gymnasium in Tübingen. Ich wohnte in Tübingen im Haushalt meines Onkels Oberst Rudolf Hübner, dem jüngeren Bruder meiner Mutter. Die Wochenenden und die Ferien verbrachte ich bei meinen Eltern.

Im Oktober 1936 verstarb mein Vater an einer Blutvergiftung. Die Leitung der elterlichen Fabrik übernahm der Ehemann meiner vier Jahre älteren Schwester Martha.

Als Jahrgangs-Zweitbester bestand ich 1938 das Abitur.«

Herr Schmieder griff zum nächsten Blatt, das mit Werdegang überschrieben war, und las weiter.

»In seinem Abituraufsatz schreibt dieser Klenk: Ich verdanke meinem Onkel, Oberst Rudolf Hübner, eine nationalbewusste Erziehung, gleich dem humanistischen Wertedenken unseres Führers. Das Verständnis, dessen Ideale zu begreifen und die Kraft mich für die Großdeutschen Ziele im Rahmen meiner Möglichkeiten hinzugeben.«

Ich warf dazwischen, »Dieser Klenk war ein Rindvieh!«, was mir einen tadelnden Blick von Schmieder einbrachte.

»Das Vorbild seines Onkels und väterlichen Freundes vor Augen, meldete sich Klenk an seinem 18. Geburtstag freiwillig zur Wehrmacht, um seinen Ehrendienst für das Vaterland zu erbringen. Als Abiturient erfolgte seine Einstufung als Offiziersanwärter.

Nach dem erfolgreichen Besuch einer Kriegsschule wurde er 1941 zum Leutnant befördert und Adjutant im Einsatzstab Rosenberg. Schon bald wurde er zum Oberleutnant befördert und im März 1943 zum Hauptmann mit einem eigenen Sonderkommando.

Dank seiner außergewöhnlichen Erfolge genoss er bei seinen Vorgesetzten ein hohes Maß an Ansehen und ungewöhnliche Freiräume.

Das nächste Blatt begann mit Sonderkommando.

»Seit es Kriege gibt, plündern die Sieger und Eroberer ihre Gegner schamlos aus. Dem trägt die Haager Landkriegsordnung von 1907 Rechnung und ersetzt das Wort Plünderung durch Rettung und erlaubt damit ausdrücklich die Rettung von Kunstschätzen aus Kampfgebieten.

An dem so moralisch aufgewerteten Kunstraub beteiligten sich die Wehrmacht und diverse Sonderkommandos. Der Einsatzstab Reichsleiter Rosenberg konnte hier mit besonderen Erfolgen aufwarten. Das vordergründige Interesse des Einsatzstabes galt den Bibliotheken und Archivalien, und der Konfiszierung von Kunstwerken.

Die Nationalsozialisten verschleppten aus den eroberten Gebieten Millionenwerte, um sie im Großdeutschen Reich in Museen auszustellen oder heimlich bis zum Endsieg in Bergwerken und Schächten einzulagern.

Viele Parteifunktionäre bereicherten sich persönlich. Für Hermann Göring waren eigens Kunstexperten unterwegs, um Gemälde und Schmuck für seine persönliche Sammlung zu requirieren. Selbst Hitler hatte den großspurigen Plan für ein Führermuseum in Linz, in dem beschlagnahmte Kunstschätze aus den unterschiedlichsten europäischen Ländern gesammelt werden sollten.

Im Salzbergwerk bei Alt-Aussee entdeckte man nach Kriegsende Kunstschätze aus ganz Europa. Vieles blieb erhalten, aber auch unschätzbare Werte sind bis heute verschollen.«

Herr Schmieder reichte das letzte Blatt an mich weiter.

»Ich rede mir den Mund fransig - lesen Sie mal vor!«

Ich nahm das letzte Blatt in die Hand und las: »Die Überschrift lautet: Letzte bekannte Einsatzorte.«

»Am 9. Januar 1944 verlegte das Sonderkommando, bestehend aus Hauptmann Johann Klenk, Leutnant Waldmann, Stabsunteroffizier Weiner (nicht gesichert) und zwei oder drei einfachen Dienstgraden (Namen unbekannt) von Paris nach Rom.

Am 22. Januar 1944 waren in Italien, südlich von Rom, bei Anzio und Nettuno Truppen des amerikanischen Generals Clark gelandet und im Küstengebiet auf dem Vormarsch.

Die erbitterte Gegenwehr der deutschen Truppen dauerte bis zum Mai an. Mit dem Zusammenbruch der deutschen Front im Gebiet von Monte Cassino, südlich des Landekopfs, vollzog sich der Rückmarsch der deutschen Streitkräfte nach Norden unter steten Gefechten; es war ein Ausweichen Schritt um Schritt.

Das Sonderkommando Klenk wurde am 4. Juni 1944 aus dem Kampfgebiet herausgezogen und mit zwei Flugzeugen nach Hyéres in Südfrankreich verlegt.

Am 15. August landeten alliierte Streitkräfte an der Südküste Frankreichs. An fünf Stellen zwischen Hyéres und Saint-Maxime. Die deutsche Abwehr war schwach. Die Masse der Armee des Generalobersten Blaskowitz erwartete die Landung in der Gegend des Rhonedeltas. Der Zusammenbruch der deutschen Verteidigung vollzog sich schnell. Die zurückgehende deutsche Armee hatte bis zum Abschluss der Operation am 29. August ca. 25.000 Mann allein an Gefangenen eingebüßt.

Nach den vorliegenden Unterlagen ist Hauptmann Klenk am Montag, den 21. August 1944 bei den Rückzugsgefechten gefallen.«

Ich blickte bewundernd auf Herrn Schmieder und sagte begeistert: »Noch so weiter, dann promoviere ich als Historiker. - Hier steht noch ein handschriftlicher Nachsatz. - Lieber Willi ...«

Herr Schmieder griff sich das Blatt, nach einem Blick darauf begann er zu lachen, dann las er vor:

»Lieber Willi, dein junger Freund wird jetzt bestimmt staunen, aber ob ihm unsere Recherchen weiterhelfen? - Denn widersprüchlich bleibt: a) Klenk ist im August 1944 in Südfrankreich gefallen. Wie kam er von Spanien zurück? Und b) Klenk war kein Pilot.

Viel Vergnügen!«

Beim gemeinsamen Mittagessen las jeder noch einmal aufmerksam die Schreiben von Dr. Heilbringer.

Zwischen Kalbshirnsuppe und gerösteten, mit Ei überbackenen Maultaschen rief Berthold: »Ich hab's, Kinder! Wir besorgen uns ein Telefonbuch von Tübingen und suchen nach einem Hübner!«

Ich verzog das Gesicht und legte den Löffel zu Seite.

»Das ist doch eine Schnapsidee. Der Hübner war bereits im Jahr 1930 Oberst; da kann ich auch bei den Tübinger Nachrichten anrufen, die haben ein Archiv über alle Hundertjährigen.«

Beleidigt zog Berthold sein Bier zu sich heran und blaffte mich an: »Bei dir hat die Hirnsuppe noch nicht gewirkt. Ich meine doch nicht den Oberst, aber vielleicht gibt es Nachfahren, die mehr über Klenk wissen.

Ich stutzte.

»Jetzt spüre ich auch die Wirkung der Suppe - das ist gut, das ist sogar sehr gut. Nach dem Essen fahre ich zur Post und besorge ein Telefonbuch.«

Herr Schmieder lehnte sich zurück und faltete die Serviette zusammen.

»Um sicher zu gehen, sollten auch die umliegenden Gemeinden abgesucht werden; und wenn es so nicht klappt, muss mein Freund noch einmal helfen und es bei den Einwohnermeldeämtern versuchen.«

Nach dem Essen fuhr ich erst Herrn Schmieder zum Museum und anschließend zur Post. In meinem Autoatlas hatte ich einen Kreis um Tübingen gezogen und dann sieben Orte unterstrichen.

Mit dem Atlas unter dem Arm betrat ich schwungvoll die Post. Hinter der Schaltertrennscheibe saß ein bleicher Endfünfziger mit randloser Brille. Mit wasserhellen Augen und einem tieftraurigen Blick, als hätte er eben erfahren, dass die Beamtengehälter der Arbeitsleistung angepasst würden, musterte er erst mich, dann die Landkarte.

»Nein, junger Mann, wir sind eine Post und keine Auskunft. - Ja, ein Telefonbuch von Tübingen gibt es natürlich, muss aber bestellt werden. - Drei Tage müssen Sie rechnen. - Sofort? - Ja, in der Telefonzelle. - Aber keine Seiten herausreißen und in der Zelle nicht rauchen ... - man weiß ja, wie die jungen Leute heutzutage sind.«

Kopfschüttelnd begab ich mich in die Telefonzelle.

In der nächsten halben Stunde hatte ich neun Hübner gefunden. Achtmal ließ ich mir ein Amt geben und ertrug den nörgelnden Postbeamten. Viermal konnte ich niemanden erreichen und notierte die Nummern für einen späteren Anruf. Einmal musste ich die Telefonzelle für das erklärtermaßen lebenswichtige Telefonat einer resoluten Dame räumen. Wie ich mitbekam, ging es um einen Friseurtermin. Dreimal konnte ich umständlich abklären, dass meine Gesprächspartner nichts mit meinem Hübner zu tun hatten. Nach dem achten Wählen meldete sich eine Frauenstimme.

»Hübner, ja bitte?«

»Guten Tag, Frau Hübner, mein Name ist Michael Hellhaus, kann ich bitte Ihren Mann sprechen?«

»Tut mir leid, mein Mann ist noch in der Firma.«

»Bis wann erwarten Sie ihn denn?«

»Ich glaube nicht, dass Sie ihn heute noch sprechen können, um was handelt es sich?«

»Ich bin Schriftsteller und arbeite an einer Kriegsgeschichte und bin dabei auf einen Hauptmann Klenk und einen Oberst Hübner gestoßen ...«

Frau Hübner unterbrach mich.

»Ja, mein Schwiegervater war Oberst im Krieg.«

Mein Atem ging schneller - das war ein Volltreffer!

»Kann ich, Ihren Mann in der Firma erreichen? Wo arbeitet er denn?«

»Bei Daimler Benz in Böblingen, aber das ist ungeschickt, mein Mann hat heute seinen letzten Arbeitstag, und wird bestimmt noch mit seinen Kollegen Abschied feiern.«

»Ich verstehe, dann melde ich mich morgen um die Mittagszeit.«

Beim Verlassen der Post schnippte ich den zusammengeknüllten Notizzettel mit den falschen Telefonnummern gegen die Trennscheibe.

Der Schalterbeamte schnappte röchelnd nach Luft und rief mir hinterher: »Sag ich's nicht, hier müsste wieder einer her, der dieser Jugend Zucht und Ordnung beibringt.«

Vergnügt pfeifend traf ich bei Berthold ein und berichtete ihm vom Ergebnis meiner Telefonaktion.

Am darauffolgenden Mittag erreichte ich Herrn Hübner. Er machte am Telefon noch einen recht mitgenommenen Eindruck. Sein Rentnerdasein habe feuchtfröhlich begonnen, erzählte er. Seine Frau habe ihm von meinem Anruf berichtet und Oberndorf sei ja nur um die Ekke; und ich solle kommen, so gegen fünf Uhr.

Als ich kurz vor 17 Uhr mein Auto vor dem Mehrfamilienhaus parkte, erwartete mich Herr Hübner bereits am Gartenzaun. Er sah aus wie ungemachtes Bett. Eine an den Knien ausgebesserte Hose, die Hosenträger über einem blauen Unterhemd und in der Hand eine Flasche Bier. Sein Gesicht war aufgeschwemmt, die Haut grau und großporig, unrasiert, und die Haare standen ihm wirr vom Kopf ab. Seine Frisur glich einem in den Urwald geschlagenen Trampelpfad. Seitlich, an den Schläfen und im Nacken regierte die unberührte Wildnis. Auch ohne die Flasche Bier hätte ich Hübners Problem erkannt.

Ich stellte mich vor und wir begrüßten uns. Hübner schlug mir kumpelhaft auf die Schulter und meinte: »Sag einfach Heinz zu mir und ich sag Michael - isch dir doch recht?«

Ohne eine Antwort abzuwarten, stieg er voraus, die Treppen zum dritten Stock hinauf. Hübners Frau, ein vergrämtes, flatteriges Wesen, öffnete uns die Tür zu einer kleinen, überraschend ordentlichen Dachwohnung und ließ sich dann den ganzen Abend nicht mehr blicken.

Im Wohnzimmer ließ sich Hübner in einen Sessel fallen und zeigte auf einen Schuhkarton, der auf dem Tisch stand.

»Hab ich alles scho na g'richtet. Lauter Krimskrams von meim alten Herrn.«

Er hustete, weil er sich am Rauch seiner Zigarette verschluckt hatte.

»Man isch ja nicht mehr dr Jüngste. Nächsten Monat werd i fünfundsechzig. Dreiundzwanzig Johr beim Werkschutz und davor war i Bäcker - des reicht.«

In der Ecke neben dem Fernseher stand ein halbvoller Bierkasten. Hübner öffnete zwei Flaschen und drückte mir eine davon in die Hand.

»Vom Baby bis ins Greisenalter bleibt man doch ein Flaschenhalter.«

Hübner lachte über seinen Witz und leerte seine Flasche in einem Zug zur Hälfte.

»So, Michael, ein Schriftsteller bisch du also, des erlebt man au nicht jeden Tag. No muss i mi ja anstrenga ond hochdeutsch schwätza. Um was geht's denn genau?«

Ich erzählte ihm von der Pistole, von Hauptmann Klenk, wie ich auf den Oberst Hübner gestoßen war und falls er mir nicht weiterhelfen könne, ich vielleicht nach Menorca fliegen würde.

Er nickte mir eifrig zu und erklärte: »Ich war ja kein Soldat mehr, nur noch in der Hitlerjugend. Des waren noch schöne Zeiten, des wisst ihr Junge gar net mehr.«

Ich schüttelte nur unmerklich mit dem Kopf. In der Erinnerung verwandelte sich selbst der Dreck auf der Straße in eine Parkanlage und die Klärgrube hinterm Haus in einen Seerosenteich.

Und Hübner holte sich eine neue Flasche.

»Ja, der Johann Klenk, des war mein Vetter. Während seiner Schulzeit hatt der Johann bei uns g'wohnt. Der kam im Jahr, als ich geboren bin zu ons und war acht Jahr wie ein ältere Bruder - aber der isch in Frankreich g'fallen.«

Ich sagte, dass ich das wisse und fragte nach Hübners Vater.

»Mein Vater hat bis zu seinem Tod 1976 in Puerto de Pollensa auf Mallorca g'lebt, des isch in Spanien. - 81 Jahr isch er g'worde, der hat no was von seiner Rente g'het.«

Dieser Hübner war ein einfältiger und redseliger Zeitgenosse und war kaum zu bremsen.

Fast drei Stunden unterhielt ich mich mit ihm. Er zeigte mir aus dem Nachlass seines Vaters Orden, Aufzeichnungen, Bilder und Briefe.

»Des meischte hat mein jüngerer Bruder Adolf, der Lumpenhund. Der hat's richtig g'macht. Der wohnt im Haus vom Vater in Mallorca und braucht koi Miete zahlen; und verheiratet isch er au nicht.

Ich hatte zwei Flaschen Bier getrunken, trotzdem war der Kasten leer, als Hübner nach einem kräftigen Rülpser und einem Blick auf die Wanduhr erklärte: »Jetzt machet mir aber Schluss, jetzt kommt gleich a Krimi im Fernseh.«

Ich hatte seitenlang mitstenographiert und berichtete am späten Abend im Neckarblick, wobei ich einige Details kreativ ausschmückte.

»Oberst Hübner hatte am gleichen Tag wie Hitler Geburtstag, am 20. April, war jedoch 6 Jahre jünger. Im Frühjahr 1937, gerade 42 Jahren alt geworden, hatte sich Oberst Rudolf Hübner als Freiwilliger zur Legion Condor in Spanien gemeldet.

Unter der Führung der Generäle Franco und Mola hatten sich 1936 die Nationalen Truppen gegen die demokratisch gewählte Volksfront-Regierung des republikanischen Spaniens erhoben. Zur Unterstützung der Rebellen entsandte Hitler-Deutschland die Legion Condor. Unter der Leitung der Generäle Sperrle, Volkmann und von Richthofen wurden etwa hundert Flugzeuge, Ju-52-Bomber, He-51-Jagdflieger, Me-109-Kampfflugzeuge und als Bomber eingesetzte He-111; nebst Wartungspersonal und fünftausend Soldaten nach Spanien verlegt.

Das Lied der Legion Condor:

Wir flogen jenseits der Grenzen mit Bomben gegen den Feind, - hoch über der spanischen Erde, mit den Fliegern Italiens vereint.

Wir sind deutsche Legionäre, die Bombenflieger der Legion, - im Kampf um Freiheit und um Ehre, Soldaten der Nation.

Vorwärts, Legionäre! Vorwärts, im Kampf sind wir nicht allein, - und die Freiheit muss Ziel unseres Kampfes sein. Vorwärts, Legionäre!

Die Roten, sie wurden geschlagen, im Angriff bei Tag und Nacht, - die Fahne zum Sieg getragen und dem Volk den Frieden gebracht.

Wir sind deutsche Legionäre ...,

Wir kämpften an allen Fronten als Deutsche in spanischen Reih'n, -

um Kämpfer für Spaniens Freiheit und Sieger für Deutschland zu sein.

Wir sind deutsche Legionäre ...«

»Am Dienstagabend, den 3. Januar 1939, konzentrieren sich die Kämpfe im nördlichen Bergland Spaniens. Hübner wird angeschossen und liegt bei Minusgraden bis zum nächsten Tag im ungeschützten Niemandsland zwischen den Fronten. Am Nachmittag erreichen eigene vorrückende Truppenteile den Verletzten.

Die eigentlich ungefährliche Schussverletzung in der linken Wade ist Auslöser für schlimme Erfrierungen des Beines. Noch am gleichen Tag wird Hübner in ein Militärlazarett überstellt, doch das Bein ist nicht mehr zu retten.

Wochenlang kämpfen spanische Ärzte um sein Leben. Während der Oberst nach einem neuerlichen Rückfall in tiefer Bewusstlosigkeit liegt, wird Franco am 27. Februar von Frankreich und England als spanischer Staatschef anerkannt. In den nächsten Wochen bessert sich Hübners Zustand langsam. Der Einmarsch der Franco Truppen in Madrid am 28. März beendet den Bürgerkrieg. An diesem Abend besteigt Hübner eine Kuriermaschine, die ihn nach Paris bringt.

An einem Samstag, dem 1. April 1939, betritt Hübner wieder deutschen Boden. Am gleichen Abend, um 11 Uhr, unterbricht Radio Nacional de España sein Programm, und die Zuhörer vernehmen die Stimme des Nachrichtensprechers Fernando Fernández de Córdoba mit einer Sondermeldung: „Nach der Entwaffnung der Armee der Roten haben die nationalen Truppen ihre letzten militärischen Ziele erreicht. Der Krieg ist beendet. Burgos, 1. April 1939. Jahr des Sieges. Generalissimus Franco.“

Noch wusste Hübner nicht, dass damit auch das Ende seiner militärischen Laufbahn besiegelt war.

Mitte April, knapp 44 Jahre alt, meldet sich Oberst Hübner, hochdekoriert, gestützt auf eine Unterschenkelprothese und einen klobigen Spazierstock, beim Wehrbereichskommando Tübingen zur weiteren Verwendung.

Ein schmalbrüstiger Major ließ ihn annähernd eine Stunde im Vorzimmer seines Büros warten, um ihm schnörkelhaft mitzuteilen, dass ein aktiver Einsatz aufgrund der Behinderung nicht mehr befürwortet werde, allenfalls eine Verwendung im Bereich der Wehrerfassung.

»Welches Rindvieh«, fauchte Hübner, »hat da wem diesen Einfall ins Gehirn geschissen? - Woher kommt diese blödsinnige Idee, mich zum Schreibstubenhengst zu degradieren?«

Der Major kannte diesen Typ zur Genüge. Seine letzten Worte werden wahrscheinlich lauten: Mir nach, Männer!

»Ich bitte Herrn Oberst, sich zu mäßigen. Bitte nehmen Sie zur Kenntnis, die Entscheidung ist auf höchster Ebene gefallen und endgültig.«

Berthold wischte sich den Bierschaum von der Oberlippe.

»Du sollst uns erzählen, was du erfahren hast. Deinen Roman können wir später lesen.«

Ich ließ mich nicht beirren und las weiter vor.

»Die nächsten Monate verfluchte Hübner sein Schicksal. Hitler-Deutschland rüstete sich, die Welt zu erobern. Im Morgengrauen des 1. September 1939 marschierten deutsche Truppen in Polen ein. Zwei Tage danach erklärten Frankreich und Großbritannien dem Deutschen Reich den Krieg und Oberst Hübner, Soldat vom Scheitel bis zur Sohle, verstaubte hinter Akten.

Doch noch einmal erinnerte sich das Naziregime an Hübner.

Am 23. Oktober 1940 traf Hitler auf dem Bahnhof der Grenzstadt Hendaye mit Spaniens Caudillo, General Franco, zusammen. In Hitlers Gefolge, neben dem Chefdolmetscher Paul Schmidt, auch der spanisch sprechende Oberst Hübner.

In neunstündigen Verhandlungen versuchte Hitler Franco zu einem Kriegsbeitritt zu bewegen. Die Gespräche in Hitlers Salonwagen verliefen unbefriedigend. Auch die Aussicht auf den Wiedergewinn Gibraltars bewog Franco nicht zur Aufgabe der spanischen Neutralität. Franco war zu vorsichtig und zu klug, sein durch den langen Bürgerkrieg geschwächtes Land in ein neues Abenteuer zu stürzen.

Während Francos kategorische Ablehnung von Hübner übersetzt wurde, ließ Hitlers Gesicht keine Gefühlsregung erkennen. Die nachfolgende Verabschiedung Francos erfolgte mit einer zur Schau gestellten herzlichen Verbundenheit.

Erst im anschließenden Gespräch mit Generalfeldmarschall Keitl und anderen Offizieren zeigte Hitler seine Verärgerung. Er war überzeugt, dass seine trefflichen Argumente schlecht übersetzt wurden und steigerte sich in eine grenzenlose Wut. Mit einer steilen Falte über den zusammengekniffenen Augen stand Hitler vornüber gebeugt, die Hände auf den Besprechungstisch im Salonwagen gestützt. Lange Zeit herrschte ein eisiges Schweigen, dann fuhr Hitler zu seinen Offizieren herum.

„Und Sie, meine Herren? Was ist mit Ihnen? Sie haben geschworen, dem Reich zu dienen!"

„Mein Führer", stammelte Keitl. „Was sollte ich denn tun?"

„Nichts, gar nichts!" tobte Hitler und schaute in die Runde seiner Offiziere. „Keiner von Ihnen tut etwas Nützliches - keiner!"

Generalfeldmarschall Keitl, der Chef des Oberkommandos der Wehrmacht, Hitlers Lakai, sein Satzvollender, übernahm es, wie ein treu ergebener Hund in vorauseilendem Gehorsam, für seinen Herren den Schuldigen zu apportieren.

„Meine Herren, Sie wissen wem wir den Misserfolg unserer Mission zu verdanken haben!"

Er zeigte demonstrativ auf Oberst Hübner und erklärte: „Bitte, verlassen Sie sofort den Raum. Über die weiteren Konsequenzen werden wir Sie informieren."

Von da an muss der Oberst ein erbitterter Gegner des Naziregimes gewesen sein, ein Renegat. Hübner hatte die angedrohten Konsequenzen nicht mehr abgewartet. Er hatte sich geweigert, nach Deutschland zurückzukehren. Seine Familie bekam ein kurzes Schreiben aus Mallorca, in dem er seinen Entschluss mitteilte, in Spanien zu bleiben.

Erst nach Kriegsende, Anfang 1946, kam er wieder nach Tübingen. Im gleichen Jahr noch ließ er sich scheiden und zog mit seinem 12-jährigen Sohn Adolf entgültig nach Mallorca.

Über die Zeit vom Oktober 1941 bis 1946 ist nur wenig bekannt. Sicher ist nur, dass er mit seinem Neffen Klenk bis zu dessen Tod im August 1944 regelmäßig Kontakt hatte, soweit das damals möglich war.

Heinz Hübner hatte mir einen in Sütterlinschrift geschriebenen Brief von Klenk an seinen Onkel vom März 1943 übersetzt: Lieber Onkel Rudolf, in den Morgenstunden des 11. März ist für uns alle schmerzvoll und überraschend meine angebetete Mutter, Deine verehrte Schwester, nach kurzer Krankheit gestorben. Leider konnte ich Mutter vor ihrem Ableben nicht mehr sehen, da ich erst am 12. von ihrem Tode informiert und zu ihrer Beerdigung beurlaubt wurde.

Es berührt mich zutiefst, dass ihr damit der größte Wunsch versagt blieb, ihren geliebten Sohn in Hauptmannsuniform zu erleben. Meine Beförderung erfolgte am 13. März, und es macht mich glücklich, dass ich ihr noch das letzte Geleit im angemessenen Ehrenkleid erbringen konnte.

Die Zeit, in der wir leben, bringt so wenige Dinge hervor, an denen sich ein deutscher Geist erfreuen kann.

Mit meiner Schwester Martha habe ich endgültig gebrochen. Anlässlich meines Besuches in Hechingen habe ich mich engagiert gezeigt und meine Absicht bekundet, dem elterlichen Betriebe in größerem Umfange Rüstungsaufträge zuzuführen, wozu mich meine kameradschaftlichen Verbindungen sicher befähigen würden. Diesem, doch ehrenwerten Ansinnen, hat der Gatte von Martha in einer derart unpatriotischen Art gegengeredet, dass ich mit deutlicher Entrüstung das Elternhaus verlassen musste.

Ich danke Gott und dem Schicksal in diesen unruhigen Zeiten in Dir den einzig verbliebenen Fels und Halt zu haben. In Dankbarkeit verbleibt Dein Dir treu ergebener Neffe Johann.«

Ich legte unzufrieden meine Notizen auf den Tisch.

»Leute, ich finde das ja alles recht interessant, aber weiter sind wir kein Stück, und der dicke Hammer kommt noch.« Und nach einer Kunstpause fuhr ich fort: »Hübner war sich sicher, dass sein Vetter Klenk kein Flugzeug fliegen konnte; und auch von einem Absturz war ihm nichts bekannt.«

Wie wenn sie daran Schuld hätten, wichen Berthold und Herr Schmieder meinen fragenden Blicken aus. Erst als Bienchen frisch gefüllte Gläser auf den Tisch stellte, »Das sind die letzten für heute!«, kam wieder Bewegung in die Runde; und ich beschäftigte mich erneut mit meine Notizen.

»Den Rest, den mir der Hübner erzählte, halte ich für Wichtigtuerei. - Wenn man ihm Glauben schenken würde, hatte sein Vater den Untergang des Großdeutschen Reiches schon früh vorausgesehen. Scheinbar war er mit einigen Offizieren eng befreundet, die in das Hitlerattentat verwickelt waren, vielleicht sogar er selbst; und er glaubt, dass sein Vater auch deswegen nicht mehr nach Deutschland zurück konnte. - Aber wie gesagt, ich halte das für Angeberei.«

Herr Schmieder wackelte nachdenklich mit dem Kopf.

»Denkbar ist das schon. Das Attentat war am 20. Juli 1944. Generalstabsoffizier Oberst von Stauffenberg war zum Vortrag ins Führerhauptquartier Wolfsschanze befohlen. Beim Verlassen der Konferenzbaracke hinterließ er seine Aktenmappe, mit einer eingebauten Bombe, unter Hitlers Kartentisch. Der Anschlag misslang, obwohl die Explosion der Bombe minutiös erfolgte. Die leichtgebaute Baracke war dem Luftdruck gewichen und ein Sockel des Kartentisches hatte Hitler geschützt. Während mehrere Personen getötet oder ernstlich verletzt wurden blieb Hitler nahezu unverletzt. Ein paar Kratzer, einige versengte Haare, eine zerrissene Hose.

Einige der Verschwörer, darunter Stauffenberg, wurden in der Nacht noch erschossen, andere, so der Chef des Generalstabs, Generaloberst Beck, begingen Selbstmorde, wieder andere wurden festgenommen.

Die Verschwörung war völlig gescheitert, Hitler übte gnadenlos Vergeltung. In den Wochen danach rollte eine Verhaftungswelle über Deutschland. Über 5.000 Personen wurden verhaftet. Die Familien der Täter in Sippenhaft genommen. Roland Freisler, der Präsident des Volksgerichtshofes, wütete fürchterlich. Wer nicht Selbstmord verübte, wie die Generalfeldmarschälle Rommel und von Kluge, erlitt den unehrenhaften, quälenden und besonders brutalen Tod durch Erhängen am Fleischerhaken. Der Henker des NS-Regimes, Johann Reicherter, hetzte von Hinrichtung zu Hinrichtung. Etwa 200 der Verhafteten wurden hingerichtet, die übrigen wies man in die Konzentrationslager ein. - Übrigens, war Reicherter der gleiche Henker, der nach dem Krieg im Auftrag der Amerikaner 156 Nazi-Kriegsverbrecher erhängte.«

Ich hatte darüber gelesen und sagte: »Darüber gibt es stapelweise Bücher, aber von einem Oberst Hübner habe ich in diesem Zusammenhang noch nie gehört.«

Berthold nickte dazu mit dem Kopf.

»Und ein Zusammenhang mit der Pistole ist auch nicht erkennbar. - Lasst uns Schluss machen für heute.«

Am Samstag war Tanz im Neckarblick und ein Witzewettbewerb. Eine Dreimannkapelle spielte zünftige Volksmusik, ab und an von Berthold zum Quartett erweitert, der recht gekonnt mit seinem Schifferklavier hantierte. Der Wirtsgarten war brechend voll und die Gäste in bester Stimmung. Tanz, Witz, tobender Beifall und Gelächter wechselten sich ab.

Dann machte sich Berthold auf dem Weg zur Bühne, während Herr Schmieder gegen das Lachen der Gäste anbrüllte »Michael, jetzt kommt ein Schaber-Witz. Schaber ist ein hiesiger Bauer. Stinkreich, läuft aber herum wie ein Landstreicher.«

Berthold hatte das Mikrofon erreicht.

»Schaber kommt mit einem Schwein an der Leine zu mir in den Neckarblick. Ich schau die beiden an und frage, ja was machst du denn mit der Sau? Sagt der Schaber, das siehst du doch. Sag ich, dich habe ich doch gar nicht gefragt.«

Dem schallenden Gelächter nach zu urteilen war klar, dass Berthold die von ihm selbst gespendete vier Pfund schwere Siegerbrezel behalten durfte.

Schmieders kleine Nichte gewann ein Lebkuchenherz für ihren Witz und erntet einen tosenden Applaus.

»Treffen sich zwei Schlangen. Fragt die eine, weißt du, ob ich giftig bin? Fragt die andere, warum? Lispelnd kommt die Antwort, ich habe mir eben auf die Zunge gebissen.«

Auch ich wurde von Berthold ans Mikrofon gezogen und musste einen Witz erzählen.

»Bekommt ein Mann einen Brief, darin steht, ich möchte Sie über meine Heirat informieren. Da Sie mit meiner Frau vor unserer Ehe intime Beziehungen hatten, bitte ich Sie, nun alle weiteren Kontakte zu unterlassen. – Der Mann schreibt zurück. - In Beantwortung ihres Rundschreibens!«

Verständnisloses Schweigen schlug mir entgegen. Ein älterer Mann im Trachtenanzug brüllte: »Und wann kommt der Witz?«, wofür er zustimmendes Gekreische erntete. Nur Herr Schmieder lachte, er bog sich vor lachen, Tränen liefen über sein Gesicht, während er keuchte: »Rundschreiben, sehr gut.«

Nach so viel primitivem Unverständnis war Schmieders Reaktion für mich ein Labsal für mein angekratztes Ego.

Auch Bienchen lobte mich für meinen Witz, obwohl ich nicht glaubte, dass sie ihn verstanden hatte. Aus Dankbarkeit tanzte ich mit ihr einen Wienerwalzer und Foxtrott; und war dann auch körperlich nicht mehr in der besten Verfassung.

Diese Nacht schlief ich unruhig. Mehrmals wachte ich mit dem Gefühl auf, schlecht geträumt zu haben, ohne mich erinnern zu können; und am anderen Morgen hatte ich Fieber, Halsschmerzen und einen krächzenden Husten.

Während ich die folgenden drei Tage geschwächt im Bett lag, umsorgte mich Bienchen mit einer wahren Hingabe. Der Mann ihrer Schwärmereien hilflos ans Bett gefesselt und ihrer Fürsorge ausgeliefert, das war scheinbar mehr, als ihr Hormonhaushalt vertragen konnte.

Kaum eine Stunde verging, ohne dass sie meine Tür öffnete und mit einem »Ich will nur schauen, wie es dir geht«, einen Kamillentee ans Bett stellte oder mir das Kopfkissen aufschüttelte. Mich mit einem feuchtwarmen Waschlappen abzureiben, machte ihr ein animalisches Vergnügen. Bienchen blühte in diesen Tagen sichtlich auf.

Zweimal täglich drückte sie meine abwehrende Arme zur Seite, knöpfte mir die Schlafanzugsjacke auf, und mit glückselig verdrehten Augen massierte sie meine Brust mit einer stinkenden Eukalyptuscreme, bis mir die Augen tränten.

Wenn sie sich über mich beugte und ihre gewaltigen Brüste im Rhythmus ihrer knetenden Hände direkt vor meinen Augen auf und ab hüpften, verstand ich Helge, meinen Jugendfreund, der sich auf reine Männerfreundschaften spezialisiert hatte.

Am dritten Tag ging es mir zunehmend besser, und ich begann meine Gedanken und Notizen zu ordnen und mit der Schreibmaschine in eine verständliche und lesbare Form zu bringen.

Je mehr ich schrieb, um so klarer wurde mir, wenn überhaupt, konnte ich nur in Menorca feststellen, was aus diesem Klenk nach seinem Absturz geworden war.

Am nächsten Tag informierte ich Herrn Schmieder und Berthold von meinen Plänen. Anschließend erkundigte ich mich im Reisebüro nach einer Flugmöglichkeit.

»Nein, tut mir leid, von Stuttgart aus wird Menorca nicht direkt angeflogen. Aber nach Mallorca geht am Freitag eine Maschine, zwei Stunden Aufenthalt und dann ein Anschlussflug nach Mahón auf Menorca. Abflug 10:25 Uhr, dann sind Sie um 15 Uhr in Mahón.«

Ich überlegte, heute war Mittwoch, nur noch zwei Tage. Dann gab ich mir einen Ruck und buchte den Flug am Freitag.

Zurück im Neckarblick, reagierte Berthold enttäuscht.

»Muss das denn so schnell sein?«

»Berthold, versteh mich doch. Ich komme hier doch nicht weiter, und jeder Tag hier kostet mich Geld, ich bin doch kein Millionär.«

Berthold schaute verlegen in sein Bierglas und murmelte mit leiser Stimme: »Junge, wenn du Hilfe brauchst, darüber kann man doch reden. - Du gehörst doch irgendwie zu uns.«

»Ich danke dir, Berthold, du kannst mir tatsächlich helfen. Bitte sei so nett und verkaufe für mich meinen Fiesta.«

»Michael, das wollte ich dich sowieso fragen. Das wäre doch das richtige Auto für Sabine?«

An diesem Mittag saßen wir noch lange zusammen, ohne dass wir die bedrückte Stimmung verscheuchen konnten. Für das Auto bot mir

Berthold einen großzügigen Preis und er verzichtete zusätzlich auf die Hotelrechnung. Er wollte für mich eingehende Post aufbewahren und Bienchen versprach schluchzend, mich zum Flughafen zu fahren, aber nur, wenn ich hoch und heilig schwören würde, mich regelmäßig zu melden.

Den Donnerstag verbrachte ich mit dem Ordnen und Packen meines Reisegepäcks. Die Reisetasche mit den Winterkleidern wollte Berthold für mich aufbewahren.

Am Mittag hatte ich noch bei der Bank Geld gewechselt und mich von Herr Schmieder verabschiedet.

»Lassen Sie's sich gut gehen, Michael, und wenn ich noch Informationen bekomme, gebe ich sie Berthold - dort werden Sie sich doch einmal melden?«

Ich zog ein Päckchen aus der Tasche und reichte es ihm.

»Ja, auch bei Ihnen melde ich mich und ich lasse Ihnen auch ein Pfand hier, die Pistole. Ich kann sie ja nicht mit ins Flugzeug nehmen.«

Herr Schmieder nickte dazu.

»Sie sind jederzeit herzlich willkommen, Michael.«

Ich hatte einen dicken Kloos im Hals, als Herr Schmieder mich an sich drückte und dann verstohlen über seine Augen wischte, um sich anschließend umständlich die Brille zu putzen.

Berthold blieb den ganzen Tag verschwunden. »Mit dem Gemeinderat eine Kläranlage besichtigen, auswärts!« hatte er noch gerufen, als ich zum Frühstück erschien; dann war er fluchtartig weg.

Am Freitagmorgen weckte mich Bienchen kurz vor sechs. Als ich wenige Minuten später zum Frühstück erschien, saßen Berthold, seine Frau und Bienchen bereits um den Stammtisch und erwarteten mich. Während des Frühstücks redeten wir belanglose Dinge. Bienchen schluchzte ab und zu auf. Berthold versuchte sich mit Scherzen, über die keiner lachen konnte, und seine Frau kaute bleich an einer Brezel. Und ich wunderte mich über meine Gefühle, die sich in den vergangenen zwanzig Tagen bei diesen Menschen verwurzelt hatten.

Um sieben hatte ich mein Gepäck im Fiesta verstaut und war abfahrbereit. Berthold drückte mir lange die Hand und knurrte: »Junge, wenn du nichts von dir hören lässt, komm ich dich an den Ohren holen.«

Und als wir vom Parkplatz fuhren, flossen auch bei Bienchens Mutter die Tränen.

Am Ortsausgang führte uns unser Weg am Reklameschild vorbei:

»Ein herzliches Willkommen! - Gasthaus Neckarblick, preiswerte und gemütliche Zimmer frei.«

Nun war es auch um meine Beherrschung geschehen, und ich konnte die nächsten Kilometer die Straße nur noch verschwommen erkennen.

Am Flughafen Stuttgart hatten die meisten der Passagiere bereits ihr Gepäck aufgegeben. Als ich meinen Koffer und die Reiseschreibmaschine auf das Fließband stellte, zeigte die Waage Übergewicht. Reden half nichts, verärgert musste ich den verlangten Aufpreis bezahlen.

Mein Hintermann klopfte sich lachend auf seinen beachtlichen Bauch und meinte mit einem bewundernden Seitenblick auf Bienchen: »Männeken, die Welt is unjerecht, da musste dir dran jewöhn'n. Uns Dicke kost det Überjewicht keenen Groschen mehr.«

Kopfschüttelnd ging ich mit dem lachenden Bienchen in eine Cafeteria. Die Kellnerin brachte uns zwei Cappuccinos, und ich begann verlegen in meinem Getränk zu stochern.

»Sabine, ich wollte noch etwas zwischen uns klären.«

Sie lehnte sich zurück und beobachtete mich interessiert.

»Wegen unserer Beziehung, du verstehst doch - oder?«

Um Verständnis flehend blickte ich sie an, aber sie machte keine Anstalten zu reagieren.

»Ich finde dich ja wahnsinnig nett ... du bist ein ganz tolles Mädchen ...«

Über Bienchens Gesicht huschte ein mühsam kontrolliertes Lächeln, dann beugte sie sich zu mir.

»Aber, Michael, jetzt kommt ein Aber.«

Die Klimaanlage funktionierte ausgezeichnet, trotzdem begann ich unangenehm zu schwitzen.

»Aber sich besonders sympathisch finden und Liebe sind doch zwei ganz verschiedene Dinge ... und die kann man doch nicht erzwingen.«

Mit beherrscht ernstem Gesicht fragte sie mich: »Und, du findest mich besonders sympathisch, aber du liebst mich nicht?«

Als ich mir umständlich und verlegen den Schweiß von der Stirn wischte und dann schüchtern den Kopf schüttelte, war es um Bienchens Beherrschung geschehen.

Glucksend brach das Lachen aus ihr heraus. Der Cappuccino schwappte über, und die umsitzenden Gäste blickten irritiert und teils empört zu uns.

»Bitte entschuldige, Michael, aber du hast die Situation völlig missverstanden. Ich bin seit fast einem Jahr verlobt. Meine Liebe heißt Klaus und macht seinen Wehrdienst bei der Marine, obwohl er davor, außer im Freibad in Oberndorf, noch nie ein größeres Wasser gesehen hat.«

Wie ein Boxer, nach einem gut gezielten Aufwärtshacken, hing ich in meinem Korbstuhl. Gott, was war ich für ein eingebildetes Rindvieh. Ich fühlte mich blamiert bis auf die Knochen.

Der Aufruf meiner Maschine rettete mich aus meiner Verlegenheit, und fast fluchtartig begab ich mich zur Passkontrolle.

Zum Abschied nahm Sabine meinen Kopf zwischen ihre Hände, drückte mir einen langen Kuss auf die Lippen und flüsterte: »Machs gut, mein kleiner Bruder - ich mag dich.«

Der Airbus 320 der Iberia begann leicht zu schütteln, als der Pilot die Turbinendrehzahl erhöhte. Die zwei Mantelstromtriebwerke mit je 118 kn Schub heulten auf. Dann löste der Pilot die Bremsen und die Maschine beschleunigte abrupt. Kurz darauf hob sich der über 50 Tonnen schwere Koloss in den grauen Himmel. Das Flugzeug war nicht ausgebucht, von den 179 Plätzen war nur gut die Hälfte belegt, und ich saß alleine in meiner Reihe am Fenster. Unter mir sah ich das Band der Autobahn, für einen kleinen Moment tauchte der Fernsehturm auf, dann huschten Wolkenfetzen am Fenster vorbei und nahmen mir die Sicht. Wenige Augenblicke später durchbrach das Flugzeug die niedere Wolkenschicht, und gleißendes Sonnenlicht zwang mich, die Augen zu schließen.

»Möchten Sie vor dem Essen noch einen Aperitif?«, fragte die Stewardess. Sie trug einen Minirock, der der aufregenden Fülle ihrer Schenkel nicht gerecht wurde.

»Ja, bitte bringen Sie mir einen Champagner.«

Die Stewardess gönnte mir ein professionelles Lächeln.

»Gerne, mein Herr, nur einen Moment bitte.«

Hinter mir ertönte eine bekannte Männerstimme.

»He, Frolein, Sieh scheuet Reh, ick kann och wat vertrachen, bringen se mir man och en Pülleken Champus.«

Sinnierend blickte ich auf die in meinem Glas aufsteigenden Perlen und ein Gefühl breitete sich in mir aus, als würde ich mich aus einem unansehnlichen Kokon schälen und mich als bunter Schmetterling in die Lüfte erheben, um mit 960 km in der Stunde eine neue Welt zu erobern.

Ich dachte an Spanien und fühlte eine prickelnde Freude. Was war es denn, was mir dort so gefiel? Ich versuchte mir meine Gefühle zu erklären und mit Begriffen zu verbinden. Natürlich das Meer und die Sonne; die ungezwungene Leichtigkeit des Lebens, die Menschen und das leben und leben lassen – und die Bilder der Maler El Greco, Velázquez, Goya, Miro, Picasso und Dali - die Architektur von Antonio Gaudi; an der Kirche Sagrada Familia in Barcelona konnte ich mich nicht satt sehen.

Je mehr Gedanken ich aneinander reihte, um so weiter schien ich mich von den wahren Gründen zu entfernen.

War es nicht vielmehr die teutonische Gründlichkeit, die mich störte. Genau, unterkühlt, pünktlich und in allem sehr effizient. Dieses egoistische Erfolgsstreben. Die ausschließliche Akzeptanz des jung Dynamischen. Der berechnende Verzicht auf Kinder und das an den gesellschaftlichen Rand Drücken der Alten. Irgendwo hatte ich gelesen, dass das im Ausland bekannteste deutsche Wort „Achtung" war.

Mir gefielen meine Gedanken nicht, und ich war für die Ablenkung froh, als mir die schwarzgelockte Stewardess das Essen servierte. Nur einen Moment hatten mich ihre dunklen Augen angeblitzt, und urplötzlich war diese kribbelnde Freude wieder da; sie war Spanierin.

Über Mallorca war der Himmel so grau wie über Stuttgart. Aus den vorgesehenen zwei Stunden Aufenthalt wurden dreieinhalbe. Das Warten in der hektischen Betriebsamkeit des Flughafen Son San Juan zehrte an meinen Nerven.

Der Berliner hatte mich noch zu einem ángel y diabolo eingeladen. Eine Mischung aus Rotwein und Cola und einem Schuss Tabasco. Ich musste mich nach dem ersten Schluck an der Barttheke festhalten, um nicht vom Hocker zu kippen. Der Berliner kicherte fröhlich und sagte: »Mensch, wat bin ick froh, mal zwee Wochen ohne meene Olle und nischt von deutschen Problemen zu hör'n.« Dann hatte er sich die Bildzeitung gekauft, freundlich gewunken und war verschwunden.

Der Flug nach Menorca war kurz. Gegen den Flughafen von Mallorca erschien mir der Flugplatz in Mahón wie ausgestorben. Nur wenige Minuten nach der Landung stand ich mit meinem Gepäck auf dem Parkplatz und verhandelte mit dem Taxifahrer über den Preis für circa 50 Kilometer Fahrt ans andere Ende der Insel, nach Ciudadela. In dem vom Reisebüro angebotenen kleinen Hotel Bahia Vista hoffte ich, jetzt Anfang Juni, problemlos ein Zimmer zu bekommen.

Ich hatte richtig vermutet. Das unweit des Stadtzentrums gelegene

Hotel war nur wenig belegt, und ich bekam ein gemütliches Doppelzimmer zum Preis eines Einzelzimmers.

Mein Zimmer lag im ersten Stock, neben einer wuchtigen Treppe, die hinunter in einen lichten Empfangsraum führte. Von hier aus öffnete sich eine große Glasfront zu einer mit ausladenden Palmen überdachten Terrasse und einem angrenzenden Schwimmbad.

Nur ein älteres Paar saß verloren an einem der gedeckten Tische, und zwei Kinder trotzten dem grauen Himmel und planschten vergnügt im Wasser.

Der Eigentümer des Hotels selbst hatte die Formalitäten erledigt und auf meine Frage nach dem Wetter beschwörend versichert: »Señor, ich, Vincente, verspreche Ihnen Morgen einen blauen Himmel.«

Er begleitete sein Versprechen mit einem sympathischen, herzhaften Lachen, wozu er seine auffallende Nase rieb. Seine Nase war lang und schmal und zerstörte mit ihrer eigenartigen Krümmung und knuppeligen Spitze den symmetrischen Eindruck der hageren Figur. Sie schien nicht aus dem Gesicht zu ragen, mehr ergab sich die Vorstellung, als würden die Gesichtspartien zurücktreten um dem Riechorgan die ungestörte Gelegenheit geben, nach links schnuppernd, Gerüchen auf die Spur zu kommen, die sich ihm ständig entzogen.

Ich hatte ungläubig gelacht und eine Wette um eine Flasche Faustino, einen der besten spanischen Rotweine, angeboten.

Vincente hatte zugestimmt und erklärt: »Der Verlierer bezahlt und trinken werden wir die Flasche gemeinsam, Señor, ich freue mich darauf.« Dabei hatte er in der Vorfreude genießerisch die Augen verdreht und mit seiner Nase selbstvergessen in ein imaginäres Glas geschnuppert.

Dieser Vicente war nach meinem Geschmack

Das Zimmer war sauber und großzügig möbliert; und von meinem Balkon hatte ich einen weiten Blick über das Schwimmbad hinweg zur Hafeneinfahrt. Unter dem Fenster stand ein kleiner Schreibtisch, und das erste was ich auspackte, war die Reiseschreibmaschine.

Am Abend saß ich in dem kleinen, nur schwach besuchten Hotelrestaurant und aß ein wunderbar zartes Conejo asado con mostaza, ein gebratenes Kaninchen mit Senf; das mir der Hotelier und wohl auch Koch persönlich servierte. Es schmeckte mir großartig, und ich nahm mir vor, Vicente nach dem Rezept zu fragen.

Als die Bedienung abgeräumt hatte, kam Vicente mit einer Flasche

Rotwein und zwei Gläsern zu mir an den Tisch und grinste schelmisch.

»Tut mir leid, Señor, ich habe gewonnen, eben kam die Wettervorhersage im Radio.«

Ich forderte ihn lachend auf, sich zu setzen.

Der blutrote Wein funkelte in den Gläsern, und in entspannter Atmosphäre unterhielten wir uns, erst über belanglose Dinge, dann erzählte ich von der Pistole und meinen Nachforschungen. Und ich erzählte, warum ich in Menorca war, und dass ich hoffte, über den abgestürzten Flieger mehr zu erfahren. Dass ich darüber schreiben wolle, eine Geschichte oder vielleicht sogar ein Buch.

Wir unterhielten uns wie vertraute Freunde und wechselten zum Du, ohne es zu bemerken; und Vicente fragte mich, ob ich ein erfolgreicher Schriftsteller sei. Ich schüttelte ärgerlich den Kopf.

»Erfolg, wenn das so einfach wäre? - Wenn du als Schauspieler nicht regelmäßig besoffen vor den Zeitungsredaktionen auf und ab torkelst oder in der Öffentlichkeit kleine Mädchen verführst, kannst du für den Rest deiner Tage in der Provinz Damenkränzchen beglükken. Oder wenn du als Maler keinen Picasso oder Miro gefälscht hast, musst du nebenberuflich deine Brötchen als Fassadenstreicher verdienen; und als Schriftsteller musst du wenigstens 3 Jahre Knast vorweisen, sonst traut sich ein Verleger nur an dich ran, wenn er Klopapierrollen mit Kalendersprüchen produzieren möchte.«

Vicente hatte mich mit großen Augen beobachtet. Er verstand nicht, warum ich mich so in Rage geredet hatte.

»Warum regst du dich auf? Erfolg liegt nicht auf der Bank, nur hier.« Er zeigte auf sein Herz. »Erfolg ist, was du fühlst, nicht was andere daraus machen.«

So hatte ich es noch nie gesehen.

»Und dein Leben ist erfolgreich, Vicente?«

Auf einen Wink von Vicente brachte der Ober eine zweite Flasche Faustino. Er kostete den Wein und goss die Gläser voll. Dann lehnte er sich zurück und schaute mich lange an.

»Letztes Jahr wollte mir die Bank mein Hotel nehmen und ich lief tagelang wie ein geprügelter Hund herum. Ich habe mich geschämt; und meine Frau glaubte, ich sei krank.

Ja, und dann hat Luzma, meine Frau, den Brief der Bank gefunden und ich war wie eine zermatschte Melone. Da hat sie mich ausgelacht und an den Haaren gezogen. „Was jammerst du, bist du ein altes Weib? Ich liebe dich, und deine drei Kinder sind gesund, was willst du mehr vom Leben?", hat sie gesagt.

Dann hat sie mit ihrer Familie gesprochen und mein Schwager Pedro hat einen großen Teil seiner Grundstücke verkauft und mir geholfen.«

Während er erzählte, hatte sich sein breites Gesicht von Landregen in schönstes Badewetter aufklärte, und er strahlte mich an. Er schien glücklich, auf eine unkomplizierte Weise.

»Ja Miguel, mein Leben ist erfolgreich.«

Und plötzlich spürte ich wieder dieses durchdringende Gefühl der Freude.

Der Wein hatte mich leicht und angenehm müde gemacht, und als wir auch die zweite Flasche geleert hatten, ging ich mit staksigen Schritten auf mein Zimmer. Ich schlief rasch ein, mit dem behaglichen Gefühl, zuhause zu sein.

Am Morgen weckten mich ein Summen und Kitzeln an der Nase. Als ich die Augen aufschlug, sah ich eine fette Fliege, die behäbig einen Kreis über meinem Kopf zog. Ich warf mit dem Hausschuh nach ihr, ohne sie zu treffen. Einen Moment stand sie schwirrend in der Luft und schien mich verächtlich zu mustern; dann flog sie zur offenen Balkontür hinaus.

Draußen war ein strahlend blauer Himmel. Im Pool war ein reges Treiben, und ich beeilte mich mit dem Waschen und Zähneputzen.

Ich frühstückte auf der Terrasse unter den Palmen und sah den Schwimmern zu. Vicente brachte mir den Kaffee und erzählte mir, dass er mit seinem Schwager Pedro telefoniert habe. Er erklärte kategorisch: »Wenn dir einer bei deiner Suche helfen kann, ist es Pedro.«

Ich nickte nur, biss in mein Croissant und beobachtete ein bildhübsches, Mädchen, das einen perfekten Salto von Sprungbrett machte.

»Pedro ist Landwirt und fährt in der Saison Touristen über die Insel.«

Prustend tauchte der schwarze Wuschelkopf aus dem Wasser auf. Ihre Bewegungen glitten graziös ineinander über.

»Er will dich erst sehen, bevor er sich entscheidet, ob er dir hilft.«

Jetzt zog sie sich am Schwimmbadrand hoch und ihr Oberkörper spannte sich, die Brust straffte sich, dann zogen sie Männerarme wieder zurück ins Wasser.

»Was hast du gesagt?«

»Er will dich sehen. Er kommt am Montag.«

»Wer?«

»Na, Pedro, mein Schwager.«

Kopfschüttelnd ging Vicente weg und jammerte: »Totalmente loco! Total verrückt, alle Männer, wenn sie ein hübsches Mädchen sehen, ohne Unterschied: ob jung oder alt, ob arm, reich, spanisch, französisch oder deutsch!«

Nach meiner dritte Tasse Kaffee hatte ich mir ein Programm für den heutigen Tag zurechtgelegt. Am Vormittag wollte ich Ciudadela, die weiße Stadt, besichtigen und am Nachmittag arbeiten, doch zuvor wollte ich in Oberndorf anrufen.

Auf dem Weg zur Rezeption sah ich das hübsche, schwarzhaarige Mädchen in Begleitung von zwei Männern das Hotel verlassen.

Bewundernd blickte ich ihren langen Beinen nach. Das Klappern ihrer Absätze auf den Steinfliesen gab den Takt vor, zu dem ihr süßer, kleiner Hintern hin und her wippte.

Vicente riss mich aus meiner verträumten Betrachtung.

»Sie wohnt hier im Hotel.«

»Und die beiden Männer?«

Vicente blinzelte mir verschwörerisch zu.

»Die auch, aber sie hat ein Zimmer für sich allein.«

Ich fühlte mich in meinen Gedanken ertappt und wechselte das Thema.

»Ich brauche eine Telefonverbindung nach Deutschland?«

Ich gab Vicente die Nummer, und als ich die Tür zu meinem Zimmer aufschloss, schnarrten bereits das Telefon. Ich nahm den Hörer ab und hörte Bienchens Stimme.

»Hallo, hallo, wer ist denn da?«

Ich meldete mich und hörte ein Rauschen und Poltern. Nach einigen Sekunden war wieder ihre Stimme zu hören.

»Entschuldige, mir ist vor Freude der Hörer aus der Hand gefallen. - Wie geht es dir?«

Ich erzählte ihr vom Flug, vom Hotel und Vicente; dass es mir gut gehe und das Wetter großartig sei.

Bienchen berichtete, dass ihr Vater im Moment nicht da sei, Herr Schmieder keine neuen Informationen habe, und dass es regnen würde, - aber allen gehe es gut.

Nachdem der Hörer wieder auf der Gabel lag, saß ich lange auf dem Bett, mit ihren Worten im Ohr: „Allen geht es gut."

Ich spürte, es war mir wichtig, wie es Herrn Schmieder, Berthold und seiner Familie ging; und es war ein gutes Gefühl - Freunde zu haben.

Ich raffte mich zu der geplanten Besichtigungstour auf. In einem Prospekt hatte ich gelesen: „Ciudadela, wörtlich übersetzt Städtchen, war bis 1722 Inselhauptstadt und wird von ihren 16.000 Einwohnern die weiße Stadt genannt. Sie liegt am Ende eines 1 km langen Fjordes und gehört in ihrer spanischen Natürlichkeit zum Pflichtprogramm für jeden Menorcabesucher."

Ich schlenderte durch die gemütliche Altstadt mit ihren engen Gassen zwischen weiß getünchten Häusern, besichtigte prunkvolle Paläste und mittelalterliche Kirchen. Am meisten imponierte mir das reichverzierte Rathaus auf der Placa d'es Born und die Kathedrale, die auf den Mauern einer alten Moschee errichtet wurde.

In den Cafés saßen mehr Einheimische als Touristen. Und obwohl sich auf meinem Weg Geschäft an Geschäft reihte, hatte Ciudadela etwas Schläfriges, eine träge Schönheit und etwas wohltuend Beruhigendes.

Ich überquerte den Marktplatz und stieg die ausladende Treppenanlage zum Hafen hinunter. Auf der gegenüberliegenden Seite des schmalen Hafenschlauches war ein geschäftiges Treiben. Frachtkähne wurden be- und entladen; und Fischer arbeiteten an ihren Booten und Netzen.

Auf meiner Seite war die Höhlendiskothek, in der mir bei meinem Urlaub vor sieben Jahren Antonio die Pistole verkauft hatte. Dahinter reihten sich Restaurants und Bars. Die davor stehenden Tische und Stühle standen oft bis zur Kaimauer, an der unzählige Segel- und Motorboote festgemacht lagen.

Vor einer kleinen Bar setzte ich mich an einen der Tische, direkt gegenüber einer schnittigen Motoryacht.

Während ich an meinen gebackenen Tintenfischringen kaute und Pomada, Gin mit Zitronenlimonade, trank, beobachtete ich auf dem Achterdeck der Yacht einen eleganten älteren Herrn in einem marinefarbenen Zweireiher, der sich neckisch um eine wohlgeformte junge Frau im Bikini bemühte. Sie nippte kichernd an ihrem Champagner, und er redete beschwörend auf sie ein, wobei er ihre zierliche Hand auf seine Brust drückte; als wollte er sie von der Belastbarkeit seines Herzschrittmachers überzeugen.

Eine zweite Pomada und das gleichförmige Schaukeln der Boote hatten mich schläfrig gemacht. Ich räkelte mich in meinem

Korbstuhl, döste mit geschlossenen Augen, die Beine auf einen der Eisenpoller gelegt und genoss die warme Sonne und die Geräuschkulisse.

Ein Stoß gegen meine Beine ließ mich überrascht aufblicken. Verdutzt starrte ich auf die hübsche Schwarzhaarige aus dem Hotelpool, die direkt vor mir, wild mit den Armen fuchtelnd, auf der Kante der Kaimauer um ihr Gleichgewicht kämpfte. Instinktiv griff ich nach ihr, ohne sie fassen zu können. Die leichte Berührung brachte sie aus der Balance und mit einem spitzen Schrei fiel sie rücklings zwischen einer Jolle und der Motoryacht ins Hafenbecken.

Das Wasser spritzte bis auf das Achterdeck der Yacht und das ungleiche Pärchen trennte sich erschrocken. Eine Möwe auf dem Flaggenmast der Yacht stieß ein ärgerlich gurrendes Geräusch aus, flatterte aufgeregt auf und hinterließ einen graugrünen Fleck auf dem eleganten, marinefarbenen Zweireiher des alternden Liebhabers.

Schnell hatte sich ein Kreis von Schaulustigen gebildet. Neben mir schlugen sich zwei Männer vor Lachen auf die Schenkel, ich erkannte in ihnen die Begleiter der Schwarzhaarigen aus dem Hotel. Hilfesuchend schaute ich mich um, aber keiner der Umstehenden machte Anstalten, dem Mädchen zu helfen.

Sie versuchte derweil wassertretend den Kopf über dem schmutzigen Hafenwasser zu halten und sich an der glitschigen Kaimauer hochzuziehen. Drei-, viermal rutschte sie ab und fiel zurück ins Wasser, was allgemeines Gelächter zur Folge hatte; und noch immer machte keiner Anstalten, ihr zu helfen.

Ich legte mich auf den Boden und streckte ihr den Arm entgegen. Es gelang ihr, meine Hand zu greifen, und ich zog sie an der Mauer hoch.

Ich kniete auf der Kaimauer, und ausgepumpt und nach Luft schnappend, lag sie vor mir. Einen Schuh hatte sie verloren, und ich sah ihn im Wasser unerreichbar davon treiben.

Ich betrachtete ihren herrlichen Körper, die langen Beine und die schmale Taille. Zart schimmerte das schwarze Dreieck unter ihrem Nabel und das Rosa ihrer Brustwarzen durch den nassen Stoff ihres dünnen Kleides. Ihre festen, spitzen Brüste, hoben und senkten sich stoßweise. Sie bemerkte meinen Blick und kreuzte demonstrativ ihre Arme vor der Brust.

Ich löste schuldbewusst meinen Blick und sagte: »Ich kümmere mich um Sie.«

Ich strich ihr das nasse Haar aus dem Gesicht. Es war ein faszinierendes, schmales Gesicht, aus dem mich zwei wunderschöne, dunkle, fast schwarze Augen wütend anblitzten.

Sie schlug mir die Hand zu Seite und fuhr mich an: »Sie Idiot!«

Die Zuschauer lachten und klatschten in die Hände.

Verwundert glotzte ich sie an. Ich hatte erwartet, dass sie mir vor Dankbarkeit um den Hals fallen würde, und nun das.

»Sie haben mich ins Wasser gestoßen.«

»Aber nein, ich wollte Sie doch nur festhalten«, stotterte ich.

Sie war aufgestanden, zog sich das verrutschte Kleid glatt und schüttelte mir ihre tropfnassen Haare ins Gesicht.

»Sie sind schuld - ich bin über Ihre Beine gestolpert.«

Das war doch keine Logik, ich verstand die Welt nicht mehr; hilfesuchend schaute ich mich um.

Einer der Kellner wollte sich hilfreich einzumischen.

»No, no Señorita ...«

Ein zorniger Blick von ihr bremste ihn, und er schaute sie mit dem rührend hilflosen Blick eines ganz braven und lieben Hündchens an, dem völlig zu unrecht der Vorwurf gemacht wurde, es habe ein unästhetisches Häufchen an verbotener Stelle hinterlassen.

Die Zuschauer hatten sich verlaufen, und nur noch ihre beiden lachenden Begleiter standen bei uns und konnten sich noch immer nicht beruhigen.

Nun konzentrierte sich ihr Zorn auf die beiden. Sie waren etwas jünger als ich, der eine untersetzt und muskelbepackt, mit einer zerzausten blonden Mähne und sommersprossig; und der andere war groß gewachsen, schlank, mit einer drahtigen Figur, dunklen Haaren und einem auffallend gut geschnittenen Gesicht. Sie ballte die Fäuste, und ihre Augen sprühten.

»Ihr seid noch größere Idioten. - Alle Männer sind blöde!«

Wütend schimpfend drehte sie sich um und stöckelte auf einem Schuh davon.

Ich schaute ihr verdutzt nach. Die beiden jungen Männer hatten sich unaufgefordert an meinen Tisch gesetzt und bei der herbeieilenden Bedienung drei Biere bestellt.

Als ich mich dazusetzte, klopfte mir der Dunkelhaarige auf die Schulter.

»Ich heiße René, und das ist Manuel.« Dabei zeigte er auf seinen blonden Partner.«

Ich stellte mich vor und wir drückten uns die Hände.

Manuel grinste mich mit einem genüsslichen Gesichtsausdruck an, zurückgelehnt, die Hände hinter dem Kopf verschränkt.

»Was du eben erlebt hast, war Angelina wie sie leibt und lebt, sie ist Renés Schwester - su salud!«

Er prostete mir zu, und jetzt wurde mir auch die auffallende Ähnlichkeit zwischen den Geschwistern bewusst.

»Deine Schwester ist ein verdammt hübsches Mädchen.«

»Aber ein wenig verrückt«, warf Manuel feixend ein.

»Ihr seid doch Spanier? - René und Angelina sind doch keine typisch spanischen Namen.«

René lächelte und meinte: »Ja, wir sind Spanier, aus Alicante, aber unsere Eltern waren viel unterwegs, und meine Schwester und ich sind Reisesouvenirs.«

»Und ihr macht Urlaub hier?«

»Ja, mit dem Segelboot, von Alicante die Küste hoch bis Jávea, dann nach Formentera, Ibiza, Mallorca und jetzt hier in Menorca.«

Manuel hatte neue Biere bestellt und übernahm das Erzählen.

»Drei Wochen bleiben wir noch, dann fliegen wir zurück und lassen unser Boot bis zum Herbst hier. Wenn du willst, kannst du ja einmal mitsegeln.«

Ich hatte noch nie gesegelt und sagte begeistert zu. Fast zwei Stunden unterhielten wir uns angeregt. Dann bummelten wir zurück zum Hotel und verabredeten uns für den Montagabend zu einem gemeinsamen Essen bei Vicente.

Im Hotel grübelte ich ohne rechte Lust über meiner Schreibmaschine. Die Geräuschkulisse vor meinem Zimmer lenkte mich ab, und ich beschloss, den Rest des Tages und den kommenden Sonntag mit Faulenzen zu verbringen.

Am Montag hatte mich die Sonne früh geweckt. Ich hatte im Pool, erst alleine, dann in Begleitung eines kleinen Jungen einige Bahnen geschwommen und vergeblich gehofft, Angelina zu begegnen. Dann hatte ich ausgiebig gefrühstückt. Ich hatte Vicente nach Pedro gefragt, aber der hatte nur gegrinst und gemeint: »Man kann ihn nicht beschreiben, du musst ihn erleben.«

Anschließend saß ich an meiner Schreibmaschine und versuchte zu arbeiten, aber so sehr ich mich bemühte, es gelang mir nicht mich zu konzentrieren.

Ich schrieb über Vicente und meine Gedanken wanderten zu Angelina. Ärgerlich schloss ich die Augen und konzentrierte mich auf

René und Manuel. Wie auf einem Foto sah ich Renés Gesicht, seine schlanke drahtige Figur; und daneben Manuel, muskelbeladen, lachend mit seiner zerzausten blonden Mähne. Dann verwischte das Bild, und die schlanke drahtige Figur bekam sanfte, herrliche Rundungen, und aus der blonden Mähne wurden seidig glänzende, schwarze Locken; und Angelinas dunkle Augen blitzten mich wütend an.

Laut sagte ich ihren Namen in das leere Zimmer, und mir gefiel der feminine Klang - wie Musik. Der Gedanke ärgerte mich, und wütend knallte ich die Abdeckung auf die unschuldige Schreibmaschine.

Das blecherne Schnarren des Telefons riss mich aus meinen Phantasien. Vicente meldete mir, dass sein Schwager Pedro mit dem Auto auf mich warte.

Das alte, rostfleckige, verbeulte Ding, das vor dem Hotel stand, reizte zum Lachen und machte einen Wahnsinnskrach. Neben der geöffneten Beifahrertür stand der Fahrer.

Er trug ein altmodisches, ärmelloses Unterhemd und eine vor Jahren wohl helle, kurze Hose; und er stand da und fummelte an seinen Eiern herum, als hätte er eben erst bemerkt, dass sie da hingen.

Wie ein Stier schnaubte er durch die Nase und knurrte: »Ich bin da!«

Herrgott noch mal, wenn das der Typ sein sollte der mir bei der Bewältigung meiner Zukunft helfen sollte, na, dann gute Nacht.

»Buenos dias, ich bin Michael, und Sie sind Señor Pedro?«

»Aha, du bist Miguel.«

Er musterte mich. Seine lebhaften schwarzen Augen schienen die Umwelt zu durchleuchten und sein Blick schien ständig zwischen unbarmherziger Härte und grenzenloser Güte zu wechseln; und wieder dieses Knurren.

»Nur Pedro!« Dabei streckte er mir die Hand entgegen.

Ich drückte eine schwielige Pranke, die mir fast die Finger zerquetschte. Dieser Pedro war beeindruckend. Stämmig und muskulös, mit breiten Schultern und einer Brust, auf der man Steinplatten zertrümmern konnte. Seine Haare waren schwarz und dicht, und standen ihm vom Kopf ab, als hätte er sie mit einem Küchenquirl gekämmt, und das Gesicht stoppelbärtig mit einem breiten Kinn.

»Hat Vicente erzählt, um was es geht? Ich suche einen Antonio Baldón, oder so ähnlich.«

»Wo?«

»Na, hier auf der Insel.«

Pedro machte eine abwehrende Armbewegung.

»Ich wohne seit meiner Geburt auf der Insel, und das sind schon 58 Jahre, aber ich kenne keinen Baldón. Der Name ist hier so selten, wie ein Haar auf einem Babyhintern.«

Pedros wuchtige Figur verschwand in dem winzigen verbeulten Auto. Mit einem Auspuffknall erstarb das scheppernde Geräusch des Motors. Als Pedro wieder auftauchte, wedelte er mit einer zerfledderten Landkarte von Menorca.

»47 Kilometer lang, 10 bis 19 Kilometer breit, 217 Kilometer Küste, 120 Buchten, 4 Häfen. - Ich kenne hier jeden Möwenschiss, der auf dem Wasser schaukelt.«

Dann drückte er mir die Karte in die Hand. Schaute mich drohend an und grunzte: „Mehr weißt du nicht?"

»Ich glaube, an der Küste«, stotterte ich eingeschüchtert.

Pedro faltete umständlich die Karte zusammen.

»Todos los extranjeros son locos!« Alle Ausländer sind verrückt, sagte er und wackelte dazu mit dem Kopf.

Ich war weit entfernt davon, beleidigt zu sein. Unter sechzigtausend Menorquinern einen Antonio Baldón oder so ähnlich zu suchen, musste verrückt klingen.

»Ich weiß zumindest, dass vor fünfzig Jahren Antonios Großvater Fischer war.«

Pedro kratzte sich mit einem schabenden Geräusch am Kinn.

Er bemerkte meine Ernüchterung, und übergangslos wechselte der harte forschende Blick zu einer herzlichen Wärme und nach außen gekehrte Lebensfreude, wie ich sie noch nie bei einem Menschen gespürt habe; nur die Stimme blieb brummend.

»Einsteigen - wir fahren!«

Ich wollte fragen „Wohin?", aber Pedro war bereits im Auto verschwunden, und der Motor begann stotternd aufzuheulen. Ich hatte gerade noch Zeit, auf den Beifahrersitz zu springen, und während ich vergeblich nach dem Sicherheitsgurt suchte, kreischte das Getriebe auf und der Wagen schoss vom Parkplatz.

»Wohin fahren wir denn?«

Pedro warf mir die Landkarte auf den Schoß.

»Gefischt wird rund um die Insel. Wir fangen im Norden, in der Cala Morell, an!«

Ich studierte die Landkarte. Pedros Finger folgte auf der Karte einer gewundenen Linie in den Norden der Insel. Die an den Küsten liegenden Orte hatten keine Verbindungsstraßen. Meist musste man zurückfahren, auf die im Inneren der Insel liegende Hauptstraße, um nach wenigen Kilometern erneut in Richtung Küste abzubiegen.

Pedro drehte den Kopf zu mir.

»Magst du Musik?«

Ohne meine Antwort abzuwarten, schob er die einzige auf der Ablage liegende Kassette in den Schlitz des Autoradios. Aus den vibrierenden Lautsprechern erdröhnte Julio Iglesias mit einer als sanftes Liebeslied gedachten Ballade.

Ich hatte mehrmals versucht, Pedro Fragen zu stellen und ihn in ein Gespräch zu ziehen, aber der saß selbstvergessen hinter dem Steuer, die riesigen Pranken um das Lenkrad gekrallt und grölte mit einer knurrenden Bass-Stimme die romantischen Liebeslieder mit, wobei er vergeblich versuchte, die hohen Tremolos mit dem Kopf zitternd durch die Nase zu quetschen.

Ich presste die rechte Kopfhälfte gegen die Kopfstütze, um wenigstens mit einem Ohr dem drohenden Gehörsturz zu entgehen und ergab mich meinem Schicksal.

In der Cala Morell bremste mein Chauffeur vor einer kleinen Bar, die sich seit Jahren nach einem neuen Anstrich sehnte. Ohne den Motor abzustellen sprang er aus dem Auto, zog sich die Hosen hoch und forderte mich winkend auf, ihm zu folgen.

Ich kletterte aus dem Fahrzeug und rief ihm nach: »Der Motor?«

Er grummelte: »Laufen lassen, der Krach ist meine Diebstahlssicherung.« Dann war er im Innern der Bar verschwunden. Als ich nachkam, hatte er bereits zwei Café solo bestellt. Während ich an der Theke das heiße, bittere Getränk schlürfte, unterhielt er sich ungewöhnlich leise mit vier alten Spaniern, die in einer Ecke Domino spielten.

Kopfschüttelnd kam er an die Theke zurück.

»Kein Baldón - oder so ähnlich.«

Dann trank er seinen Kaffee in einem Zug, warf 150 Peseten auf die Theke, brüllte: »Adiós!« und rannte ins Freie.

Als ich hinterher stürzte, saß er bereits wieder in seiner verbeulten Kiste und grölte lauthals Julio Iglesias in Grund und Boden.

An diesem Nachmittag eierte das Iglesias-Band noch sechsmal durch den Kassettenrecorder, dann standen wir wieder auf dem Parkplatz des Hotels Bahia Vista. Den Text von drei Liedern kannte ich bereits auswendig, mein Kopf dröhnte, und ich fühlte mich zerschlagen.

Wir hatten fast ein Viertel der an der Küste liegenden Dörfchen besucht. Sechs oder sieben Café solo getrunken, aber einen Antonio Baldón, nein, den kannte niemand.

Pedro schien unverwüstlich. Breit lachend hatte er mich aus dem Auto gezogen, mir seine Pranke ins Kreuz gehauen und geknurrt: »Morgen neun Uhr!« Dann war er knatternd vom Parkplatz gefahren, und ich stand benommen in einer Auspuffwolke.

Ich hatte geduscht und mich erschöpft auf mein Hotelbett fallen lassen, aber der viele Kaffee ließ nicht zu, dass ich mich entspannte. Ich drehte und wälzte mich unruhig hin und her. Mein Herz hämmerte wie eine Maschine, und meine Gedanken kreisten um Pedro und diesen Antonio Baldón. Was erhoffte ich mir denn nach sieben Jahren? Vielleicht war Antonio längst weg von der Insel? Oder der Name war falsch? Vielleicht war die ganze Geschichte um die Pistole und den Flieger erstunken und erlogen und es war überhaupt falsch, hier in Menorca zu sitzen und auf die große Story zu hoffen? Aber wenn einer Antonio finden konnte, dann Pedro, da war ich mir sicher. Bei dem Gedanken an Pedro besserte sich meine Laune spürbar.

Im Nebenzimmer knallte eine Tür und ließ mich erschrocken hochfahren. Eine erregte Frauenstimme begann keifend zu schimpfen.

»Bankdirektor bist du, dass ich nicht lache. Ein Geizhals, ein kleines dickes Sparschwein bist du!«

Ich verstand nicht, was der Mann erwiderte. Dann hörte ich wieder die Frau.

»Lächerlich, wegen der paar Scheiß-Peseten so ein Theater! ... in Deutschland kosten die Schuhe und das Kleid das Doppelte!«

Ich hörte schmunzelnd zu. Jetzt musste es gleich kommen, dachte ich, und richtig, da war es, das Schluchzen. »Aber du liebst mich ja nicht, du hast mich noch nie geliebt.«

Die Balkontür wurde geöffnet, und nun verstand ich auch die Männerstimme.

»Zuckerhäschen, beruhige dich doch, wir kaufen das Kleid ja morgen, bestimmt, ich liebe dich doch.«

Ich konnte mir das Lachen kaum verkneifen, Zuckerhäschen und Sparschwein, welch eine Verbindung. Ich trat auf den Balkon. Auf dem Nebenbalkon stand mein leidgeprüfter Zimmernachbar an die Brüstung gelehnt. Mit hochrotem, haarlosem Kopf, nur in geblümten Unterhosen über die ein beachtlicher Bauch hing. Als er mich sah, zuckte er entschuldigend und um Verständnis bittend mit den Schul-

tern. Vielleicht war es auch Mitgefühl, um das die kleinen Schwein-
säugelein bettelten, aber dazu war ich nicht bereit, schon gar nicht
gegenüber einem Bankdirektor.

Es war Zeit für meine Verabredung mit René und Manuel. Mit einem Kopfnicken verabschiedete ich mich von meinem Nachbarn.

Auf der Terrasse, an einem liebevoll gedeckten Tisch, erwartete
man mich bereits, und Vicente wieselte lachend herbei.

Ich bestellte mir eine Oliaigua, eine Gemüsesuppe und Ka-
ninchenragout in Rotwein; und in Butter geschwenkten Nudelchen.
Dazu trank ich einen leichten, trockenen Rosado aus dem Anbau-
gebiet von Valencia.

Während wir aßen, erschien mein Zimmernachbar mit seiner Partnerin. Sie setzten sich an den Nebentisch und ich betrachtete sie unauffällig. Sie war groß, form- und farblos wie eine Kommunionsker-
ze, trug ein elegantes, hellrosafarbenes Kostüm und dezent toupiertes,
bläulich schimmerndes Haar und passte so gar nicht zu dem kleinen,
schwitzenden Dicken in seinem buntbedruckten Sommerhemd.

Das Essen schmeckte mir ausgezeichnet. Vicente hatte eben die
Teller abgeräumt und eine weiter Flasche Wein an den Tisch gebracht, als Angelina zusammen mit einem schlanken, sehr hübschen
und freizügig dekolletierten Mädchen auf die Terrasse kam.

Angelinas glänzendes dunkles Haar war mit einer roten Schleife zu
einem Pferdeschwanz gebunden. Die Rundungen unter ihrer roten
Bluse und die schlanken, bronzefarbenen Beine hätten wohl jeden
Mann zu einem zweiten Blick verführt.

Der kleine dicke Direktor am Nebentisch äugte verstohlen zu den
beiden Frauen hin und spitzte die Lippen zu einem stillen Pfiff. Seine
Partnerin verzog den Mund zu einem Strich und rückte ihre Brille zurecht. Sein gedämpfter Aufschrei war wohl weniger seiner Bewunderung zuzuschreiben, als vielmehr ihrem Tritt gegen sein Schienbein.

Manuel war aufgesprungen und begrüßte Angelinas Begleiterin
herzlich, dann zog er zwei Stühle an unseren Tisch und forderte die
jungen Frauen auf, sich zu uns zu setzen.

René übernahm die Vorstellung.

»Michael und Angelina, ihr kennt euch ja bereits.«

Angelina verzog keine Miene und schien mich nicht zu beachten.

»Und die andere Schöne heißt Julia und ist Manuels große Liebe.
Sie kleben zusammen, wie die Tapete an der Wand.«

Julia gab René einen Klaps und rief kess: »Lieber mit Romeo sterben, als mit Manuel leben.«

Alle lachten, und Manuel zog die sich sträubende Julia auf den Platz an seiner Seite und erklärte: »Die Frauen von heute, sind auch nicht mehr das, was sie noch nie gewesen sind.«

Julia drohte ihm mit dem Zeigefinger.

»Señor, Sie sind mir zu frech und zu selbstsicher.«

Manuel schüttelte entschieden mit dem Kopf.

»Im Gegenteil, ich bin zu schüchtern. Ich habe erst letzte Woche zum ersten Mal festgestellt, wie viel ich nackt wiege.«

Julia klopfte ihm mit der Hand auf den Bauch.

»Auf jeden Fall zu viel, du lebst über deine Verhältnisse.«

Manuel nickte.

»Richtig, ich lebe über meine Verhältnisse, aber noch lange nicht standesgemäß.«

»Aha, und ich bin dir nicht standesgemäß?«

Mit angestrengt ernster Miene sagte Manuel: »Natürlich nicht, aber lieber amüsiere ich mich unter meinem Niveau, als mich auf einem höheren zu langweilen.«

Julia zog Manuel an den Ohren zu sich her und gab ihm einen Kuss, während sie undeutlich nuschelte: »Ich sehe, wir missverstehen uns ausgezeichnet.«

René meinte: »Julia, Ich befürchte, du musst mit Manuel leben. Den kriegst du nie mehr los. Das ist wie bei meinem Onkel in Australien, der hatte sich einen neuen Bumerang gekauft und versucht seitdem, den alten wegzuwerfen.«

Angelina lachte hell auf, und für mich war es wie das Anschlagen einer kleinen Glocke.

Julia hatte sich die Schuhe ausgezogen und massierte ihre Füße, dabei berichtete sie amüsant über ihren Einkaufsbummel. Auch die anderen schilderten gut gelaunt spaßige Geschichten und Erlebnisse, und es wurde viel und laut gelacht. Zu laut für die Bankdirektorengattin am Nebentisch, die pikiert den Kopf in den Nacken warf und den sich sträubenden Dicken davon zerrte.

Während ich mich an dem Gespräch beteiligte, schien Angelina mit verträumten Augen in die Ferne zu blicken. Doch das täuschte. Ich spürte ihre Blicke, wenn sie sich unbeobachtet fühlte und ihr leises Lächeln, das eine Reihe perlweißer Zähne entblößte und Grübchen auf die Wangen zauberte. Nervös nestelte sie am Träger ihres Büstenhalters und errötete zart und nervös, als sich unsere Blicke trafen. Auch mir erging es nicht viel anders.

Ich schien zu erstarren und hatte nur noch Augen für dieses Geschöpf. Ein mir völlig unbekanntes Glücksgefühl durchströmte mich. Ich spürte, wie ich rot wurde wie ein kleiner Schuljunge und verhaspelte mich in meiner Geschichte.

Manuel und Julia gaben sich einen verstehenden Wink. Was sich da anbahnte, ahnten sie, aber die Folgen hätten sie sich nicht träumen lassen. René betrachtet schmunzelnd seine Schwester und kommentierte: »Ein klarer Fall, jetzt versteh ich auch, was die Franzosen mit Coup de Foudre meinen, ein Blitzeinschlag aus heiterem Himmel, ein alles überschwemmender Platzregen der Gefühle.«

Später saß ich vor meiner Schreibmaschine und versuchte mich an die Details des Abends zu erinnern. Angelina war auf die Bemerkung ihres Bruders hin errötet und zog wie ertappt ihre Hand zurück, die sich scheinbar zufällig mit meiner Hand in der Mitte des Tisches getroffen hatte. Geistesabwesend saß sie dann da, schweigend, scheinbar ohne mich oder die anderen zu beachten. Sie verharrte mit einem Gesichtsausdruck, der als von innen heraus leuchtend zu beschreiben war. Nur wenn sich unsere Blicke trafen, war es ihre Art, mir stets einen Sekundenbruchteil länger als nötig in die Augen zu sehen.

Manuel hatte feixend erklärt: »Wenn sie weiterhin so unbeweglich vor sich hin schweigt, bekommt sie ein Etikett an den großen Zeh und wird in die Pathologie gebracht, zu einer Obduktion.« Aber sie ließ sich nicht einmal dadurch zu einem Lächeln bewegen.

Mit Manuel und René hatte ich auf den übernächsten Tag einen Segeltörn verabredet, das stand fest. Aber irgend etwas in meinen Gefühlen stand nicht mehr an seinem Platz, war umgestellt, umgeräumt, verändert. Ich fand nicht die richtigen Worte, es zu erklären.

Als ich am Morgen pünktlich in Pedros bereitstehendes Auto kletterte, war er bester Laune. Er begrüßte mich wie einen verlorenen Sohn. Mit strahlender Miene drückte er mich an seine behaarte Brust und küsste mich auf beide Wangen.

Wir hatten die Insel geviertelt wie eine Pizza. Das linke obere Stück auf der Karte hatten wir bereits erfolglos abgefahren. Heute hatte Pedro beschlossen, im Viertel links unten nach Antonio zu suchen. Stundenlang waren wir an die entlegensten Stellen gefahren, ohne Erfolg. Die Straßen waren schlecht und es war heiß, viel zu heiß, um die Fenster zu schließen. Der Straßenstaub wurde in das Auto gewirbelt und puderte unsere schweißnasse Haut. Pedro bemerkte, wie sich meine Laune mit jedem Kopfschütteln der Befragten verschlechterte und versuchte, mich aufzuheitern.

»Miguel, du siehst aus wie ein Archäologe, der sich selbst ausgebuddelt hat.«

Ich starrte verbissen vor mich hin, dann schüttelte ich den Kopf und brummte.

»So finden wir diesen Antonio Baldón nie zwischen sechzigtausend Menorquinern.«

Pedro grinste.

»Im Gegenteil, unsere Chancen werden immer besser. Zuerst standen sie 1 zu 60.000, nun haben wir die Hälfte der Insel abgehakt, jetzt stehen sie 1 zu 30.000.«

Ich beobachtete Pedros kantiges Profil und beneidete ihn wegen seiner Fähigkeit, alles hinzunehmen, was ihm das Leben bescherte und es so lange zurechtzubiegen bis es in seine Welt passte.

»Pedro, du hättest Politiker werden sollen, die rechnen sich auch das Unmögliche zurecht.«

Die Vorstellung schien Pedro nicht zu gefallen und nach einem Blick auf die Tankuhr knurrte er: »Das Benzin verschwindet wie Wasser im Abfluss, und die Politiker erhöhen laufend die Benzinsteuer, das würde ich als erstes ändern.«

»Pedro, erzähl mir nichts von Politik. Bismarck hat zur Finanzierung der Flotte die Salzsteuer eingeführt. Die Flotte wurde bisher zweimal versenkt und die Steuer zehn mal erhöht - das ist Politik.«

Pedro schaute mich verständnislos an, er hatte nur Politik verstanden, und brummte: »Über Politik zu diskutieren, ist so sinnlos wie das Reden über das Leben nach dem Tod. Nein, danke, ich habe bereits genug Probleme mit dem Leben vor dem Tod. - Eines davon ist mein Hunger, komm, lass uns essen gehen.«

Ich nickte zustimmend.

»Einverstanden, endlich ein vernünftiger Vorschlag.«

Das Lokal el cazador, der Wilddieb, das Pedro vorschlug, lag versteckt zwischen Orangenhainen, und wir waren die einzigen Gäste.

Alleine schon der Wirt Julián war einen Besuch wert. Er war klein und dick - nein, nicht fett -, rund war er, kugelrund, mit dem Kopf eines gerupften Vogels. Die Reinkarnation Sancho Panzas aus der Welt Cervantes, und mir lag die Frage nach Don Quijote auf der Zunge. Der Gedanke belustigte mich, dann schüttelte ich nachdenklich den Kopf. Vielleicht war Don Quijote bereits da, vielleicht war ich der Ritter von der traurigen Gestalt, der unbeirrbare, wirklichkeitsfremde Idealist mit meinem aussichtslosen Kampf gegen die Windmühlenflügel?

Julián empfahl uns genießerisch schmatzend Pierna de cordero al Romero.

»Die beste Rosmarin-Lammkeule der ganzen Welt!« flüsterte er im Verschwörerton und schaute sich dabei vorsichtig um, als wollte er ungebetene Zuhörer vermeiden.

Als wir seine Empfehlung annahmen, verdrehte er vor Verzückung die Augen, und sein beachtlicher Bauch hüpfte vor Freude. Dann verschwand er in der Küche, wo er mit einer angenehmen Tenorstimme jeden Handgriff seiner Kochkunst und jede Zutat singend erklärte.

Es dauerte nicht lange, bis er uns das Essen an den Tisch brachte und sich dann an den Nebentisch setzte. Von hieraus verfolgte er kauend und schluckend jeden unserer Bissen und begeisterte sich daran, dass es uns offensichtlich zusagte. Erst als ich ihm zunickte und ihm bestätigte, wie gut es schmeckte, winkte er bescheiden ab und meinte in Deutsch »Das nix Besonderes, du nur musst machen dein trabjo, äh ...« Ich half ihm: »Arbeit« Er nickte, »Ja, Arbeit musst du machen mit Liebe.« Dann verschwand er wieder singend in der Küche.

Während wir aßen, erzählte ich Pedro von meiner Begegnung mit Angelina, Manuel und René und dem bevorstehenden Segeltörn.

Pedro verfolgte schmunzelnd, wie ich von Angelina schwärmte. »Augen wie Sterne und eine Figur, traumhaft. Wenn sie lacht, brauchst du keine Sonne mehr, und wenn sie wütend ist, blitzen ihre Augen wie Kohlen im Feuer.« Dann knurrte er: »Ohne die Liebe wäre das Leben ein Irrtum.«

Ich blickte irritiert auf.

»Wer redet denn von Liebe?«

Pedro unterbrach mich lachend und brummte: »Du, du liebst sie doch!« Als er meinen zweifelnden Blick sah sagte er bestimmt: »Ich habe zwei Söhne gezeugt, beide stramm und gut gewachsen, Prachtexemplare, auf die ich mit recht stolz bin. Beide sind auf dem Festland verheiratet und beide hatten den gleichen blöden Blick wie du.«

Ich wehrte ab.

»Ach, Quatsch, woher willst du das wissen, ich kenne sie ja kaum.« Aber Pedro ließ sich nicht beirren.

»Du glaubst, ich wäre zu alt für die Liebe? - Klar, im Spiegel erkenne ich, dass meine Gefühle in einer Ruine wohnen, aber ich bin sicher, die beste Art zu lieben, ist spontan und bedingungslos.«

»Sagst du. – Schon in der Schule lernte ich von dem deutschen Dichter Wilhelm Busch: Sie hat nichts und du desgleichen; - dennoch wollt ihr, wie ich sehe, zu dem Bund der heiligen Ehe - euch bereits die Hände reichen. Kinder, seit ihr denn bei Sinnen? - Überlegt euch das Kapitel! Ohne die gehör'gen Mittel - soll man keinen Krieg beginnen.«

Pedro lachte.

»Junge, sich entscheiden, sich festlegen, nennt man erwachsen werden. Also werde erwachsen!«

Ich hob ratlos die Hände.

»Das Letzte, was ich in meiner Situation gebrauchen kann, ist eine feste Bindung - kein Geld, keine Zukunft und eine kaputte Beziehung hinter mir, an der ich wohl die Hauptschuld trage.«

Doch Pedro ließ nicht locker und schaute mich herausfordernd an.

»Mit einer Frau hast du auch eine Zukunft!«

Ich wunderte mich, wie einfach sich für Pedro die Dinge darstellten und wie kompliziert ich sie empfand, dann schüttelte ich den Kopf.

»Frauen sind nicht mein Problem.«

Pedro klatschte mit der flachen Hand auf den Tisch.

»Von mir aus kannst du mit Frauenherzen den Lokus tapezieren, aber ich meine nicht die Frauen, mit denen du schläfst, du brauchst eine, mit der du aufwachst! - Heirate, und du kommst zur Ruhe, dazu sind Ehen da.«

Ich hatte scherzhaft geantwortet. »Genau wie Beerdigungen«, aber noch auf der Rückfahrt zum Hotel brütete ich gedankenversunken über Pedros Wort und ärgerte mich, weil ich mir eingestehen musste, dass Pedro vielleicht recht haben könnte.

Die Nacht war kurz. Ich hatte schnell eine Tasse Kaffee getrunken und im Stehen eine Portion Rührei hinuntergeschlungen. Unrasiert, nach einer Handvoll Wasser im Gesicht, traf ich im Puerto de Addaya ein. Hätte ich die nächsten Stunden vorausgesehen, hätte ich auch auf die Katzenwäsche verzichtet, wahrscheinlich wäre ich sogar im Bett geblieben und hätte mich unter den Kissen verbuddelt.

Die Florentina war ein schmuckes Kajütboot. 28 Fuß lang hatte René erzählt, und das kam mir recht ordentlich vor. Jetzt, wo ich sie hier am Steg liegen sah, empfand ich die ca. 9 Meter recht mickrig für eine Inselumrundung.

René und Manuel, der Skipper, brachten gerade einen Karton Bier an Bord der Florentina. Vierundzwanzig Flaschen der Marke Estrella, Manuels Lieblingsgetränk. Zitat: Zwischen Estrella und mir besteht eine tiefe gegenseitige Zuneigung.

René rief mir zu: »Auf, du Landratte, komm an Bord!«

Ich blickte kritisch den Himmel an. Im Nordosten stand eine dunkle Wetterfront, böiger Wind zog durch den Hafen und die Wasserfläche kräuselte sich. Hoffentlich wussten die beiden was sie taten?

Langsam tuckerten wir aus dem Hafen durch den fjordähnlichen Meeresarm. Vorbei an Buchten und weißen Ferienhäusern, im Zickzackkurs um Klippen und Inselchen. Schon der Übergang vom stillen Hafenwasser zur aufgewühlten See bereitete mir heftige Schluckbeschwerden.

Das Meer sah aus, wie ein riesiger Waschzuber in den tonnenweise Waschmittel geschüttet wurden; und die brodelnden Wassermassen spuckten dreckig graue Schaumflocken in den stürmischen Wind.

Manuel stand achtern, eine Hand an der Ruderpinne, in der anderen ein Estrella und brüllte lachend gegen den Wind an: »Heute wird's ein wenig rau, Leute. Los, das Fock hoch, das Großsegel lassen wir unten! - Michael, du klinkst dich besser mit der Sicherheitsleine an der Reling fest.«

René grinste dazu. »Man muss die Dinge nehmen, wie sie sich ergeben, mein Junge; c'est la guerre!«

Der Wind blies mich fast vom Vordeck. Manuel drehte das Schiff in den Wind. Eine Böe peitschte in das Vorsegel, und das Schiff legte sich schlagartig auf die Seite. Ohne Sicherheitsleine wäre ich quer über das Deck geschlittert und auf der Leeseite über Bord gegangen. - Auf was hatte ich mich da nur eingelassen?

Aus den Augenwinkeln blickte ich auf den Krängungsanzeiger, der zwischen 25 und 30 Grad hin und her pendelte und ich fühlte mich zunehmend kränker.

Jede zweite Welle, durch die das Schiff schnitt, überschüttete mich mit Salzwasser, meine Augen brannten, und nach wenigen Augenblicken war ich triefnass.

Wir kreuzten vor der Küste. Am Top knatterte die Windfahne. Bei jeder Wende ächzten die Wanten, und das Fock killte, bevor es knallend umschlug, wenn der Wind hinein peitschte.

Ich klebte wie ein Pflaster auf dem Vordeck. Ich hatte mich mit beiden Händen an der Nirostareling festgeklammert und René übernahm alleine das Belegen des Vorsegels.

Der Skipper hatte mir vorher ausführlich erklärt: »Wenn ich Wende

rufe, heißt das, Vorschotleine lösen, auf das Umschlagen des Groß-
baumes achten, die Segel dicht beiholen und neu belegen. Und du
bringst dann deinen Arsch blitzschnell auf die Windseite, unter See-
leuten heißt das Luv.«

Ich hatte verstehend dazu genickt.

Nur einmal hatte ich vergeblich versucht, von der Backbordseite
nach Steuerbord zu wechseln, dabei war ich gegen den festgezurrten
Großbaum geschlagen.

In meinen Augen war Manuel verrückt geworden. Der stand wie
angewachsen am Ruder. Wenn das Wasser die Florentina vom Bug
bis zum Heck überspülte, schmetterte er dazu einen Jodler, und ich
hing auf der Leeseite mit dem Hintern im Wasser.

Eine Hand für dich und die andere für das Schiff, hatte mir René
erklärt. Die Realität sah anders aus, drei Stunden klebte ich wie ein
Häufchen Elend auf dem Vordeck, vor Angst und Kälte zitternd, mit
beiden Händen an die Backbordreling geschmiedet.

Mein Frühstücksrührei hatte sich wieder zu einem kompletten Ei
zusammengeklumpt, mit Schale; und hing mir wie eine Bleikugel im
Magen.

Gegen die Seekrankheit, hatte ich gelesen, immer den Horizont fixieren und auf keinen Fall nach unten oder oben schauen. Vorsichtig
schüttelte ich den Kopf und wünschte dem Schreiber die Pest an den
Hals. Wie sollte ich den Horizont fixieren, wenn er wie bei einer ra-
senden Fahrt auf der Achterbahn ständig auf und ab tanzte.

Als wir nach Stunden zwischen dem Cap und der Isla del Aire auf
Westkurs eindrehten, durchbrachen wir eine meterhohe Wasserwand.
Ich hätte mir fast das Kreuz gebrochen, als mich der Schlag des Was-
sers in die Sicherungsleine warf.

Urplötzlich veränderten sich die Geräusche. Unter dem Land, im
Schutz der Westküste, war es annähernd windstill, und das Meer hatte
nur eine schwache Dünung.

Die Fock blähte sich, um gleich darauf wieder zusammenzufallen.

»Vorsegel dicht beiholen und Großsegel hoch!« rief Manuel.

Aber auch mit vollem Tuch, den Großbaum ausgefiert, machte die
Florentina kaum Fahrt und brauchte Motorunterstützung.

Das Schiff schlingerte in den langgezogenen Wellen. René verteilte
gutgelaunt Bier und Zigaretten.

Ich nahm von beidem einen tiefen Zug, als sich mir der Magen umdrehte. Gallenbitter musste ich mich übergeben.

Den Rest der Fahrt verbrachte ich bleich wie junger Stangenspargel, sterbenselend unter Deck in der Koje. Schickte Stoßgebete zum Himmel und hoffte, dass das Schaukeln und eintönige Tuckern des Motors bald ein Ende hätte.

Zwei Stunden später hatte René in der Santa Galdana das Schiff vertäut. Ich wankte von Bord. Mit keinem Auge beachtete ich die herrliche Bucht, die von Seglern als die schönste des Mittelmeeres beschrieben wird.

Während Manuel und René schon wieder vor einem Bier in der Strandbar saßen, sich an ihrem Erlebnis begeisterten, und für den Abend einen Besuch der Höhlendisco Cova d'en Xoroi in der Nähe von Cala'n Porter planten, nippte ich schwer angeschlagen an meinem Kamillentee. - Nein, eins wusste ich jetzt sicher, Segeln war nicht mein Sport.

Pedro hatte sich für zwei Tage abgemeldet, und Manuel war mit René und Angelina nach Mallorca gesegelt. Ich hatte mir vorgenommen, die Tage zu nutzen und an meiner Geschichte zu arbeiten. Aber je mehr ich mich damit beschäftigte, um so schlechter wurde meine Stimmung.

Morgen war Freitag, mein 34. Geburtstag, und ich saß allein in einem Hotelzimmer und jagte Hirngespinsten nach.

Andere waren in meinem Alter bereits verheiratet und hatten Kinder. Ich hatte noch nicht einmal ein festes Einkommen, ja nicht einmal eine eigene Wohnung. Vielleicht hatte Pedro doch recht und in meinem Leben fehlte eine Frau. Wahrscheinlich würde auf meinem Grabstein stehen: Nach langjähriger Übung vom Tod ins ewige Zölibat gezwungen.

Ich stellte mich vor den Spiegel und betrachtete mich. Ein wenig verknittert fand ich, und an den Schläfen meinte ich einige graue Haare zu erkennen. Das intensivste Gefühl ist immer noch Selbstmitleid dachte ich. Und das Schönste daran ist, dass man nicht auf das Mitgefühl seiner Umwelt angewiesen ist. Missgelaunt warf ich mich auf das Bett.

»Ich bin ja noch kein vertrockneter Kaktus. Der Komposthaufen ist noch ein gutes Stück weg.«

Ich lag mit geschlossenen Augen auf den Rücken und suchte in meinem Gehirn nach passenden Worten, um meine Gefühle auszudrücken. Aber Scheiße war alles, was mir dazu einfiel. Ich nahm mir vor, meinen Geburtstag zu ignorieren.

Am Freitagmorgen überraschte mich Pedro mit seinem Anruf.

»Feliz cumpleaños!« Glückwunsch zu deinem Geburtstag.

Ich war sprachlos.

»Woher ich das weiß? - Von Vicente.«

Mir ging ein Licht auf. Klar, die Hotelanmeldung.

»Tut mir leid, dass ich dir nicht persönlich gratulieren kann. Ich fahre Amerikaner über die Insel. Stell dir vor, die fanden mein Auto nice. - An jedem alten Stein muss ich halten - In zwei Tagen schon zehn Filme verknipst. - Alles very, very nice.«

»Schon klar, ich freue mich über deinen Anruf und danke dir für deine Glückwünsche, ich kann sie brauchen.«

»Halt, Miguel, nicht auflegen, du bist eingeladen. Maria, meine Frau, will dich kennen lernen. Wir machen ein kleines Schlachtfest. Ich hol dich morgen früh ab.«

Bevor ich ja oder nein sagen konnte, hatte Pedro aufgelegt.

Während ich noch überlegte, was Pedro mit kleinem Schlachtfest meinen könnte, schnarrte das Telefon erneut.

»Alles Gute zu deinem Geburtstag.« hörte ich Marions Stimme. Sie klang gut gelaunt und selbstsicher.

»Michael, es geht dir hoffentlich gut, - mir auch!«

Sie erzählte mir, sie habe einen neuen Freund.

»Sonst gibt es nichts Besonderes. Von der Bank kam die Bestätigung der Kontoauflösung, vom Kraftfahrzeugamt die Ummeldebestätigung, und die Abmeldung der Autoversicherung. Sonst nur Reklame.«

Ich solle sie besuchen, wenn ich wieder in Deutschland sei, aber vorher anrufen, wegen Karlheinz, ihrem neuen Freund, »...du verstehst schon.«

Am nächsten Tag holte Pedro mich schon beim Morgengrauen vom Hotel ab. Als ich meinen Zimmerschlüssel in das Rezeptionsfach legen wollte, befand sich darin ein unbeschriftetes graues Kuvert. Wie es dort hinkam wusste niemand. Ich riss den Umschlag auf und zog ein weißes Blatt heraus. Darauf stand in deutsch, ohne Briefkopf und Anschrift, mit Schreibmaschine geschrieben: „Ich erwarte Sie am kommenden Montag um 19 Uhr in der Taberna Toro Bravo in der alten Stierkampfarena Coliseo Baléar in Palma. - Kurt Hübner."

Ich zeigte Pedro das Schreiben; der schüttelte nur den Kopf. Ich übersetzte ihm den kurzen Text und zuckte fragend die Schultern.

»Was mache ich jetzt Pedro, soll ich zu dem Termin gehen?«

Pedro hielt mir die Autotür auf.

»Nur Idioten essen die Suppe so heiß wie sie gekocht wurde. - Heute ist Samstag, du hast doch zwei Tage Zeit um es dir zu überlegen.«

Knatternd und mit einigen Fehlzündungen sprang der Motor an.

»Los jetzt, die Sau wartet schon.«

Hätte ich gewusst, was auf mich zukam, wäre mir garantiert eine Ausrede eingefallen - aber nun stand ich mit Pedro im Stall und das acht Monate alte Schwein begrüßte uns mit einem freundlichen Grunzen.

Ich hatte noch nie ein Tier geschlachtet. Jetzt musste ich mithelfen, die arme Sau festzuhalten, damit ihr Pedro mit dem Beil und dem langen Messer ein schnelles Ende bereiten konnte. Das Schwein aber riss sich quiekend und grunzend aus unseren Händen los, raste durch den Stall und wäre ins Freie entwischt, wenn nicht Maria im letzten Moment die Stalltür zugedrückt hätte. Ich konnte dem armen Vieh seinen Freiheitsdrang nachfühlen, aber es half ihm nichts, und einen Augenblick überlegte ich ernsthaft Vegetarier zu werden. Nach wilder Jagd kreuz und quer durch den Stall wurde es wieder eingefangen, betäubt und abgestochen.

Während Pedro und seine Frau noch bis spät in die Nacht mit dem Zerlegen vollauf beschäftigt waren, saß ich unter dem von natursteinernen Rundbögen getragenen Vordach der Finca. Im Garten blühte weißer Oleander und roter und gelber Hibiskus. Weißgetünchte Stützmauern waren von lachsfarbenen, weißen und tiefroten Bougainvilleen und Hängegeranien überwuchert. Pinien und Feigenbäume umstanden das Haus. Aus einem gewaltigen Johannisbrotbaum zwitscherten Vögel, und fast zum Greifen nahe erhob sich der mit 357 Metern höchste Berg der Insel, der Monte Toro.

Ich träumte von Angelina, genoss den dunkelroten Landwein und überlegte, ob ich mich mit Hübner treffen sollte.

Etwas bewegte sich über meinem Kopf. Ich legte den Kopf in den Nacken und sah einen eidechsengroßen Gecko mit seinen fünfgliederigen Beinchen an der senkrechten Glasscheibe hoch huschen. Dann saß die kleine exotische Echse auf dem Fensterkreuz und glotze mich mit ihren großen Augen an, als wollte sie sagen: »Entscheide dich endlich und verschwinde aus meinem Revier«; und genaugenommen stand mein Entschluss auch schon längst fest, ich würde nach Mallorca fahren und diesen Hübner treffen, obwohl eine innere Stimme mir zu einer unerklärlichen Vorsicht riet.

Am Sonntag hatte ich lange geschlafen, dann hatte ich Pedro geholfen, den Auspufftopf an seinem Auto zu reparieren. Am späten Nachmittag begannen wir uns durch einen Berge voller Köstlichkeiten zu arbeiten, die Maria auf den Tisch gezaubert hatte: Champignons in Sherry, Kartoffelbällchen, Auberginentortilla, gefüllte Avocados und Artischockenböden; Spargelsülze mit Eiervinaigrette und Fleisch, einen Fleischhügel, einen Fleischberg; und zum Nachtisch Flan, einen Pudding mit Karamellhaube und Feigen in Orangensirup. Dazu Wein und Schnaps, und als Pedro die dritte Flasche dunkelroten Riojawein öffnete, hätte ich Maria aus Dankbarkeit für den Café solo fast die Hände geküsst.

»Essen und trinken heißt leben«, brummte Pedro beschwipst. Er öffnete wohlig grunzend den Knopf an seinem Hosenbund, um seinen Bauch in die Freiheit zu entlassen, dann sank sein breites Kinn auf die Brust und er fing rhythmisch an zu schnarchen. Aufgeschreckt begannen die Vögel im Johannisbrotbaum zu zwitschern und flatterten aufgeregt schimpfend davon.

Die Überfahrt mit der Fähre nach Mallorca erinnerte mich an meinen Segeltörn. Trotz des herrlichen Sonnenscheins war das Meer aufgewühlt. Das Schiff kämpfte sich stampfend und schlingernd durch meterhohe Wellen, und ich war froh, in Palma endlich wieder Land unter den Füßen zu haben.

Vom Hafen kommend, spazierte ich die Promenade entlang, bis ich ein Taxi entdeckte, das mich zur Stierkampfarena bringen sollte.

Der Fahrer glaubte, ich wollte zum Stierkampf und fuhr zügig, um mich rechtzeitig zum Beginn der Corrida de toros an mein Ziel zu bringen.

»Señor, ich freue mich einen Anhänger der La Corrida zu fahren.«

Ich reagierte darauf nicht, obwohl ich seine Begeisterung für diese archaische Tradition nicht uneingeschränkt teilte. Der Stierkampf ist sicher einer der bekanntesten und zugleich umstrittensten spanischen Bräuche.

Mein Nachbar nahm mein Schweigen als Zustimmung und nach einem kritischen Blick auf mich, nickte er sich selbst bestätigend zu und bestimmte mich zu einem Gleichgesinnten.

»Für uns Anhänger ist La Corrida eine Kunstform und weniger ein Sport, nicht wahr? Ein Ausdruck des Kampfes zwischen dem Menschen und der rohen animalischen Kraft, wie er nur in unserem Land überlebt hat, genau so wie es der Toro Bravo getan hat.«

Wir näherten uns der Stierkampfarena und immer mehr Menschen drängten sich in den engen Straßen. Die Aufmerksamkeit des Fahrers wechselte in hektischer Betriebsamkeit zwischen den Fußgängern, die er mit drohendem Gebrüll und lautem Hupen von der Fahrbahn scheuchte und mir, seinem compañero. Meinen skeptischen Blick deutete er als Unwissenheit und er begann wild gestikulierend zu erklären: »Der Toro Bravo, der Kampfstier, gehört einer uralten Rinderrasse an, die nur in Spanien überlebt hat. Seinen Vorfahren, den Urus, gab es in weiten Teilen der Welt. Er wurde von zahlreichen Zivilisationen verehrt, der Stierkult auf der Insel Kreta etwa ist allgemein bekannt. Auch die Bibel berichtet von Stier-Opfern zu Ehren der „göttlichen Gerechtigkeit“. Schon in den religiösen Kult-Handlungen der iberischen Stämme, die in prähistorischer Zeit in Spanien lebten, spielten Stiere eine bedeutende Rolle.«

Ich wollte nicht gänzlich als unkundiger Ausländer dastehen und warf dazwischen: »Es ist nicht das erste Mal, dass ich eine Corrida besuche und ich weiß zumindest, dass dabei sechs Stiere von drei verschiedenen Toreros getötet werde.« Dass mein einmaliges Erlebnis eine Provinz-Corrida war, und mit den dilettantischen Toreros eher einem bestialischen Gemetzel glich, verkniff ich mir wohlweislich zu erwähnen. Ich befürchtete den Rest des Weges zu Fuß zurück legen zu müssen.

Mein Einwand brachte meinen Chauffeur nun erst richtig in Fahrt.

»Ja, aber nicht der Tod der Stiere steht im Vordergrund, sondern der Kampf, nach einem festgelegten Ritual.«

Ich nickte gottergeben, lehnte mich in meinem Sitz zurück und hoffte rasch am Ziel der Fahrt zu sein, während mein spanischer Begleiter zu einem ausführlichen Vortrag ansetzte.

»Am Beginn steht der Paseillo. Alle Mitwirkenden, die Toreros mit ihren Helfern, den Capeadores, Picadores und Bandilleros, ziehen in die Arena ein und stellen sich dem Publikum vor. Zwei berittene Alguacilillos erbitten dann symbolisch vom Komitee den Schlüssel zur "Puerta de los Toriles", dem Tor, hinter dem sich die Kampfstiere befinden. Der eigentliche Stierkampf besteht nun aus drei durch

Horn-Signale getrennten Teilen, die Tercios genannt werden.«

Seine Erklärung begleitete er mit drei kräftigen Hupsignalen, die einem Fußgänger galten, der sich nur mit einem gewagten Sprung davor rettete, von der Taxistoßstange aufgespießt zu werden. Nach einem kurzen, lautstarken Wortgefecht mit dem Passanten galt sein Interesse wieder mir.

»Im ersten Tercio wird der Stier losgelassen. Der Torero verwendet die Capote, ein relativ großes Tuch von purpurroter und gelber Farbe. Er reizt damit den Stier und versucht seine Reaktionen und seinen Kampfeswillen zu ergründen. Dann treten die Capeadores auf. Mit Hilfe ihrer schwarzroten Capas, unter denen der Toro Bravo ins Leere läuft, bereiten sie den nächsten Akt der Zeremonie vor, die Arbeit der Picadores.«

Er schien meine Bedenken zu erahnen und räumte ein: »Nun ja, wohl der blutigste und daher am meisten kritisierte Teil der Corrida de Toros. Hoch zu Ross stoßen die Picadores dem Stier ihre Lanzen, die Picas, in den Nacken und fügen ihm damit tiefe, stark blutende Verwundungen zu. Gleichzeitig werden dabei seine Nackenmuskeln durchtrennt. Er kann den Kopf nicht mehr heben und bietet damit dem Torero eine ungeschütztere Angriffsfläche.«

Für einen kurzen Augenblick bekam sein Gesicht einen nachdenklichen Ausdruck, der aber rasch wieder der Begeisterung Platz machte.

»Im zweiten Teil stehen nun die Banderilleros im Mittelpunkt. Sie müssen zwei Banderillas, mit bunten Bändern geschmückte, 75 cm lange und mit Widerhaken versehene Spieße, in den Rücken des angreifenden Stieres stoßen. Je näher dabei der Banderillero dem Stier kommt und je enger die Banderillas stehen, um so größer ist der Beifall des Publikums.«

Das Taxi schob sich zwischen die Menschenmassen, die zum Eingang der Stierkampfarena drängten und kam vor der Bar Toro Bravo, die in das Außengemäuer der Arena eingebaut war, zum stehen. Während der Fahrer mit der einen Hand sein Fahrgeld entgegen nahm, hielt er mich mit der anderen im Sitz fest, um seinen Vortrag zu beenden.

»In der abschließenden „Suerte suprema" verwendet der Torero die Muleta, ein kleines rotes Tuch. Nun muss er seine faena, seine Meisterschaft im Umgang mit dem Stier, beweisen, und ein künstlerisches Gleichgewicht zwischen der menschlichen Geschicklichkeit und der animalischen Kraft herstellen. Fachmännisch quittiert das

Publikum gelungene Aktionen mit Applaus. Oberstes Ziel des Matadors ist die Erlegung des Stiers mit einem einzigen Stoß seines langen Degens, der Estapa oder Estoque, ins Herz. Dazu gehört viel Geschicklichkeit und Kraft, da ein bestimmter Punkt im Nacken mit Vehemenz und im richtigen Winkel getroffen werden muss. Gelingt dies auf Anhieb, kennt die Begeisterung der Zuschauer keine Grenzen. Ein letzter Beifall verabschiedet den mutigen Stier, den Toro Bravo, wenn er von einem Pferdegespann leblos aus der Arena geschleift wird.«

Mein Stierkampfexperte verabschiedete sich mit den besten Wünschen für eine spannende Corrida de toros. Ich lies ihn in seinem Glauben und war in Gedanken bereits bei meiner Verabredung.

Die kleine Kneipe „Toro Bravo“ lag direkt neben einem der Eingänge zur Arena. Als ich ankam, leerte sich das Lokal gerade bis auf wenige Besucher.

Ich betrat die Taberna, setzte mich an einen Tisch in der Nähe des Eingangs und bestellte mir einen Café con leche und ein belegtes Brötchen.

Nach wenigen Minuten näherte sich mir ein mittelgroßer, weißhaariger Mann mit sorgfältig gescheiteltem Haar. Er trug einen erstklassig geschnittenen cremefarbenen Anzug, ein blau und weiß gestreiftes Hemd mit einem blauen Kragen und ebensolchen Manschetten und dazu eine himmelblau gestreifte Krawatte mit passendem Einstecktuch.

»Herr Hellhaus?«

»Ja!«

Ich erhob mich.

Hübner strahlte mich an und zeigte sein Gebiss. Schöne Zähne, ebenmäßig und weiß. Vielleicht eine Spur zu weiß. Sein Zahnarzt musste gut daran verdient haben.

»Ich heiße Hübner, Adolf Hübner. Meinen Bruder haben Sie ja bereits in Tübingen kennen gelernt, er hat mich angerufen und von ihrem Besuch berichtet.«

Ich wusste, dass Hübner über sechzig war. Trotz der graumelierten Haare ließen ihn seine schlanke Figur und das fast faltenfreie, braungebrannte Gesicht wesentlich jünger erscheinen.

Wir setzten uns, und Hübner bestellte sich bei dem herbeigeeilten Wirt, den er freundschaftlich umarmte, einen Rotwein. An mich gerichtet sagte er: »Jesús ist ein guter Freund. Gefällt Ihnen seine Taberna? Ich bin sehr gerne hier, sie hat eine Besonderheit, die ich sehr zu schätzen weiß. Durch die hinteren Räume gelangt man nämlich direkt in die Katakomben der Arena. Ohne Eintritt zu bezahlen, ist man damit direkt am Geschehen.«

»Herr Hübner, ich habe ihrem Bruder erzählt, dass ich nach Menorca fahre, aber ich wundere mich, woher Sie wissen, in welchem Hotel ich wohne.«

»Die Balearen sind wie ein Dorf. Hier können Sie nur als Millionär leben oder indem Sie über alles und jeden informiert sind und immer wissen, woher der Wind weht.«

Ich betrachtete den Fremden und fand ihn nicht unsympathisch, trotzdem beschlich mich ein unangenehmes Gefühl. Dieser Hübner war das genaue Gegenteil seinen Bruders. Hinter dieser gepflegten Fassade war eine arrogante Kälte, etwas Lauerndes, was ich nicht einordnen konnte und mich ärgerte.

»Aha, und Sie wissen über jeden Furz hier Bescheid?«

Hübner überging meine provozierende Frage. Er nippte an seinem Rotwein und beobachtete mich, dann fragte er: »Haben Sie jemand von unserem Treffen informiert?«

Ich verneinte und schaute ihn herausfordernd an.

»Wollen Sie mir nicht endlich sagen, was Sie von mir wollen?

»Herr Hellhaus, Sie haben eine Pistole die meinem Vetter Klenk gehörte und wollen über meine Familie schreiben. Ich möchte, dass Sie mir die Pistole geben und mich ihre Unterlagen sehen lassen.«

Ich zuckte mit den Schultern.

»Wenn Sie etwas lesen wollen, gehen Sie am besten zum Zeitungskiosk, und bei Ihren Beziehungen ist es bestimmt ein Leichtes, anderweitig eine Waffe zu besorgen.«

Hübner zog theatralisch seine Brieftasche aus dem Jackett und legte sie vor mir auf den Tisch.

»Sie werden mir ihre Unterlagen zeigen und mir die Pistole übergeben; und ich werde Sie angemessen entschädigen.«

»Nein! « Ich schüttelte den Kopf. »Keine Lektüre - keine Pistole - kein Handel! Wie sagte Napoleon? Nicht heute Nacht Josephin!«

Als Hübner nicht reagierte knurrte ich wütend, wie zu mir selbst: »Garantiert nicht, niemals!«

Hübner lächelte säuerlich.

»Ein scheußlich verlogenes Wort: Niemals. Eine Rechtschreibreform sollte es ausmerzen. Glauben Sie mir, die Worte Geduld und Hoffnung sollte man in Großbuchstaben schreiben, denn mit der Zeit und ein wenig Nachdruck ändern die Menschen ihre Ansichten.«

»Sie backen aus Illusionen honigsüße Pralinés, die Ihnen im Hals
stecken bleiben werden.«

Eine aggressive und feindliche Stimmung war entstanden, die sich
fast mit den Händen greifen ließ. Hübner griff nach seinen Zigarillos
und zündete sich eine an. Er machte einen tiefen Zug und blies mir
den Rauch über den Tisch hinweg ins Gesicht.

»Es stört Sie doch nicht wenn ich rauche?«

Für einen kurzen Augenblick war ich versucht ihm das Zigarillo
aus dem Mund zu schlagen, dann beherrschte ich mich und schüttelte
den Kopf.

»Es würde mich nicht einmal stören, wenn Sie brennen würden.«

Hübner lächelte mich kalt an und zeigte seine Zähne; und wieder
empfand ich dieses Lauernde, Hinterhältige, doch dann fiel mir ein
Spruch meiner Mutter ein: Zähne wie Sterne, beide kommen nachts
heraus, und bei der Vorstellung musste ich schmunzeln.

»Sie lachen mich aus, Herr Hellhaus?«

Mir war egal was Hübner dachte. Ich schüttelte unwillig den Kopf.

»Ich weiß überhaupt nicht wovon Sie reden, ich habe keine Pistole.«

Über Hübners Nasenwurzel erschien eine scharfe Falte.

»Da muss man Verständnis haben, das kommt vor, dass ein
Mensch ganz plötzlich das Gedächtnis verliert. Ich kannte einmal einem Juwelier, der einen Safe mit Nummernkombination hatte. Er erinnerte sich aber nicht mehr an die Zahlen.

Was macht man mit so einem armen Menschen frag ich Sie? Sie
wissen es nicht? Ich sag es Ihnen. - Nein, kein Psychiater, alles
Quatsch. Schmerztherapie ist das einzige, was da hilft.

Nehmen Sie den Juwelier, seine Hand zwischen eine Tür und den
Rahmen und einmal kräftig zugeschlagen, und plötzlich erinnerte er
sich an Dinge, die überhaupt nicht gefragt waren. Jetzt frage ich Sie,
was sind schon vier gebrochene Finger gegen ein intaktes Gedächtnis?«

Ich starrte entgeistert auf mein Gegenüber. Das war doch gar nicht
möglich. Sekundenlang weigert sich mein Gehirn zu begreifen. Ein
vertrauensvoll lächelnder, gepflegter älterer Herr bedrohte mich mitten im Lokal, zwischen lachenden und glücklichen Stierkampfbesu-
chern. Saß da, ohne die Stimme zu erheben, elegant den kleinen Finger abgespreizt am Rotwein nippend und bedrohte mich unverhohlen,
während über uns, im Rund der Stierkampfarena, tosender Beifall
aufbrandete. Plötzlich fror ich.

»Sie drohen mir?«

Hübner zuckte auch nicht mit einer Wimper. Nur in seine Augen glimmte für einen kurzen Moment eine kalte Flamme auf, dann lächelte er.

»Aber nicht doch, junger Freund, Sie missverstehen mich ... Ich bin nur ein harmoniesüchtiger Mensch und jeder Widerstand erzeugt unnötige Dissonanzen. Lassen Sie sich meine Bitte in Ruhe durch den Kopf gehen, wir werden uns schon verständigen, da bin ich ganz sicher.«

Hübners Worte klangen so selbstverständlich, so ehrlich. Hatte ich mich in meinem Ärger verrannt? Der Widerspruch zwischen meinen Empfindungen und dem Eindruck der väterlichen Seriosität, den mein Gesprächspartner ausstrahlte, machte mich unsicher und verlegen; und ich war froh, als Hübner das Thema wechselte und von der Corrida zu schwärmen begann, deren Geräuschkulisse in auf- und abschwellenden Wellen zu uns drang.

»Kommen Sie, Herr Hellhaus, beruhigen wir uns. Ihr Besuch auf Mallorca soll nicht umsonst gewesen sein, Jesús wird uns sicher erlauben die Hintertür zu benutzen, so haben Sie die einmalige Gelegenheit hinter die Kulissen eines Stierkampfes zu blicken.«

Ganz offensichtlich war ich über das Ziel hinausgeschossen und um Wiedergutmachung bemüht, folgte ich Hübner, der sich seinen Weg durch das vollgestopfte Lager der Taberna bahnte.

Durch eine rostige Stahltür gelangten wir in einen nur schwach beleuchteten, gewölbten Kellergang, der sich feucht und modrig, entlang der Rundung der Arena, in der Ferne verlor. Hübner schien sich hier genau auszukennen. Zielstrebig schob er mich durch ein Gewirr von Räumen und Gängen. Während über uns das begeisterte Trampeln und Klatschen der Zuschauer das alte Gemäuer erzittern lies, erklärte er mir mit hallender Stimme die Zwecke und Geschichte der verliesähnlichen, dunklen Räume.

Ich hatte längst die Orientierung verloren und wunderte mich nicht, als er vorsichtig ein großes Tor einen Spalt öffnete und mich energisch in den dahinter liegenden Raum drängte. Ein bestialischer Gestank schlug mir entgegen und bevor sich meine Augen an das dämmrige Licht gewöhnten fiel das Tor hinter mir zu.

Ich tatstete im Halbdunkel über die Tür, aber von innen gab es keine Möglichkeit sie zu öffnen.

Vor mir hörte ich ein aufgeregtes Schnauben, dann wurde mir klar, ich war im Stall eines Stieres und Hübner war verschwunden. »Que te den morcillas!«, Sie sollen dir Blutwurst geben, knurrte ich leise Hübner nach, was sinngemäß soviel hieß, wie: Geh zur Hölle; verpiss dich!

Ich war eingesperrt in einem stinkenden Raum, vielleicht acht Meter lang und kaum zwei Meter breit, mit dem Toro Bravo, dem gefährlichsten Stier der Welt. Links und rechts Mauern, hinter mir eine massive, versperrte Tür, vor mir das Tor zur Arena und zwischen diesem einzig möglichen Weg in die Freiheit und mir, der Kampfstier.

Durch die Ritzen des mit Eisen beschlagenen Holztores zur Arena fielen Lichtstreifen auf den mir zugewanden muskulösen Rücken des Stieres, der mich nun zu bemerken schien.

Er drehte den massigen Kopf und begann wütend zu schnauben. Dann begann er sich langsam rückwärts auf mich zu zuschieben.

Ich stand da, wie festbetoniert, bewegungslos und starrte auf das vor mir hin- und herstampfende Hinterteil des Stieres und die auskeilenden Hufe.

Ich war chancenlos, ich war mir dessen so sicher, dass jeder Gedanke an einen möglichen Fluchtversuch schon im Ansatz erstickt wurde. In einigen Minuten würde der Matador den Stier mit einem einzigen Stoß seines Degens töten. Während der Kadaver des Stieres unter tosendem Applaus von zwei Pferden aus der Arena geschleift würde, würde ich wie ein durch den Wolf gedrehtes Stück Hackfleisch im Dreck des Stalles zurückbleiben.

Plötzlich verharrte der Kampfstier. Er schien sich aufzupumpen, seine Nackenmuskeln traten hervor und er begann böse schnaubend mit dem Vorderhuf im Dreck zu scharren. Auf den Lichtstrahlen tanzte der aufgewirbelte Dreck in kleinen Wolken. Dann senkte er den Kopf und stürmte noch vorn. Er krachte mit den Hörnern gegen das eisenbeschlagene Tor. Immer wieder trommelte er in rasender Wut mit den Hörnern gegen das Tor; dann schien er sich wieder an mich zu erinnern.

Er drehte den gehörnten Schädel und schnaubte mich mit heraushängender Zunge geifernd an. Dann versuchte er seinen massigen Körper in der engen Box zu mir zu wenden. Er schleuderte den Kopf links und rechts gegen die Seitenmauern, als wollte er die Wände verschieben.

Ich drückte mich in die Ecke des Stalles und beobachtete das immer stärker tobende Tier und seine Versuche sich zu drehen.

Der Stier verlagerte sein Gewicht auf die Hinterfüße und versuchte sich scharrend an der Seitenwand aufzurichten, dabei warf er seinen

Körper in meine Richtung. Plötzlich knickte er in den Hinterbeinen ein und blieb für einen Moment benommen und zwischen den Seitenwänden eingeklemmt liegen.

Ich reagierte ohne nachzudenken, instinktiv. Mit einem Hechtsprung sprang ich über den eingekeilten Rücken des Tieres und landet mit der Schulter in einem weichen Haufen Mist. Ich rappelte mich auf, riss den Stahlriegel des Tores auf und taumelte durch die Arena, auf die schützende Brüstung zu. Hinter mir hörte ich wie der Stier freikam und in rasender Wut hinter mir herjagte. Bevor ich mich über die brusthohe Mauer in Sicherheit bringen konnte, schlugen dicht neben mir achthundert Kilo pure Muskeln krachend in die Wand ein. Ein Schlag der auskeilenden Hufe traf mich am Oberschenkel und warf mich zu Boden. Wie ein Käfer auf dem Rücken, lag ich hilflos im Sand und sah, wie der blindwütende Kampfstier zum nächsten Angriff ansetzte.

Immer mehr Zuschauer bemerkten mich und eine Gelächterwelle brandete durch die Arena. Sie hielten mich für einen übermütigen Idioten, der sich freiwillig in diese Situation begeben hatte.

Drei Capeadores waren die ersten, die sich von ihrer Überraschung erholten. Sie wedelten mit ihren schwarzroten Capas und warfen sich mutig zwischen mich und den anstürmenden Stier. Nun erkannte auch der kämpfende Torero die Situation. Er drängte seinen Stier in die entgegengesetzte Hälfte der Arena, während ihm weitere Capeadores zur Hilfe eilten und mit ihren Tüchern seinem Stier die Sicht auf uns verstellten.

Ich saß noch immer benommen am Boden, umrauscht vom Klatschen und Pfeifen der entfesselten Menge. Gott sei Dank, hatte mein Stier jedes Interesse an mir verloren und konzentrierte seine Wut auf die schwarzroten Tücher meiner Helfer.

Ein weiterer Matador war über die Brüstung geflankt und hatte sich schützend vor mich gestellt.

Als er sich sicher war, dass ihm die Aufmerksamkeit des Publikums gehörte, hob er meinen Arm und umkreiste mich, seine Maleta schwingend. Dann machte er vor mir einen Ausfallschritt, klopfte mir auf die Schulter, dass mir der grüne Stiermist ins Gesicht spritzte und brüllte: »Viva el loco, viva!«, es lebe der Verrückte.

Auf der mir gegenüberliegenden Seite, trieben nun zwei Picadores, hoch zu Ross, mit ihren Lanzen eine Kuh vor sich her in die Arena. Mein bösartiger Kampfstier blieb wie angewurzelt stehen und hob witternd den Kopf in die Höhe. Dann trottete er brav wie ein Ochse zu der Kuh und zockelte unter stehendem Applaus der Zuschauer hinter ihr her aus der Arena.

Meine vier Helfer verbeugten sich vor dem ekstatischen Publikum, dann hoben sie mich an den Händen und Füßen hoch und warfen mich unter begeistertem Johlen der Menschenmenge über die Brüstung. Ich lag zu Füßen der hoch aufsteigenden Zuschauerreihen und fühlte mich blamiert bis auf die schmerzenden Knochen. Mühsam rappelte ich mich auf und meinen lädierten Oberschenkel haltend, hinkte ich zum Ausgang. Keiner der Corrida-Besucher gönnte mir noch einen Blick, schlagartig war ihr Interesse wieder umgeschlagen und ihre Aufmerksamkeit galt wieder dem Geschehen in der Arena.

Was sollte ich nun tun? Hübner anzeigen und mich der Lächerlichkeit preisgeben? Ich wusste noch nicht einmal seine Adresse. In der Hoffnung Hübner noch anzutreffen, beschloss ich in der Bar Toro Bravo noch einen Schnaps zu trinken. Ein Fliegenschwarm begleitete mich in die Kneipe, doch Hübner war und blieb verschwunden. Ich fragte den Wirt nach der Adresse seines Freundes, aber ich bekam nur ein brummiges »No sé«, weiß nicht, zu hören und nach einem Blick auf meine dreckverschmierte Jacke, zog er sich naserümpfend hinter seine Theke zurück. Nach dem Schnaps ging es mir besser. Ich wusch mich auf der Toilette und warf die Jacke nach dem Verlassen der Bar in eine Mülltonne.

Eigentlich hatte ich vorgehabt, in Mallorca zu übernachten und Palma zu besichtigen; aber dazu war mir gründlich die Lust vergangen, und ich entschied, mit der nächsten Fähre nach Menorca zurückzufahren.

Weit nach Mitternacht war ich wieder in meinem Hotel und fand eine Nachricht von Pedro vor: „Habe Antonio Baldón gefunden. Flieger hatte Papiere bei sich, Antonio sucht im Haus seiner Großeltern und meldet sich.“

Auf meinem Zimmer wählte ich Pedros Nummer. Nach dem siebten Klingelton ertönte Pedros verschlafene, wütende Stimme, wie ein Donnergrollen.

»Hier ist das örtliche Bestattungsunternehmen „Schlaf gut“! Welchen Idioten soll ich mitten in der Nacht einsargen?«

»Der Idiot bin ich«, sagte ich und Pedro brummte: »Wer sonst, was gibt es?«

Ich berichtete von meinem Treffen mit Hübner und meinem „Stierkampf“. Pedro hörte mir minutenlang zu, ohne mich zu unterbrechen. Als ich fertig war knurrte Pedro nur: »Mierda«, Scheiße; und bevor ich nach Antonio Baldón fragen konnte war die Leitung unterbrochen.

Am Dienstag riss mich das blecherne Schnarren des Telefons aus meiner Siesta. Vicentes Frau kündigte mir einen Besucher an.

Ich hatte kaum den Hörer aufgelegt, da klopfte es bereits an der Tür, und ohne ein Herein abzuwarten, wurde die Tür aufgestoßen. Antonio stand breit grinsend im Raum.

Ich sprang elektrisiert auf. Einen Augenblick war ich sprachlos, dann platzte ich heraus: »Ich werde verrückt, - Antonio? Mensch, wie kommst du denn hier her?«

Antonio lachte über das ganze Gesicht.

»Geraubt, entführt, verschleppt, von deinem Riesenbaby, diesem Pedro.«

Wir begrüßten uns überschwänglich, rangelten glucksend und prustend miteinander, klopften uns gegenseitig auf die Schultern, schubsten uns durch das Zimmer und schrieen uns unsere Erlebnisse der vergangenen sieben Jahre zu. Dann saßen wir außer Atem, wie enge Freunde auf dem Bett und ich fragte: »Wo hat Pedro dich denn gefunden?«

»Im Nordosten der Insel, in Puerto de Fornells.«

»Und, hat dir Pedro erzählt, um was es geht?«

Antonio klatschte seine Hand auf meine Schreibmaschine. »Haargenau und ausführlich, du verhinderter Schriftsteller - oder besser, noch verhinderter Schreiberling«, wobei er das Noch besonders betonte.

Ich schaute ihn gespannt an.

»Du hast die Papiere gefunden?«

Ich verpackte meine Hoffnung mehr in einer Feststellung und weniger in einer Frage und Antonio nickte freudestrahlend. Dann sprang er auf und rannte aus dem Zimmer. Gleich darauf kam er wieder zurück und warf eine fleckige Ledermappe und ein kleines Büchlein auf das Bett.

»Ja, von meinem Vater Juán weiß ich, dass die Mappe und das Büchlein bei dem Piloten gefunden wurden. Ich hoffe, du findest darin, was du suchst. Das Notizbuch, oder vielleicht ist es ein Tagebuch, ist ganz vergammelt. Die Schrift ist stellenweise nur schwer zu erkennen; es muss nass geworden sein.«

»Und was ist mit der Mappe?«

»Ich weiß es nicht.«

Ich tastete ehrfürchtig über die Ledermappe.

»Du hast sie nicht geöffnet?«

»Nein, sie liegt da, rein und unberührt, altjüngferlich, wie seit fast fünfzig Jahren. Ich verstehe nicht warum mein Großvater sie nie öffnete und trotzdem aufbewahrte; vielleicht hat er sie auch nur vergessen.«

Ich blätterte das kleine Notizbuch durch und löste vorsichtig die zusammengeklebten Seiten. Nur die ersten neun Seiten waren eng beschrieben, kaum zu entziffern, verschmiert und fleckig, und die letzte Seite, unleserlich und angeschimmelt. Enttäuscht warf ich das Notizbuch aufs Bett.

Antonios fragenden Blick beantwortete ich mit einem Kopfschütteln und griff mir die Ledermappe; sie war kaum größer als ein DinA4-Blatt. Mit der Nagelschere versuchte ich vergeblich, das verrostete Schloss aufzubrechen. Ärgerlich und ungeduldig begann ich das Leder um den Blechbeschlag des Schlosses herum aufzuschneiden.

Ich wusste nicht, was ich zu finden gehofft hatte, aber irgendwie fühlte ich mich maßlos enttäuscht, als sie offen vor mir lag und nur zwei vergilbte und stockfleckige Kuverts zum Vorschein kamen.

Ich öffnete die Umschläge. In einem war ein offiziell aussehendes Schreiben einer Schweizer Bank und im zweiten ein vier seitenlanger handgeschriebener Brief.

Ich vertiefte mich in die Unterlagen, während Antonio schweigend am Fenster verharrte und mir zusah.

»Ich verstehe das meiste von dem Zeug nicht. Es ist altdeutsch geschrieben.«

Antonio schaute mich verständnislos an.

»Du kannst kein Deutsch?«

Ich schüttelte unwillig den Kopf.

»Natürlich kann ich Deutsch, aber damals gab es eine andere Schrift. Ich glaube, Sütterlin hieß sie; und die meisten Buchstaben werden heute anders geschrieben.«

Als ich die Unterlagen überflogen hatte, atmete ich zischend aus.

»Fest steht, das ist ein Brief von Hauptmann Johann Klenk an seinen Onkel. Der Onkel heißt Rudolf Hübner und war Oberst.«

Ich zeigte auf das andere Schreiben und erklärte Antonio: »Und das scheint eine Bescheinigung oder Bestätigung einer Schweizer Bank für ein Safe oder so was ähnliches zu sein.«

»Aber die Namen auf dem anderen Brief sagen dir etwas?«

Ich schob die Papiere zusammen.

»Ja, aber das muss ich dir ausführlich erklären. Lass uns an die Bar gehen, dann erzähle ich dir, was ich bisher herausbekommen habe.«

In der Bar waren wir die einzigen Gäste. Vicente brachte uns eine Flasche Wein und entschuldigte sich, er müsse in die Küche. Uns war es recht, und ich erzählte Antonio eingehend, was ich bisher in Erfahrung bringen konnte. Während ich berichtete, versuchte ich den Brief Buchstaben für Buchstaben und Wort für Wort zu übersetzen. Manche Worte waren einfach, aber oft blieb mir der Sinn ganzer Absätze verschlossen; trotzdem wurde mir der Inhalt des Briefes immer klarer.

Ich hatte das Bankschreiben noch einmal überflogen, dann stutzte ich und glotzte ungläubig auf das Stück Papier.

»Hier stehen Zahlen, 222266, die kenne ich, das ist die Produktionsnummer der Mauser-Pistole.«

Ich schob erregt die Papiere zur Seite.

»Wie ich den Brief verstehe, war dieser Klenk ein gemeiner Kerl, ein hinterhältiges Schwein, eine Wildsau!«

Über sein erhobenes Glas hinweg musterte mich Antonio und wunderte sich über meinen Ausbruch.

»Für Klenk galt offensichtlich nicht der Spruch: „Wer auf die Hitlerfahne schwört, hat nichts mehr, was ihm selbst gehört." Er war damals bei diesem Verein, der im Auftrag der Nazis in ganz Europa geklaut hat, was nicht niet- und nagelfest war und nur andeutungsweise nach Wert roch; was ja an sich schon eine Granatenschweinerei war. Aber offensichtlich hat er sich dabei in Paris und Rom auch die eigenen Taschen gefüllt und den ganzen Plunder in der Schweiz deponiert und die Mitwisser erledigt.«

»Dann war Klenk der abgestürzte Flieger und wollte wahrscheinlich zu seinem Onkel nach Mallorca türmen«, meinte Antonio.

Das klang für mich logisch, aber irgend etwas störte mich daran. Mein Grübeln wurde von Pedros Bass-Stimme unterbrochen, der von uns unbemerkt schon längere Zeit meinem Bericht zugehört hatte.

»Und, begreifst du jetzt, was dieser Raubritternachkömmling Hübner von dir wollte? Der Kerl wollte die Pistole oder wenigstens die Nummer, hier gibt's eine Verbindung zu der Schweizer Bank.«

Pedro rief nach Vicente und orderte eine neue Flasche.

Wir prosteten uns zu, und meine Gedanken wanderten zu meinem Vater, der erst 1961 krank und geschunden aus sibirischer Kriegsgefangenschaft entlassen wurde und sich nie mehr erholt hatte.

Unwillig schüttelte ich den Kopf.

»Da verrecken Millionen den dreckigsten aller Tode, den Heldentod; und wofür? Für solche Schweine wie diesen Klenk!«

Antonio legte mir die Hand auf die Schulter.

»Solche Typen gibt es auch heute, mehr denn je, denn besser ist die Welt nicht geworden. - Im Gegenteil! Die Gräben sind noch tiefer geworden, die Gegensätze noch größer, und die Ideologien noch verrückter und fanatischer.«

Ich verzog angewidert das Gesicht.

»Und die Ziele sind die gleichen geblieben. Den einfachen Menschen ausbeuten bis zum Krepieren. Nur die Dienstgrade haben sich geändert. Heute heißen die Generäle, Oberste und Hauptmänner Vorstandsvorsitzende, Großaktionäre, Aufsichtsräte und Bankdirektoren.«

Antonio nickte zustimmend und sagte leise: »Ja, als ob das Blut nur Dünger gewesen wäre, damit der Wahnsinn und Egoismus noch üppiger wuchert und gedeiht.«

Pedro knurrte in die bedrückte Stille: »Schluss damit, Kinder, das ist doch schon tausendmal gesagt und geschrieben worden, ohne dass sich etwas ändert. Wichtig ist, was wir jetzt machen, dieser Hübner lässt bestimmt nicht locker.«

Ich überlegte, dann platzte ich heraus: »Eines verstehe ich nicht; wenn Klenk der abgestürzte Flieger war, warum transportiert er seinen eigenen Brief an seinen Onkel? - Wir müssen die Papiere präzise übersetzen lassen, und ich weiß auch schon, wer das für mich macht.«

Pedro stützte den Kopf auf den Handballen und blickte gedankenversunken in sein leeres Glas.

Ich stupste ihn an.

»Was ist, willst du noch Wein?«

»Das auch, aber etwas anderes interessiert mich noch mehr; habt ich euch eigentlich schon einmal gefragt, was aus dem abgestürzten Piloten geworden ist?«

Antonio und ich schauten uns verblüfft an, dann kratzte sich Antonio am Kopf und meinte lächelnd: »Das versuche ich zu klären, mein Großvater war ein eifriger Tagebuchschreiber.«

Pedro schlug mit der Faust auf den Tisch.

»Ich erkläre die Sitzung für beendet. Ihr habt eure Aufgaben, und ich versuche etwas über diesen Hübner in Mallorca in Erfahrung zu bringen.«

Pedro und Antonio verabschiedeten sich, und ich fragte Vicente, ob ich bei ihm ein Telefax nach Deutschland schicken könnte und wo ich Fotokopien bekommen würde.

Stolz führte mich Vicente in sein Büro und zeigte mir sein Fax- und Kopiergerät. Gemeinsam begannen wir die Briefe zu kopieren. Nachdem wir die unterschiedlichen Helligkeitsstufen durchprobiert hatten, gelang es uns, ausgezeichnete Kopien anzufertigen. Bei den Seiten des kleinen Notizbuches hatten wir jedoch keinen Erfolg, egal was wir probierten, immer blieben die Kopien unleserlich. Ich war sichtlich enttäuscht, bis Vicente mit einer interessanten Idee herausrückte.

»In der Stadt gibt es ein Kopiergeschäft, die machen Vergrößerungen. Ich kann das für dich erledigen, wenn ich nachher, ganz in der Nähe, mein Fleisch hole.«

Ich wartete auf der Hotelterrasse gespannt auf Vicentes Rückkehr. Eine knappe Stunde später war er wieder da und legte freudestrahlend die auf Din-A4 vergrößerten Tagebuchseiten auf den Tisch. Die Qualität war hervorragend. Ich erkannte, dass das meiste jetzt lesbar war, wenn ich es auch wegen der altdeutschen Schrift nicht verstand; aber dieses Problem sollte mir Herr Schmieder in Oberndorf lösen.

Ich gab Vicente Schmieders Telefonnummer und bat ihn um eine Verbindung. Ich hatte Glück, Herr Schmieder meldete sich schon nach dem dritten Klingelton, und die Verbindung war so klar, als wäre es ein Ortsgespräch.

Herr Schmieder freute sich merklich über meinen Anruf und hörte dann gespannt meiner Erzählung über Pedro, Antonio, die Dokumentenmappe und das Notizbuch zu. Selbstverständlich wollte er die Übersetzungen machen, erklärte er bestimmt, er bestehe sogar darauf. Aber ein privates Faxgerät habe er nicht, nur im Museum. Er gab mir die Nummer und versprach, sich morgen sofort an die Arbeit zu machen und mir sein Ergebnis zurückzufaxen. Er notierte sich dazu die Nummer von Vicentes Faxgerät. Ich dankte ihm und bat ihn, Grüße an den Neckarblick auszurichten.

Vicente hatte derweil bereits die Kopien in sein Faxgerät eingelegt und wartete, dass ich ihm die Nummer gab. Alles lief reibungslos, und als ich die Faxbestätigung in den Händen hielt, war ich in bester Laune.

Beschwingt und leise vor mich hin trällernd, machte ich mich zu einem Spaziergang auf. Ich bummelte zum Meer und genoss den warmen Abendwind. Ich liebte den Geruch der vielen blühenden Pflanzen und den salzigen Geschmack des Meeres, den ich spürte, wenn ich mit der Zunge über meine Lippen fuhr. Ich fühlte mich so wohl, wie selten in meinem Leben.

Als ich mich auf den Rückweg machte, war es bereits dämmrig, und die Straßenbeleuchtung erhellte die Straße zum Hotel nur mäßig. Aus einem geparkten Auto stieg ein Mann. Er wartete, bis ich auf gleicher Höhe war und fragte mich: »Ihr Name ist Michael Hellhaus?«

Ich blieb verwundert stehen. Auf der anderen Wagenseite fiel eine Tür ins Schloss, und es stieg noch jemand aus.

»Ja, - woher kennen Sie mich, was wollen Sie von mir?«

Der Mann hatte eine bullige Figur und ein merkwürdig zerknittertes Gesicht.

»Ich bin vom Fundbüro, uns liegt eine Beschwerde wegen Fundunterschlagung vor. Ein ehrlicher Finder gibt die Dinge die ihm nicht gehören, an den Eigentümer zurück. Ist doch logisch - oder?«

Mir wurde schlagartig klar. Der Kerl kam von Hübner. Meine Stimme klang eigenartig belegt, und ich spürte, wie unglaubwürdig es klang, als ich sagte »Ich weiß nicht, was Sie von mir wollen, ich habe nichts gefunden.«

In meinem Kopf überschlugen sich die Gedanken. Was sollte ich tun? Um Hilfe rufen, weglaufen oder mich wehren?

»Du weißt genau, um was es geht. Wir gehen jetzt gemeinsam in dein Hotel, und dort wirst du mir schön brav die Pistole und alle Unterlagen geben. Wenn nicht ...«

Er ließ die deutliche Drohung unausgesprochen in der Luft hängen. Ich begann unkontrolliert zu zittern. Die ganze Situation erschien mir so unwirklich.

»Verschwinden Sie, sonst rufe ich die Polizei!«

Mein Gegenüber lachte kurz auf und kicherte: »Ich glaube du bist von Natur aus so blöde, oder hast du das studiert?«, dann schlug er mir ansatzlos mit dem Handrücken auf den Mund. Ein brennender Schmerz durchfuhr mich. Tränen schossen mir in die Augen, und ich fühlte, wie aus der aufgeplatzten Lippe Blut über mein Kinn lief und auf mein Hemd tropfte.

Wehr dich, fuhr es mir durch den Kopf, schlage zurück, doch ich stand wie betäubt, hilflos, in ohnmächtiger Wut, dieser noch nie erlebten Situation ausgeliefert. Weglaufen, weg von dieser Bedrohung, dieses Gefühl beherrschte mich. Angst machte sich in mir breit und vermischte sich mit dem widerlichen Blutgeschmack in meinem Mund zu einem Gedanken, der sich in mir festfraß. Feigling, ich war ein Feigling. Ich wollte mich umdrehen und weglaufen, da spürte ich hinter mir eine Bewegung, dann traf mich ein Schlag in den Rücken, der mir die Luft nahm. Ich krümmte mich vor Schmerzen und hatte keine Chance mehr, mich zu wehren. Ein Faustschlag traf mich im Magen. Vor meinen Augen tanzten rote Kreise um graue Flecken. Ich fiel vornüber, und der Boden schien mit großer Geschwindigkeit auf mich zuzukommen, dann schlug ich auf dem Pflaster auf. Während ich am Boden lag, begannen sie mich mit den Füßen zu treten. Trotz der Schmerzen weigert sich mein Gehirn noch immer zu glauben, was da geschah, und ich wunderte mich, dass plötzlich meine Welt aus den Fugen geriet. Dann verlor ich das Bewusstsein.

Meine Augen gewöhnten sich nur zögernd an das Licht. Wie in einem Kaleidoskop setzten sich die Bilder der Erinnerung in meinem Kopf zusammen. Erst nebelhaft, dann immer klarer. Ich bin in einem Krankenhaus, folgerte ich nach mehreren Minuten, aber warum? Langsam drehte ich den Kopf. Neben meinem Bett, an einem Metallständer, hing eine Infusionsflasche, und daneben strahlte mich das vertraute Gesicht Pedros an.

»Guten Morgen Miguel, hast du endlich ausgeschlafen?«

»Wie komme ich denn hier her?«

»Ich kam gerade dazu, als die Schweine versuchten, dich in ihr Auto zu zerren. Als sie mich kommen sahen, sind sie abgehauen. Dann habe ich dich hier ins Krankenhaus gebracht. Der Arzt wollte die Polizei rufen. Aber als sie dich untersucht hatten und keine besondere Verletzung, nur eine leichte Gehirnerschütterung feststellten, konnte ich ihn bremsen.«

»Mensch, Pedro, du redest einen Unsinn - keine besonderen Verletzungen. So wie ich mich fühle, liege ich wahrscheinlich im Sterbezimmer.«

Pedro lachte.

»Die paar blauen Flecken - also was ist denn nun eigentlich passiert?«

»Ich bin zusammengeschlagen worden

»Soviel begreife ich auch, aber warum?«

»Die Typen meinten, ich hätte Dinge, die mir nicht gehören, und die wollten sie haben.«

»Das war wohl keine Verwechslung?«

Ich versuchte den schmerzenden Kopf zu schütteln, unterließ es dann aber. Eine höllische Angst hatte sich in mir festgesetzt, und ich zweifelte keinen Augenblick, dass, wenn ich mich zu heftig bewegen würde, mir die Augäpfel herausfielen.

»Nein eine Verwechslung war es bestimmt nicht, die kannten sogar meinen Namen.«

»Wen meinst du mit die – Hübner?«

Logisch, das waren Hübners Schläger.«

Pedro nickte verstehend und sagte: »Klar, der vornehme Pinkel hat seine Handlanger. Wer kauft sich schon einen Hund, um dann selbst zu bellen.«

Als Pedro gegangen war, lag ich mit geschlossenen Augen und versuchte mit mir ins Reine zu kommen. Ich fühlte mich gedemütigt und erniedrigt. Sollte ich die Polizei verständigen? Was würde geschehen, könnte ich etwas beweisen? Immer wieder sagte ich mir, es war gut, mich nicht zu wehren.

Ich versuchte mich damit zu beruhigen, dass ich nach allen Regeln der Logik keine Chancen gegen die beiden brutalen Schläger gehabt hätte. Aber immer wieder spürte ich diesen schalen Geschmack, den der Gedanke Feigheit bei mir hinterließ. Feigling! Feigling! Das Wort folgte mir wie ein Echo.

Ich verbrachte Stunden damit, mich durch einen Berg von Racheplänen zu fressen und schwor mir, Hübner, diesem Schwein, keinen Zentimeter nachzugeben.

Am Nachmittag holte mich die Arztvisite aus meinen finsteren Gedanken. Ich begrüßte den forschen, junge Arzt mit einem: »Na, endlich!« Der Arzt bekam eine abweisende Miene und fragte pikiert: »Was wollen Sie damit sagen?«

Ich versuchte die Situation mit einem Scherz zu retten.

»Na ja, ich liege hier schon seit Stunden, ohne einen Arzt zu sehen und hatte eigentlich gehofft, dass Sie meine Krankheit noch im Frühstadium behandeln, und nicht erst bei der Obduktion feststellen.«

Der Arzt ging darauf nicht ein. Er hörte mich kurz ab, verordnete mir viel Ruhe und wies die Schwester an, mir ein leichtes Schlafmittel zu verabreichen. Dann bewies er in einem rhetorisch gekonnten Vortrag, dass er auf dem besten Wege war, eine Koryphäe seines Berufstandes zu werden und versuchte mich von der Notwendigkeit einer teuren privatärztlichen Versorgung zu überzeugen.

Danach war ich ohne Schlafmittel eingeschlafen. Trotz meines schlechten Gewissens, mich damit der ärztlich Kunst entzogen zu haben, wachte ich eine Stunde später gut erholt auf und war freudig überrascht, Angelina an meinem Bett sitzen zu sehen.

»Wie kommen Sie denn hier her?«

Angelina warf ihre dunklen Locken in den Nacken und lachte.

»Pedro hat mir von ihrem Missgeschick erzählt. Ich sitze schon zwanzig Minuten hier und sehe Sie an. Sie haben im Schlaf gelächelt wie ein kleiner Junge, der sich spitzbübisch über einen Streich freut.«

Ich suchte mit meinen Blicken ihre Augen, doch sie wich mir aus.

»Ich wollte mich nur überzeugen, dass es Ihnen wieder gut geht.« und nach einer kleinen Pause fragte sie leise: »Es geht Ihnen doch gut?«

Ich nickte und griff nach ihrer Hand.

»Ja, jetzt, wo Sie bei mir sind fühle ich mich wie neu geboren.«

Sie entzog ihre Hand meinem Griff und stand auf.

»Dann muss man Sie auf die Entbindungsstation verlegen.« Sie neigte sich zu mir und gab mir einen kurzen, sanften Kuss auf die Wange.

»Ich glaube, ich muss jetzt gehen.«

Ich zog sie zu mir und küsste sie auf den Mund.

»Hoffentlich sieht uns der Arzt nicht«, flüsterte sie. Dann ergriff sie die Initiative und erwiderte meinen Kuss.

»Nur für den Fall, dass Sie glauben, es läge mir nichts an Ihnen«, sagte sie.

»Ich glaube ich lieb ...«

Sie legte mir zärtlich ihren Finger auf die Lippen, so leicht, als schwebte eine Feder auf die Oberfläche meiner Seele.

»Lass uns Zeit, Miguel.«

Ich schaute auf die Tür, die sich hinter ihr geschlossen hatte. Mein Herz schlug zu rasch, zu staccato. Meine Gedanken überschlugen sich und versuchten vergeblich, meine Gefühle zu ordnen. Ich liebte Sie. Diese Erkenntnis kam über mich wie ein Traum, wie ein Taumel und erlebte mich gleichzeitig beglückt und beängstigt; und ich schloss mit mir selbst einen Kompromiss, und einigte mich auf das unverbindlichere Adjektiv verliebt.

Das Krankenhaus hing mir schon nach zwei Tagen zum Hals heraus, vor allem das Essen fand ich ungenießbar. Als mein Arzt zur Visite kam, hielt ich ihm das Tablett unter die Nase.

»Haben Sie so etwas schon einmal gegessen? Bestimmt nicht - mir reicht es jetzt. Hiermit entlasse ich mich!«

»Das geht doch nicht, Sie sind noch nicht gesund, ihre Gehirnerschütterung ...«

Ich unterbrach ihn.

»Bei dem Essen hier werde ich auch nicht mehr gesund.«

Der Arzt zuckte beleidigt die Achseln.

»Bitte, wenn Sie gehen wollen, man soll Reisende nicht aufhalten.«

Ich besänftigte den Arzt mit dem Versprechen, mich in ein paar Tagen noch einmal zu einer Nachuntersuchung zu melden, dann bestellte ich mir ein Taxi.

So selbstsicher ich im Krankenhaus aufgetreten war, so schwach und benommen fühlte ich mich, als ich endlich auf meinem Hotelbett lag. Vicente hatte mir eine Hühnerbrühe gebracht, auf die ich mich heißhungrig stürzte; dann war ich in einen tiefen, traumlosen Schlaf gefallen.

Am Abend weckte mich ein Klopfen an meiner Tür und auf mein »Herein!«, erschien Vicente und wedelte mit einem mehrseitigen Telefax.

»Entschuldige, dass ich dich geweckt habe. Aber das ist eben angekommen und ich dachte, es sei dir wichtig.«

Er warf mir die Papiere aufs Bett, dann war er wieder verschwunden.

Ich hatte mich aufgesetzt und studierte das Telefax. Es kam von Herrn Schmieder. Offensichtlich war es ihm gelungen, alle Unterlagen zu entziffern und zu übersetzen und darüber hinaus noch interessante Informationen beizusteuern.

Nachdem ich das Telefax gelesen hatte, saß ich staunend da.

Nicht Hauptmann Klenk war der Flieger, einer seiner Untergebenen, ein Leutnant Waldmann, war es. Ich hatte grübelnd den Kopf in die Hände gestützt und versuchte herauszufinden, was die fünfzig Jahre alten Schreiben tatsächlich bedeuteten. Die Worte waren eindeutig, aber worauf es mir ankam, war die Wahrheit, die dahinter lag. Ich las die Schreiben ein zweites und ein drittes Mal, bis mich meine Kopfschmerzen zwangen, das Licht zu löschen. Dann lag ich mit geschlossenen Augen auf dem Bett.

Durch die offene Balkontür drang vom Pool das leise Plätschern der Umwälzpumpe und das sanfte Rauschen der Palmen in einem schwachen Wind.

Ich wollte nicht mehr denken, ich fühlte mich krank und sehnte mich nach Schlaf. Über eine Stunde wälzte ich mich im Bett, und versuchte vergebens, den Schlaf herbeizuzwingen. Die Umwälzpumpe hatte aufgehört, und kein Wind rauschte mehr in den Palmen.

Um mich herrschte eine bedrückende Stille, in der ich mein Blut pulsieren hörte und das rhythmische Klopfen meines Herzens. Eine unerklärliche Unruhe hatte sich in mir festgekrallt.

Ruhelos ging ich auf den Balkon und starrte in die mondlose Nacht; rauchte eine Zigarette; ging zurück ins Zimmer; legte mich aufs Bett und versuchte mich zu entspannen. Es gelang mir nicht, der Inhalt der bei dem Fliegerleutnant gefundenen Papiere ließ mich nicht zur Ruhe kommen.

Eine innere Erregung, ein fremdes Gefühl bohrte in meinem Gehirn. Ich versuchte vergeblich, es zu ergründen; und wieder rauchte ich eine Zigarette. Dann nahm ich den Deckel von der Schreibmaschine und begann zu schreiben, ohne zu überlegen, ohne bewusst zu denken, von einer unbekannten Macht diktiert.

»Die Panzerspitzen der 5. Armee unter General Clark erreichten am 4. Juni 1944, morgens um 6 Uhr 40, den Stadtrand von Rom. Der Krieg in Italien war Geschichte geworden.

Das Sonderkommando von Hauptmann Klenk, hatte sich noch rechtzeitig aus Rom abgesetzt.

Am Abend des gleichen Tages landeten die zwei Maschinen der Gruppe Klenk, zu der auch Leutnant Waldmann gehörte, auf dem Flugplatz bei Hyéres in Südfrankreich.

Den ganzen folgenden Tag verbrachten Klenk und Waldmann mit Papierkram, technischen Besprechungen mit den Warten und dem Kennen lernen des Stützpunktes.

Es herrschte eine lockere, fast gelangweilte Atmosphäre und der scheinbare Frieden unbeschwerter Sommertage.

Die Sonne brannte ungewöhnlich heiß, und Mannschaften und Dienstgrade schwitzten mit nackten Oberkörpern. Die Warte werkelten lustlos an den Maschinen, andere spielten unter den Wellblechdächern der Hangars Skat oder schrieben Briefe an die Heimat.

Der 6. Juni brachte den Invasionsbeginn der alliierten Streitkräfte in der Normandie. Während in Berlin der Reichspressechef Dr. Dietrich erklärte: „Heute früh 5 Uhr 30 sind unsere Gegner im Westen zu ihrem blutigen Opfergang angetreten", hatte eine gewaltige Armada von 5.000 Schiffen den Kanal überquert. Starke Luftlandeverbände wurden hinter den deutschen Stellungen abgesetzt. Die alliierten Streitkräfte wurden von über 11.000 Flugzeugen aus der Luft unterstützt.

Über den südfranzösischen Stützpunkt legte sich eine angespannte, unheilschwangere Nervosität, während der Ring um Deutschland immer enger wurde.

Sowjetische Truppen besetzten Ungarn, Rumänien und Bulgarien und drangen bis zur Weichsel, bis nach Warschau vor. Alliierte Streitkräfte begannen im Süden Italien aufzurollen und marschierten im Westen auf Paris zu, mit Stoßrichtung Rhein. Die deutschen Wehrmachtsberichte sprachen von taktischen Frontverkürzungen.

Während das übrige Europa in Flammen stand, herrschte in der deutschen Etappe die beklemmende Ruhe vor dem Sturm.

Manch einer der Soldaten war gereizt wegen der untätigen Hilflosigkeit und hoffte auf eine Verlegung in die Kampfgebiete. Sie wollten in den Glutöfen des Krieges, an den heißesten Stellen Kohlen nachlegen; anderen waren froh, weitab vom frisch ausgehobenen Grab zu sein.

Leutnant Waldmann war keiner dieser Handlungsreisenden in Sachen Heldentum, die mit all ihren Gedanken ständig frontwärts unterwegs waren. - Grabkreuz gegen Ritterkreuz war für ihn kein guter Handel. Er war mit Leib und Seele Flieger, und das Soldatsein, der Kasernenmief aus einem Gemisch aus Fuß- und Angstschweiß, war ihm zuwider. Er flog mit der auf Konvoi- und Wetteraufklärung spezialisierte Einheit ihre routinemäßigen Patrouillenflüge, meist ohne besondere Vorkommnisse.

Am 20. Juli hoben die Soldaten erstaunt die Köpfe, als die Attentatsnachricht aus dem Führerhauptquartier an die Front drang. Der rachedurstige Diktator wandte sich über Rundfunk an sein Volk: „Eine ganze Clique ehrgeiziger, gewissenloser und zugleich verbrecherischer, dummer Offiziere hat ein Komplott geschmiedet um mich zu beseitigen. Mit ihnen wird jetzt so abgerechnet, wie wir das als Nationalsozialisten gewohnt sind.“

Es gab also Offiziere wie Graf von Stauffenberg, die anders dachten, als es vorgeschrieben war. Die nicht von der Volksstimmung getragen wurden, sondern nur von ihrem eigenen Pflichtgefühl. Das war für viele empörend und für einige wenige erstaunlich; aber wie schnell klar gemacht wurde, für die hörbar anders Denkenden absolut tödlich.

Im Offizierskasino wurden in lärmender Fröhlichkeit markige Reden geschwungen und die Treueschwüre auf den Führer neu besiegelt. Bier und französischer Cognac flossen in Strömen. Leutnant Waldmann saß zwischen seinen Kameraden und nickte zu den Worten der großmäuligen Sprecher. „Verabscheuungswürdige Tat, Fahnenflucht und Vaterlandsverräter", waren die häufigsten Kommentare. Der Leutnant hob mit den anderen sein Glas, folgte ihren Trinksprüchen und klatschte mit ihnen Beifall zu den fanatischen Reden. Aber wenn er seine Blicke wandern ließ, über die leeren Bierflaschen, die überfüllten Aschenbecher und die Schnapslachen auf den Tischen und in die geröteten Gesichter seiner Kameraden blickte, meinte er in den begeistert funkelnden Augen für kurze Momente auch Unsicherheit und Zweifel aufblitzen zu sehen. Gefühle und Gedanken, die auch ihn beschäftigten und in ihm nagten, und in den kernigen Parolen keine Antwort fanden.

Der 22. Juli war ein Samstag. Hauptmann Klenk hatte Waldmann überraschend Urlaub bis zum Wecken genehmigt und ihm vorgeschlagen, mit dem Kompaniefahrer nach Avignon zu fahren. Waldmann hatte den Vorschlag erfreut angenommen, zumal er Karl Renz, den Fahrer, bereits kennen gelernt hatte und ihn recht sympathisch fand.

Er genoss die Fahrt in dem offenen Kübelwagen. Ihr Weg führte sie durch verträumte Städtchen, und nur vereinzelt begegneten ihnen deutsche Militärfahrzeuge, die an den Krieg erinnerten. Das Land war eben, und ab und zu erhoben sich sanfte Hügel, Weinberge, die sich mit Lavendelfeldern abwechselten. Die leuchtenden Lavendelblüten durchzogen das Land in blauen Streifen und verschmolzen in der Ferne mit dem wolkenlosen Blau des Himmels. Nach zwei Stunden Fahrt schoben sich die mächtigen Bauwerke von Avignon über den Horizont.

Karl Renz, im Zivilleben Metzger, war Obergefreiter und stammte aus Konstanz. Er war die Strecke schon öfters gefahren, und wie er selbst von sich voll Stolz behauptete, ein Kenner der Gegend. Er freute sich über Waldmanns Interesse und erzählte mit der theatralischen Begeisterung eines Fremdenführers, von den Schönheiten der Landschaft und der Geschichte der Stadt.

»Avignon war bis zum Beginn des 14. Jahrhunderts eine unbedeutende Provinzstadt. Nachdem für die Päpste in Rom das Regieren wegen der zerfleischenden Fraktionskämpfe unmöglich geworden war, wurde Avignon überraschend zum Sitz des Pontifikats gewählt. Im Jahre 1348 erwarb Papst Klemens VI. die Stadt für 80.000 Golddukaten von der Königin Johanna I. von Sizilien und begründete hier die von der französischen Oberhoheit unabhängige Residenz. Sieben französische Päpste folgten nacheinander auf dem Heiligen Stuhl zu Avignon, und unter ihren Pontifikaten entstanden der mächtige Papstpalast und der Verteidigungswall rund um die Stadt.«

Waldmann unterbrach seinen Fahrer.

»Ich bin ja evangelisch, aber davon habe ich gehört. In der zweiten Reformationsschrift von Martin Luther aus dem Jahre 1520 wurde der Zeitabschnitt als Babylonische Gefangenschaft der Kirche beschrieben.«

Karl nahm die Hände vom Lenkrad und klatschte begeistert Beifall.

»Richtig, erst Papst Urban V. machte 1367 einen zaghaften Versuch, das Pontifikat nach Rom zurückzuverlegen, aber der französische König machte Ärger und er musste zurück nach Avignon. Erst seinem Nachfolger, Gregor XI., gelang 1377 die endgültige Rückkehr nach Rom. Ein Jahr später starb er, und wieder gab es Streit, prompt gab es zwei Päpste. Einen in Rom, Urban VI., den Nachfolger von Gregor XI., und einen von den französischen Kardinälen gewählten, Klemens VII., wieder mit Sitz in Avignon. Damit begann die Periode des Großen Schismas, - das heißt die Spaltung der katholischen Kirche. Nach jahrelangen Streitereien und gegenseitigen Exkommunizierungen gab es vorübergehend sogar noch einen dritten Papst, Alexander V. Erst 1414 haben sich die Kontrahenten geeinigt und die Wahl eines Papstes ausgehandelt - dass war Martin V. - und wissen Sie wo dieses Konzil stattfand? - In meiner Heimatstadt, in Konstanz!«

Waldmann klopfte Karl anerkennend auf die Schulter.

»Aha, deswegen weißt du so gut Bescheid!«

Karl grinste seinen Vorgesetzten geschmeichelt an.

»Klar, Herr Leutnant! - Bis zur französischen Revolution blieb Avignon unter der Verwaltung eines päpstlichen Gesandten. Im Verlauf dieser Jahrhunderte erlebte die Stadt einen üppigen Aufschwung. Neue Paläste, Kirchen und Denkmäler entstanden, - nur zwei Ereignisse störten die Entwicklung: die große Pest, ich glaube so um 1720 herum, die nur ein Viertel der ursprünglich 24.000 Einwohner überlebten, und der Verlust der territorialen Hoheit im Jahre 1791 durch den Anschluss an Frankreich.«

Der Fahrer hatte angehalten und zeigte mit ausgestrecktem Arm auf die Stadt, die von einem gewaltigen Bauwerk überragt wurde.

»Das ist das Palais des Papes, der Papstpalast! Rund 30 Jahre wurde daran gebaut. Er ist mit 15.000 qm Fläche der größte gotische Palast Europas. Der ganze Baukomplex besteht aus zwei untereinander verbundenen Gebäuden, dem Alten und dem Neuen Palast. - Der Alte Palast atmete eine dem Geist der Romanik verhaftete asketische Strenge, während der Neue Palast beseelt scheint von der blühenden Phantasie der Gotik.«

Waldmann betrachtete erstaunt seinen Fahrer, der grinsend den Kopf schüttelte.

»Stammt nicht von mir, habe ich mir angelesen.«

Karl hatte das Fahrzeug wieder in Bewegung gesetzt und beäugte seinen Beifahrer aus den Augenwinkeln heraus, dann sagte er: »Hier in Avignon würde ich gerne leben - nach dem Krieg.« Und leise fügte er hinzu: »Wenn uns die Franzosen dann noch in ihr Land lassen.«

Leutnant Waldmann hatte darauf nicht geantwortet und es entstand ein bedrückendes Schweigen. An der Porte du Rhone, einem der Stadttore, verabschiedete sich Karl von Waldmann. Er müsse zur Standortkommandantur und würde den Leutnant am Abend hier wieder einsammeln. Freundlich winkend gab er Gas und verschwand im Gassengewirr der Stadt.

Waldmann nahm sich vor, die Stadt ausführlich zu besichtigen. Er umrundete die vier Kilometer lange, mit Türmen und Zinnen versehene Stadtmauer. Er zählte 14 Stadttore und wunderte sich, dass auf langen Abschnitten des Wehrbaus die Pechnasen fehlten und die Türme zur Stadt hin offen waren. Damit fehlten die für die Mitte des 14. Jahrhunderts üblichen, modernen militärischen Einrichtungen zur Verteidigung, wie sie auch beim Papstpalast vorhanden waren.

Wieder an der Porte du Rhone, betrat er die Stadt. In den schmalen Straßen und Gassen herrschte ein reges, sommerliches Treiben. Die Franzosen waren freundlich und schienen seine Uniform nicht zur Kenntnis zu nehmen.

Dann stand er staunend vor dem Hauptportal des Palastes. Hohe Mauern und Wehrtürme, die hier und da von kleinen, schmalen Fenstern durchbrochen waren; und mächtige Spitzbögen, die den massigen Baukörper gliederten, ragten vor ihm auf. Der Palast glich einer gewaltigen, uneinnehmbaren Festung.

Waldmann hatte in seinem Notizbuch drei Seiten über seinen Besuch in Avignon geschrieben.

Ein alter Franzose hatte ihn durch den Palast geführt, war ihm gichtgebeugt vorausgeschlurft und hatte ihm gestikulierend die Schönheit der unzähligen und riesigen Fest- und Wohnräume der Päpste gezeigt. Den Audienzsaal, mit 52 Meter Länge, 15,8 Meter

Breite und 11 Metern Höhe. Die Kapellen und Prunkzimmer, die mit auf der Welt einmaligen Fresken dekoriert waren; und Waldmann muss von dem Eindruck überwältigt gewesen sein. Er hatte dick unterstrichen notiert: Nach dem Krieg - Urlaub in Avignon!?

Am nächsten Vormittag, dem 23. Juli 1944, einem Sonntag, wird Leutnant Waldmann in das Büro von Hauptmann Klenk befohlen.

»Heil Hitler, Herr Hauptmann!«

Wie nach dem 20. Juli nun vom Oberkommando der Wehrmacht generell befohlen, salutierte er mit ausgestrecktem rechten Arm, anstelle des Anlegens der rechten Hand an die Kopfbedeckung in Stirnhöhe. Diesen sogenannten Deutschen Gruß hatten die Nazis den römischen Legionen entlehnt.

»Leutnant Waldmann meldet sich zur Stelle.«

Klenks gedrungene Gestalt wippte dynamisch in den Knien.

»Mensch, Waldmann, lassen Sie den zackigen Scheiß. Sie werden sowieso nie ein richtiger Soldat, aber Fliegen können Sie - und deswegen habe ich etwas für Sie.«

Mit einer Handbewegung forderte Hauptmann Klenk ihn auf, sich zu setzten.

»Feuer frei, wenn Sie wollen, und Lauscher ausfahren.«

Der Hauptmann bot Waldmann eine Eckstein an. Er nahm die Zigarette, aber verkniff es sich, sie anzuzünden. Man wusste nie, woran man bei Klenk war. Er kannte seinen Chef als einen unberechenbaren, höchst jähzornigen und selbstsüchtigen Charakter.

»Sie sollen heute noch nach Mallorca fliegen. Am Nachmittag los, nach Einsetzen der Dunkelheit Anflug, runter, ausladen, tanken bis zum maximalen Startgewicht von 1.320 kg und sofort wieder zurück.«

Jetzt konnte er eine Zigarette vertragen. Gut 500 Kilometer übers offene Meer. Der zweite Sitz in seinem Fieseler Storch war zwar durch Zusatztanks ersetzt und damit die übliche Reichweite von 385 km auf 580 km erhöht, aber knapp war das auf jeden Fall.

Klenk goss langsam zwei Gläser mit Cognac voll und beobachtete Waldmann aus zusammengekniffenen Augen.

Der Rauch seiner Zigarette brannte Waldmann in den Augen, und nervös versuchte, er die Tabakfäden des aufgeweichten Mundstücks von der Zunge zu picken.

Das war ein drecks Auftrag. Mallorca, das war Spanien. Spaniens

Caudillo General Franco war mit Hilfe der deutschen Legion Condor an die Macht gekommen, und die spanische Blaue Division kämpfte seit dem Spätsommer 1941 an der Seite der Deutschen auf den russischen Kriegsschauplätzen, aber beides waren Freiwilligen-Verbände, und weder Hitler noch Mussolini konnten Franco zur Aufgabe der spanischen Neutralität bewegen.

Ein neutrales Land anfliegen, das war Rotz, purer Rotz, den ihm der Hauptmann da an die Jacke klebte.

»Na, Waldmann, die Hosen schon gestrichen voll? Sie müssen nicht, wenn Sie Schiss haben.«

»Nein, nein, Herr Hauptmann, ich werde das Kind schon schaukeln«, hörte sich Waldmann zu seiner eigenen Verwunderung sagen.

In einer kameradschaftlichen Geste legte ihm der Hauptmann die Hand auf die Schulter. Waldmann war diese gespielte Vertrautheit unangenehm, er konnte sich ihr jedoch nicht entziehen.

»Na, dann Prost, Waldmann, ich verlasse mich auf Sie. Hier, diese Pistole nehmen Sie auf dem Flug mit.«

Klenk reichte ihm eine Mauser, Kaliber 6,35.

»Bevor Sie starten, holen Sie sich bei mir noch eine Dokumentenmappe ab.«

»Jawohl, Herr Hauptmann.«

»Alles begriffen, Herr Leutnant? Dass der Auftrag kriegswichtig ist und Schnauze halten angesagt ist, brauche ich wohl nicht extra zu betonen. - Also dann, die Mühle ist startklar mit Zusatztanks. - Hals- und Beinbruch!«

»Alles klar, Herr Hauptmann, und danke.«

Und so kam Waldmann zu seinem Flugauftrag:

Direkte Linie ca. 210°, Richtung Menorca. Nördlich der Insel abdrehen und bei einsetzender Dunkelheit Anflug auf Mallorca in geringster Höhe. Keine Bordbeleuchtung, keine Landelichter. Orientierungspunkt das 210 Meter hoch gelegene Leuchtfeuer Cabo Formentor. Links vom Leuchtfeuer, im Schutz entlang der Bergkette Puerto de Pollensa überfliegen. Im Westen, hinter Pollensa, am Fuß der bis knapp 1.500 Meter aufragenden Berge, liegt der Landeplatz. Befeuert, aber unbefestigt. Der Auftrag lautete Ziellandung. Verkürzter Gegenanflug auf 45°. Slippen, mit Querruder einleiten und Seitenruder dagegensetzen. Austrimmen auf Mindestfahrt und Landeklappen voll raus. Direkt hinter der ersten Befeuerung aufsetzen.

Einer männlichen Person, die sich mit den Worten: »Das Reich braucht Taten!« zu erkennen gibt, die Dokumentenmappe und die

Mauser Pistole übergeben. Keine Fragen, keine Gespräche. Auftanken und sofort auf direktem Kurs zurück.

Waldmann hatte sich geärgert: Fluganweisung wie für einen Flugschüler. Die Zeit bis zum Abflug war hektisch: Wetterdaten, Windabdrift, Luvwinkel, missweisender und rechtweisender Kurs, Grundgeschwindigkeit, Zeitmarkierungen und Sonnenuntergang; und die Kontrolle seines Fieseler Storchs 156. Er hatte keine Zeit, sich mit den Geheimnissen seines Auftrages zu beschäftigen.

Er wollte es auch nicht. Der deutsche Soldat gehorchte, ohne Fragen nach dem Sinn. Ohne Widerspruch, bis 180 Zentimeter unter die Grasnabe oder bis auf den Meeresgrund. - Fliegen wollte er; und das war sein Auftrag.

Der Kreiselkompass pendelte um 210 Grad. Anfänglich konnte er, wenn er den Kopf drehte, hinter sich schemenhaft, mehr ahnend, die Konturen der französischen Insel Porquerolles ausmachen. Doch schon bald erstreckte sich unter ihm nur noch die unendliche Weite des Meeres.

Die Pistole hatte er sich in die linke Schenkeltasche seiner Fliegerkombination gesteckt. Die Dokumentenmappe befand sich in der Netztasche der Kabinentür, und am rechten Schenkel hatte er sich mit einem Gummiband eine Zielkarte und seine Flugberechnungen befestigt.

Die Fi 156 hatte nur eine Länge von 9,90 m und eine Spannweite von 14,25 m; und die theoretische Gipfelhöhe lag bei 5.000 m. Doch Höhe bedeute mehr Spritverbrauch und das wäre tödlich gewesen. Mit einem fast unmerklichen Drücken des Steuerknüppels hatte Waldmann seine Höhe reduziert, um die vereinzelten Quellwolken zu unterfliegen. Knapp 1.500 Fuß unter ihm erstreckte sich seit Stunden das Mittelmeer bis zum Horizont, auf dem die Sonne im weichen Gieren der Maschine zu tanzen schien.

Er hatte die Drehzahl des V-Reihenmotor reduziert, das Gemisch verarmt und die Maschine nachgetrimmt. Er flog mit gedrosselter Leistung, ohne die 177 kW seiner Maschine auszureizen und ohne das Steuer zu berühren. Schon seit seiner Segelfliegerzeit im Ausbildungslager liebte er dieses sanfte Schweben, dieses fast schwerelose Getragenwerden von der Thermik. Sein Fieseler Storch schien sich so langsam zu bewegen, als sei er am Himmel festgeklebt.

Seit dem 23. August 1942 war er Soldat. 700 Tage waren es morgen, hatte er sich ausgerechnet. Lieber Himmel, das waren über 1 Million meist sinnlos vergeudeter Minuten seines Lebens. Nach dem Krieg wollte er nach Amerika. So wie sein Freund Paul, Pilot werden in der zivilen Luftfahrt, ohne Waffen und Kommissgebrüll. Paul war rechtzeitig abgehauen. Das clevere Paulchen. Bei dem Gedanken musste Waldmann lächeln.

Die Wasserfläche unter ihm schimmerte in allen Blautönen. Türkis, Ultramarin, Indigo, Lapislazuli, Kobalt-, Preußischblau; und auf den Kämmen der schwachen Dünung brach sich das Licht zu einem glitzernden Kaleidoskop.

Mein Gott, konnte das Leben schön sein.

Die tiefstehende Sonne blendete ihn. Das Licht veränderte sich, wurde golden, wie alter Whiskey. In wenigen Minuten würde der gelbrote Feuerball am Horizont versinken. Vielleicht könnte er voraus noch Mallorcas Nachbarinsel Menorca erkennen, bevor die Dunkelheit hereinbrach.

Verwundert blickte er auf das rechte Seitenfenster. Wind strömte in die Flugzeugkanzel. Das Glas des Cockpitfensters hatte ein gezacktes Loch. Was war passiert? - Er war beschossen worden.

Erst jetzt, Sekundenbruchteile später, spürte er den Schlag an seiner rechten Schulter. Er war getroffen. Von wem, wo war der Gegner?

Die Maschine gierte heftig nach rechts, dann kippte sie über den rechten Flügel ab. Verdammt, das rechte Querruder und die Landeklappen waren zerfetzt. Seine Hände krampften sich um den vibrierenden Steuerknüppel, zogen, zerrten daran. Ein Ringen, gegen das Schütteln der Maschine anzukommen. Das Flugzeug, sein Flugzeug, es lebte, es kämpfte. Jedes wilde Bocken war ein Aufbäumen gegen den drohenden Sturz ins zerfetzende Nichts.

Er starrte auf seine weiß hervortretenden Knöchel. Fremde Hände, ein mechanischer Teil der Maschine. Mehr Gas, die Luftströmung darf nicht abreißen. Gegensteuern, Schnauze nach unten. Fahrt aufnehmen.

Beschwörend stammelte er: »Komm, bitte kipp nicht ab, nicht trudeln.«

Stücke der rechten Landeklappe wurden vom Fahrtwind gegen den Flügel geschlagen. Bumm, Bumm. Dieser Krach, dieses Rauschen.

Seine Gedanken überschlugen sich. Die rechte Schulter begann zu stechen, ein Stechen und Pochen bis in seine Schläfen. Aber er spürte keine Schmerzen, nur eine Taubheit und eine wirre, unendliche Einsamkeit. Unter sich nur Wasser. Er war allein. Allein, im Cockpit, allein im Kosmos und um ihn nur Chaos. Ein verzweifelter Todeskampf von Mensch und Maschine. Und er schrie. Schrie mit überschlagender Stimme: »Warum?«, und immer wieder »Warum?« Tränen schossen ihm in die Augen. Liefen über sein Gesicht. Vermischten sich mit dem Blut seiner Schulterwunde und tropften auf seine Hände. Seine Augen schwammen in Tränen.

Überall Tränen, ein Ozean voll Tränen, auf den die Maschine zustürzte.

Mit unmenschlicher Anstrengung trat er in das Seitenruder. Gleichzeitig riss er den Steuerknüppel mit letzter Kraft zurück. Seine blutverschmierten Hände lösten dabei das Maschinengewehr aus, und unter wildem Hämmern schlugen die Geschosse vor ihm in das Wasser ein.

Nur wenige Meter über dem Meer reagierte die Maschine und bäumte sich ein letztes Mal auf. Die Flugzeugkanzel wurde hochgerissen, und er sah die am Horizont versinkende Sonne, die ihre letzten Strahlen in das Mittelmeer vergoss und die seine Welt mit einem blutroten Leichentuch überzog.

Das schrille Pfeifen der Überziehwarnung füllte das Cockpit, dann schlug das Flugzeug auf das Wasser auf. Zuerst mit dem Heck. Das Höhenleitwerk und die Heckflügel wurden von der Wucht des Aufpralls abgetrennt. Die Maschine wurde hochgeschleudert, und während sie in die nächste Welle eintauchte, riss die rechte Tragfläche ab, das Cockpitfenster wurde zerschlagen, und das kreischende Heulen des Kolbentriebwerks erstarb.

Wasser klatschte in die offene Kanzel und durchnässte den regungslos im Gurtzeug hängenden Piloten bis auf die Haut. Er trug keine Schwimmweste. Der rechte Arm stand bizarr verdreht vom Körper ab. Am Unterarm waren Elle und Speiche gebrochen, und aus einer klaffenden Stirnwunde pulste Blut.

Tief hing das Flugzeugwrack im Wasser. Wie viel Zeit war seit dem Aufschlag vergangen? Sekunden, Minuten? Noch trieb das zertrümmerte Flugzeug in der sanften Dünung, 220 Faden - fast vierhundert Meter über dem Meeresgrund.

Waldmann stöhnte auf. Ungläubig starrte er auf seine Umgebung. Gott im Himmel, ich lebe. Ja, ich lebe! - Mensch, ich muss raus aus der Maschine, die säuft jeden Augenblick ab.

Er quälte sich aus dem Gurtzeug und drückte die Kabinentür auf.

Seine Kopfwunde blutete nur noch schwach, aber bei jeder Bewegung fuhren von seinem gebrochenen Arm Schmerzen wie Messerstiche durch seinen Körper.

Mit dem unverletzten Arm löste er das luftlose Schlauchboot aus seiner Befestigung. An dem Gummipacken war ein Tau befestigte. Das andere Tauende klemmte er sich zwischen die Zähne. Dann drehte er die Schraube der kleinen Pressluftflasche auf und warf das gelbe Paket aus der Kabinentür. Mit deutlich hörbarem Zischen entfaltete sich das Schlauchboot. Er vertäute das Boot am Griff der Kabinentür. Danach öffnete er den Reißverschluss seiner Fliegerkombi und schob sich die Dokumentenmappe in den Ausschnitt.

Es war übergangslos Nacht geworden. Durch seine Stiefel zog Wasser, und seine durchnässte Kleidung klebte kalt an ihm. Seine Zähne begannen zu klappern, und plötzlich überfiel ihn eine panische Furcht. Raus hier, nur raus!

Er kletterte in das neben ihm auf und ab tänzelnde Schlauchboot.

Er musste weg von dem versinkenden Flugzeug. Abwechselnd fluchend und stöhnend löste er das Tau vom Kabinengriff und paddelte mit dem gesunden Arm von dem Flugzeug weg. Er war nicht weit entfernt, aber als er zurückblickte, hatte die Nacht das Flugzeugwrack verschluckt, und um ihn war eine grausame und dunkle Stille.

Entkräftet lag Waldmann in dem kleinen Boot. Seine Gedanken taumelten zwischen Hoffnung und Wut. Er empfand einen unsagbaren Zorn auf den unsichtbaren Schützen und auf Klenk, der ihn in diese Scheißlage gebracht hatte; und er wusste nicht einmal, warum.

Der Schmerz trommelte auf seinen Nerven, sein Blut hämmerte eine dumpfe Begleitmusik, und völlig erschöpft fiel Waldmann in einen unruhigen Schlaf.

Der nächste Morgen brachte Waldmann rasende Kopfschmerzen. Seine nasse Kleidung war in der Nacht nicht getrocknet. Er fühlte sich fiebrig und zerschlagen und er hatte Durst. Um ihn flimmerten in blendender Klarheit die Reflexe der Morgensonne.

Vergeblich versuchte er, mit seiner blechernen Erkennungsmarke das Schloss der Dokumentenmappe zu öffnen. Danach lag er stundenlang, ohne sich rühren, und stierte, bis ihm die Augen brannten, die höhersteigende Sonne.

Gegen Mittag wurde die Hitze fast unerträglich, und der Durst war quälend, aber sein Lebenswille kehrte zurück.

Er riss die Brusttasche von seiner Fliegerkombination und warf sie ins Wasser. Über seine Armbanduhr peilend, mit der Zwölf auf die Sonne gerichtet, beobachtete er aus den Augenwinkeln das langsame Abtreiben des Stofffetzens. Wie er es gelernt hatte, Süden war genau zwischen dem Stand des Stundenzeigers und der Zwölf. Waldmann verfolgte den kleinen sandfarbenen Flecken mit den Augen, bis er in Richtung Südsüdost von einer Welle verschluckt wurde.

Das Boot schlingerte in den langgezogenen Wellen. Sein leerer Magen krampfte sich zusammen, und Übelkeit stieg in ihm hoch. Er hatte das Gefühl, sich ständig im Kreis zu drehen, aber es gab eine Strömung und Hoffnung. Südsüdost, das war die Rettung. Hier waren Inseln, die Balearen, Menorca. Und hier gab es Menschen, Fischer und Boote.

Er rechnete, Flugweg, Flugzeit, Entfernung. Hinter seiner Stirn überschlugen sich die Zahlen und er kam zum Ergebnis, 15 Kilometer, höchstens 20. Dort war Leben.

Lausige 20.000 Meter. Kaum zehn Flugminuten. In seinem ersten Jahr als Primaner war er jeden Tag mit dem Fahrrad in die Schule gefahren. Hin und zurück, zusammen 18 Kilometer und selbst wenn er trödelte, brauchte er für eine Strecke höchstens eine Stunde. Und 1942, im Sommer, als sein Vater zum letzten Mal auf Heimaturlaub war, wanderte die ganze Familie auf den Hohen Fels. 20 Kilometer, bergauf und bergab. Sie hatten gesungen, und Vater und Mutter hatten sich untergehakt und viel gelacht. Und auf dem Rückweg hatten er und Vater abwechselnd Ingeborg getragen, seine kleine Schwester.

Mit diesen Gedanken schlief er ein. Ein glückliches Lächeln grub kleine Fältchen um seinen Mund. Nur manchmal verzerrte sich sein Gesicht, wenn eine ungeschickte Bewegung den Schmerz zurückbrachte.

Auch der neue Tag begann mit einem wolkenlos blauen Himmel. Er erwachte, ohne zu wissen, wo er war. Er versuchte sich zu orientieren, starrte auf das ruhig daliegende Meer, aber das sagte ihm nichts. Er hob den Arm und schaute auf seine Uhr. Die Zeiger bildeten eine senkrechte Linie. Er wusste nicht, ob es sechs Uhr oder achtzehn Uhr war. Er wollte es auch nicht wissen. Irgend etwas in ihm weigerte sich, die Realität wahrzunehmen.

Nur widerwillig löste sich diese stumpfsinnig Ergebenheit, und er spürte die heiße Sonne und seinen Durst.

Die Schussverletzung unterhalb des rechten Schlüsselbeines bereitete ihm keine Schmerzen, im Gegenteil, im Bereich der Schusswunde war das Fleisch gefühllos, wie betäubt. Die Schmerzen im gebrochenen Unterarm waren dumpf und bohrend, und das Fieber hatte nicht nachgelassen.

In der Nacht hatte sich sein Darm entleert. Er roch und fühlte den klebrigen Kot, in dem er lag. Über Stunden beschäftigte er sich mit dem Ausziehen seines Overalls. »Es tut so weh«, wimmerte er mit knirschenden Zähnen und schrie vor Schmerz, als er den Anzug über seine verletzte Schulter und über den gebrochenen Arm streifte.

Als er es endlich geschafft und die Fäkalien notdürftig abgewaschen hatte, lag er ausgepumpt in dem kleinen Boot. Sein Herz raste und sein Atem rasselte. Der Durst wurde unerträglich und seine Zunge lag wie ein klobig, rauer Fremdkörper in seinem Mund.

Vor seinen Augen begannen sich feurige Spiralen zu drehen, und er fiel in einen halbwachen Dämmerzustand. Seine Gedanken trieben unkontrolliert durch dunkle Räume, nahmen ihn mit, entführten ihn aus seiner verzweifelten Realität und klebten sich an seiner längst vergangenen Rekrutenzeit fest.

»Hat man so was schon erlebt, hat der Kerl mitten im Glied die Schnauze offen. Sind wir hier im Sportpalast?

Wer war das? Vortreten, Zack, Zack. Kompanie Achtung!«

Waldmann trat zwei Schritte vor und knallte die Hacken zusammen. Die Hände an die Hosennaht gedrückt, stand er vor Unteroffizier Presser, der mit ungläubigem Staunen auf Waldmanns unrasierte Oberlippe starrte.

»Rekrut, 180 Grad kehrt, Gesicht zur Kompanie!

Meine Herrn, was sehen wir? - Einen Arsch!

Was ist das? Mann, warum tragen Sie keine Hose über dem Arsch?«

Waldmann verstand die Welt nicht mehr. »Herr Unteroff ...?«

»Schnauze, Sie Flöte! Der deutsche Soldat hat Haare in der Kimme zwischen den Arschbacken und darüber trägt er eine Hose, ist das klar, Mann?«

»Jawohl, Herr Unteroffizier.«

»Name? Woher kommen Sie, Sie leerer Eimer?«

»Albert Waldmann, Herr Unteroffizier, Österreich, Villach.«

Pressers kantiger Kopf war dicht vor Waldmanns Gesicht.

»Ostmark, Ostmark heißt das, Sie Balkanese, Ostmark!«, brüllte der Unteroffizier mit hochrotem Kopf; und bei jedem »Osss« sprühte Speichel in Waldmanns Gesicht.

»Herr Unteroffizier, ich erlaube mir zu bemerken, dieser Balkanstaat ist auch die Heimat des Führers.«

»Jetzt wird der Balkanese auch noch frech! Sie Missgeburt, in fünf Minuten stehen Sie hier feldmarschmäßig mit glattrasierter Fresse! Ist das klar?«

»Jawohl, Herr Unteroffizier.«

Knapp sieben Minuten später baute Waldmann, schwer atmend, aber feldmarschmäßig mit umgehängtem Karabiner und glatt rasiert, vor dem Unteroffizier Männchen.

»Zu spät, Sie lahmarschiger Balkanaffe!«

»Los, Kerl, 20 mal drücken, die Braut in der Waage.

Waldmann ging in die Knie, das Gewehr mit ausgestreckten Armen quer vor der Brust. Unteroffizier Presser kommandierte dazu: »Los, runter mit dem Gesäß, bis knapp über die Absätze!«

»Nicht aufsitzen, Sie Heini. Sie sind doch nicht auf der Latrine!«

»Und wieder hoch. Einmal, zweimal, drei ...!«

Schweißtropfen liefen über Waldmanns Gesicht. Die Unterarme begannen zu zittern, und die Muskeln brannten wie Feuer.

»Sechzehn, siebzehn, achtzehn ...«

Waldmann schrie vor Schmerzen auf, und seine eigenen Schreie holten in aus seiner Bewusstlosigkeit, rissen ihn aus der Vergangenheit. Es war ein grauenhaftes Gefühl, aus einem Alptraum zu erwachen und festzustellen, dass die Wirklichkeit noch schlimmer war.

Seine Fliegerkombination, mit der er sich notdürftig einen Sonnenschutz geschaffen hatte, war in der Nacht über Bord gefallen und abgetrieben, und mit ihr seine Erkennungsmarke. Er spürte jetzt, nur noch bekleidet mit der Unterwäsche, die Kälte der Nacht. Schlimmer, viel schlimmer aber war der unbegreifliche Schmerz. Während den Stunden seiner Besinnungslosigkeit hing sein gebrochener Arm über den Gummiwulst des Schlauchbootes ins Wasser. Der ganze Arm war blaurot verfärbt und bis in die Finger dick angeschwollen; die Haut weißlich aufgequollen und eitrig. Wahnsinnige Schmerzen zogen sich von den Fingern bis zu seiner Schulterwunde.

Mit fiebrig irrem Blick starrte er in den sternenübersäten Nachthimmel. Das Erwachen war ein Schock, mit brutaler Gewalt brach die Realität über ihn herein. Seine Nerven vibrierten einem Zusammenbruch entgegen. Panische Furcht schüttelte ihn, sie hatte sich in ihm festgekrallt und begann sein Bewusstsein aufzufressen. Sein Gehirn stemmte sich gegen den drohenden Wahnsinn. Und er fand den Weg, den einzig möglichen - er betete. Wort für Wort sprach er das Vaterunser in die Stille der Nacht, und seine Mutter war über ihn gebeugt und streichelte mit zärtlichen Händen über sein fiebriges Gesicht. Und er hörte ihre Stimme. »Schlafe, mein lieber Junge, schlafe.«

In seinem Gedächtnis befand sich ein reicher Vorrat an Träumen und Visionen. Seine gereizten Nerven vermischten Erinnerungen und Geschehnisse zu einem falschen Szenario der Realität. Und alles um ihn wurde seltsam unwirklich, und die Zeit verlor ihren Anfang und ihr Ende. Und wenn Minuten zu Stunden werden, dehnt sich ein Tag zu einem Jahr.

Er hatte Heimaturlaub und war noch vor seinem Telegramm Zuhause angekommen. Durch die Rosenhecke vor dem Haus beobachtete er seine Schwester Ingeborg, die im Garten selbstvergessen mit ihren Puppen spielte. Mit einem spitzen Schrei fuhr sie auf, als sie ihren Bruder entdeckte. Dann hing sie an seinem Bein und wollte ihn nicht mehr loslassen, bis Mutter aus dem Haus gelaufen kam und ihn freudestrahlend umarmte. Er spürte ihre Hände, die in liebkosten und ihre hellblauen, immer lustigen Augen, die ihn gütig und mit diesem bewundernden Stolz betrachteten. Dann verwischte sich das Bild, und die Augen seiner Mutter wurden grau und stumpf. Ein Telegramm hatte einen Axthieb in ihre Seele geschlagen. Er hatte ihre Tränen über den Tod des Vaters erwartet, aber nicht diese. Sie weinte ohne einen Laut. Nicht einmal ein unterdrücktes Schluchzen. Nur Männer weinten so, in dieser Versteinerung. Ihre schwieligen Hände hatten das Papier zerdrückt, dann war es ihren kraftlosen Fingern entglitten. Wieder verwischte das Bild, und er saß am Küchentisch und hatte das zusammengeknüllte Telegramm vor sich liegen. Vorsichtig streifte er es glatt und begann daraus vorzulesen.

»Tief betroffen und erschüttert geben wir Ihnen kund, dass Ihr 23-jähriger Sohn Albert Waldmann für Führer, Volk und Vaterland, getreu seinem geleisteten Fahneneid, als tapferer Flieger für Großdeutschland jämmerlich verreckt ist.«

Seine Mutter drohte ihm lachend mit dem erhobenen Zeigefinger. »Lass bitte diese Ausdrücke, Albert.« Und Ingeborg tanzte mit ihrer Puppe durch die Küche und sang kichernd:

»Den Schiffer im kleinen Schiffe, ergreift es mit wildem Weh;

er schaut nicht die Felsenriffe, er schaut nur hinauf in die Höh.
Ich glaube, die Wellen verschlingen am Ende Schiffer und Kahn;
und das hat mit seinem Singen der böse Hitler getan.«

Dann verwischte auch dieses Bild, und er stürzte in eine unendliche Dunkelheit, in einen alptraumbeladenen Schlaf, der seinen jungen Körper in Fieberanfällen schüttelte.

Bis zum Morgengrauen des 27. Juli lag er unbeweglich, verkrümmt und zusammengekauert wie ein verängstigtes, schutzsuchendes Kind. Mit der linken Hand das kühle Metall der Pistole an die heiße Schläfe gepresst. Nur seine Augäpfel wanderten unaufhörlich von links nach rechts und von rechts nach links, nach den Geräuschquellen seiner Fieberphantasien suchend.

Mit der Sonne kam der Durst zurück und die Gier nach Wasser. Sein ganzes Denken wurde davon beherrscht, überlagerte sogar die Schmerzen. Adrenalinstöße durchzogen seinen Körper und rissen und zerrten die letzten Lebenskräfte aus ihrer Agonie.

Mühsam, Zentimeter um Zentimeter, zog er seinen Oberkörper am Wulst des Schlauchbootes hoch. Die Augen in dem mit Salzkristallen überzogenen, verbrannten, bärtigen und blutverkrusteten Gesicht, fest geschlossen. Wenn er sich aufgerichtet hatte, wollte er die Augen aufreißen und er wollte Land sehen, rettendes Ufer.

Quälend langsam schob sich Waldmann an der Wölbung hoch, und er schaffte es und öffnete die Augen, und er sah Wasser, unendliches Wasser, ohne Land.

Schluchzen und Stöhnen schüttelte ihn. Er weinte, aber keine Tränen liefen aus seinen Augen. Der ausgedörrte Körper verweigerte im selbst diese Befreiung; und der Schmerz kam zurück, nahm von ihm Besitz und regierte Waldmanns Denken und Fühlen.

Seine Hand tastete suchend nach der Pistole, fand sie und begann sie zu streicheln und zu liebkosen; und er begann zu singen. Monoton, fast unverständlich lallend, aus seiner ausgetrockneten Kehle. Ein zu Synkopen zerhacktes Wimmern des Irrsinns.

»Mamatschi, schenk mir ein Pferdchen ... doch Trauerpferde wollt ich nicht ...«

Er führte die Waffe zu seinen aufgeplatzten Lippen und küsste sie und weinte lautlos ohne Tränen. – Nein, nein, ich will nicht sterben. Lieber Gott im Himmel, hilf mir - bitte, bitte lass mich leben; und mit diesem stillen Schrei um Hilfe explodierte für Waldmann die Sonne, und er fiel in eine tiefe, schmerzlose Bewusstlosigkeit.

Am Freitag, dem 28. Juli 1944 erfolgte in Waldmanns Stammakte der letzte Vermerk: Vermisst nach Aufklärungsflug am 23.07.1944.«

Der Überfall auf mich hatte Pedro nachdrücklich daran erinnert, sich um Hübner zu kümmern. Schon nach drei Telefonaten mit Freunden und Bekannten hatte er ein Bild, das seine Vermutungen bestätigte. Besonders interessant fand er, was sein Freund Diego berichtete Es veranlasste ihn noch am gleichen Tag nach Puerto de Pollensa zu fahren und sich mit ihm zu treffen.

Während der Überfahrt mit der Fähre nach Mallorca saß Pedro im Liegestuhl auf dem Oberdeck und genoss die ungewohnte Freizeit. Er dachte an den loco alemán, den närrischen Deutschen, für den er nach Mallorca fuhr. Eigentlich mochte er die Deutschen mit ihrer moralinsauren Besserwisserei nicht. Immer mussten sie mit betroffenem Gesicht und erhobenem Zeigefinger den besseren Menschen herauskehren. Stur, humorlos und egoistisch; nicht umsonst wurden sie von seinen Landsleuten cabezas cuadradas, Quadratköpfe, genannt. Aber kaum hatte man sich in eine gesunde Abneigung hineingelebt, stieß man auf einen, der einem ganz erträglich erschien. Ja, genau genommen sogar äußerst sympathisch war.

Er wunderte sich über sich selbst. Heute morgen hatte er einem englischen Ehepaar eine Inselrundfahrt abgeschlagen, obwohl er die Peseten dringend brauchen konnte. Seine Frau Maria hatte ihn angegrinst, etwas von aufgestauten Vatergefühlen gemurmelt und auf sein altes, verbeultes Auto gezeigt. Ärgerlich hatte er den Kopf geschüttelt, er wusste selbst, dass er dringend ein neues Auto brauchte. Als er sie zum Abschied küssen wollte, hatte sie die Nase gerümpft und ihn angeschaut, als wäre er ein verstopftes Toilettenrohr. - Was wissen Weiber von wirklich wichtigen Dingen?

»Recht haben Sie, dass muss einmal gesagt werden!« hörte er eine Stimme. Erschrocken blickte er in die lachenden Gesichter seiner Mitreisenden. Er musste seinen Gedanken laut ausgesprochen haben. Die Erkenntnis machte ihn verlegen und gleichzeitig wütend; und in seiner Wut konzentrierte er seine Gedanken wieder auf Hübner.

Pedro wurde am Fährhafen bereits von seinem Freund erwartet, und gemeinsam fuhren sie in Diegos Dienststelle, die Wasserwerke. Im Büro zog Diego eine fast volle Flasche Cognac hinter verstaubten Akten hervor und schenkte ein. Dann begann er zu erzählen und ließ sich nicht unterbrechen. Zweimal klingelte das Telefon, ohne dass er es beachtete; und als seine Sekretärin den Kopf durch die Tür streckte, wedelte er sie unwillig mit der Hand aus dem Zimmer.

Als er fertig war, war auch die Cognacflasche bis auf einen kleinen Rest geleert, und Pedro knurrte: »Ein Schwein, habe ich doch gewusst, dieser Hübner ist ein Dreckskerl.«

Diego schlug mit der Faust bekräftigend auf den Tisch und meinte: »Ein Unterschied zu seinem Vater, wie ein Rülpser nach sechs Bieren und drei Rollmöpsen, im Vergleich zu Eau de Cologne.«

Pedro schlug sich lachend auf die Schenkel, dann fasste er das Gehörte zusammen.

„Hübners Vater, der Oberst, genoss in Puerto de Pollensa ein hohes Ansehen. Bis zu seinem Tod 1976 lebte er mit einem Hausmeisterehepaar und seinem Sohn im Norden der Stadt, in den Bergen. Diego hatte den Oberst nicht mehr gekannt, aber um so besser seinen Sohn Adolf.

Adolf erbte von seinem Vater das Haus in den Bergen, einige Hektar unfruchtbares Land und ein Bankguthaben, das die Altersversorgung des Hausmeisterehepaares Ferrer darstellte.

Anfänglich sah man Hübner bei jeder Party in Begleitung junger, hübscher Mädchen, später wurde er zum Begleiter älterer und reicher Frauen und man munkelte, er ließe sich aushalten.

Mitte der achtziger Jahre lernte Diego ihn persönlich kennen. Hübner versuchte Baugenehmigungen für sein ererbtes Land zu bekommen. Die Umnutzung der Grundstücke in Bauland wurde ihm aber nicht erlaubt. Trotzdem begann Hübner mit dem Verkauf seiner Grundstücke zu Baulandpreisen und versprach den deutschen und Schweizer Käufern in Hochglanzprospekten die Errichtung einer luxuriösen Ferienhaussiedlung. Er gründete auf den Namen seines Hausmeisterehepaars die Sol-Ferrer-Baugesellschaft s.l. und ließ sich eine Generalvollmacht erteilen. Damit ausgestattet, schloss er mit den gutgläubigen Käufern der Grundstücke Bauverträge und kassierte dicke Anzahlungen.

Um die Erschließung des Landes vorzutäuschen, hatte er heimlich von den zu seinem Haus führenden Versorgungsleitungen Strom und Wasser auf die Grundstücke abgeleitet. Die beamteten Betonärsche, wie Diego sie nannte, wurden erst durch den ungewöhnlich hohen Wasserverbrauch aufmerksam, als mit dem Bau der ersten Häuser bereits begonnen war. Es gab ein gewaltiges Aufsehen und eine ganze Reihe von Gerichtsprozessen, aus denen Hübner fast unbeschadet hervorging.

Raffiniert hatte sich Hübner von seinem Hausmeisterehepaar eine Verzichtserklärung für die Altersversorgung unterzeichnen lassen. Was bei der arglosen Beschränktheit der beiden keiner besonderen Intelligenzleistung bedurfte. Treudoof, hatte Diego den Hausmeister beschrieben. Würde man ihm von einer zerstückelten Leiche erzählen, deren Körperteile über die ganze Insel verteilt gefunden würden, würde er erstaunt die Augen aufreißen und erklären: ‚Was für eine Zeit, in der die Menschen auf so eine verrückte Art Selbstmord begehen.'

Vom Gericht wurde dann auch die Naivität bei der Firmengründung berücksichtigt und sie bekamen, mittellos wie sie waren, nur eine Bewährungsstrafe. Seit der Zeit leben sie in totaler finanzieller Abhängigkeit von Hübner in seinem Haus in den Bergen."

Diego hatte den Rest des Cognacs eingeschenkt und lachte mit einem etwas verschwommenen Blick.

»Aber erwischt haben wir den Hübner doch noch. - Aus der Tatsache, dass er die öffentliche Wasserleitung zu seinem Haus angebohrt hatte, konnten wir ihm einen Strick drehen. - Seit drei Jahren sitzt der Kerl nämlich ohne Wasserleitung auf seinem Berg und verflucht unser Amt, weil er sich jeden Tropfen mit dem Tankwagen bringen lassen muss.«

Er kaute grinsend an seinem Daumennagel.

»Hübner hatte getobt wie ein Irrer, und gebrüllt, er würde uns so lange ans Bein pinkeln, bis wir Grünspan ansetzen würden. Unser Bürgermeister hat ihn rausgeworfen und ihm geraten, er solle sich seine Pisse für die Trockenperiode aufheben.«

Pedro betrachtete schmunzelnd seinen Freund, der mit glasigen Augen vor sich hin kicherte; dann rückte er mit einer Bitte heraus.

»Diego, ich will mir Hübner und sein Haus einmal aus der Nähe ansehen. Was glaubst du, wie er reagiert, wenn jemand von den Wasserwerken kommt und ihm Wasser in Aussicht stellt?«

In Diegos Blick dämmerte so etwas wie Verstehen, dann bekamen seine Augen einen schalkhaften Glanz.

»Er wird dir um den Hals fallen und deine ungewaschenen Füße küssen.«

Pedro nickte ihm zu.

»Du hast verstanden? Also, mi amigo, was ich brauche, ist dein Auto, eine genaue Wegbeschreibung und ein amtlich aussehendes Stück Papier.«

Trotz der präzisen Wegeskizze brauchte Pedro mit Diegos klapprigem Seat fast eine Stunde, bis er Hübners Haus in den Bergen gefunden hatte. Das Anwesen lag auf einem Bergplateau, nur erreichbar auf einer in den Berg gehauenen schmalen Straße, die in einer kleinen Wendeplatte vor einem massiven Tor endete.

Auf sein mehrfaches energisches Klingeln und Klopfen öffnete sich das Tor einen schmalen Spalt, und der von Diego beschriebene Hausmeister glotzte ihn fragend an. Pedro schätzte ihn auf Anfang siebzig. Er hatte einen fassförmigen Rumpf und reichlich Fettansatz. Auf breiten Schultern ein kurzer Hals und darauf ein wuchtiger, haarloser Kopf mit einem stark geröteten Gesicht; und kleine schwarze Augen.

»Ich möchte Herrn Hübner sprechen.«

Die kleinen schwarzen Knopfaugen irrten hilflos umher, und noch bevor er den Mund aufmachte, hatte Pedro den Eindruck, einen gutmütigen und gutwilligen Trottel vor sich zu haben.

»Ja.«

»Was heißt ja, Sie sind doch nicht Herr Hübner?«

»Nein.«

Pedro wurde es zu bunt. Er drückte mit der Schulter das Tor auf und schob Hübners Faktotum mit einer Handbewegung zur Seite. Mit zügigen Schritten machte er sich auf den Weg zum Haus. Das Gebäude war ein typisch mallorquinisches Herrenhaus, das in seiner nüchternen Symmetrie beeindruckte, aber einen ungepflegten Eindruck machte.

»Wo finde ich Herrn Hübner?«

»Halt, Sie können doch nicht ..., der Patrón ist nicht da!«

Pedro blieb abrupt stehen, derweilen der Hausmeister schwer atmend zu ihm aufschloss.

»Wissen Sie wo er ist?«

»Nein.«

»Wann er zurückkommt?

»Nein.«

Bei diesem Menschen würde sogar der Papst aus Verzweiflung zum Alkoholiker.

»Ja zum Donnerwetter, können Sie nur ja und nein?«

Und wieder ein zögerliches, genuscheltes »Nein.«

Nur mühsam konnte sich Pedro beherrschen, während der Hausangestellte ihn mit einem Gesichtsausdruck anstarrte, der im Umkreis von drei Kilometern jede herrenlose Ohrfeige anlockte.

»Mit Ihnen kann man sich gut unterhalten.«

Das Domestike nickte zustimmend.

Grimmig knurrte Pedro: »Hat Ihre Mutter in der Schwangerschaft viel getrunken?«, aber er erntete nur ein verständnisloses Glotzen.

Mist, er hatte gehofft Hübner persönlich kennen zu lernen, daraus wurde nun nichts. Er beschloss sich wenigstens genauer umzusehen.

»Ich komme von den Wasserwerken. Wir prüfen, ob wir Sie wieder an die Leitung anschließen können.«

Die schwarzen Knopfaugen des Hausmeisters glotzten in ungläubig an, dann befummelte er das ihm hingehaltene Papier.

Pedro verfolgte gespannt die Reaktion und kam zu der Überzeugung, dass der alte Mann gar nicht lesen konnte; und bei dem Gedanken an Hübners Gemeinheiten begann sich in Pedro ein Gefühl von Mitleid zu regen und sein Ton wurde freundlicher.

»Ich muss das Grundstück und das Haus besichtigen. - Ihr Patrón freut sich doch bestimmt wenn er wieder Wasser bekommt?«

Über das Gesicht des Alten huschte für einen Moment ein Leuchten, aber mehr als ein „Ja" bekam Pedro nicht zu hören.

Pedro schüttelte den Kopf über soviel Einfältigkeit und machte sich auf den Weg, den Garten zu besichtigen, während Hübners Lakai ergeben neben ihm hertrottete, fortwährend über seine Glatze tastend, als wolle er sich die nicht mehr vorhandenen Haare raufen.

Das Grundstück war an drei Seiten mit einer brusthohen Natursteinmauer eingefriedet, hinter der der felsige Grund steil abfiel. Im Norden befand sich eine große, arkadenbegrenzte Terrasse mit einem unendlichen Blick auf das Mittelmeer. Gut fünfzig Meter darunter brandete das Meer mit lautem Getöse gegen die spiegelblank ausgeschliffene Felswand.

Dem vor Jahren parkähnlichen Garten sah man die Wasserknappheit und die mangelnde Pflege an. Viele Pflanzen waren vertrocknet und die Gehwegplatten an vielen Stellen vom Wurzelwerk aufgebrochen. Kakteen, Agaven, Sukkulenten, Rosmarin und Oleander breiteten sich wild wuchernd aus und die anspruchsvolleren Pflanzen führten ein Kummerdasein. Seit Jahren hatte die Natur ungehindert begonnen, den Boden zurückzuerobern, den ihr die Menschen entrissen hatten.

Mit geheucheltem Interesse hatte sich Pedro alles angeschaut. Die offene Remise mit dem verrotteten hochrädrigen Wagen. Die Zisterne, die Klärgrube und das Abwasserrohr, durch das das Regenwasser und die Gartenabfälle ins Tal befördert wurden; dann hatte er genug. Er wollte das Innere des Hauses besichtigen. Auf dem Weg zur Tür stoppte ihn ein energisches »Nein!«, und das weibliche Pendant zu Hübners Faktotum versperrte ihm resolut den Weg. Sie war wie aus dem Nichts aufgetaucht und stand breitbeinig im Eingang, die kräftigen Arme in die ausladenden Hüften gestützt.

Er versuchte zu erklären und zeigte sein Papier, aber alles Reden half nichts, ihm blieb nur der Rückzug.

Er ärgerte sich über Hübner und das idiotische Hausmeisterpaar. Auch Diego, dem er den Wagen zurück brachte, konnte ihn nicht aufheitern. Später, auf der Fähre zurück nach Menorca, begann er sich selbst Vorwürfe zu machen. Alles, was er erfahren hatte, wäre auch telefonisch möglich gewesen. Er hatte Hübner nicht persönlich kennen gelernt und es war ihm nicht gelungen, sein Haus zu besichtigten. Ein paar vertrocknete Pflanzen und Abwasserrohre hatte er besichtigt. Er kam sich selbst idiotisch vor und beschloss, seinem „loco amigo" nur von Diegos Bericht zu erzählen.

Antonio hatte sein Versprechen gehalten. Auf meinem Frühstückstisch lagen zwei ledergebundene Taschenbücher. Während Vicente mir den Kaffee eingoss, informierte er mich.

»Die Tagebücher von Antonios Großvater. Antonio war schon früh da und hat sie für dich abgegeben. Er musste zur Arbeit und konnte nicht warten, bis du ausgeschlafen hattest.«

Er zwinkerte mir zu.

»Señorita Angelina wollte auch nicht warten. Sie bat mich, dir auszurichten, sie sei mit ihrer Freundin in der Stadt; und ich soll dir einen Kuss von ihr geben.«

Ich drohte ihm lachend mit der Faust und knurrte: »Untersteh dich!« Dann vertiefte ich mich in die Tagebücher. Antonio hatte bereits die entscheidenden Stellen für mich gekennzeichnet. Die Schrift war steil und eigentümlich verschnörkelt, und ich brauchte einige Zeit, bis ich mich daran gewöhnt hatte.

„Ein Hafen, wie gemalt - das ist Puerto de Fornells, tief in einer Bucht, die zum Schönsten gehört, was die Isla Menorca anzubieten hat.

In diesem Fischerort scheint die Zeit stehen geblieben zu sein. Die Häuser, die den Hafen kalkweiß und mit purpurroten Dächern umstehen, haben den altmodischen Charme, der an längst vergangene Zeiten erinnert.

Der in Europa tobende Flächenbrand war spurlos an dem Eiland vorbeigegangen. Manchmal flogen Militärflugzeuge über die Insel, aber nur die Kinder hoben die Köpfe und schauten interessiert zum Himmel. Zweimal hatten Kanonenboote in der Hafeneinfahrt geankert, ohne dass die Besatzung an Land kam. Nur zugewunken hatte man sich und war froh, dass der Krieg nicht seinen Fuß auf das Land gesetzt hatte.

In den letzten Tagen des spanischen Bürgerkrieges musste das Dorf noch vier Gefallene aus ihren Reihen zu Grabe tragen; und Generalissimo Franco, der Fornells nie gesehen hatte, befahl, ein Ehrenmal zu errichten.

Eines Tages war die Inschrift mit „conmemorativo" ergänzt, so ist aus dem Ehrenmal ein Mahnmal geworden; und so war es geblieben, weil man so dachte.

Der 19-jährige José López und Juán Baldón mit seinen 21 Jahren waren die einzigen jungen Männer des Dorfes die in diesen Tagen ihren Militärdienst auf dem Festland ableisten mussten.

Am sechsten Januar, zur Fiesta Dia de Reyes, der Heiligen Drei Könige, dem Fest der Geschenke, hatten die beiden den letzten Urlaub und ihre Eltern besucht.

Am Nachmittag legte ihr Fährschiff in Barcelona ab. Ein Tiefdruckgebiet hatte sich in diesen Tagen im Golfe de Lion festgesetzt. Gegen Abend zogen länglich gerollte Wolkenformationen mit deutlich umrissenen Rändern am Himmel auf. Ein Tramontana, dieser gefährliche Sturm, kündigte sich an.

17 Stunden kämpfte sich das Schiff durch die hochgehende, windgepeitschte See von Barcelona nach Mahón. Selbst die Fischer José und Juán, seit frühester Kindheit mit dem Meer vertraut, waren froh, als das Schiff endlich in den Fährhafen von Menorca einlief.

Doch bevor sie von Bord gingen, hatten sie auf der Bordtoilette die Uniform gegen ihre einfache Fischerkleidung getauscht. Gegen das strenge Verbot der Militärjunta, aber sie wussten, wie ihr Dorf darüber dachte, und über allem standen die Achtung und der Respekt vor dem Willen der Väter."

„Heute war Donnerstag, der 27. Juli 1944. Im Hafen von Fornells gehen die Fischer wie von altershehr ihrer Beschäftigung nach. An diesem frühen Morgen stand der Fischer Francisco Baldón, von seinen Freunden nur Paco gerufen, am Kai und wartete auf seinen Bootsjungen Rodriguez.

Drei Monate noch, dann kam Juán, sein Sohn, vom Militärdienst zurück.

Sein Sohn Juanito, wie er ihn in seinen Gedanken nannte, fehlte ihm. Er vermisste dieses Glücksgefühl, am Ruder seines Kutters zu stehen und randvoll angefüllt mit Stolz seinen Sohn zu betrachten, wie auf seinem nackten Oberkörper die Muskeln hervortraten, wenn er mit kräftigen Zügen die Netze einholte. Er liebte die Pausen, wenn er mit ihm auf dem Deckel der Ladeluke saß; und er vermisste das so vertraute Ritual, das Weißbrot mit seinem Sohn zu teilen, für beide dicke Streifen vom luftgetrockneten Schinken abzuscheiden und abwechselnd einen tiefen Zug aus der Flasche mit dem herben mallorquinischen Rotwein zu nehmen; den trockenen und scharfen Schafskäse, den aus Don Quijotes Windmühlenlandschaft La Manche kommenden Manchego, auf der Zunge zu spüren. Und vor allem liebte er es, Juán zuzuhören, wenn er im Überschwang seiner Jugend von seinen Erlebnissen berichtete und voll ungestümem Lebensmut von seinen Träumen, Plänen und Zielen erzählte. Und in allen Bildern, die Juán so selbstsicher von seiner Zukunft malte, war ein Platz für seinen Vater.

Juán und seine Frau Concepción, die er liebevoll Conchita, kleine Muschel, nannte, das war Baldóns Welt. Sie gaben ihm den Sinn seines Lebens, und das Meer die Existenz. Er war glücklich, und dieses Glück war geboren aus einer großen inneren Zufriedenheit.

Die frühe Morgenstunde war noch kühl und die Sonne wärmte noch nicht. Vom Meer her blies schwach ein frischer Wind und kräuselte die wie flüssiges Silber irisierende See.

Am Steg dümpelte Baldóns achtunddreißig Fuß langer Fischkutter. Er wirkte schmuck und schön mit seinem weißblauen Anstrich; er verriet deutlich die sorgfältige Pflege, die sein Besitzer ihm angedeihen ließ.

Wo bleibst du Bengel denn? knurrte er seinem gemütlich heranschlendernden Bootsjungen Rodriguez entgegen.

Der ging darauf nicht ein. Er flankte über die Reling auf das Vordeck und verstaute seinen mitgebrachten Brotbeutel in der Kajüte. Erst dann grüßte er seinen Kapitän.

- »Buenos días, capitán, können wir?« - ganz so, als hätte er auf Baldón warten müssen.

Baldón kam an Bord, dann öffnete er den Tabaksbeutel, holte seine

Pfeife heraus und begann sie gemächlich zu stopfen. Als er überzeugte war, dass sie brannte, stellte er sich ans Ruder und drückte den Anlasser des Dieselmotors.

Vom Motorengeräusch aus ihrem Schlaf geschreckt, erhoben sich zwei Fischreiher mit aufgeregtem Flügelschlag und kreisten schimpfend über dem kleinen Hafen.

Der Kapitän klopfte mit seiner Pfeife gegen die Windschutzscheibe und rief: »Adelante!«, auf geht's!

Der Bootsjunge warf die Leinen los. Sie legten ab, und Baldón steuerte das Boot durch die vier Kilometer lange Bucht, langsam und fast lautlos, ein schwach phosphoreszierendes Kielwasser im diffusen Dämmerlicht des frühen Morgens hinter sich herziehend.

Die See war ungewöhnlich still, kaum spürbar nur ein leichtes Schlingern des Bootes und gedämpft das monotone Stampfen der Dieselmaschine.

Fast eine Stunde fuhren sie so. An der Achterdeckreling hockte Rodriguez und kontrollierte und reparierte, wo nötig, den vor ihm liegenden Berg Netze und das Tauwerk.

Baldón hatte das Steuerrad festgezurrt und blickte auf das Meer.

»Heh! Rodriguez, schau mal, Backbord voraus treibt etwas im Wasser.«

Langsam näherten sie sich einem gelben Fleck.

»Der Bootsjunge war auf das Dach der Steuerkabine geklettert und begann wild mit den Armen zu fuchteln.

»Das ist ein Schlauchboot, da liegt einer drin!«

Baldón änderte den Kurs, direkt auf das Schlauchboot zu.

Während Rodriguez die Hände trichterförmig vor den Mund gelegt hatte und immer wieder: »Hola! Hola!« rief, steuerte der Kapitän sein Schiff behutsam längsseits, bis das Schlauchboot weich gegen die Bordwand stieß.

Mit dem Bootshaken stocherte der Bootsjunge nach dem Tau des Schlauchbootes und schrie aufgeregt: »Hombre, der lebt ja, capitán, der atmet!«

Baldón hatte die Motoren abgestellt, und mit vereinten Kräften zogen sie den Bewusstlosen vorsichtig auf das Deck des Kutters. Sie verstauten das Schlauchboot und die Dokumentenmappe und Baldón riss mit einem vorwurfsvollen Blick seinem Bootsjungen die Pistole aus der Hand, der entsetzt auf den Bewusstlosen zeigte und stammelte: »Das ist ein Soldat.«

Baldón blickte fassungslos auf den jungen Mann hinunter, auf sein verzerrtes, sonnenverbranntes Gesicht, in das das Entsetzen tiefe Furchen gerissen hatte; und betrachtete machtlos und erschüttert die Wunden. Dann dreht er sich um, gab seinem verstörten Bootsjungen eine schallende Ohrfeige und fuhr ihn an: »Sorge dafür, dass der Verletzte Schatten hat und gib ihm vorsichtig und nur wenig zu trinken - wir fahren zurück.«

Baldón riss das Steuerrad herum und drückt den Gashebel bis an den Anschlag. Die Dieselmaschine heulte auf wie ein gepeinigtes Tier. Sie wehrte sich gegen die ungewohnte Behandlung, setzte aus, bäumte sich mit einem Auspuffknall auf, beugte sich dann der Gewalt, begann zu stampfen und trieb die Schraube zur Höchstleistung. Das Wasser schäumte am Heck auf und überschüttete das Achterdeck. Die Vehemenz hob das Schiff aus dem Wasser und sie fuhren zurück, mit aller Kraft des Motors.

Schon in der Einfahrt zum Hafen gab Baldón mit dem Horn Signale, und auf der Kaimauer liefen die ersten Menschen gestikulierend mit neugierigen Gesichtern zusammen. Hilfreiche Hände halfen beim Festmachen des Bootes, und ein fragendes Stimmengewirr schwirrte um die Bootsbesatzung. Baldón zog die vom Bootsjungen über den Geretteten ausgebreitet Plane weg, und schlagartig breitete sich eine scheue Stille aus.

Vier Fischer, Freunde von Baldón, hoben den Verletzten behutsam hoch, und Fernando, der Wirt der Hafenbar, beantwortete ihre fragenden Blicke.

»Ja, am besten bei mir im Hinterzimmer, dort kann ihn sich der Doktor ansehen.«"

„Waldmann hörte die Fischer, die gedämpft in einer für ihn fremden Sprache redeten. Er sah die Frau an seinem Lager und spürte die feuchten, kühlen Tücher, die über sein fiebriges Gesicht wischten. Er hörte den Arzt, seine Fragen in gebrochenem Deutsch. Er gab Antworten, aber all dies interessiert ihn nicht, hat nichts mit ihm zu tun, er war nur Beobachter, Zuhörer hinter einer Nebelwand; und seine Gedanken verloren sich, fanden sich immer wieder im Cockpit seines Flugzeugs, nahmen ihn mit in die unendliche Freiheit des Himmels. Seine verkrampften Züge entspannten sich für Sekunden, für Minuten, während seine gesunde Hand einen imaginären Steuerknüppel führte.

Die Menschen um ihn waren betroffen, aufgewühlt und warteten

ohnmächtig auf das wiederkehrende Aufbäumen des gequälten Körpers; auf sein Schreien, wenn sich seine Gedanken in den letzten
Momenten seines Fluges fanden.“

„Zwei Tage nach seiner Rettung verschlechterte sich der Zustand
des Fliegers dramatisch. Der Junge schien vor ihren Augen zu altern.
Seine Augen lagen tief in den Höhlen und die Haut wurde faltig,
stumpf und durchsichtig. Sein Atem ging flach, kaum merklich. Die
letzten Minuten waren ein sanftes Hinübergleiten. Seine glänzenden
Augen waren starr auf das kleine Fenster gerichtet, durch das die tiefstehende Sonne erkennbar war und sein lebloser Blick schien durch
die Unendlichkeit des Himmels in eine bessere Welt hineinzusehen.
Antonios Großvater hatte in seinem Tagebuch geschrieben: Glücklich
staunende Kinderaugen in einem pergamentfarbenen Runzelmeer.
Die Fischer versammelten sich an der Theke. Still, bedrückt, mit
den Handrücken verstohlen über die wettergegerbten Gesichter fahrend. Sie fühlten sich erleichtert, erlöst von ihrer Hilflosigkeit und
verwirrt; und schämten sich gleichzeitig für ihre Empfindungen. Die
mitleidlose Gewalt des Meeres hatte sie geprägt, sie schweigend und
demütig gemacht; und ihre Gefühle unter gischtenden Wellenbergen
begraben.
Baldón ergriff als erster das Wort.
»Der Doktor soll den Tod bestätigen und morgen können wir ihn
auf dem Friedhof begraben.«
Der Wirt schob ihnen bis zum Rand gefüllte Gingläser zu und
fragte: »Lassen wir den Jungen hier bei mir liegen?«
Baldón schüttelte den Kopf.
»Die Kirche wäre ein angemessenerer Platz für ihn, finde ich.«
»Von mir aus, bringt den Jungen wohin ihr wollt. Ihm ist es bestimmt egal.«
Baldón knallte sein leeres Glas auf die Theke.
»Aber vielleicht dem Herrgott nicht?«
Damit war die Sache entschieden.“

Angelina hatte die Augen geschlossen und den Kopf gegen die
Nackenstütze gelehnt. Während ich mit Vicentes kleinem Fiat über
die holprige Straße zuckelte betrachtete ich ihr Profil und konnte es
nicht fassen, das diese herrliche Frau sich für mich interessierte.

Der Fahrtwind wirbelte durch die offenen Wagenfenster und blies ihr Kleid an ihren Körper, dass die Formen herausmodelliert wurden. Ihr Rocksaum war hochgerutscht und zeigte ihre bronzefarbenen Schenkel, über die in den Lichtreflexen der Windschutzscheibe goldene Schimmer flackerten.

Nur mühsam gelang es mir, mich auf das Fahren zu konzentrieren und meine Gedanken auf andere Dinge zu lenken.

Ich hatte im Krankenhaus angerufen und mitgeteilt, dass es mir gut gehe und eine Nachuntersuchung nicht mehr erforderlich sei. Der Arzt hatte verärgert in das Telefon gebellt: »Machen Sie, was Sie wolle!« und abrupt das Gespräch beendet.

Dann hatte ich erst mit Pedro telefoniert und ihn und seine Frau Maria zum Essen eingeladen und mich anschließend mit Antonio auf den späten Nachmittag verabredet, um ihm die Tagebücher seines Großvaters zurückzugeben. Vorher jedoch wollte ich das Grab des abgestürzten Fliegers besuchen.

Ich hatte mich gefreut, als Angelina sofort ja sagte, als ich sie einlud mitzufahren. Nur mit auf den Friedhof wollte sie nicht, das mache sie traurig, hatte sie gemeint, vor allem bei diesem Wetter.

Lachend hatte ich auf den wolkenlos blauen Himmel gezeigt, aber sie hatte recht behalten. In den letzten Minuten hatte der Wind merklich zugenommen und jagte Wolkenfetzen über den Himmel. Ich musste mich beeilen, wenn ich vor dem Regen bei dem Grab sein wollte.

Antonio hatte mir den Weg beschrieben, und ich fand den Friedhof auf Anhieb. Angelina ließ sich auch jetzt nicht überreden auszusteigen, und so stand ich nun allein unter dem Toscabogen des Friedhofeingangs und schaute auf die dichtgedrängten Grabhäuser mit ihren nichos, den übereinandergestapelten Grabkammern. Zwischen den Grabhäusern stand ein glattgeschliffener Steinblock, und darin war eingemeißelt: „Ich bin die Auferstehung und das Leben, spricht der Herr, wer an mich glaubt, wird leben, auch wenn er stirbt.“

Einfach geradeaus, durch einen kleinen Torbogen, liegt der kleine alte Friedhof, hatte mir Antonio erklärt.

Ich trat durch eine schmiedeeiserne Tür und schaute auf einige wenige, ungepflegte und dichtgedrängte Gräber. Auf den meisten standen dunkel vermooste Grabsteine, auf einem ein graues Steinkreuz. Links daneben, wie mir erklärt, lag, wie unbeabsichtigt und von den Lebenden vergessen, eine schräg gestellte Steinplatte, vielleicht fünfzig mal vierzig Zentimeter, von wilden Gewächsen umwuchert.

Es dauerte lange, bis ich mit dem Taschenmesser den dicken Belag
soweit von der Platte gekratzt hatte, bis ich mit Mühe die verwitterte
Inschrift entziffern konnte: Gott der Hirte kennt seine Schafe. †
29.07.1944

Ich hatte es gefunden, das Grab des deutschen Fliegers. Mich beschlich ein beklemmendes Gefühl. Plötzlich hatte ich die Empfin-
dung, an diesem Platz zu stören, und mit eiligen Schritten verließ ich
den Friedhof.

Angelina spürte mein Unbehagen und stellte mir keine Fragen.
Während wir in den Fischerort Puerto de Fornells hineinfuhren, begann es zu regnen, und der Wind hatte kräftig aufgefrischt.

Es war dämmrig geworden. Eine steife Brise peitschte den Regen
vom Hafen her landeinwärts und zauberte Schaumkronen auf die
Wellen. Wir beeilten uns, zu der Verabredung mit Antonio zu kommen.

Nun saßen wir am Küchentisch, und der Regen trommelte gegen
die Scheiben des alten Fischerhauses.

Unser Gastgeber stellte ein Tablett auf den Tisch. Er schenkte Tee
ein und schob mir und Angelina eine Tasse hin. Ein Schweigen entstand. Die Dunkelheit machte aus dem Fenster einen Spiegel, in dem
ich den Hausherrn unauffällig betrachtete.

Antonio hob die Tasse, trank mit kleinen Schlucken und wartete.

»Du hast es hier gemütlich.«, bemerkte Angelina.

»Ja, es ist schön hier, aber ich lebe mit meiner Freundin in ihrer
Wohnung und komme seit dem Tod meiner Mutter nur noch selten
hier her. Meist nur, um in den alten Dingen zu stöbern.«

Ich nickte.

»Kann ich verstehen - zuviel Erinnerungen.«

Antonio bejahte.

»Vielleicht verkaufe ich das Haus oder vermiete es an Touristen. -
Du hast das Grab gefunden?«

»Ja, habe ich, aber da stand kein Name, nur der Todestag, 29. Juli
1944. - Mensch, da liegt die Geschichte des Tausendjährigen Reichs
begraben und hat nicht einmal einen Namen. Irgendwie war das für
mich ein bedrückendes Gefühl. - Vielleicht hätte ich ein Gebet sprechen sollen?«

Antonio holte eine Flasche Schnaps, und als Angelina mit dem
Kopf schüttelte, füllte er zwei Gläser randvoll und forderte mich auf
zu trinken. Dann schaute er uns lange an, und in seiner langsamen,
bedächtigen Art fing er an zu sprechen, wägte jedes Wort und jeden

Satz genau ab, als gälte es, sie in Granit zu meißeln.

»Ich meine, beten hilft nur den Lebenden, nicht den Toten. Irgendwo habe ich gelesen, es waren mehr als 25 Millionen gefallene Soldaten und die wohl doppelte Zahl getöteter Zivilpersonen, das ist doch eine Bilanz des Grauens. – Nicht einmal das von Hitler beschworene tausendjährige Reich hätte genügend Tage, Stunden und Minuten, um für jeden ein Gebet zu sprechen!«

Ich nippte an meinem Glas, ohne Antonio aus den Augen zu lassen.

»Der Mensch ist das einzige Lebewesen das betet. Seine Grausamkeit verpflichtet ihn auch dazu.«

Angelinas Gesicht spiegelte sich im Glas des Fensters, über das der Regen Sturzbäche von Tränen zog.

Irritiert löste ich meinen Blick von dem Spiegelbild.

»Was ich nicht verstehe, ist, dass es von kaum einem Deutschen vorhersehbar war; so haben es die meisten hinterher ganz ernsthaft und meist ohne jedes Schamgefühl behauptet.«

Antonio schüttelte den Kopf und piekste mir mit dem Finger gegen die Brust.

»Mir ist das nicht unverständlich. - Was alle denken und sagen, wird zur Wahrheit. Der Mensch definiert sich im Vergleich. Was alle tun, ist richtig; und dieses Recht orientiert sich nicht immer an Moral und Ethik. Nur mitgemacht zu haben, wird als Selbsterhaltungstrieb entschuldbar.«

Angelina nickte dazu und sagte: »Und notfalls bleibt zum Beruhigen des eigenen Gewissens der Fingerzeig auf die Alleinschuldigen wie Hitler, Mussolini, Franco, Karadzic ...«

Antonio nahm den Faden auf.

»Genau, ... und die Ozonlochproduzenten, die Umweltvergifter, Ressourcenausbeuter, Waffenhersteller und so weiter.«

Ich gab zu bedenken: »Aber keiner von denen wäre ohne die Mitläufer, Mitmacher und Wegseher zu dem geworden, was er war oder ist. Daraus muss sich doch ein Schuldeingeständnis ergeben, oder dient der Selbsterhaltungstrieb für alles als Ausrede?«

Antonio lächelte.

»So sind die Menschen, zum Leben reicht es den meisten, aber ob das jüngste Gericht nur mitgemacht zu haben oder Befehlsnotstand strafmildernd anerkennen wird, bleibt abzuwarten.«

Der Regen hatte aufgehört, und an dem wolkenlosen Himmel glitzerten die Sterne. Silbernes Licht lag auf den Wiesen und Feldern. Es war eine Nacht, die für die Liebe geschaffen wurde.

Angelina und ich spürten diese prickelnde Elektrizität und wir sehnten uns nach der Berührung des anderen. Aber steif und verkrampft saßen wir nebeneinander im Auto und hofften, ja flehten, dass der andere den ersten Schritt tun würde. Wir unterhielten uns über unwichtige Dinge und vermieden es, aus Furcht verletzt zu werden, über unsere Gefühle zu reden. Als die Lichter unseres Hotels erkennbar wurden, wussten wir beide, dass wir eine Chance verpasst hatten.

Im Hotel sah Vicente, wie wir uns verabschiedeten. Er sah die Tränen, die über Angelinas Gesicht liefen und mich, wie ich ihr mit ratlosem Gesicht nachblickte.

»Ihr habt Antonio besucht?«

Als ich nickte, bohrte Vicente: »Du und Angelina? Alleine? - Und was ist das Ergebnis, sie weint.«

Vicente schob mir einen Cognac über die Theke und knurrte »Du bist ein Idiot, einer der wenigen begnadeten Menschen, die die seltene Gabe besitzen, ihren Verstand gänzlich vom Gefühl zu lösen.«

Ich schaute ihn verblüfft an, dann gab ich ihm wortlos die Autoschlüssel.

»Du hast ihr nicht gesagt, dass du sie liebst!«

Es war keine Frage, es war eine Feststellung, und als ich den Kopf schüttelte fügte er hinzu: »Auf der Suche nach intelligentem Leben im Universum, können wir dich jedenfalls streichen.«

Vincente ergriff das Cognacglas und trank es in einem Zug aus, dann rülpste er verhalten und grinste. Dir spendiere ich keinen Cognac, - du bist ein Feigling.«

Als ich mich ohne ein Wort umdrehte, rief mir Vicente schmunzelt nach: »Morgen Abend ist auf der Terrasse Tanz, - halt dir den Abend frei.«

Am anderen Morgen weckte mich ein Geräusch, ein Schaben oder Kratzen an der Tür. Alles in mir weigerte sich, wach zu werden. Ich hielt die Augen geschlossen und versuchte meinen Traum festzuhalten. Dieses herrliche Gefühl, Angelina in meinen Armen zu halten und ihre weichen Lippen zu spüren. Je mehr ich mich bemühte, um so stärker drängte sich ein Gedanke in mein Bewusstsein, den ich schon einmal gedacht hatte, und wieder spürte ich diesen schalen Geschmack, den der Gedanke Feigheit bei mir hinterließ. Vicente hatte es erkannt, ich war ein Feigling. Energisch sprang ich aus dem Bett. Nein, dieses mal nicht. Ich würde ihr sagen, dass ich sie liebte. Einfach vor sie hintreten und sagen: »Angelina, ich liebe dich!« Ich würde ein klares Ja oder Nein von ihr fordern - kein Wenn oder Aber, kein Vielleicht oder Lass uns Zeit. Meine Laune wurde spürbar besser, und ich machte mich pfeifend auf den Weg zum Badezimmer.

Noch in der Nacht war in Vicente ein Entschluss gereift, der ihn in der Morgendämmerung aus dem Bett trieb. Mit wirren Haaren und unrasiert, im Bademantel, war er durch das nächtliche Hotel geschlichen. Im Büro suchte er meine und Angelinas Anmeldungen heraus und beeilte sich dann, zurück in sein Schlafzimmer zu kommen, immer darauf bedacht, keinem der Frühaufsteher zu begegnen. Dann schüttelte er seine selig vor sich hin röchelnde Frau, bis sie erschrokken die Augen aufriss.

»Vicente? - Was ist passiert? - Brennt das Hotel?«

»Beruhige dich, Luzma, nichts brennt, aber du musst mir etwas abschreiben.«

Luzma blinzelte verschlafen in das grelle Licht der Deckenlampe und murmelte schlaftrunken: »Verrückt - unsere Kinder haben einen Verrückten zum Vater.« Dann zog sie sich die Decke über den Kopf, und gleich darauf hörte Vicente wieder ihr gedämpftes, rhythmisches Schnarchen. Er gab ihr einen kräftigen Schubs, den sie mit einem unwilligen Grunzen kommentierte. Er knurrte verächtlich: »Weiber - keine Romantik«, und begann, sich mit meinem Meldezettel zu beschäftigen.

Leise vor sich hin fluchend, versuchte er immer wieder, meine Handschrift zu kopieren, bis er überzeugt war, dass sie einigermaßen ähnlich war. Dann begann er zügig einen kurzen Text auf einen der in jedem Zimmer ausliegenden Hotelbriefbögen zu schreiben.

Sich selbst bewundernd, betrachtete er zufrieden das Ergebnis. Er war großartig, einmalig, nichts in ihm sträubte sich, als er mit tiefster Überzeugung in Richtung Luzma sagte: »Ich bin ein verkanntes Genie.«

Luzma betrachtete schlaftrunken ihren Vicente aus zusammen gekniffenen Augen.

»Du bist keine verkanntes Genie, du bist ein unerkannter Idiot.«

Er drückte ihr den von Michael an Angelina gerichteten Brief in die Hand. Als sie den Text gelesen hatte, betrachtete sie stirnrunzelnd ihren Mann.

»Und das soll ich abschreiben, so als würde Angelina an Michael schreiben? - Du spinnst ja, die Idee ist blöde.«

»Du musst - mit Angelinas Schrift - das ist leicht, ihr Frauen habt ja alle die gleiche Schrift!«

Sie schüttelte trotzig den Kopf.

»Auch der Text ist blöde: »Bitte entschuldige, ich habe einen Fehler gemacht ...«, woher willst du denn wissen, dass Michael einen Grund hat, sich zu entschuldigen?«

»Alle verliebten jungen Männer machen Fehler und haben Gründe, sich zu entschuldigen«, erklärte Vicente aus tiefster Überzeugung.

Das klang überzeugend. Sie lächelte ihren Mann an und meinte: »Auch die Alten.«

Vicente knurrte etwas Unverständliches und fragte drohend: »Und der Rest meines Briefes, ist der in Ordnung?«

»Wenn ich ihn genau so abschreibe, geht deine Idee in die Hosen.«

Vicente glotzte ratlos auf den Text.

»Warum das denn?«

»Du hast geschrieben: Ich hole dich um 19 Uhr von deinem Zimmer ab.«

»Und, ist das nicht genial?«

»Das ist doof, wenn Angelina das Gleiche an Michael schreibt, sitzen beide bis in alle Ewigkeit auf ihren Zimmern und warten darauf, dass sie abgeholt werden.«

Vicentes Genialität war sichtlich angeknackst.

»Dann schreibe, was du willst!«

»Ich will überhaupt nichts schreiben.«

Vicente begann, eine andere Taktik einzuschlagen. Er begann zu schmeicheln, dann nahm er seine widerspenstige Luzma in die Arme und knabberte an ihrem Ohr, was sie kichernd über sich ergehen ließ. Aber erst, als er ihr versprach, Dinge zu tun, für die Nächte um diese Jahreszeit viel zu heiß waren - wie er fand - vor allem für Männer in seinem Alter - erklärte sie sich bereit.

Auf dem Weg zum Bad sah ich ein Kuvert auf dem Fußboden liegen. Jemand musste es mir unter der Zimmertüre durchgeschoben haben. Mein erster Gedanke galt Hübner. Hatte sich der Dreckskerl wieder gemeldet? Ich hatte mein Pfeifen eingestellt und drehte gedankenversunken den Umschlag in meiner Hand. Er roch nach Flieder und ich wunderte mich, das war bestimmt kein Brief von Hübner.

Der Fliederduft war Vicentes Tüpfelchen auf dem „i". Er hatte das Schreiben an mich mit Luzmas Flakon besprüht und den Brief an Angelina mit seinem Rasierwasser besprenkelt. Luzma hatte ihn dafür mit einem Fußtritt aus dem Bett befördert und ihn für unheilbar erklärt. Vicente war darüber nicht unfroh, war er doch, zumindest für den Rest dieser Nacht, um die Einlösung seines Versprechens gekommen.

Ich öffnete das Kuvert und zog den ordentlich gefalteten Hotelbriefbogen heraus. Ich überflog den kurzen Text. „Lieber Michael, heute Abend ist Tanz hier im Hotel. Ich möchte Dich dazu einladen. Ich warte auf dich um 19 Uhr in meinem Zimmer. Angelina." Vergnügt begann ich laut singend durch das Zimmer zu tanzen. Im Nebenzimmer stupste die Bankdirektorengattin entrüstet ihren Mann in die Seite und meinte in spitzem Ton: »Hörst du? - Wegen solchen Typen sind wir Deutschen im Ausland nicht beliebt.«

Etwa um die gleiche Zeit saß Angelina auf ihrem Bett und lass zum dritten Mal „meinen" Brief.

„Liebe Angelina, bitte entschuldige, ich habe einen Fehler gemacht. Heute Abend ist Tanz hier im Hotel. Ich möchte dich dazu einladen. Ich hole dich um 19 Uhr von deinem Zimmer ab. Michael."

Sie schnüffelte an dem Kuvert und wunderte sich über den penetranten Geruch. Mit mir konnte sie ihn nicht in Verbindung bringen, aber irgendwoher kannte sie den Geruch. Unwillig schüttelte sie den Kopf und begann, sich auf die naheliegenden Dinge zu konzentrieren. Sie musste zum Friseur, Maniküre, Gesichtspflege; und was zog sie an? 19 Uhr - die Zeit war eigentlich viel zu kurz.

Anders erging es mir. Ich saß an meiner Schreibmaschine und versuchte zu arbeiten, schaute alle paar Minuten auf die Uhr; und die Zeit wollte nicht vergehen.

Vicente hatte mir einen Kaffee gebracht und beiläufig gefragt: »Kommst du zum Tanz heute Abend?«

Ich hatte mit dem Kopf genickt.

»Ja - vielleicht - wahrscheinlich.« Dann blickte ich irritiert dem davoneilenden Vicente nach und konnte mir dessen Grinsen nicht erklären.

Kurz vor 19 Uhr betrachtete ich mich abschätzend im Spiegel. Schwarze Hose, schwarzes, an der Brust plissiertes Hemd, weißes Dinnerjackett und eine weinrote Fliege, dazu meine dunkelblonden, leicht gewellten Haare, ich fand mich o.k.; dann machte ich mich auf den Weg zu Angelinas Zimmer.

Auf dem Hotelflur begegneten mir meine Zimmernachbarin. Ihr schnippischer Ausdruck verwandelte sich in ungläubiges Staunen. Ich sah gut aus, sehr gut sogar, musste sie insgeheim neidvoll anerkennen, und beim dem Gedanken an ihren Mann zog sich über ihr Gesicht ein melancholischer Schatten.

Ich hatte ihr im Vorbeigehen freundlich zugelächelt; dann stand ich vor Angelinas Tür und überlegte, klopfen - sie macht die Tür auf - ich nehme sie in die Arme und sage: »Ich liebe dich«, und der Rest ergibt sich von selbst. Als ich mit meinen Gedanken soweit gekommen war, öffnete sich die Tür und Angelina stand vor mir.

Ich war sprachlos und begann heftig zu schlucken. Sie war wunderschön.

In ihren schwarzen Locken glitzerte ein silberner Glimmer und erweckte den Eindruck eines sternenübersäten Nachthimmels. Sie trug ein schulterfreies weißes Cocktailkleid mit einem rundumlaufenden Besatz aus zierlichen weinroten Seidenrosen. Das enganliegende Kleid umhüllte ihre hinreißende Figur, als sei es ihr auf die Haut gemalt. Ein tiefes Dekolleté ließ den Ansatz ihrer Brüste erkennen und um ihren Hals lag eine schlichte Perlenkette, die auf ihrer makellosen, bronzefarbenen Haut in einem ungewöhnlichen Goldton schimmerte. - Sie war atemberaubend schön. Noch immer sprachlos, fummelte ich nervös an meiner Fliege und hatte das Gefühl zu ersticken.

Sie küsste mich lächelnd auf die Wange und hängte sich bei mir ein, dann schob sie mich sanft in Richtung der zur Terrasse führenden Treppe.

Auf der gut besuchten Terrasse spielte bereits die Musik. Vicente kam uns entgegen, aufgeregt und glücklich mit einer Serviette wedelnd; und führte uns zu einem reservierten Tisch. Wir wunderten uns darüber nicht - bemerkten auch nicht die Blicke der anderen Gäste, die interessiert, uns, das schöne Paar beobachteten - wir hatten nur Augen für uns.

Ich küsste ihr die zierliche Hand.

»Ich mag dein Parfum, es duftet nach Rosen und Vanille, wie Kandis.«

Für einen kurzen Augenblick tauchte in meiner Erinnerung das Wort Flieder auf, dann war es wieder verschwunden.

Sie lächelte mich an und strich mir zärtlich eine Locke aus dem Gesicht.

»Lass uns tanzen.«

Ich drückte sie an mich, ganz vorsichtig, darauf wartend, dass sie mich abwehren würde. Aber sie schmiegte sich an mich. Ihr Gesicht war dem meinen ganz nah. Ich nahm sie in die Arme und küsste sie. Sie erwiderte meinen Kuss und drückte sich fester an mich, legte ihre Wange an meine Schulter, und wir tauchten zwischen den tanzenden Paaren unter.

Atemlos saßen wir dann wieder an unserem Tisch. Schauten uns in die Augen und hielten uns an den Händen. Ich glaubte durch das lärmende Treiben der Gäste meinen eigenen, glücklich pochenden Herzschlag zu hören.

»Du siehst wunderschön aus.«

Sie legte mir einen Finger auf die Lippen.

»Bitte sprich jetzt nicht - hör die Musik.«

Zu verträumten Gitarrenklängen eines langsamen Walzers erklang eine kristallklare Stimme und verzauberte die Nacht: „...wenn die Wärme deiner Haut das Eis auf meiner Seele taut, will ich nur dir gehören."

In das ausklingende Echo der Gitarren sagte ich mit zärtlicher Stimme: »Ich liebe dich.«

Meine stummen Sehnsüchte mündeten in diesen Augenblick. Ich wollte ihr so viele Dinge sagen, ihr meine Gefühle wie einen Teppich vor den Füßen ausbreiten, aber nur dieses so oft gebrauchte und vorher nie so empfundene „Ich liebe Dich" beschrieb allein das Klingen meines Herzens.

Über Angelinas Gesicht legte sich ein madonnenhaftes Strahlen und ihre Augen begannen zu funkeln.

»Ich weiß - ich fühle es, ganz tief in mir, als wäre es schon immer so gewesen und würde niemals anders sein.«

Dann zog sich über ihren Blick ein grauer Schleier.

»Wie lange noch, Micha? In vierzehn Tagen ist mein Urlaub zu Ende und ich muss wieder arbeiten.«

Ich starrte in mein Sektglas und verfolgte die aufsteigenden Luftbläschen.

»Mehr als zwei Wochen kann auch ich mir nicht leisten, - dann muss ich zurück nach Deutschland.«

Der Gedanke, sie zu verlieren, fraß sich wie ein Buschfeuer durch meine Brust.

»Was arbeitest du denn? Kannst du nicht mit mir nach Deutschland kommen?«

Angelina schüttelte traurig den Kopf.

»Bei meinem Vater in der Zahnarztpraxis. - Das kann ich meinen Eltern nicht antun. - Ich möchte kein Glück, das anderen weh tut.«

»Aber du liebst mich doch auch?«

Sie senkte den Kopf, und ihre Haare fielen wie ein schwarzer Schleicher über ihr Gesicht. Mit leiser, zärtlicher Stimme flüsterte sie: »Ja, - der Gedanke, dass du mich verlässt, zerreißt meine Seele.«

Ich hatte das Bedürfnis aufzuspringen und sie in meinen Armen für immer festzuhalten, aber ihr Blick zwang mich, brav sitzen zu bleiben.

»Bitte, Micha, lass uns von etwas anderem reden. - Was ist in dem Schließfach in der Schweiz?«

Einen Moment starrte ich sie entgeistert an. Ich wollte von nichts anderem reden, ich wollte den Gedanken an unsere Liebe in meinem Innersten unauslöschlich eingravieren. Nichts anderes interessierte mich, dann begriff ich den Sinn ihrer Worte.

Ja, verdammt noch mal, das war doch die entscheidende Frage. Warum war ich denn nicht selbst darauf gekommen? Ich kam mir richtig blöde vor, und Angelina bohrte noch nach.

»Dieser Hübner ist doch kein Antiquar, der sucht bestimmt nicht die Erstausgabe von „Mein Kampf", da müssen ganz andere Dinge drin sein.«

Ich spielte mit dem Gedanken, dann klopfte ich Angelina burschikos auf die Schulter.

»Na, du bildschönes Genie, kannst du mir auch sagen, warum die Bank überhaupt ein Schließfach an einen Ganoven wie Klenk vermietet hat? Die müssen doch gewusst haben, was er da hortet?«

»Fragst du mich das im Ernst?

»Ja, natürlich, oder verstehst du das?«

Angelina holte tief Luft.

»Die ganze Welt regt sich über Drogen auf, über Heroin, LSD, Haschisch und solchen Kram, aber weißt du, was die größte Droge ist?«

Sie wartete meine Antwort nicht ab.

»Für die gelogen, beschissen, gehurt und gemordet wird? Geld heißt diese Droge! Und die Banker sind nichts anderes, als legalisierte Drogenhändler, mit der selben dreckigen Moral wie die Dealer auf den Schulhöfen.«

Angelina bemerkte meinen erschrockenen Blick und dämpfte ihre Stimme.

»Während des Krieges haben Tausende von Juden ihre Vermögen und Fluchtgelder bei Schweizer Banken in Sicherheit gebracht. Bei den gleichen Banken, bei denen auch die Nazis ihre Vermögen zur Finanzierung der Militärmaschinerie angelegt hatten. - Geld ist Geld, egal ob vom Opfer oder vom Täter, dass ist die Moral derer, die wie Aaron um das goldene Kalb tanzen.«

Ich nickte zustimmend.

»Davon habe ich gelesen. - Und viele der Holocaustüberlebende versuchen bis heute vergeblich, die Vermögen ihrer Familien wieder zu bekommen.«

Angelinas Augen blitzten mich wütend an, als wäre ich der Schuldige.

»Lies einmal Matthäus 21; schon Jesus hat die Geldhändler aus dem Tempel gejagt und was ist passiert? Die Gelddrogenhändler haben sich eigene Tempel gebaut - wie der Turmbau zu Babel im 1. Buch Moses - verglast, vergoldet, marmorbestückt und höher, als die höchsten Kirchtürme - und da fragst du, warum die Bank Klenk ein Schließfach vermietet hat?«

Ich lies ihr gerötetes Gesicht nicht aus den Augen. Ich ergriff ihre gestikulierenden Hände und streichelte sie beruhigend, doch Angelina lies sich nicht bremsen.

»Es gibt kein Recht, dass derjenige der etwas besitzt, sich bereichert an der Not des Armen, indem er ihm Geld leiht und mit Zinsen mehr Geld zurückverlangt.«

Sie schaute mich einen Moment aus zusammengekniffen Augen fragenden an, dann fuhr sie fort: »Du meinst, das passt nicht zu den Spielregeln deines christlichen Abendlandes? – Ist das nicht verwunderlich, diese Worte stammen nämlich von dem Mann aus Nazareth.«

Nur mühsam hatte sich Angelina wieder beruhigt. Wir tanzten und lachten, flüsterten uns verliebte Dinge zu und küssten uns, aber mir ging ihre Frage nicht mehr aus dem Kopf.

»Was war in dem Schließfach in der Schweiz?«

Ich lehnte unausgeschlafen am Waschbecken und betrachtete mich im Spiegel.

Nein, ich hatte in dieser Nacht nicht mit Angelina geschlafen. Warum? Ich wusste es nicht, aber ich fühlte mich gut dabei. - Wie damals, als Kind, als ich die lang ersehnte Holzeisenbahn bekam. Zwei Tage hatte ich das verschnürte Paket mit mir herumgetragen, selbst auf der Toilette stand es neben der Schüssel. Nachts hatte ich es unter die Bettdecke geschoben und im Dunkeln mit den Händen durch das

Papier die Form ertastet. Ich war glücklich, wenn ich den Schornstein oder die Räder fühlte und träumte, im Führerhaus der Lokomotive zu stehen und durch alle fernen Länder zu fahren. Später, als ich das Paket ausgepackt hatte, war dieser Zauber verflogen, es war nur eine ganz normale Holzeisenbahn.

Ich rieb mir gähnend den Schlaf aus den Augen und tippte meinem Spiegelbild an die Stirn.

»Blödmann, das ist ein bescheuerter Vergleich.«

Unter der Dusche verflog meine Müdigkeit, und der Gedanke an das bevorstehende Frühstück mit Angelina weckte meine Lebensgeister. Ich begann mich pfeifend zu rasieren, was mir einen stark blutenden Schnitt am Kinn einbrachte. Um 9 Uhr waren wir verabredet. Als ich kurz vor Neun auf die Terrasse kam, saß Angelina bereits am gedeckten Tisch und sprach erregt mit Vicente. Ich fand sie traumhaft schön. Ihre hochgesteckten Haare betonten den grazilen Hals. Sie trug ein rotes, hautenges Kleid. - Ein Männertraum, ein Engel, eine Madonna, - nur die wütend blitzenden Augen störten das Bild.

»Guten Morgen - was ist denn hier los?«

Zornrot zeigte Angelina auf Vicente.

»Riech mal, - riech mal sein stinkendes Rasierwasser!«

Ich verstand kein Wort.

»Und deswegen regst du dich auf?«

Angelina wedelte mit einem Kuvert vor meinem Gesicht.

»Riech mal hier!«

Ich verstand noch immer nichts und schnupperte ergeben an dem Umschlag.

»Grauenhaft, aufdringlich - na und?«

Vicente verfolgte die Geschehnisse zusammengesunken, mit dem Ausdruck eines melancholischen Cockerspaniels. Angelina schüttelte zornig den Kopf, bis sich ihre hochgesteckten Locken in eine wilde Mähne verwandelten.

»Männer - Exponate geistiger Trägheit!«

Luzma tauchte mit der Kaffeekanne auf und ergänzte mit einem strafenden Seitenblick auf ihren Mann: »Und halten keine Versprechen; und wenn sie etwas tun, zeigen sie Gebrechen, gegen die Verrücktheit eine simple Erkrankung ist.«

Ich hatte derweil, in dem Bemühen, Angelina durch Aktivitäten zu besänftigen, das Kuvert geöffnet und schnüffelte an dem Inhalt. Dann fiel mein Blick auf den kurzen Text. Meine Augen wurden erst rund, dann verengten sie sich zu schmalen Schlitzen.

»Vicente - du hast ...? Und ihren Brief an mich auch?

Vicente begann nervös von einem Bein auf das andere zu treten und blickte beistandsuchend zu seiner Frau, aber von ihr war keine Hilfe zu erwarten.

»Ich habe doch nur ... - und weil ihr so nett seid ... - und ihr euch doch liebt.«

Er unterbrach sein Gestammel. Mit einem Ruck richtete er sich auf, schlug sich mit den Fäusten gegen die Brust und begann wie ein Gummiball auf und ab zu hüpfen.

»Die Füße müsstet ihr mir küssen! Auf den Händen mich einmal um die Insel tragen, ach, was sag ich, zehnmal, nein hundertmal!« Er stutzte, dann holte er tief Luft und erklärte kategorisch: »Einen Feiertag müsst ihr einrichten, einen jährlichen Vicente-Gedächtnistag! «

Angelina und ich glotzten erst irritiert auf den sich wie wild gebärdenden Vicente, dann schauten wir uns verdutzt an und begannen gleichzeitig zu lachen.

Vicente ließ sich auf die vorderste Kante eines Stuhles fallen und beobachtete Angelina kritisch. Noch immer vorsichtig und bereit aufzuspringen, um vor Angelinas vielleicht wieder aufflackerndem Zorn zu flüchten. Als er sicher war, dass keine Gefahr mehr zu erwarten war, wischte er sich erleichtert mit dem Handrücken den Angstschweiß von der Stirn und, die Gunst des Augenblicks nutzend, spendierte er eine Flasche Champagner.

Ich schüttelte lachend den Kopf, und nach einem zärtlichen Blick auf Angelina sagte ich: »Die Einladung gilt. Wir werden mit dem Champagner Verlobung feiern, aber nicht jetzt. Zuerst lass uns frühstücken und dann beschäftigt mich eine Frage, auf die mich Angelina gebracht hat. Was ist in dem Banksafe in der Schweiz?«

Vicente war froh, das Thema wechseln zu können und war zu seiner gewohnten Fröhlichkeit zurückgekehrt.

»Man müsste wissen, wie so ein Schließfach funktioniert. Ich meine, wie kann man es eröffnen und wie kommt man wieder an den Inhalt?«

Ich nickte zustimmend, während ich an einem Brötchen kaute.

»Genau, Vicente hat recht, vielleicht hat die Bank nach so langer Zeit das Schließfach längst geöffnet und der Inhalt ist vom Winde verweht.«

Angelina hatte sich interessiert zu uns gebeugt und meinte: »Spekulationen helfen nicht weiter, du müsstest mit einem Bankmenschen reden, die sollten das doch genau wissen.«

Ich leckte mir die Marmelade von den Lippen und meinte nachdenklich: »Mein Zimmernachbar ist Bankdirektor, ihn könnte ich fragen.«

Vicente schüttelte den Kopf.

»Heute nicht, er ist mit seiner Frau zu Freunden gefahren.« Dann strahlte er Angelina und mich an, und wir spürten, wie er sich um Wiedergutmachung bemühte.

»Meinen Bankmann kannst du fragen, der schuldet mir noch einen gewaltigen Haufen Gefälligkeiten nach seinem Versuch, mir das Hotel zu nehmen. Wenn du willst, vereinbare ich für dich einen Termin.«

Ich überlegte mir Vicentes Vorschlag.

»Was ist der Banker denn für ein Typ?«

Vicente winkte verächtlich mit der Hand.

»Einer von den stinkfeinen Ärschen, die selbst ihre Scheißhausgrube nur von jemandem leeren lassen, der die Leererprüfung mit summa cum laude bestanden hat.«

Alle lachten, dann schaute ich ihn nachdenklich an. Nach einem kurzen Zögern fragte ich: »Und dem vertraust du? Ihm soll ich die ganze Geschichte erzählen?«

Vicente schüttelte den Kopf und sagte: »Wenn der Typ mir Guten Morgen wünscht, zieh ich mir den Schlafanzug an und geh ins Bett. Soviel zu meinem Vertrauen. Also erzähle ihm so wenig wie möglich.«

Als ich zustimmend nickte, sprang Vicente auf und eilte zum Telefon.

Vicente hatte auf den Nachmittag einen Termin vereinbart und mich pünktlich mit seinem Auto vor der Bank abgesetzt.

Mit gedämpfter Stimme bat mich die Vorzimmerdame, um einen Augenblick Geduld und geleitete mich zu einer ausladenden Sitzgruppe. Die fast feierliche Zeremonie, die Lautlosigkeit der Schritte auf dem dicken Teppichboden, die ganze Atmosphäre machten mich nervös, und ich ärgerte mich über das in mir aufkeimende Gefühl von Ehrfurcht.

Betont lässig ließ ich mich in einen der schweren Sessel fallen und fing dafür einen kritischen Blick der Bankangestellten ein. Dann blätterte ich ohne großes Interesse in den ausliegenden Zeitschriften.

Ein Artikel über die Bankgebäude in Frankfurt, dem deutschen

Geldmekka, fiel mir ins Auge: „Commerzbank 299 Meter hoch, DG-Bank 208 Meter," und ich erinnerte mich an Angelinas Worte von den Tempeln des Mammons und gab ihr insgeheim recht. So hoch ist keine Kirche, die Dresdner Frauenkirche ist gerade mal 92,7 Meter, die Hagia Sophia in Istanbul nur 56,2 Meter, und selbst der Petersdom in Rom ist nur 132,5 Meter hoch.

Bei einem Schulausflug war ich einmal auf dem Ulmer Münster. Ich kam nicht einmal bis zur Hälfte des 162 Meter hohen Turmes, dann wurde mir schwindlig und ich musste unter dem hämischen Gelächter meiner Klassenkameraden zurückbleiben; aber selbst die Dresdner Bank in Frankfurt war noch vier Meter höher.

Eine Stimme holte mich aus meinen Gedanken.

»Der Herr Direktor erwartet Sie.«

Der Herr Direktor war ein kleines, schmächtiges Männchen, mager, ganz so, als könnte er auf einer Wäscheleine übernachten, mit schütterem Haar und einem gestutzten Oberlippenbärtchen. Er stellte sich mit einer sonoren Bass-Stimme als Director Jorge Ramón Cardona Mollivars vor, was ich sofort wieder vergaß.

»Herr Hellhaus, bitte nehmen Sie Platz.«

Mit einer einladenden Handbewegung zeigte er auf einen seinem Schreibtisch gegenüberstehenden Ledersessel. Ich versank darin und wurde einen Kopf kleiner als der hinter dem Schreibtisch thronende Direktor.

»Unser gemeinsamer Freund Vicente hat mich gebeten, Sie über die Bedingungen eines Bankschließfaches zu informieren. - Wenn ich ihn richtig verstanden habe, geht es um ein Schließfach in der Schweiz.«

Bei dem Wort Freund und der Erinnerung an Vicentes Erzählung verspürte ich ein eigenartiges Kribbeln, dann nickte ich.

Der Direktor lehnte sich in seinem Sessel zurück und begann angeregt mit einem goldenen Füllfederhalter zu spielen.

»Bei einer Schweizer Bank kann jeder ein Schließfach mieten.« Er stockte und schaute mich mit einem abschätzenden Blick an - das Ergebnis schien ihn nicht zu befriedigen -, dann fuhr er fort: »Sofern der Betrag, der auf einem Konto deponiert wird, den Aufwand für die Bank lohnt oder mindestens die Mietgebühren für einen angemessenen Zeitraum abdeckt.«

Ich rutschte unruhig auf meinem Sessel hin und her.

»Was muss man tun, um den Inhalt seines Safes wieder zu bekommen?«

»Das kann man mit der Bank individuell regeln. Normalerweise gibt es einen Depotschein und einen Schlüssel, den der Mieter erhält, der zweite, zur Öffnung erforderliche Schlüssel verbleibt bei der Bank.«

»Was meinen Sie denn mit individuell? Welche Möglichkeiten gibt es noch?«

»Auch beide Schlüssel können bei der Bank verbleiben, und Sie können jeden erdenklichen Nachweis für die Öffnungsberechtigung vereinbaren. Buchstabenfolgen, Zahlenkombinationen oder zum Beispiel kleinere Gegenstände wie ...«

Ich unterbrach den Vortrag.

»Wie zum Beispiel eine Pistole?«

Der Direktor zog vorwurfsvoll die Augenbrauen hoch.

»Ja, theoretisch auch eine bestimmte Pistole, - aber ich glaube, das Thema einer finanziellen Transaktion verbietet derartig plumpe Scherze.«

Ich kam mir vor, als hätte ich bei einem Staatsakt laut gerülpst. Dann fragte ich eingeschüchtert: »Und was geschieht, wenn der Mieter stirbt?«

Der Ton des Direktors war merklich kühler geworden.

»Solange das Konto zur Deckung der Schließfachmiete ausreicht, oder die Miete regelmäßig bezahlt wird, egal von wem, unternehmen die Banken gar nichts. Selbst wenn die Miete ausbleibt, wird das Schließfach erst Jahre später geöffnet und versucht, den Eigentümer oder die Erben zu ermitteln.«

»Und wenn jemand Anspruch auf das Schließfach erhebt?«

»Er muss sich als rechtmäßiger Eigentümer, Erbe oder Bevollmächtigter ausweisen. Mit den korrekten Unterlagen, Testament, Erbschein und Personalausweis oder durch Vorlage des vereinbarten Berechtigungsnachweises.«

Ich lächelte mein Gegenüber herausfordernd an.

»Wenn mir also meine Erbtante ein Vermögen in einem Schweizer Bankschließfach hinterlässt und ich die entsprechenden Nachweise besitze, brauche ich nur hinzugehen und es abzuholen?«

Bei meinen Worten begann es im Gesicht des Direktors zu arbeiten und er kaute nachdenklich an seinem Füller.

»Genau so ist es, Herr Hellhaus. - Nach geltendem Recht müssten Sie allerdings in ihrem Heimatland Erbschaftssteuer bezahlen.« Er zögerte und schaute mir tief in die Augen.

»Wenn ich Sie als Fachmann in der Angelegenheit beraten dürfte, ergäben sich für Sie sehr günstige Möglichkeiten, auch steuerlich - Sie verstehen?«

Ich war aufgestanden und reichte ihm die Hand.

»Ich danke Ihnen vorerst für Ihre Informationen.« Und auf dem Weg zur Tür setzte ich hinzu: »Schade, dass ich keine reiche Erbtante habe.«

Der Direktor zog seine ausgestreckte Hand jäh zurück und betrachtete mich wie eine lästige Schmeißfliege.

Vergnügt pfeifend verließ ich die Bank, für mich nahm die Sache allmählich Konturen an. Die Frage nach dem Inhalt des Schließfaches wurde immer brisanter.

Nach der Rückkehr ins Hotel traf ich Angelina lesend in einem Liegestuhl am Pool.

»Ich hoffe, es hat sich gelohnt, mich so lange alleine zu lassen?« fragte sie lächelnd.

»Und ob, mein Schatz - was hältst du denn von einem gemeinsamen Abendessen, bei dem ich dir alles erzähle?«

»Gute Idee!« sagte sie und gab mir einen Kuss.

Wir hatten uns umgezogen und beschlossen, in der Stadt zu essen. Angelina ließ es sich nicht nehmen, Vicente davon zu informieren.

»Wegen deiner Irresistibilität ignoszieren wir dein Verhalten!«

Vicente ließ sich nach Luft schnappend in seinen Drehstuhl fallen. Dann gellte sein Schrei durch die Empfangshalle. »Luzma, bring mir sofort das Fremdwörterbuch.«

Ich hatte Angelina zärtlich untergehakt und bummelte mit ihr in Richtung des Stadtzentrums.

»Vicente war ganz verstört, was hast du ihm denn gesagt?«

Angelina warf sich fröhlich die Haare in den Nacken.

»Dass wir ihm wegen seiner Unwiderstehlichkeit verzeihen.«

Lachend bummelten wir durch die Gassen von Ciudadela und wählten ein Restaurant, das „Die beste Meeresfrüchte-Paella der Balearen" anpries; und sie war wirklich hervorragend: mit schwarzem Reis, Mies- und Venusmuscheln, Hummerkrabbenschwänzen, Garnelen, verschiedenen Fischstücken und Hähnchenkeulen; und reichlich Paprika, Zwiebeln und Knoblauch.

Zwischen den einzelnen Bissen erzählte ich von meinem Gespräch mit dem Bankdirektor. Angelina sah mich mit großen, ungläubigen Augen an und strich sich eine Locke aus der Stirn.

»Das habe ich nicht erwartet. - Es ist also möglich, dass das Schließfach noch immer ungeöffnet ist?«

Ich nickte bestätigend.

»Und der Depotschein aus der Dokumentenmappe und die Pistole mit der Nr. 222 266 scheinen die Eintrittskarte zu sein.«

Angelina setzte sich aufrecht hin und zwinkerte mir verführerisch zu.

»Mein Herr, dann speise ich hier vielleicht mit einem Millionär?«

Ich stocherte nachdenklich in meinem Teller. Von den Nebentischen drangen Gesprächsfetzen herüber und eine laute Gelächterwelle; und auch ich begann zu lachen.

»Du solltest deiner Phantasie keine Spekulationen erlauben. Wahrscheinlich befinden sich darin ein großer Haufen wertloser Reichsmark oder ein geklautes Bild aus dem Louvre oder dem Vatikan.

Angelina war damit nicht einverstanden und sagte: »Träumen darf man doch, Träume sind der Stoff aus dem die neue Wirklichkeit geformt wird.«, dann begann sie lauthals zu lachen.

»Ich stelle mir eben vor, wie du mit der Pistole in der Hand in die Schweizer Bank kommst. - Bitte glauben Sie mir, ich bin nicht der Erfinder von „Hände hoch oder ich schieße“, ich möchte nur den Inhalt eines Schließfachs abholen.«

Auch ich begann prustend zu lachen, aber hinter meiner Stirn rotierten bereits die Gedanken. Ein Besuch der Schweizer Bank, wäre das nicht der logische nächste Schritt? Ich nahm mir vor, diese Frage gründlich zu überlegen und in den nächsten Tagen zu entscheiden.

Während meine Gedanken um diese Frage kreisten, erzählte mir Angelina, dass Manuel und ihr Bruder einen Segeltörn nach Mallorca planten, mit ihr, morgen, spätestens übermorgen. Ich hatte nur mit halbem Ohr zugehört, und als ich nur zustimmend nickte, war sie enttäuscht. Sie hatte eine andere Reaktion erwartet.

Das Lokal hatte sich, während wir aßen, rasch gefüllt, und auch unser Tisch wurde von gut aufgelegten Urlaubern in Beschlag genommen. Wir hatten an diesem Abend noch viel gelacht und getrunken. Und doch war eine Dissonanz zu spüren, eine für mich unerklärliche Disharmonie.

Manuel und René hatten ihr Boot im Hafen von Ciudadela vertäut. Von hier aus wollten sie nach Mallorca. Angelina wollte nicht mitsegeln, sie wollte in meiner Nähe bleiben. Sie hatte ihrem Bruder und Manuel nichts von ihren Gründen gesagt, aber die beiden hatten sich verstehend angegrinst, als sie ihren Entschluss beim Mittagessen mitteilte. Sie hatte sich darüber geärgert und sich nur widerwillig bereit erklärt, ihnen beim Einkauf der Bordverpflegung zu helfen.

Als sie ihre Einkäufe im Boot verladen hatten, war es bereits dunkel geworden. René und Manuel wollten an Bord übernachten und früh ablegen. Angelinas Bruder nahm sie zum Abschied in die Arme und flüsterte ihr ins Ohr.

»Pass auf dich auf, meine Kleine, - dein Michael ist in Ordnung.«

Sie hatte sich darüber gefreut und ihm einen Kuss gegeben. In einer zärtlich verträumten Stimmung machte sie sich auf den Rückweg zum Hotel. Sie beeilte sich, von den dunklen, menschenleeren Liegeplätzen wegzukommen. Doch bevor sie die Bars und Restaurants mit ihrem pulsierenden Leben erreicht hatte, spürte sie Finger die nach ihr griffen. Brutale Hände umklammerten sie und drückten ihr einen Lappen ins Gesicht. Ein eklig süßer Geruch drang ihr in die Nase. Ihr Magen krampfte sich zusammen, und ein unterdrücktes Würgen schüttelte ihren Körper.

Mein Gott, der widerliche Geruch ist Chloroform, man will mich betäuben. Ihre Schrecken steigerte sich bis zur Panik. Sie versuchte den Atem anzuhalten. In ihrem Gehirn formte sich ein Schrei nach Hilfe: Hilfe, helft mir! Aber der Schrei kam über den Gedanken nicht hinaus. Verwundert bemerkte sie, wie sich ihre Umgebung veränderte. Der rosa Nebel, wo kam er her? Angelina hatte das Gefühl, dass sich ihre Welt aus den Angeln hob, dann stürzte sie in ein Meer von Watte und spürte nicht mehr, wie sie mit den Knien hart auf den Boden aufschlug.

Ihr war übel. Nur bruchstückhaft erinnerte sie sich an stampfende Motorengeräusche, an Schlingern und Schwanken, an Übelkeit, an ein Bett, eine Koje. - Man hatte sie auf ein Schiff gebracht. Ihre Erinnerungen wurden klarer. Da war dieser Mann, mit dem merkwürdig zerknitterten, hässlichen Gesicht. Er hatte sie angebrüllt, weil sie sich über das Bett erbrochen hatte; und er hatte ihr eine Spritze gegeben. Sie tastet über ihren linken Arm. In der Armbeuge erkannte sie den Einstich und ein tiefblaues Hämatom. Ihr Kleid war über der Brust eingerissen und stank nach Erbrochenem.

Sie hatte sich aufgerichtet und betrachtete angewidert die dreckige Matratze, auf der sie gelegen hatte. Wo war sie?

Sie blickte sich in dem winzigen Raum um. Eine Tür - ohne Hoffnung rüttelte sie an der verschlossenen Tür.

An der Decke hing eine Lampe, aber in der Fassung befand sich keine Birne. An der Wand, unter der Decke, unerreichbar für sie, befand sich ein kleines Fenster. Durch die schmutzige Scheibe fiel der diffuse Lichtstreifen einer schwachen Lampe und beleuchtete den rohen Naturboden.

Ein Keller - sie war im Keller eines Hauses eingesperrt. Vom Boden zog sich an den einst weiß getünchten Wänden schwarzer Schimmel hoch. Ein verstaubtes Waschbecken, darüber ein fleckiger, verschmierter Spiegel, mehr befand sich nicht in ihrem Gefängnis. Mit beiden Händen gelang es ihr, den verrosteten Wasserhahn zu drehen, aber es kam kein Wasser. Mit dem Handballen wischte sie über den fast blinden Spiegel und erschrak, als sie ihr Spiegelbild erblickte. Ihr Gesicht war blass und unter den Augen lagen dunkle Schatten. Sie rollte die Augäpfel nach links und rechts, das Weiß war von einem dünnen Netz geplatzter Äderchen durchzogen. Ihr Haar war wirr und spröde und sie sah alt aus, so alt, wie sie sich fühlte.

Angelina wusste nicht, wieviel Zeit vergangen war. Lange war sie in dem kleinen Raum hin und her gelaufen, hatte gerufen und gegen die Tür geschlagen, bis ihre Hände schmerzten; und ohne dass sie eine Antwort bekam. Dann hatte sie sich mutlos auf die Matratze fallen lassen und lautlos in die Dunkelheit geweint.

Erschrocken fuhr sie hoch, als sich knarrend die Tür öffnete und Licht in ihre Zelle fiel. In der Tür stand ein alter, glatzköpfiger Mann. Mit einem Satz war sie aufgesprungen und überschüttete ihn mit Fragen, die er ohne Reaktion über sich ergehen ließ. Nur der Blick seiner schwarzen Knopfaugen flatterte nervös umher. Dann versuchte sie sich an ihm vorbei zu drücken und aus ihrem Gefängnis zu entkommen, aber er stieß sie zurück, warf ihr eine Coladose und ein Stück Brot nach und murmelte mit zittriger, fast ängstlicher Stimme: »Seien Sie still, ich darf nicht mit Ihnen reden.« Und bevor sie ihre Überraschung überwinden konnte, hatte er die Türe zugezogen und sie hörte, wie er einen schweren Riegel vorschob.

In ohnmächtiger Wut zerstampfte sie das im Dreck liegende Brotstück, und als sie sich endlich wieder beruhigt hatte, saß sie atemlos auf der Matratze und trank gierig die warme, klebrige Cola.

Irgendwann musste sie sich in den Schlaf geweint haben, denn als sie die Augen aufschlug, fiel durch das kleine Fenster ein heller Streifen Tageslicht. Noch immer war ihr übel und sie fühlte sich zerschlagen und müde, aber in ihrem Kopf hatte sich ein Gedanke festgesetzt. Wenn sich wieder die Türe öffnete und ihr Gefängniswärter ihr das

Essen brachte, wollte sie vorbereitet sein. Vielleicht gelang es ihr diesmal, ihn zu überraschen und zu fliehen.

Minute um Minute stand sie regungslos hinter der Tür und hörte gespannt in die Stille; dann endlich erklangen Schritte und eine Rütteln an dem Türriegel. Langsam öffnete sich die Tür und der Schatten eines Mannes fiel in ihre Zelle. Wie eine Raubkatze sprang sie den Mann an und versuchte ihm ihr Knie in den Unterleib zu stoßen. Doch ihr Stoß ging ins Leere, statt dessen legten sich Hände wie Stahlklammern um ihre Arme und bremsten ihren Sprung, als wäre sie gegen eine Mauer gelaufen. Sie wurde hochgezerrt und blickte in das hässliche Gesicht des Mannes, der ihr die Spritze gegeben hatte. Sein gemeines Lachen füllte den kleinen Raum. Sie spürte, wie sich der Druck um ihre Handgelenke lockerte, im gleichen Moment erhielt sie eine brutale Ohrfeige, die ihren Körper herumschleuderte. Haltlos stolperte sie durch den Raum und schlug mit den Zähnen auf dem Waschbeckenrand auf. Sie spürte den Aufprall und hörte ein knirschendes Brechen, das sich wie eine lauter werdende Schallwelle in ihrem Kopf fortpflanzte und in einem stechenden Schmerz explodierte.

Dann fand sie sich benommen auf dem Boden sitzend und hörte nicht mehr, wie die Tür zugeschlagen wurde und der Riegel sie von der übrigen Welt aussperrte.

Ihre Wange brannte wie Feuer, und ein dumpfer Schmerz bohrte in ihren Schläfen. Vorsichtig fühlte sie mit ihrer Zunge über ihre Zähne und erstarrte erschrocken, als die Zungenspitze ihren abgebrochenen Schneidezahn ertastete.

Zusammengekauert saß sie da und fühlte die Feuchtigkeit zwischen ihren Beinen. Sie hatte sich in die Hose gemacht, und je mehr sie sich mit dem Gedanken beschäftigte, um so mehr spürte sie ihre Blase und das dringende Bedürfnis, Wasser zu lassen.

Mühsam zog sie sich an dem Waschbecken hoch, raffte ihr Kleid und zog sich ihren Slip aus. Angeekelt warf sie ihn auf die Matratze und versuchte vergeblich, auf das für sie zu hoch angebrachte Waschbecken zu klettern. Tränen der Scham schossen ihr in die Augen und sie suchte verzweifelt nach einem Ausweg. Dann kauerte sie sich in einer Ecke über die Coladose und spürte angewidert und hilflos, wie sie die kleine Öffnung verfehlte und ihr der warme Urin über die Finger lief.

Sie fühlte sich erniedrigt und entwürdigt. Dieses Empfinden überlagerte ihre Schmerzen; und sie fühlte sich unendlich einsam und verlassen und begann zu weinen. Ihre Gedanken kreisten in einem ausweglosen Labyrinth und ihre Tränen fielen lautlos, nur ihre Schultern bebten und zeigten, wie verzweifelt sie war. Mit der Zeit wurde das leise, stockende Zischen ihres Atems zu einem Schluchzen, das ungehemmt aus ihr herausbrach und ihren Körper schüttelte.

Ich erinnerte mich vage an den geplanten Segeltörn, ich wusste aber nichts von Angelinas Entschluss hierzubleiben. Ich war enttäuscht, dass sie sich nicht von mir verabschiedet hatte und konnte mir ihr Verhalten nicht erklären. Von Vicente war nur zu erfahren, was Manuel ihm erzählt hatte, dass sie planten, drei oder vier Tage wegzubleiben.

Ich hatte mich missgelaunt an die Bar gesetzt und einen Whisky bestellt, pur, ohne Eis und Wasser. Am anderen Morgen erinnerte ich mich nebulös, dass ich Vicente die Whiskyflasche abgenommen und sie mit dem dicken Bankdirektor zusammen geleert hatte. Die Frau des kleinen Dicken übernachtete bei Freunden und er genoss die ungewohnte Freiheit, im wahrsten Sinne des Wortes, in vollen Zügen.

Wir sprachen erst über belanglose, unwichtige Dinge, auf die keiner eine Antwort erwartete und nur den Sinn hatten, Gründe zu finden, um sich abwechselnd zuzuprosten. Irgendwie kam das Gespräch auf meine Nachforschungen. Als ich die Schweizer Bank erwähnte, reagierte der Dicke mit einem verächtlichen Schnauben.

»Die Schweizer sind in Geldgeschäften die größten Gauner!«

Ich hatte mich zurückgelehnt und betrachtete den kleinen Dicken, der mit glasigen Augen und schwerer Zunge, um Worte kämpfte.

»Und wissen Sie auch warum?«, er erwartete keine Antwort und fuhr fort: »Die Schweizer haben Hitlers Kriegsmaschinerie finanziert! - Das Rascheln von Geldscheinen übertönt jeden Schmerzensschrei.«

Ich sah verblüfft, wie über das feiste Gesicht des Bankdirektors dicke Tränen kullerten.

»Michael, ich sage Ihnen, ohne die verlogene Moral der Eidgenossen wäre der Krieg viel früher beendet gewesen, und meine Eltern und meine Schwester wären nicht im Bombenhagel verbrannt.

»Mich hatte der Ausbruch meines Gegenübers berührt, und nach einem gedankenvollen Schweigen fragte ich: »Was meinen Sie denn mit finanziert, wie ist das gelaufen?«

Der Dicke hatte sich wieder gefangen und begann zu erzählen. »Die Schweizer Nationalbank kaufte der Deutschen Reichsbank das von den Nazis in ganz Europa geraubte Gold ab. - Dafür gab es Schweizer Franken.«

Ich hörte gespannt zu.

»Und dann?«

»Mit den Schweizer Franken kauften die Deutschen kriegswichtige Rohstoffe in Portugal und Spanien.«

Er schenkte sein Glas nach und grölte, als hätte er den Spruch gerade erst erfunden: »Der Klügere kippt nach!«

Ich ließ das gerötete Gesicht meines Trinkkumpans nicht aus den Augen. Nach einem kräftigen Schluck nahm der den Faden wieder auf.

»Und die Portugiesen und Spanier kauften dann mit den Franken bei den Schweizern das umgeschmolzene Gold.«

Ich unterbrach die Erzählung erstaunt.

»Eine Goldwaschanlage!«

»Richtig! - Bezümali hieß die Quadratur des Goldkreislaufes.«

»Wer war Bezüm Ali - ein Türke?«

Der Dicke kicherte und verschluckte sich an seinem Whisky. Nach einem kräftigen Rülpser antwortete er: »Blödsinn, natürlich Berlin, Zürich, Madrid, Lissabon - kurz Bezümali.«

Mir gefiel das Wort und brabbelte es beschwipst vor mich hin. Dann richtete ich meinen verschwommenen Blick auf den Dicken und erklärte: »Und alle haben satte Gewinne gemacht, besonders die Schweizer! - Ist doch so, oder?«

»Genau! - Ganz ohne moralische Bedenken haben die Schweizer Banken das Nazigold gewaschen. Warum auch Bedenken, man hatte ja saubere Hände. Keiner konnte den Eidgenossen vorwerfen kriegswichtige Rohstoffe oder Waffen an das Deutsche Reich geliefert zu haben.«

Der Dicke hatte sichtlich Schwierigkeiten sich zu konzentrieren. Er hielt einen Moment inne, als wisse er nicht, wie er sich ausdrücken sollte, dann brach es aus ihm heraus, und er lallte mit ungelenker Zunge. »Ehrlich wärt am längsten - Lügen haben kurze Beine - Unrecht Gut gedeihet nicht - Die Wahrheit siegt - wo, um Gottes Willen, steht in auch nur einem Geschichtsbuch der Beweis für diesen Quatsch.«

Ich hatte mit dem Rest in der Flasche die Gläser nachgefüllt und prostete dem kleinen dicken Bankdirektor zu.

»Kriege ziehen die Schmarotzer an, wie Scheißhaufen die Fliegen.«

Wir waren uns einig, als ich reichlich alkoholisiert feststellte: »Was hat der Schweizer Käse und die Moral der Eidgenossen gemeinsam? - Ein Preisschild und Löcher, nichts als Löcher!«

Als wir ausgetrunken hatten, war es weit nach Mitternacht. Uns gegenseitig stützend wankten wir aus der Bar.

Auf meinem Zimmer warf ich mich, angezogen wie ich war, auf mein Bett und versank wenige Augenblicke später in einen bleiernen, dumpfen Schlaf.

Mein Erwachen am nächsten Morgen war grauenvoll. Im Zimmer stand die nach Alkohol und kaltem Zigarettenrauch stinkende Luft. Mein Mund schien ausgetrocknet und die Zunge war pelzig. Mein Kopf schmerzte und ich hatte das Gefühl, als würde mir jeden Augenblick die Schädeldecke platzen.

Ich zog mich nackt aus und stellte mich unter die kalte Dusche, bis mir die Zähne klapperten. Dann nahm ich zwei Tabletten, rasierte mich und zog mir frische Wäsche an. Danach fühlte ich mich besser, aber ich war mir sicher, die Bäume, die ich heute ausreißen könnte, müssten Setzlinge sein.

Auf der Terrasse wartete Pedro bereits seit zwanzig Minuten auf mich und begrüßte mich knurrend.

»Buenos días, du versoffenes Fass ohne Boden. Dein Gesicht sieht aus wie ein zerknülltes Laken. - Vicente hat mir alles erzählt, wie geht es dir?«

Ich versuchte ein Gähnen zu unterdrücken, was mir aber nicht ganz gelang. Ich sehnte mich nach Ruhe, aber Pedro reagierte nicht auf unausgesprochene Wünsche.

»Beschissen ist geprahlt. - Was machst du hier, hast du keine Arbeit?«

Pedro stocherte sich mit dem Zeigefinger ihm Ohr und erklärte: »Ich war für Vicente unterwegs, und war mit meinem Auto in der Inspektion, da dachte ich, ich besuche den liebestollen Schreiberling und biete mich als Trauzeugen an.«

Ich reckte mich gähnend, dann musste ich lachen.

»Mit deiner alten Kiste zum Standesamt und du in kurzen Hosen - der Standesbeamte bekäme einen Herzinfarkt.«

Pedro feixte mich an und bohrte weiter in seinem Ohr.

»Hör auf in deinen Ohren zu stochern. Eines Tages wirst du noch ein Loch durchbohren und deine letzten noch aktiven grauen Zellen werden dir aus den Ohren kleckern.«

Während Pedro den Beleidigten spielte, wedelte Vicente aufgeregt mit den Armen.

»Michael, ein Anruf für dich, an der Rezeption!«

Am Telefon war Hübner. Was mir Hübner mitteilte, war so unglaublich, dass ich zu keiner Erwiderung fähig war. Die Worte prügelten auf mich ein, prallten schmerzhaft auf mein Trommelfell und erzeugten ein krampfartiges Zucken meiner Hände. Ich stammelte nur: »Ja, ja.« Dann hatte Hübner die Verbindung abgebrochen.

Meine erste Reaktion war unbändiger Zorn. Doch der Zorn war schnell blankem Entsetzen und panischer Angst gewichen; dieser Mann war zu allem fähig.

Als ich leichenblass an den Tisch zurückkam und fahrig nach der Kaffeetasse griff, zitterten meine Hände so, dass ich den Rest des Kaffees verschüttete.

Pedro hatte die Augenbrauen hochgezogen und musterte mich verwundert.

»War dein Arzt am Apparat? - Du siehst aus, als hätte er dir mitgeteilt, der Rinderwahnsinn hätte dich erwischt.«

Ich schüttelte den Kopf und starrte blicklos in die Ferne, dann sagte ich mit belegter Stimme: »Lass den Quatsch. - Es war Hübner, der Saukerl hat Angelina entführt.«

»Was heiß entführt?«

»Soll ich es dir buchstabieren? E-n-t-f ...«

Pedros Augen bekamen einen harten, kalten Glanz, wie ein See der zufriert, und sein Lächeln war wie ausradiert.

»Das glaube ich nicht«, sagte Pedro. »Ich meine, ich glaube Dir, aber ich kann es nicht begreifen.«

»Doch, er verlangt die Pistole und alle Papiere im Austausch - und keine Polizei, sonst ...«

Pedro ballte die Fäuste, dass die Fingerknöchel knackten und seufzte tief und laut auf.

»Wenn ich den Kerl in die Finger bekomme werde ich ihn so verbeulen, dass Julio Iglesias ein Benefizkonzert für ihn veranstalten wird.«

Minutenlang saßen wir still am Tisch, jeder in ähnlichen Gedanken versunken. Pedros Miene verriet, wie es in ihm kochte. Immer tiefer, immer steiler gruben sich die Falten in seine Stirn und ohnmächtige Wut und der Wunsch diesen Hübner in die Finger zu bekommen brodelten in ihm; und auf meinem Gesicht spiegelte sich das Wechselbad meiner Gefühle, zwischen Zorn und Angst.

Dann strich Pedro mit seiner schwieligen Hand über meine Haare und sagte: »Wenn einem das Wasser bis zum Hals steht, ist es gefährlich, wenn man den Kopf hängen lässt.« Seine Stimme schien aus weiter Ferne zu kommen, wie Donnergrollen an einem schwülen Sommertag.

Ich stieß Pedros Hand zur Seite.

»Das ist doch dummes Gerede. - Deine dämlichen Sprüche helfen jetzt nichts.«

Pedro schenkte sich und mir neuen Kaffee ein.

»Beruhige dich, mein Junge, du machst dir Sorgen, das ist doch verständlich, aber wir müssen einen klaren Kopf behalten.«

»Meist sind die Menschen, die auch dann noch einen kühlen Kopf bewahren, wenn um sie herum blankes Entsetzen herrscht, einfach nur zu beschränkt, die Lage richtig einzuschätzen.«

Ich rettete mich vor meinen Gefühlen, indem ich den heißen, starken Kaffee besonders langsam schlürfte.

Pedro massierte sich seine Knollennase und meinte: »Wenn ich über diesen Hübner nachdenke, trifft mich des Lebens ganzer Jammer mit einer solchen Wucht, als wäre ich gegen eine Betonsäule gerannt.«

Ich hob den Kopf und schaute Pedro hilfesuchend an.

»Was sage ich ihm, wenn er wieder anruft? Er will heute Abend seine Übergabebedingungen nennen?«

Pedro kratzte sich nachdenklich an seinem Kinn und gab sich Mühe, pragmatisch zu denken.

»Wir müssen Zeit gewinnen. - Erzähle ihm, du hättest die Papiere und die Pistole in einem Bankschließfach und eine Übergabe sei deshalb erst übermorgen, am Montag, möglich.«

Ich schüttelte spontan den Kopf und sagte: »Das klingt zu unglaublich - das nimmt mir Hübner nicht ab.«

»Du täuscht dich in den Menschen. Um so unwahrscheinlicher eine Geschichte ist, desto größer ist die Bereitschaft eine Erklärung dafür zu akzeptieren.«

Ich hatte die Hände zu Fäusten geballt und schaute Pedro herausfordernd an.

»Und wenn er es glaubt, was dann? Ich habe die Pistole doch gar nicht hier, sie befindet sich in Deutschland bei Herrn Schmieder.«

Pedro schlug mit der Faust auf den Tisch.

»Wir nutzen die Zeit und hauen deine Angelina da raus.«

Ich war ein brachliegender Spielplatz für anderer Leute Einfälle und fragte irritiert: »Wo, hauen wir sie raus?«

»Das ist doch klar - in seinem Haus auf Mallorca«, erwiderte Pedro spontan in forciertem Optimismus, und klatschte dazu in die Hände.

»Wie kommst du darauf?«

Pedros Finger trommelten einen Marsch auf die Armlehne seines Stuhles, dann hob er den Zeigefinger und sagte: »Zunächst einmal, weil wir gar keine anderen Anhaltspunkte haben.«

Erst reagierte ich nicht und schaute Pedro nur abwartend an, dann schüttelte ich den Kopf.

»Ein blödes Argument - und weiter?«

»Zweitens! Ich kenne Hübners Haus. Ich habe dir doch erzählt, was mir mein Freund Diego über Hübner berichtet hatte, aber ich habe dir nicht erzählt, dass ich dort war und mich umgesehen habe. Das ist ein hervorragender Schlupfwinkel für diesen Ganoven und ein ideales Versteck.«

»Hast du einen Krümel an der Antenne? Wir müssen zur Polizei, hier müssen Profis her!«

Pedro räusperte sich und rang sich ein Lächeln ab.

»Was willst du denn der Polizei erklären? Bis du deinen Roman erzählt hast, vergeht soviel Zeit, da kannst du auf Angelinas Altersflekken Mensch-ärger-dich-nicht spielen. - Die Titanic wurde von Profis gebaut und die Arche Noah von Amateuren, darüber denke einmal nach.«

Mit beiden Händen raufte ich mir die Haare. Die Gedanken belagerten mich wie eine Horde ungebändigter Ferkel die Zitzen der Muttersau.

»Ich kann keinen klaren Gedanken fassen, als ob ich auf einem Meer von Zufällen treiben würde!«

Pedros Ton wurde beschwörend.

»Miguel, glaube mir, wenn Hübner Angelina in seinem Haus festhält, was ich vermute, sieht er die Polizei schon kilometerweit kommen, und was dann mit Angelina passiert, darüber möchte ich erst gar nicht nachdenken.«

Ich nickte schweigend. Die Antwort trug nicht zu meiner seelischen Stabilisierung bei, ich fühlte mich wie durch eine Häckselmaschine gedreht. Meine abgespannten Züge verrieten mein seelisches Leiden.

Pedro sah mich lange an. Er hatte eine Idee. Sie war noch nicht ausgereift, aber sie zeichnete sich bereits schemenhaft ab. Dann bestellte er bei der Bedienung Gin. Als die Flasche vor uns auf dem Tisch stand, lächelte er mir aufmunternd zu und knurrte: »God save the gin, wie die Engländer sagen.«

»Queen, god save the queen, du Ignorant.«

Während Pedro den Gin einschenkte, spielte ich mit dem fein gerillten Stiel meines Glases und überlegte unbehaglich Pedros Vorschlag. Hilfesuchend stierte ich in mein Glas, aber auch von dort kam nicht die ersehnte Inspiration, dann stürzte ich den Inhalt in einem Zug hinunter. Der Gin brannte auf der Zunge, aber gleichzeitig bereitete sich in meinem Inneren eine tröstliche Wärme aus.

»Pedro, vielleicht hilft Saufen, schenk mir noch einmal ein.«

Pedro schüttelte bedächtig mit dem Kopf.

»Vorsicht, mein Freund, mein Vater erzählte, im Bürgerkrieg habe es immer Schnaps gegeben, Arschlochzukneifwasser, bevor das große Sterben begann.«

Ich schlug mir mit der rechten Faust klatschend in die linke Handfläche.

»Und mein Großvater sagte immer, wenn es schlimm kommt, hilft nur ein Geldstück zwischen die Arschbacken klemmen und so fest drücken, dass es die Prägung verliert.«

Pedro streckte mir seine Pranke entgegen.

»Also bist du einverstanden? - Wir hauen Angelina alleine raus! - Ich freue mich schon bis ich den Hübner in die Hände bekomme, anschließend stellt er eine unlösbare Aufgabe für jeden plastischen Chirurgen dar!«

Zögernd schlug ich ein, dann grinste ich Pedro gequält an.

»Einverstanden, wir versuchen es, aber gnade dir Gott, wenn es schief geht. - Weißt du Klugscheißer auch schon wie wir es machen?«

Pedro stieß mich unternehmungslustig in die Seite.

»Klar, ich bin ja nicht doof, - aber zu niemandem ein Wort, auch nicht zu Vicente.«

Dann begann er mir in groben Zügen seinen Plan zu erklären. »Wir besorgen uns Hübners Telefonnummer von der Auskunft. Dann rufst du ihn an und erklärst ihm, dass du mit seinen Forderungen einverstanden bist, aber eine Übergabe erst am Montag möglich ist. Hübner wird sich sicher fühlen, besonders heute.«

Pedro blinzelte mir in kumpanenhafter Vertraulichkeit zu und klopfte auf seine Armbanduhr.

»Verstehst du nicht? Die letzte Fähre ist bereits weg, also wird er uns, wenn überhaupt, auf keinen Fall heute erwarten. Sorpresa, sorpresa, der Mensch will überrascht sein.«

Pedro hatte viele Vorzüge, aber filigrane Pläne gehörten nicht dazu. Ich stutzte und fragte: »Und wir, sollen wir wie Jesus zu Fuß übers Meer latschen?«

Gönnerhaft prostete Pedro mir zu.

»Lass mich nur machen, mein Kleiner. Du brauchst keine Wunder, aber du wirst dich wundern.«

Ich hatte Hübner tatsächlich telefonisch erreicht. Anfänglich wollte mir Hübner die Geschichte mit dem Banksafe und der erst am Montag möglichen Übergabe nicht glauben, doch dann vereinbarten wir eine Übergabe in Palma, in der Taberna Toro Bravo, die mir bereits von unserem ersten Treffen her in unangenehmer Erinnerung war. Auf meine Frage, wie es Angelina gehe, erklärte Hübner: »Ich hüte sie wie meinen Augapfel.« - offensichtlich hatte Pedro recht, Angelina war in Hübners Nähe. - »Ich verspreche Ihnen, es wird ihr kein Haar gekrümmt.«

Jedes Wort von Hübner war für mich wie der Schlag einer Spitzhacke auf meine gereizten Nerven, und ich konnte mir eine Antwort nicht verkneifen.

»Wenn ihr Versprechen der einzige Lokus der Welt wäre, würde ich mich nicht drauf setzen, selbst wenn ich die Scheißerei hätte! Dann wurde meine Stimme scharf, schneidend.

»Aber ich verspreche Ihnen etwas, und darauf können Sie eine Kathedrale bauen. Wenn Angelina etwas passiert, dann drehe ich Ihnen Ihre Verbrechervisage auf den Rücken, dass Ihnen die Tränen zwischen die Arschbacken tropfen!«

Hübner lachte schallend auf, als hätte er einen guten Witz gehört, aber er ließ sich nicht provozieren und verabschiedete sich im Plauderton.

»Es freut mich, dass wir uns verstehen, und dass Sie meine Wünsche respektiere, lieber Herr Hellhaus.« Und als er hinzufügte: »Ich habe unter Ehrenmännern nichts anderes erwartet«, quetschte ich an der Grenze meiner Beherrschung den Telefonhörer, als hätte ich Hübners Hals in den Händen.

Pedros Stoß in die Rippen holte mich aus meinen zornigen Gedanken.

»So, jetzt fahren wir zum Club Nautico, dort blas ich einem Freund eine Brise Pfeffer in den Hintern, und dann wirst du staunen, wie schnell wir in Mallorca sind.«

Der Club Nautico war nur wenig besucht. Über den Räumen lag eine Vornehmheit, die mich beeindruckte. Pedro war mit seinen kurzen Hosen und dem ärmellosen Unterhemd in diesem Ambiente so fehl am Platz wie ein offener Mülleimer bei einem Staatsbankett. Er schien die peinlich berührten Gesichter der befrackten Ober und die verdutzten Gäste nicht zu bemerken und marschierte zügig durch das Restaurant zur Bar. Auf einem der Barhocker saß ein magerer, hochaufgeschossener Mann in Pedros Alter und döste versonnen vor einem Glas Rosewein. Als Pedro ihn anknurrte, fuhr er erschrocken hoch.

»Pedro? - Bist du verrückt geworden, ich hätte mir vor Schreck fast die Hosen bepinkelt!«

Pedro legte ihm die Hand auf die Schulter und nagelte ihn damit an der Theke fest.

»Das kann ich gut verstehen. Nichts arbeiten und den ganzen Tag nur saufen, das führt bei alten Leuten zu Blasenschwäche!«

Der von Pedro angesprochene schüttelte sich, dann stellte er sich in Positur und schlug sich auf die Brust, wo auf dem Jackenrevier eine Medaille funkelte.

»Wenn du schon vor mir keine Achtung hast, dann zeige wenigstens dem Club Nautico und meiner vom König verliehenen Auszeichnung den gebührenden Respekt.«

Pedro brach in schallendes Gelächter aus und erklärte mir: »Das ist Alfredo, mein compañero, Träger der nationalen Verdienstmedaille. Normalerweise wird die Auszeichnung posthum verliehen, in diesem Falle jedoch ausnahmsweise an einen Scheintoten.«

Bevor der nach Luft schnappende Alfredo reagieren konnte, zeigte Pedro auf mich.

»Das ist mein Freund Miguel, los, Alfredo, gib Pfötchen und erzähl ihm etwas von deinem Boot!«

»Schiff, das ist ein Schiff, du Banause!« und zu mir gewandt: »Die schnellste Yacht hier im Hafen, fünfundsechzig Fuß, zweimal vierhundert PS Turbodiesel, modernste Technik. Es gehört einem Engländer, einem Politiker. Ich betreue das Schiff nur und ...«

Pedro wischte einhaltgebietend mit der Hand durch die Luft.

»Das reicht, du sollst nicht deine Lebensgeschichte erzählen! - Ist es startklar?«

Alfredo warf sich in die Brust.

»Immer, dazu bin ich ja da! - Nicht wie deine Rostlaube, die du Auto nennst.«

»Dann setz dein Kapitänsmützchen auf und los!«

Alfredo verstand kein Wort.

»Was los? Wohin los?«

Pedro hatte sich Alfredos Glas gegriffen und stürzte den Inhalt in einem Zug hinunter, dann wischte er sich über die Lippen und brummte: »Nach Mallorca, nach Puerto de Pollensa, sofort, so schnell deine Badewanne läuft.«

Alfredo schüttelte sich und hielt sich krampfhaft an der Bartheke fest.

»Jetzt ist er total übergeschnappt! Ich kann doch nicht mit einem fremden Schiff Ausflüge veranstalten. - Du Idiot gehörst ja in ein Zimmer ohne Klinken eingesperrt.«

Pedro hob Alfredo mit einem Ruck vom Barhocker hoch und stellte ihn vor sich auf den Boden.

»Ja, ja, ich lieb dich auch. - Du musst! Wir haben eine Verabredung mit dem Schicksal. Warum, erzähl ich dir unterwegs.«

Alfredo machte sich steif

»Nichts muss ich! Wenn das herauskommt, bin ich arbeitslos, dann zieh ich mit meinen vier Kindern zu dir. - Lass mich wenigstens telefonieren, damit meine Frau mit dem Packen anfängt.«

»Mit Niemanden wird telefoniert. Das Wetter ist gut, wir fahren.«

»Wer sagt, dass das Wetter gut ist?«

Pedro stutzte. »Na, die Meteorologen!«, knurrte er.

Alfredo schüttelte mit stoischer Unerschütterlichkeit den Kopf.

»Und wie kommt Kuhscheiße aufs Dach? - Die Burschen vom Wetteramt können erzählen was sie wollen. Mein Onkel Carlos hat mir die einzig unfehlbare Methode der Wettervorhersage anvertraut, und darum bestelle ich mir jetzt einen Kaffee.«

Während Pedro ihn ungläubig anglotzte, winkte er den Kellner heran und gab seine Bestellung auf. Als das dampfende Getränk vor ihm stand, wickelte er bedächtig den Würfelzucker aus und lies ihn sanft vom Löffel in die Mitte der Tasse gleiten.

»Pedro, beobachte jetzt einmal die aufsteigenden Bläschen. Wenn deine Wetterheinis recht haben, und das Wetter anhaltend gut bleibt, würden sich die Bläschen in der Mitte sammeln. Verteilen sie sich über die gesamte Oberfläche, kannst du wechselhaftes Wetter erwarten.«

Pedro stierte noch immer sprachlos, mit offenem Mund, in die Kaffeetasse und ich fragte: »Und wenn schlechtes Wetter kommt?

»Dann schwimmen die Bläschen zum Tassenrand und säumen ihn gleichmäßig im Kreis.«

Alfredo raufte sich die Haare.

»Ich habe es doch gewusst! Was machen die Scheißdinger? Habt ihr es gesehen? Sie schwimmen gesammelt, ohne Umwege direkt zu einer Stelle am Rand!«

Pedro schüttelte verwundert den Kopf.

»Na, und?«

»Fragt die Landratte, na, und?. Das heißt, du kannst dir deine Wetterdaten zwischen deine Hängebacken in den Hintern schieben. Ich sag dir, es wird ein Unwetter geben, dass dir das Toupet davon wedelt und ich werde auf keinen Fall das Schiff gefährden.«

Alfredo hatte die Erklärung in widerborstigem Ton herausgesprudelt, aber er schaffte es nicht, Pedros Mitleid zu erregen. In seinem Cerberusblick trug er das Stigma eines Boxers der bei Acht noch auf den Ringbrettern lag, während sein Gegner sich bereits mit dem Lorbeerkranz schmückte.

Pedro schnappte sich den Kaffee, trank ihn in einem Zuge aus und erklärte kategorisch: »So, kein Kaffee, keine Bläschen, wir haben schönes Wetter, wir fahren.«

Er schob seinen sich sträubenden Freund durch die Bar und das Restaurant, vorbei an den verwirrten Obern und Gästen.

Alfredo war fast einen Kopf größer als Pedro, aber in seinem Griff blieb ihm nur ein hilfloses Zappeln und Schimpfen.

»Was habe ich nur verbrochen, um so einen Idioten wie dich zum Freund zu bekommen?«

»Mecker nicht, sei dankbar dafür.«

»Ich rede wann ich will und was ich will!«

»Dann lass dir einen freundschaftlichen Rat geben. - Es ist besser, deine Mitmenschen glauben nur du wärst ein Idiot, als ständig den Mund aufzumachen und es zu beweisen.«

Alfredo wand sich aus Pedro Händen. Seine Miene verfinsterte sich und er zog ein sorgenvolles Gesicht.

»Sag mal, Pedro, wann bist du eigentlich zum letztenmal beim Arzt gewesen?«

Pedro schaute seinen Freund verwundert an, dann antwortete er nachdenklich: »Weiß ich nicht mehr, muss wohl schon eine Weile her sein, warum fragst du?«

Mit einer väterlichen Geste legte Alfredo die Hand auf Pedros

Schulter und fragte mit tiefernster Stimme: »Hast du in letzter Zeit irgendwelche Beschwerden gehabt, Kopfschmerzen, Schwindelgefühle oder so was in der Richtung?«

Pedro schaute erst entgeistert, dann gab er Alfredo einen Stoß, der ihn bis an den Rand des Bootsstegs beförderte.

Ich war hinter den beiden Freunden her gestolpert und hatte schmunzelnd ihr Gespräch verfolgt, dann stand ich staunend vor der Yacht. Alfredo hatte nicht zuviel versprochen; auch ohne dass ich mich mit Schiffen auskannte, begriff ich, dass hier ein Vermögen schwamm.

Auf der Gangway riss sich Alfredo von Pedro los und klammerte sich an meinen Arm. In seinem Gesicht standen ein freudiges Strahlen.

»Jetzt hab ich's begriffen! Miguel, Sie sind Nervenarzt und bringen den Verrückten in die Anstalt nach Mallorca. Der war doch eindeutig zu lange ohne Kopfbedeckung in der Sonne gesessen.«

Pedro drohte ihm mit der Faust.

»Von nichts eine Ahnung, aber zu allem eine Meinung! - Hau ab auf die Brücke, sonst hau ich dir deine Schlappohren ab, dann kannst du deine Brille gegen ein Monokel tauschen.«

Mit einem Satz verschwand Alfredo im Aufgang zum Steuerhaus. Kurz darauf war ein sanftes Brummen der Maschinen zu hören, während Pedro bereits die Taue losgeworfen hatte und die Fender einholte. Dann stellte er sich vor mir in Positur, die Hände zum Victory-Zeichen erhoben und brüllte: »Ablegen! Zielposition 40°25' Grad nördliche Breite und 3°41' westliche Länge, oder so ähnlich. Das klingt doch fachmännisch, oder etwa nicht?«

Alfredos Kopf schaute grinsend aus dem Steuerhaus, dann prustete er los: »Du Rindvieh, zieh dir sofort lange Hosen an und nimm die Mütze ab, nach deinen nautischen Angaben landen wir mitten in Madrid, genau im Südflügel des Palacio Real, direkt im Thronsaal.«

»Es kommt nicht auf die Hose an, nur auf das Herz das darin schlägt.«

Lachend verschwanden die Beiden im Steuerhaus und kurz darauf schob sich das schwere Schiff langsam aus dem Hafen. Glatt und ölig lag die See und atmete in einer langen Dünung. Die Yacht zog einen weiten Kreis und zeichnete einen weiß schäumenden Kielwasserbogen auf das spiegelglatte Wasser. Dann wurde das fast unhörbare Brummen der Motoren zu einem Heulen und steigerte sich zu einem grellen Schwirren. Gleichzeitig hob sich die Yacht aus dem Wasser, kam ins Gleiten und schoss in Höchstgeschwindigkeit auf das offene Meer hinaus, in Richtung Mallorca.

Ich hatte mich im windgeschützten Heck auf eine ausladende Bank gelümmelt und schaute auf das schnell kleiner werdende Ciudadela. Als ich nach wenigen Minuten meinen Blick vorbei an der im Fahrtwind knatternden spanischen Fahne nach vorn richtete, tauchten am Horizont bereits die Berge von Mallorca auf.

Pedro hatte mich informiert, dass er Alfredo in groben Zügen von der Entführung erzählt hatte.

»Er hat versprochen, vier Stunden im Hafen auf uns zu warten. Sind wir dann nicht zurück, wird er die Polizei informieren. Ich habe ihm ein Schweigegelübde abgenommen, unter Androhung kräftiger Fußtritte.«

Das Wort Polizei beruhigte mich ein wenig, aber vier Stunden kamen mir verdammt lange vor.

»Ist auf ihn Verlass, wird er wirklich schweigen?«

Pedro schaute mich verdattert an, und ich spürte, dass ich mit meiner Frage zu weit gegangen war. Pedro lächelte in die unendliche Weite des Meeres hinaus und ich sah, wie das Lächeln auf seinen Lippen gefror. Dann knurrte er: »Er ist mein Freund.«

Als Pedro meine zerknirschten Ausdruck bemerkte, kehrte sein Grinsen zurück und er meinte versöhnlich: »Alfredo hat während den Jahren unserer Freundschaft schon über mehr Dinge geschwiegen, als du in deinem Leben gequatscht hast. Er wird die vier Stunden schweigen wie ein Grab.«

Über das bordeigene Funktelefon hatte Pedro mit seinem Freund Diego wegen dessen Auto gesprochen, und als wir in den Hafen einfuhren, stand Diego schon mit dem Autoschlüssel winkend am Kai und wartete auf uns.

Ich hatte kaum Zeit, mich bei Alfredo zu bedanken und Diego zu begrüßen, da saß Pedro bereits hinter dem Steuer des Seat und ließ den Motor aufheulen. Dann zog er mich ins Auto und gab Gas.

Ich kam nicht zum Nachdenken. Ich versuchte mir die Fahrtroute zu merken, aber Pedro steuerte den Wagen so zügig durch die kleine Stadt und dann vorbei an einigen alleinstehenden Fincas, den in die Landschaft geduckten spanischen Bauernhäusern, dass ich keine Gelegenheit fand, mir irgendwelche markanten Punkte zu merken.

Über eine halbe Stunde fuhren wir, ohne ein Wort zu sprechen; Pedro konzentriert über das Lenkrad gebeugt und ich in Gedanken versunken, zwischen Bangen und Hoffen um Angelinas Gesundheit.

Auf den letzten Kilometern war uns keine Menschenseele mehr begegnet. Die Schotterstraße hatte uns hoch in die Berge geführt, und wenn ich zurückblickte, sah ich schwindelerregend tief unten die Stadt und das Meer liegen.

Die Steigung wurde schwächer, und unser Wagen holperte über einen simsartigen Einschnitt an der Bergflanke entlang. Linker Hand ging es jäh ins Tal; Pedro versuchte den Wagen so dicht wie möglich an der rechten Straßenseite zu halten, ohne dabei die Felsen zu streifen.

Vor uns öffnete sich das Tal. Links und rechts wuchsen hohe, unbewaldete, rundgeschliffene Berge in den Himmel und mitten drin lag ein steil aufragender Steinwulst. Es war eine spröde, trostlose Gegend, die aber einen eigenartigen Zauber ausstrahlte.

Ich schüttelte verwundert den Kopf.

»Das sieht aus wie eine Hämorrhoide zwischen den Gesäßbacken.«

Pedro grinste mich an.

»Ja, und da oben drauf liegt das Haus von Hübner. Mit dem Auto nur über eine unbefestigte Straße erreichbar und dahinter eine überhängende Felswand zum Meer.«

Nach wenigen hundert Metern lenkte Pedro den Wagen in einen Seitenweg und ließ ihn zwischen verkrüppelten Pinien ausrollen.

»Weiter kommen wir mit dem Auto nicht, ohne dass wir gesehen werden. Den Rest gehen wir zu Fuß.«

Ich überließ mich Pedros Führung. Ich stand leicht vorübergebeugt und ließ die Arme baumeln, eine Marionette, die darauf wartete, dass man sie in Bewegung setzte. Dann tippelte ich, den Kopf gesenkt, automatisch, wie ein gut abgerichteter Hund, neben und etwa einen Schritt hinter Pedro her.

Mehrfach setzte ich an, um Pedro nach genauen Details seines Planes zu fragen. Aber jedes Mal, wenn ich aufblickte und die tief unter uns liegende Stadt und über mir die aufragenden Felsen sah, wurde mir schwindlig und es verschlug mir die Sprache.

Nach fünfzehn Minuten rauschte in meinen Ohren das Blut und ein teuflisches Seitenstechen machte mir zu schaffen.

Immer öfter musste ich Verschnaufpausen einlegen. Ich war ausgepumpt. Mein Herz pochte gegen die Rippen, und meine Kehle war wie ausgetrocknet. Mein Körper begann unkontrolliert zu zittern und ich war überzeugt das Höchstmaß meiner Belastungsfähigkeit erreicht zu haben, doch Pedro trieb mich zur Eile.

»Das Wetter wird schlechter.«

»Bist du Hellseher?«

Meine Nerven vibrierten, und mein Ton war aggressiv und grob, aber Pedro schien es nicht zu bemerken.

»An den Vögeln sehe ich es.«

Pedro zeigte auf einen Schwarm Seemöwen, der über dem Tal seine Kreise zog.

»Versteh ich nicht, Möwen flattern doch hier überall.«

Pedro schüttelte den Kopf und betrachtete mich wie einen armen Irren.

»Die Menge macht's und wie sie fliegen. An der Art, wie sie fliegen, kannst du es erkennen. Schau doch genau hin, wie schwerfällig sie sich bewegen.«

Pedro hatte noch nicht ausgesprochen, als uns ein Windstoß traf.

»Pedro, schwerfällig bewege ich mich auch. - Das ist doch sinnlos, ich will jetzt wissen, wohin wir klettern.«

Schwer atmend hatte sich Pedro auf einen schmalen Felssims gekauert und zog mich mit einem kräftigen Ruck zu sich. Auf der schmalen Plattform war kaum Platz für uns beide.

»Direkt über uns ist eine Betonröhre, für Regenwasser und Gartenabfälle. Da durch können wir unbemerkt auf Hübners Grundstück kommen.«

Pedros Atem schlug mir ins Gesicht. Der Geruch nach Schnaps und Knoblauch verursachte bei mir ein würgendes Schlucken.

»Welchen Durchmesser hat die Röhre?«

»Groß genug, ich habe sie mir genau angeschaut.«

Die Antwort beruhigte mich nicht. Ärgerlich schüttelte ich mit dem Kopf. Eine ängstliche Spannung hatte sich in mir ausgebreitet, oder war es das von Pedro angekündigte Gewitter, das die Luft mit Elektrizität erfüllte, und ein Gefühl der Ängstlichkeit erzeugte?

Pedro gab mir keuchend einen aufmunternden Klaps. »Hier geht es nach Waterloo!«, dann zerrte er mich weiter die steile Felswand hinauf. Der Schweiß perlte mir aus allen Poren. Ob ich vor Angst oder Anstrengung schwitzte war mir gleichgültig, auf jeden Fall lief mir die salzige Brühe über die Stirn in die Augen und brannte höllisch.

Wenige Minuten später knieten wir keuchend nebeneinander und ich starrte in die dunkle Öffnung der Betonröhre, aus der uns ein modriger Geruch entgegenschlug. Die Röhre hatte etwa siebzig Zentimeter Durchmesser und machte einen alten und verfallenen Eindruck. Pedro klopfte mir beruhigend auf die Schulter und machte sich damit selbst Mut. Er kannte nur den Ausstieg und hoffte insgeheim, dass seine Schlussfolgerungen richtig waren.

»Die Röhre hat eine Neigung von höchsten zwanzig Grad und ist innen so rau, dass du einen guten Halt hast.«

Ich zeigte auf das dunkle Loch.

»Wie hoch geht die denn, und warum ist kein Licht am Ende der Röhre zu sehen?«

Pedro spürte, dass ich von seinem Plan wenig begeistert war.

»Es sind nur ein paar Meter, und am Ausstieg ist ein Knick, deswegen siehst du kein Licht.«

»Wie lang sind ein paar Meter?«

»Zum Donnerwetter, da bugsiert man diesen Menschen mit unendlicher Mühe in eine Position, von der aus er nur noch einen Schritt nach vorn zu tun braucht, aber anstatt mutig nach vorn zu hechten, lamentiert er über mathematische Fragen.«

»Wieviel Meter?«

»Mensch, Miguel, hör endlich auf zu fragen, vielleicht acht, höchstens zehn Meter, es gibt keinen anderen Weg, gleich fängt es an zu regnen, dann spült uns das Wasser wieder zurück ins Tal.«

Ich glotzte entgeistert auf den steil abfallenden Abhang unter mir. Bevor ich mich von meinem Schreck erholen konnte, schob mich Pedro in das muffige Loch.

»Du voraus. Oben liegt ein Gitter, das sich herausheben lässt, aber leise. Der Ausstieg ist dicht bei der Außenmauer, und daneben stehen Büsche, dort können wir uns verstecken.«

Zwischen meinen Schultern und der Röhrenwand waren nur wenige Zentimeter, und schon nach den ersten Metern verfluchte ich insgeheim meine sportliche Figur. Der raue Beton schürfte mir die Schultern und Ellenbogen auf, gab aber meinen Schuhspitzen und Fingern genügend Halt, um mich mühsam aufwärts zu arbeiten. Hinter mir hörte ich das schnaubende Keuchen Pedros und dessen gedämpften Flüche, wenn meine tastenden Füße den glitschigen Bodenbelag der Röhre lostraten.

In mir wuchs das Gefühl des Eingesperrtseins in dieser totalen Dunkelheit, und meine aufkeimende Platzangst ließ mich rasselnd atmen. Wann war dieser verdammte Tunnel endlich zu Ende?

Plötzlich mischte sich in meine keuchenden Atemgeräusche ein leises, dann schnell lauter werdendes Rauschen, und als ich erschrocken voraus in die Dunkelheit starrte, überschüttete mich ein Wasserstrahl, der rasch den Röhrenboden zentimeterhoch füllte. Es hatte angefangen zu regnen.

Eine panische Furcht überfiel mich. Was ist, wenn der Ausstieg versperrt wurde und der Regen zunahm? Das Wasser würde steigen und es wäre unmöglich, in der Röhre rückwärts zu klettern. Wir würden herausgespült und unweigerlich ins Tal stürzen.

Meine Phantasie gaukelte mir die schrecklichsten Ereignisse vor. Wir hätten nie hier herein kriechen dürfen, bestimmt hätte es auch einen anderen Weg gegeben. Ich verwünschte Pedros Plan. Meine Gelenke und die aufgerissenen Finger schmerzten. Nervös wischte ich mir das Wasser aus dem Gesicht, und als ich die Augen wieder öffnete, blinzelte ich überrascht, als voraus ein Lichtfleck erkennbar wurde.

Mit meiner letzten Kraft stemmte ich mich hoch und umklammerte das verrostete Gitter. Wie Pedro angekündigt hatte, ließ es sich leicht herausdrücken. Ich informierte Pedro und begann mich dann durch die schmale Öffnung zu arbeiten.

In den Schutz der brusthohe Natursteinmauer gekauert, hörten wir den Wind, der durch die Bäume rauschte und spürten den Regen, der in weit auseinanderfallenden, fetten Tropfen auf uns einprasselte und unsere schwitzenden Körper dampfen ließ.

Über dem Meer stand eine schwarze Wolkenwand, die sich in gewaltigen Donnerschlägen und Blitzkaskaden entlud. Im Licht der aufzuckenden Blitze grinste Pedro mit dreckverschmiertem Gesicht.

»So, das Schlimmste haben wir hinter uns.« Ich schüttelte zu dieser Bemerkung nur mit dem Kopf. Vermutlich war das die Floskel, mit der Pedro auch die Angehörigen nach einem Trauerfall trösteten würde.

»Miguel, du bist ja kalkweiß im Gesicht. Mit deinem Aussehen könntest du auch einen erfahrenen Leichenbestatter täuschen. Der würde gleich mit dem Einbalsamieren beginnen.«

Ich japste nach Luft. »Von allen Rindviechern, die Mutter Natur hervorgebracht hat, bist du das einsame Spitzenprodukt.«

»Soweit so gut - und nun, nehmen wir den Haupteingang?«

Mein Hemd klebte auf meiner Brust wie eine feuchte Tapete.

»Das ist keine Frage der Etikette, ich plädiere für den Dienstbodeneingang.«

Wir beschlossen uns zu trennen und das Haus zu umrunden, dann wollten wir uns auf der gegenüber liegenden Seite treffen. Pedro verschwand um die Hausecke und ich begann mich vorsichtig zwischen den Büschen und Sträuchern durchzuarbeiten. Ich konzentrierte meine Aufmerksamkeit auf die Fenster und suchte nach einer Einstiegsmöglichkeit. Drei größere Fenster waren vergittert, zwei kleinere fest verschlossen. Der stärker werdende Regen hatte mich bis auf die Haut durchnässt und ich war froh, als ich um die Hausecke unter ein Vordach kam. Ich schüttelte mich wie ein Hund, als mich ein kurzes, abgehacktes Lachen erstarren ließ. Dann blendete mich der Strahl einer Handlampe. Im ersten Moment hoffte ich, Pedro vor mir zu haben, dann erkannte ich, wer mir gegenüber stand. Aus dem Schatten trat Hübners Schläger, der Typ mit dem zerknitterten Gesicht. Wortlos, mit der Bewegung seiner Pistole, forderte er mich auf, die Hände zu heben, dann öffnete er eine Tür und befahl mir mit leiser, zischender Stimme, ihm ins Haus zu folgen. Als ich zögerte, hob er langsam die Waffe. Er belauerte mich sekundenlang mit mahlenden Backenknochen, dann fauchte er mich an: »Mach eine falsche Bewegung du Hund, dann kannst du deinen Hauptwohnsitz in eine Urne verlegen.«

Ich drehte mich vorsichtig um. Auf was hatte ich mich nur eingelassen? Ich verfluchte innerlich alle Schweizer Banken, alle Pistolenhersteller und Pedro; und mich selbst, dass ich mich auf Pedros verrückten Plan eingelassen hatte.

Wir gingen einen muffig riechenden Gang entlang. Der Lichtkegel der Taschenlampe hüpfte vor uns her und warf phantastische Schattenfiguren auf die grob verputzen Wände und den Fliesenbelag des unebenen Boden. Wir kamen durch eine weite, kahle Halle und machten vor einer schweren, geschnitzten Tür halt. Ohne mich aus den Augen zu lassen, öffnete der Schläger die Tür.

Mit der Pistole stieß er mir in den Rücken, und ich stolperte in einen großen Raum. Ich sah mich um. Wuchtige Deckenbalken, ein ausgetretener Teppich, mit dunklem Holz getäfelte Wände, links von mir ein brüchiger Gobelin mit einem verwaschenen Jagdmotiv und ein verglastes Madonnenbild. An der mir gegenüberliegenden Wand ein ausladender Kamin, links und rechts davon hohe, verglaste Terrassentüren, durch die das Licht der aufzuckenden Blitze fiel und vor dem Kamin ein massiger Schreibtisch, hinter dem Hübner erstaunt aufblickte.

Mir fiel ein Spruch meiner Mutter ein, je größer der Schreibtisch, vor den man zitiert wird, desto schlimmer die Patsche, in der man sitzt.

Hübner räusperte sich, dann stand er langsam auf.

»Herr Hellhaus, was für eine Freude, - Sie hätte sich anmelden sollen, dann hätte ich Sie angemessen empfangen können, so müssen wir improvisieren.«

Mein Blick wanderte von dem zynisch lächelnden Hübner zu einer über dem Kamin befestigten monströsen Wanduhr, deren Pendel aufgeregt hin und her schwang. Auf der Uhr stand in auffallenden schmiedeeisernen Lettern: „Mors certa, hora incerta". Ich kramte in meinen Erinnerungen, dann fiel mir die Übersetzung ein: Der Tod ist gewiss, seine Stunde ungewiss, unwillkürlich lief mir ein kalter Schauer über den Rücken und ich versuchte mir selbst Mut zu machen.

»Herr Hübner, ich warne Sie, diesmal kommen Sie nicht ungeschoren davon. Ihre Schweinerei in der Stierkampfarena ist nicht vergessen.«

»Cállate!« unterbrach mich Hübners Handlanger scharf. »Schnauze!« Dann stieß er eine Flut wüster Beschimpfungen gegen mich aus. Hübner gab ihm einen herrischen Wink. Er reagierte, ohne zu zögern und schlug mir mit der Faust in den Magen, dann verbog er mir die Arme, bis mir vor Schmerz, Angst und ohnmächtiger Wut die Augen tränten.

Ich wurde auf einen Stuhl gezwungen und mit den Armen an die Rückenlehne gefesselt, während der Schläger mit dem zerknitterten Gesicht Hübner Bericht erstattete.

Mir war sterbensübel, ich wollte mir an den Magen greifen, aber es ging nicht mehr. Ich stöhnte mit knirschenden Zähnen. »Wo ist Angelina, was haben Sie mit ihr gemacht?«

Hübner scheuchte seinen Schläger mit einer Handbewegung aus dem Raum.

»Paul, überzeuge dich, dass er allein gekommen ist!«

Dann drehte er sich zu mir und lächelte mich mit einer falschen Freundlichkeit an.

»Es geht ihr gut, Paul kümmert sich rührend um ihre Freundin, Sie können mir glauben. - Aber wie lange noch, liegt in ihrer Hand.«

»Was haben Sie mit uns vor?« Ich versuchte meine Stimme überzeugend und drohend klingen zu lassen. »Wagen Sie es nicht, ihr auch nur ein Haar zu krümmen.«

Hübner lächelte boshaft. »Ich will von Ihnen die Pistole und alle Papiere, dann ...« Er kam langsam, lauernd auf mich zu und schaute mich aus zusammengekniffen Augen fragend an. »Sie haben doch die

Pistole und die Papiere dabei? - Wo sind Sie?«

Mein Lachen sollte Selbstsicherheit vortäuschen, aber Hübners eisiger Blick lies mich verstummen.

Herr Hellhaus, Sie sollten sich ihrer Lage bewusst sein. Wie pessimistisch Sie auch immer Ihre Situation einschätzen mögen, ich garantiere Ihnen, Sie sehen sie noch immer zu optimistisch.«

»Ich habe Ihnen schon am Telefon gesagt, die Papiere liegen im Safe einer Bank und die Pistole habe ich gar nicht mit nach Spanien gebracht - sie befindet sich in Deutschland.«

Hübners Lächeln wurde kalt und eine steile Falte entstand zwischen seinen Augenbrauen.

»Sie lügen, - Sie wagen es, mich anzulügen!«

Er schlug mir mit der flachen Hand ins Gesicht.

»Ich lüge nicht, Sie müssen mir glauben, ich weiß ja nicht einmal um was es geht, ich ...?«

Hübner unterbrach mich mit einem zynischen Lächeln.

»Nichts wissen Sie, gar nichts. - Nehmen Sie die statistische Lebenserwartung - die Spanier ungefähr 76 Jahre, und als Deutscher sogar nur 72 Jahre - dann habe ich im günstigsten Falle noch 10 aktive Jahre vor mir. Was ist das schon? Einmal gegen den Wind gespuckt, und wenn der Rotz wieder im Gesicht klebt, sind die paar Jahre vorbei.«

Hübner sprach immer leiser, während er, die Hände auf dem Rükken gekreuzt, rastlos im Zimmer auf und ab ging.

»Mit zwölf Jahren hat mein Vater mich hier an den Arsch der Welt gebracht. - Mehr als dreißig Jahre war ich hier eingesperrt mit diesem verbitterten alten Teufel.«

Hübner verharrte in seiner ruhelosen Wanderung durch das Zimmer und flüsterte fast unhörbar: »Eine Kinderseele, regelmäßig gebadet in der Kloake seiner unerfüllten Träume.«, dann straffte sich seine Gestalt und er begann seinen Marsch erneut, während seine Stimme energisch und hasserfüllt wurde.

»Geködert hatte er mich mit dem vollen Safe in der Schweiz. Ich sollte den Schlüssel bekommen - nach seinem Tod. - Nur verrecken wollte er nicht.«

Hübner hatte seine Wanderung durch das Zimmer eingestellt und fuchtelte mit der geballten Faust vor meinem Gesicht.

»Neun Tage lang hat er sich gewehrt - der senile Trottel.«

Der ohne jede Anteilnahme vorgetragene Bericht machte die Geschichte noch schauerlicher. Ich starrte betroffen auf den kichernden

Hübner.

»Bei der Testamentseröffnung sollte ich den Schlüssel bekommen und wissen Sie was ich von dem Notar bekam?«

Er blickte mich hasserfüllt an und schrie: »Einen Brief, in dem stand, dass der Schlüssel die verfluchte Pistole ist.« Und mit leiser Stimme, fast unhörbar erklärte er: »Und eine Überweisungskopie an eine Schweizer Bank für zwanzig weitere Jahre Safemiete.«

Mein Nervensystem arbeitete wie ein Seismograph und registrierte die kleinsten Beben in Hübners Psyche. Mich irritierte die wechselnde Lautstärke mehr, als die Worte. Dieser Hübner war verrückt, ein Wahnsinniger.

»Aber Sie haben doch das Haus geerbt. Das hätten Sie doch verkaufen können?«

Hübners Gesicht verzerrte sich zu einer Fratze. Er sprach abgehackt, in kurzen erregten Ausbrüchen.

»Sie Narr, Sie haben keine Ahnung! - Vor seinem Tod hat mein Vater unser letztes Geld als Altersversorgung für unser Personal angelegt und ihnen ein Wohnrecht auf Lebenszeit eingetragen. - Glauben Sie, dass jemand so bescheuert ist, das Haus zu kaufen, wenn er die beiden Idioten als Zugabe bekommt?«

Während Hübner sprach, ging er um mich herum, und jedes Mal, wenn er in meinem Rücken stand, wurde ich steif vor Angst.

»Wo ist die Pistole?«

Ich versuchte vergeblich zu erkennen, mit was sich Hübner hinter meinem Rücken beschäftigte.

»Sie ist in Deutschland, ich sage Ihnen die Wahrheit. - Sie müssen mir glauben!«

Hübner schlug mir mit einem Holzstück gegen den Kopf.

»Sie Lügen, - ich werde Sie zwingen, die Wahrheit zu sagen!«

Benommen starrte ich auf das Gerät in Hübners Händen. Ich kannte dieses Gerät, ich hatte es in einem Museum in Barcelona gesehen. Es war eine Garotte, ein spanisches Hinrichtungswerkzeug, eine Würgeschraube. Angstschweiß perlte über meine Stirn, lief mir in die Augen und brannte wie Feuer. Meine Gedanken überschlugen sich, wo war Pedro, er müsste doch längst bemerkt haben was hier los ist.

»Zum letzten Mal. - Wo ist sie?«

Hübners Hand krallte sich in meine Haar und zwang meinen Hals in die Auskerbung der Garotte, dann lag das schwere Holz wie ein Joch auf meinen Schultern.

»Ich befehle es! - Los, die Wahrheit!«

Ich schüttelte in stummer Verzweiflung den Kopf.

»Du sollst antworten - du kleiner Lügner!«

Hübner drehte an den Holzschrauben der Garotte. Der Druck auf meinen Kehlkopf verstärkte sich und ich begann heftig zu schlucken.

»Ich werde dir deine verbockte Art austreiben!

Hübner nahm wieder seine rastlose Wanderung durch das Zimmer auf und musterte mich mit flackernden Augen.

»Komm, Junge, sag mir, wo du sie versteckt hast.«

Wieder drehte er an den Schrauben und beobachtete mit flatternden Lidern, wie ich heftig zu würgen begann.

»Sag deinem Vater die Wahrheit! - Ich befehle es!«

Ich versuchte klar zu denken, aber der Schmerz und der würgende Druck auf meinen Kehlkopf verweigerten meinem Verstand, das Gehörte sofort zu begreifen. Dann dämmerte mir die Wahrheit, und ein ungekanntes Entsetzen jagte Hitzewellen durch meinen Körper. Dieser Hübner war wahnsinnig, ein Psychopath, in seinen verzerrten Gesicht stand pure Mordlust. Ich versuchte zu sprechen, aber mehr als ein unzusammenhängendes Krächzen gelang mir nicht. Hübner starrte mich mit großen, starren Pupillen an.

»Du zwingst deinen Vater, dir weh zu tun, du bist schlecht, schlecht, schlecht ...«

Seine Stimme überschlug sich, wurde zu einem haltlosen Kreischen, und schaumiger Speichel tropfte aus seinen Mundwinkeln.

In das Kreischen erklang das Splittern von Glas. Durch die Scheibe der Terrassentür stürzte Hübners Helfer, mit den Armen rudernd, auf mich zu. Hinter ihm erschien Pedro, der ihn mit den Fäusten vor sich her trieb. Ich riss und zerrte an meinen Fesseln, dann kracht der schwere Körper gegen mich. Ich wurde rückwärts zu Boden geworfen, und der Stuhl brach unter dem Gewicht unserer beiden Körper zusammen. Die Schnüre um meine Hände lösten sich und ich rappelte mich benommen auf, während sich Pedro über den bewegungslos am Boden liegenden Paul beugte.

Meine Finger waren von der Fesselung gefühllos, und nur langsam begann das Blut zu zirkulieren und erzeugte ein schmerzhaftes Kribbeln. Während meine Finger nach dem Verschluss des Würgeholzes tasteten, suchten meine Augen nach Hübner. Er hatte sich hinter den schweren Eichenschreibtisch geduckt. Ich hatte ihn eben entdeckt, als er im Rücken von Pedro nach einem auf dem Tisch liegenden, spitzen Metallbrieföffner griff. Ein würgendes Krächzen war alles, was ich als Warnung herausbrachte. Hübner hob den Arm und wollte Pedro den Brieföffner in den Rücken stechen; und Pedro hatte noch immer nicht bemerkt, in welcher Gefahr er sich befand.

Ich warf mich gegen den anstürmenden Hübner. Ich bekam seinen erhobenen Arm mit der Waffe zu fassen und schlug ihm mit einer Körperdrehung das auf meinen Schultern liegende Würgeholz ins Gesicht. Mit einem Ächzen knickte Hübner in den Knien ein. Dann fiel er seitlich und rammte das Gesicht in das zersplitternde Madonnenbild. Ohne einen Ton von sich zu geben rutschte er an der Wand zu Boden. Ich starrte, über mich selbst verwundert, auf den bewusstlos am Boden liegenden Hübner und die blutverschmierten Glassplitter. Eine Berührung ließ mich erschrocken auffahren, dann sah ich in Pedros breit grinsendes Gesicht.

»Was trägst du denn für eine alberne Halskrause?«

Pedro half mir, den Verschluss des Würgeholzes zu öffnen, dann zeigte er auf die regungslos am Boden Liegenden.

»Der am Boden, mit der gebrochenen Nase, ist das Hübner? - Und der, den ich mitgebracht habe, ist wohl der Schläger, der dir die Krankenhauskosten schuldet?«

Noch immer fiel mir das Sprechen schwer. Meine Stimme klang heiser und kehlig.

»Ja, das ist Hübner, und den Anderen nannte er Paul, zum Teufel mit den beiden.«

Pedros Blick wanderte von Hübners blutverschmiertem Gesicht zu dem Bild der Madonna, dann nickte er beifällig.

»Das war bestimmt die engste Berührung die Hübner jemals mit der Religion gehabt hat.«

Ich versuchte ein gequältes Lächeln.

»Wo ist Angelina?«

Beruhigend klopfte mir Pedro auf die Schulter.

»Ich habe sie im Keller gefunden - es geht ihr gut - sie wartet auf der Terrasse.«

Ich atmete erleichtert auf

»Dann lass uns hier verschwinden.«

Ein »Halt!« stoppte unsere Bewegung und ließ uns herumfahren. Der von Pedro niedergeschlagene Paul hatte sich mit schmerzverzerrtem Gesicht aufgerichtet und zielte mit seiner Pistole abwechselnd auf Pedro und mich.

»Ihr Schweine kommt hier nicht lebendig weg!«

Er forderte Pedro auf, die Hände zu heben und befahl mir, die zerbrochene Terrassentüre zu öffnen.

»Ruf deine Freundin her, aber ein falsches Wort, und ich schieße deinem Freund die Eier weg!«

Pedro hob langsam die Hände und knurrte: »Ich bin ein Trottel, ich hätte ihn nach Waffen durchsuchen müssen.« Dann nickte er mir zu. »Mach schon, ich hänge an den Dingern, genau so wie sie an mir.«

Alles in mir weigerte sich, dem Befehl zu folgen. Meine Gedanken überschlugen sich ohne eine Alternative zu finden. Die auf Pedros Kopf gerichtete Waffe machte mir unmissverständlich meine Ausweglosigkeit klar.

»Angelina! – Ich bin es Michael – komm bitte her!«

Ich hörte ihren Aufschrei der Freude, dann sah ich sie aus dem Schatten der Terrassenüberdachung mit ausgebreiteten Armen auf mich zulaufen.

Der Regen war stärker geworden und der Wind peitschte die Tropfen im Licht der zuckenden Blitze über die ungeschützte Terrasse.

Hübners Schläger hatte blitzschnell reagiert. Mit dem Pistolenlauf versetzte er Pedro einen Schlag und stieß mich mit einem Ellenbogenstoß zur Seite. Ich stürzte auf die Terrasse und fiel wenige Schritte vor dem Geländer auf die Knie. Im Fallen sah ich, wie Angelina abrupt, mit großen, ungläubig auf mich gerichteten Augen stehen blieb. Ich hörte ihren Schrei »Miguel!«, dann hatte sie der Schläger erreicht und seine Hand in ihren Haare verkrallt. Er zerrte sie gegen die Balustrade, und ihre Stimme wurde zu einem Wimmern. Sie streckte die Hände nach mir aus, und ich hätte sie berühren können, aber die auf Angelinas Kopf gerichtete Pistole hielt mich davon ab. Langsam richtete ich mich auf. Ich ließ den Schläger und die Waffe nicht aus den Augen. Aus den Augenwinkeln sah ich Pedro langsam mit erhobenen Händen auf die Terrasse kommen und ich beobachtete, wie sich der Lauf der Pistole weg von Angelinas Kopf in Richtung Pedro bewegte. Die linke Hand des Schlägers zerrte Angelinas Kopf an den Haaren über die Balustrade und sie begann hysterisch zu schreien.

In mir explodierte die aufgestaute Wut, und rasend vor Zorn schlug ich Paul ansatzlos mit der Faust ins Gesicht. Es war ein Glückstreffer, der den Kinnwinkel traf. Meine ganze Kraft lag in diesem Schlag, der meinen Arm von den Fingerspitzen bis in die Halsmuskulatur paralysierte. Dann breitete sich ein dumpfer Schmerz in meiner rechten Hand aus und ich befürchtete im ersten Augenblick, sie mir gebrochen zu haben. Ich rieb mir die schmerzenden Knöchel und empfand dabei einen gewissen Stolz. Dann zerbarst dieses nur Sekundenbruchteile andauernde Gefühl und ungläubig, wie ein unbeteiligter Beobachter, nahm ich die Reaktionen bei meinem Gegner war. Wie ein sich endlos wiederholender Film, der dem Zuschauer in Zeitlupe und Großaufnahme die Schrecksekunden ins Gedächtnis einbrennt.

Die Augen in Pauls verknittertem Gesicht wurden glasig. Seine linke Hand gab Angelinas Haare in zuckenden Reflexen frei, dann wurde seine rechte Hand schlaff und die Pistole polterte auf den Terrassenbelag. Ein Schuss löste sich, das Projektil prallte funkenschlagend dicht neben Pedro auf dem Terrassenbelag auf und heulte als Querschläger davon. Hübners Handlanger knickte leicht in den Knien ein und begann sanft vor und zurück zu schwanken. Sein Gesicht bekam einen fassungslosen, fast kindlichen Ausdruck, dann fiel er rücklings über die Balustrade. Mit einem tierischen Aufschrei stürzte er in die Tiefe. Ein rasend schnell kleiner werdender grauer Fleck. Dann schlug er auf die Felsen auf und war im nächsten Augenblick von der schäumenden Brandung verschlungen.

Ich starrte fassungslos auf das tief unter uns brodelnde Wasser. Alles in mir weigerte sich, die Geschehnisse als Realität zu begreifen. Ich hatte einen Menschen getötet, mit einem Schlag ein Leben vernichtet. Meine vibrierenden Nerven suchten eine Ausweg, eine erklärende, erlösende Logik. Der Schrei, dieser unmenschliche, nervenzerfetzende Schrei - warum dauerte er so lange? Warum hörte er nicht auf? Ich versuchte durch rationales Denken und Handel meine aufflackernde Hysterie zu bekämpfen. Ich begann zu rechnen: Geschwindigkeitszunahme eines Körpers 9,81 Meter in der Sekunde. Ich klammerte mich an diese Zahl und kam zu dem Ergebnis, keine drei Sekunden, lausige 3 Sekunden brauchte der Körper für die 50 Meter um auf dem Wasser aufzuschlagen. Warum hörte ich dann noch immer diesen unmenschlichen Schrei? Es war ein Film, der in einer endlosen Schleife vor meinen Augen ablief.

Lange Zeit stand ich stumm und bewegungslos, unfähig die Geschehnisse zu begreifen und außerstande, mein weiteres Handeln zu bestimmen. Angelina hatte meine Hand ergriffen, sie war zu ihrem Anker geworden, der ihr Halt geben sollte und sie klammerte sich daran, um nicht vom Sog ihrer Empfindungen davon gewirbelt zu werden.

Pedro war in seiner brutalen Nüchternheit der erste, der die unheimliche Stille durchbrach.

»Na, das war's dann wohl. - Der schubst keine alten Omas mehr vom Nachttopf.«

Ich reagierte, indem ich meinen Kopf ruckartig zu Pedro drehte und ihn mit einem wild flackernden Blick anstarrte, dann wanderten meine Augen zu Angelina und meine Haltung entspannte sich. Mit einem traurigen Lächeln nahm ich sie in die Arme, drückte sie an mich und küsste ihr regennasses Gesicht.

Pedro betrachtete uns mit einem verstehenden Lächeln, dann räusperte er sich verlegen und knurrte mit belegter Stimme: »Schluss mit der künstlichen Beatmung.« Und nach einem Blick auf die Uhr: »Wir müssen zurück, sonst ruft Alfredo die Polizei.«

Nur widerwillig löste ich mich von Angelina. Sekundenlang stand ich vorübergeneigt mit hängenden Schultern, dann straffte sich meine Gestalt.

»Du hast recht. - Wo ist Hübner?«

Wir gingen zurück in das Zimmer und blickten uns suchend um. Der Raum war leer, Hübner war verschwunden. Wir schauten uns fragend an. Die Kleider klebten uns durchnässt am Körper, und um unsere Füße hatten sich Pfützen gebildet. Pedro schüttelte den Kopf. Wassertropfen flogen durch den Raum.

»So nass wie wir sind und mit Angelina können wir unmöglich auf dem gleichen Weg zurück.«

Ich nickte zustimmend. Langsam kam bei mir der Sinn für die Realität zurück.

»Hier gibt es bestimmt ein Auto, - wir müssen verhindern, dass Hübner damit verschwindet.«

Pedro gab der am Boden liegenden Garotte ein Tritt.

»Richtig, einen Jeep - in der Remise - und der Schlüssel steckt. Das habe ich bemerkt, als ich um das Haus geschlichen bin!«

Er schlug sich mit der Faust gegen die Stirn und knurrte: »Ich wollte ihn noch einstecken, aber dann ist der Schläger aufgetaucht und ich musste mich mit ihm beschäftigen.« Er überlegte einen Moment, dann bestimmte er: »Ihr wartet hier, ich bin gleich zurück!«

Pedro verschwand mit einem Satz durch die zertrümmerte Terrassentür. Fast gleichzeitig öffnete sich knarrend die Zimmertür und ließ Angelina und mich erschrocken herumfahren.

Zaudernd und unsicher streckte eine alte Frau ihren Kopf durch die Tür und schaute sich ängstlich um. Als wir nicht reagierten, schlürfte sie breithüftig auf uns zu und drückte mir wortlos ein zusammengefaltetes Papier in die Hand. Ohne mich aus den Augen zu lassen, bewegte sie sich rückwärts zur Tür zurück, und bevor wir uns von unserer Überraschung erholt hatten, fiel die Tür mit einem satten Schlag hinter ihr ins Schloss. Nach Pedros Beschreibung war es die Frau des

Hausmeisters. Ich blickte ihr ratlos nach, dann faltete ich das Papier auseinander. Es waren zwei Seiten, eng beschrieben mit einer zierlichen Handschrift und achtlos oder rasch aus einem Heft oder Tagebuch gerissen. Ich überflog den Anfang des Schreibens.

„Heute, am Mittwochmorgen des 28. (oder 29.„ die Zahl war unleserlich) April 1976, im biblischen Alter von 81 Jahren, ist Don Oberst Hübner gestorben. Die Krankheit kam ganz plötzlich. Der Patrón lag die ersten beiden Tage in tiefem Schlaf ..."

Ich stockte, ich hielt eine Beschreibung des Krankheitsverlaufs von Oberst Hübner in den Händen, verwundert las ich den Schluss des zweiten Blattes.

„Sein Sohn Adolf hat dann den Arzt geholt. Der Arzt sagte, der Patrón wäre an einer Lungenentzündung gestorben, aber ich glaube ihm nicht. Mein Bruder Carlos ist an einer Lungenentzündung gestorben, und das war eine andere Krankheit."

Verwirrt stand ich an den Schreibtisch gelehnt und erinnerte mich an Hübners Worte: Neun Tage lang hat er sich gewehrt. Was hatte Hübner damit gemeint? Gegen wen oder was hat sich der Oberst gewehrt? Gegen die Krankheit, gegen den Tod - oder gegen seinen Mörder?

Angelina hatte mich mit fragenden Augen angeschaut, aber ich schüttelte den Kopf.

»Später, ich erkläre es dir später.«

Pedro hatte sich mit einem Pfiff bemerkbar gemacht.

»Los, Freunde - der Wagen ist da und ich habe die Schlüssel.«

Noch immer peitschte der Regen vom Himmel und schlug kleine Krater in den aufgeweichten Dreck. Uns wachsam umblickend hatten wir uns auf den Weg zum Auto gemacht, aber weder Hübner noch sein Hausmeisterehepaar ließen sich sehen. Angelina hatte sich auf den Rücksitz gekauert und Pedro startete den Motor, während ich vorauseilte, um das Tor zu öffnen. Dann saßen wir im Auto, die Scheiben beschlagen von unseren dampfenden Körpern, und ich erzählte, wie Paul mich überwältigt hatte, von Hübner, der Garotte und vom Tod des Oberst; und den Tagebuchseiten, die ich noch immer in den Händen hielt.

Pedro hatte den Kopf leicht gedreht, um Angelina etwas zu sagen, wurde jedoch von meinem Rippenstoß zurückgewiesen. Ich schüttelte kaum merklich den Kopf. Pedro sah mich fragend an, erhielt einen beschwörenden Blick als Antwort und beschloss, sich nur noch auf das Fahren zu konzentrieren. Mit einer Hand steuerte er den Wagen über die kurvenreiche Strecke und vertrieb mit der anderen eine lästige Fliege.

Es war dunkel geworden, und immer noch regnete es in Strömen. Nach knapp zehn Minuten erreichten wir Diegos Seat und tauschten die Autos. Pedro ließ den Jeep auf der schmalen, zu Hübners Haus führenden Straße mit brennenden Lichtern stehen und warf den Schlüssel in die Dunkelheit. Nach einem Blick auf seine Armbanduhr trieb er zur Eile.

»Noch achtunddreißig Minuten - Ich kenne Alfredo genau, keine Minute später ist er bei der Polizei.«

Mit aufgeblendeten Lichtern rasten wir durch die Nacht. Pedro saß weit über das Lenkrad gebeugt, mit der Nase fast an der Windschutzscheibe und stierte aufmerksam in die regendurchwebten Lichtkegel der Scheinwerfer. Angelina war erschöpft auf dem Rücksitz zusammengesunken. Sie schlief, mit leisen, röchelnden Atemgeräuschen, in unregelmäßigen Abständen unterbrochen von einem weinerlichen Seufzen. Ich fühlte mich müde und zerschlagen. Die hektischen Bewegungen der Scheibenwischer erinnerten mich an die Pendel von Hübners Kaminuhr. Der Tod ist gewiss, seine Stunde ungewiss, der Gedanke ließ mich frösteln. Ich wischte mit der Hand über die beschlagene Windschutzscheibe und spürte die schmerzenden Knöchel meiner rechten Hand; und aus der bedrückenden Schwärze der Nacht schien Pauls Gesicht auf mich zuzuschweben, mit diesem erstaunten, kindlichen Ausdruck in den Augen.

Zwei Minuten vor Ablauf der vereinbarten Zeit brachte Pedro das Fahrzeug mit quietschenden Reifen vor der jetzt geschlossen Holzschranke des Hafens zum Stehen. Menschenleer lag der Kai im schummrigen Licht der weit auseinander stehenden Lampen. Nur die Positionsleuchten der Schiffe und Boote, die im Hafen ankerten, warfen schillernde Farbkleckse auf das dunkel ölige Brackwasser.

Pedro begann zu fluchen; dann setzte er den Wagen entschlossen zurück. Als er den Vorwärtsgang einlegte und Gas gab, riss ich schützend die Arme vor das Gesicht; und sah nicht mehr, wie die Schranke statt zu brechen in ihrer gesamten Konstruktion aus dem Boden gerissen wurde. Ich spürte nur noch, wie der Seat über den Querbalken holperte; dann schoss das Fahrzeug auch bereits auf die am Kaiende liegende Yacht zu.

Diego, von dem Krach alarmiert, stürzte mit erhobenen Händen dem schleudernden Fahrzeug entgegen. Als der Wagen stand, rannte er händeringend um sein verbeultes Auto und überschüttete Pedro mit vorwurfsvollen Fragen, und erst als Pedro ihn anbrüllte. »Halt die Klappe! - Du musst verschwinden, sofort; und du weißt von Nichts, ist das klar?« zog er verschüchtert den Kopf ein und empfand die Gefahr, die wie eine Aura um Pedro, Angelina und mich lag. Dann setzte er sich hinter das Steuer und nickte ununterbrochen, wie ein Wackel-Dackel, mit dem Kopf. Aus dem Handgelenk winkte er uns zu und fuhr langsam ohne Licht durch den Regen davon. Pedro rief ihm noch nach: »Ich ruf dich an - wegen deinem Auto - ich erkläre dir alles!« Aber er wusste nicht, ob Diegos fortwährendes Nicken ein Zeichen des Verstehens war.

Alfredo stand auf der Brücke der Yacht und hatte Diegos Abgang gesehen. Bei Pedros Worten, »Du musst verschwinden, sofort!«, hatte er die Motoren angelassen, auch er witterte die unbekannte Gefahr.

Pedro war zu ihm ins Steuerhaus geklettert und grinste seinen Freund mit einer besorgten Miene an. Dann legte er ihm die Hand auf die Schulter und sagte mit ungewöhnlich leiser Stimme: »Mach schnell - ohne Lichter.« Alfredo sparte sich die Antwort und beeilte sich den Anweisungen folge zu leisten.

Ich war mit Angelina unter Deck gegangen und dort saßen wir uns in der Pantry gegenüber. Wir hörten das sich schnell steigernde Brummen der Motoren und spürten den Vortrieb des Schiffes, der uns in die Sitze drückte. Zärtlich schaute ich sie an. Ihr Kleid war schmutzig, zerrissen und klebte feucht an ihrem Körper, und die Haare hingen wirr um ihren Kopf. Ich fand sie schön, wie damals, als ich sie wie eine nasse Katze aus dem Hafenbecken zog. Nur die Augenringe, die aufgeplatzte Lippe und der traurige Blick waren wie Schmutzflecken auf einem Leonardo-da-Vinci-Gemälde. Erst jetzt fiel mir auf, dass sie seit ihrem Schrei auf der Terrasse keinen Ton gesprochen hatte. Ich strich ihr die Haare aus dem Gesicht und betastete ihre aufgeschwollene Lippe.

»Hast du Schmerzen?«

Sie schüttelte wortlos den Kopf.

»Angelina, bitte verzeih mir - nur wegen mir hat dich Hübner entfü ...«

Mit ihren Fingern verschloss sie mir den Mund. - Ich liebte diese sanfte, für sie so typische Berührung. - Dann lächelte sie mich an und ich sah ihren abgebrochenen Zahn und ihre hastige Handbewegung, mit der sie ihr Aussehen vor mir verbergen wollte.

Ich lachte über ihren ungeschickten Versuch und mein Lachen war wie ein Windstoß in ein erloschenes Feuer, der die Glut unter der

Asche zu einer wärmespendenden Flamme entfacht. Ihre Augen bekamen den Glanz und den feurigen Blick zurück. Mit energischer Stimme sagte sie: »Du mussst weg, nach Deutsschland, so sschnell ess geht!«

Mit leisen Zischlauten entwich ihr beim Sprechen Luft durch den kaputten Zahn, und ich konnte mir ein albernes Lachen nicht verkneifen. Dann schüttelte ich den Kopf.

»Nein, jeder Mensch muss verantworten, was er tut.«

In Angelinas Augen machte sich ein wütendes Flackern bemerkbar.

»Dass isst Unssinn!« Sie suchte nach einem anderen Wort, ohne S, aber ihr fiel nur Schwachssinn oder Blödssinn ein. Ärgerlich stieß sie mir vor die Brust.

»Wenn alle Politiker ihr Tun verantworten müsssten, wären die Gefängnisse biss ssum Rand voll.«

Ich strahlte sie treuherzig an.

»Angelina, du bissst ssso ssüsss, wenn du sssauer bissst.«

Wir schauten uns an und lachten ein nach Befreiung suchendes Lachen. Aber die Wände reflektierten unser Lachen und warfen uns die Erinnerung ins Gesicht. Das Leuchten in ihren Augen erlosch. Schlagartig überzog sich ihr Gesicht mit einer stillen Dunkelheit. Es regnete in unseren Gedanken und eine beklemmende Stille füllte den kleinen Raum.

Als Pedro die Tür aufstieß, saßen wir zusammengekauert nebeneinander, verängstigt wie Hühner während eines Gewitters.

»Wir sind gleich in Ciudadela, in zwei Minuten legen wir an. Alfredo und ich vertäuen das Schiff, - ihr bleibt unter Deck, bis ich pfeife, dann bummelt ihr gemütlich und möglichst unauffällig zu meinem Auto.«

Er grinste uns spitzbübisch an.

»Macht so, als wärt ihr ein Liebespaar. - Meint ihr, ihr könnt so tun als wenn?«

Wir hatten getan, was Pedro uns angewiesen hatte. Dann saßen wir wortlos in seinem Auto und erst als Pedro auf dem Hotelparkplatz wendete, setzte ich an zu reden, aber Pedro schnitt mir energisch das Wort ab.

»Morgen, - ich melde mich! Du weißt doch, nur Idioten essen die Suppe so heiß, wie sie gekocht wird.«

Wir standen auf dem Parkplatz, ich hatte den Arm um Angelina gelegt und spürte ihr Zittern. Im Licht des Mondes sah ich ihr erschreckend fremdes Gesicht, und leise stammelte sie, »Diesser Sschrei, ich höre ihn immer sschreien.«

Ich nahm ihren Kopf zwischen mein Hände und küsste sie. Ich spürte ihr tränennasses Gesicht. Es wäre mir lieber gewesen, sie hätte geweint wie eine Frau, hemmungslos, hysterisch, befreiend, weil es die normale Reaktion gewesen wäre; nicht wie ein Mann, verhalten, in dieser selbstquälenden Beherrschung.

Hand in Hand, wie Kinder, gingen wir ins Hotel und waren froh, dass uns niemand begegnete. In ihrem Hotelzimmer strich ich ihr sanft über ihr zerzaustes Haar und sie drückte sich an mich und flüsterte: »Lasss mich nie mehr allein, halt mich fesst, mein ganssess Leben.«

Zärtlich liebkoste ich sie mit den Blicken. »Nie mehr laß ich dich allein - Ich liebe dich!«

Wir zogen uns aus, halfen uns gegenseitig, duschten uns und frottierten uns ab, einer den anderen, so natürlich, so selbstverständlich, dann nahm ich sie in die Arme, hob sie hoch und legte sie behutsam auf das große Bett. Sie streckte ihre Arme nach mir aus und ich küsste sie auf ihre geschlossenen Augen. Zum Umfallen müde waren wir nackt aneinander gekrochen. Leib an Leib lagen wir, unsere Körper verschlungen und die Finger wie zu einem Gebet ineinander verflochten, als wollten wir uns nie mehr loslassen.

Am Morgen weckte uns Vogelgezwitscher, und fast gleichzeitig schlugen wir die Augen auf. Ein Spatzenpärchen spazierte aufgeplustert auf dem Balkongeländer, palavernd zirpend, ungeduldig wartend, bis die Restaurantterrasse für ihr Frühstück freigegeben wurde.

Es war ein herrlicher Sommertag mit einem wolkenlos blauen Himmel. Nur das satte Grün vor unserem Fenster erinnerte an den Regen der Nacht; und das kräftige Aroma der vielen Blüten, das sich vermischte, zum Duft eines frisch gebadeten Babys.

Ein Sonnenstrahl fiel auf Angelinas makellosen Körper und vergoldete ihre Haut. Vorsichtig berührte ich sie mit den Fingerspitzen, als fürchtete ich mit meiner Berührung diese Vision einer goldenen Göttin zu zerstören und aus einem wunderschönen Traum zu erwachen. Zögernd tasteten meine Hände über ihren Körper. Ich streichelte ihre vollen Brüste und liebkoste ihren dunklen Schoß. Sie erwiderte meine Zärtlichkeit.

Ich hüllte mich in sie ein, in ihren Geruch, ihre Berührung und in ihr Wesen. Sie erwiderte meine Zärtlichkeiten und gab sich mir in einer wilden, alles vergessenden Leidenschaft hin. Ihre Finger krallten sich in meinen Rücken, ihre Beine umschlangen meinen Leib. Rissen, drückten und zerrten mich in sich, als wollte sie mich verschlingen, zurückstoßen in den Frauenleib, mich in Gänze aufnehmen, weg von dieser brutalen Welt, dem Bösen und Gewalttätigen und mich einbetten in den schützenden, unantastbaren Mutterleib.

Unsere Gefühle explodierten in einem gemeinsamen Augenblick, in einer nie vorher erlebten Choreographie unserer Sinne. Dann lagen wir ermattet nebeneinander, und der Schweiß perlte über unsere Körper.

Sie beugte sich über mich und knabberte an meinem Ohr.

»Lasss und dusschen und frühsstücken. - Ich kenne hier einen Kollegen meiness Vaterss, vielleicht kann er mir heute noch meinen Zsahn reparieren - Und du kannsst die Zseit zsum Arbeiten nutzsen.«

Ich reckte mich gähnend und zeigte grinsend auf das zerwühlte Bett.

»Sklaventreiberin, ich habe heute bereits gearbeitet. Oder warst du mit meiner Leistung nicht zufrieden?«

Lachend drehte sich Angelina im Licht der Sonnenstrahlen und konterte: »Doch, doch, aber passs auf dasss du nicht arbeitssloss wirsst.« Dann verharrte sie und schaute mich ernst und fragend an. »Micha, wir werden unss nie mehr trennen?«

Ich antwortete spontan, ein Scherz, und bereute es sofort. »Nie mehr, bis einer von uns beiden mit der Gießkanne besucht werden muss.«

Ich sah, wie sie zusammenzuckte und sich ihr Blick verfinsterte und spürte selbst, wie die Erinnerung an Hübner und Paul in mein Bewusstsein kroch.

Auf der Terrasse waren wir die letzten Frühstücksgäste. Vicente hatte uns persönlich bedient, lustig und zuvorkommend, aber wir gingen auf seine Fröhlichkeit nicht ein und er zog sich enttäuscht zurück.

Wortkarg in Gedanken versunken, tranken wir Kaffee und kauten appetitlos an unseren Croissants. Mit einem Ruck beugte sich Angelina vor und platzierte einen Kuss auf meiner Stirn, und dann war sie mit einem Mal weg, nur noch ein gesungenes »Biss sspäter mein Liebling«, und der Kandisduft ihres Parfüms hingen in der Luft.

Ich saß noch immer mit der Sonntagszeitung am Frühstückstisch, rauchte bereits die dritte Zigarette und konnte mich nicht dazu überwinden, mit meiner Arbeit zu beginnen. Ich wartete auf Pedro, und wieder und wieder blätterte ich die Zeitung durch, mit der absurden

Erwartung, mein Konterfei zu erblicken und die Schlagzeile zu entdecken: Gesucht wird wegen Totschlag! Ich beruhigte mich damit, dass dies schon aus zeitlichen Gründen unmöglich wäre, aber die Angst war wie ein Schatten, der sich nicht abschütteln ließ. Unkonzentriert überflog ich die Schlagzeilen: Wirtschaft auf Erfolgskurs, Balearen erwarten Touristenboom; unter dem Bild eines brettdünnen Modells las ich: Der erotische Kadaver einer Barbiepuppe und schüttelte irritiert den Kopf. Dann klatschte ich die Zeitung auf den Tisch und beschloss an meiner Geschichte zu arbeiten.

Bis zum frühen Nachmittag schrieb ich, ohne eine Pause zu machen, die Ereignisse der letzten Tage nieder. Jedes Wort, jeder Satz brachte mir in brutaler Nüchternheit die Geschehnisse zurück. Aber je mehr ich schrieb, um so bewusster wurden mir meine Handlungszwänge und desto weiter entfernte ich mich von meinem Schuldgefühl.

Ich hatte versucht Pedro zu erreichen, aber das Telefon klingelte, ohne dass sich jemand meldete. Ich ärgerte mich darüber. Die Entführung, der Todessturz, überhaupt die ganze Angelegenheit erforderte Entscheidungen und Pedro hatte versprochen, sich zu melden.

Stimmen vor meiner Hoteltür rissen mich aus meinen Überlegungen. Vicente schien sich aufgeregt mit einer Männerstimme zu streiten. Ich hörte Vicente rufen, »Sie können doch nicht ...!«, dann pochte eine Faust gegen meine Tür.

Als ich die Tür öffnete stand ich zwei Polizisten der Guardia Civil gegenüber, beide in beeindruckender Uniform, ein großer gemütlich wirkender und ein kleiner, scharfer, der energisch auf Vicente einredete. Bei meinem Erscheinen wandte sich der Kleinere von Vicente ab und drängte sich an mir vorbei in mein Hotelzimmer, während der Größere Vicente mit einer energischen Handbewegung aufforderte zu verschwinden. Unentschlossen blickte Vicente zu mir, dann zuckte er resignierend mit den Schultern und zog sich lauthals protestierend zurück.

Der Größere der beiden Polizisten blieb fast schüchtern am Türrahmen gelehnt stehen, als warte er auf die Einladung, mein Zimmer betreten zu dürfen. Die Tatsache, dass er damit einen möglichen Fluchtweg versperrte oder seine Hand, die lässig auf dem Griff eines großkalibrigen Revolvers ruhte, verwischte nicht den Eindruck von Gemütlichkeit.

Als ich nicht reagierte, kam er zögernd ins Zimmer und schloss die Tür. Mit einem freundlichen Lächeln wandte er sich mir zu. Seine

Stimme war tief und volltönend, eine von diesen seltenen Stimmen, die gleichzeitig warmherzig, vertrauenerweckend und drohend klingen können.

»Sie sind Herr Hellhaus?«

Ich nickte. Nervös beobachtete ich den kleineren der beiden, der mit seinen deutlich sichtbar am Gürtel hängenden Handschellen klimperte und mich anstarrte. Ich war nicht in der Lage, mich zu konzentrieren. So etwas hatte ich noch nicht erlebt. Die Bewegungen des Polizisten waren nervös und abgehackt, während seine Augen träge, mit sichtbarer Verzögerung seinen Körperbewegungen folgten. Er bewegte den Kopf ruckartig zu mir, und erst Sekundenbruchteile später folgten die Augen. Ich hatte seine Frage überhört. Er wiederholte sie. »Sie kennen Señor Hübner?«

Ich nickte wieder.

Nun bewegte er den Kopf zu seinem Partner, und seine Augen blieben an mir wie Saugnäpfe haften. Ich bildete mir ein, ein leises Plop zu hören, als sie endlich der Kopfbewegung folgten.

Der Gemütlich, hatte sich einen Stuhl vor die Tür gezogen, ließ sich mit einem Seufzer darauf fallen und schaute mich aus großen traurigen Augen an.

»Die Wasserschutzpolizei hat heute morgen zwischen Formentor und der Cala San Vicente eine männliche Leiche aus dem Wasser gefischt.«

Der Kleinere drehte sich zu mir und stupste mich an den Oberarm. Erst der Kopf, dann wieder die Augen, richteten sich auf mich.

»Etwa zur gleichen Zeit war Señor Hübner in unserer Dienststelle und erzählte eine Geschichte über den Toten, in der ihr Name eine wichtige Rolle einnimmt. - Wir fordern Sie daher auf ...«

Der Dicke unterbrach ihn lächelnd, aber seine dunklen Augen lächelten nicht mit.

»Wir bitten Sie, mit uns nach Mallorca zu kommen und bei der Aufklärung behilflich zu sein.«

Ich saß schweigend auf meinem Bett, dann gab ich mir einen Ruck.

»Ich komme mit, aber ich kann Ihnen alle Zusammenhänge auch jetzt und hier erklären.«

Der Gemütliche winkte ab.

»Nein, nein, wir müssen es in unserem Büro machen. Bitte nehmen Sie das Notwendigste für eine kurzen Aufenthalt von einem oder zwei Tagen mit. - Das Polizeiboot wartet im Hafen. - Bitte beeilen Sie sich, ich bin nicht seefest und will es hinter mich bringen.«

Hinter meiner Stirn überschlugen sich die Gedanken. War es eine Verhaftung? Ich traute mich nicht, diese Frage zu stellen. Ich war unschuldig, im strafrechtlichen Sinne war es Notwehr oder so etwas ähnliches. Diese Betrachtung wurde zum feststehenden Mittelpunkt meines Denkens, um den in rasender Fahrt unbeantwortete Fragen kreisten.

Ich begann zu packen, und gemeinsam marschierten wir dann durch das Hotel. Der Dicke voraus und ich in der Mitte. Ich bewegte mich wie in einem Traum, geschützt durch die trügerische Windstille im zentralen Vakuum eines Wirbelsturmes. In der Hotelhalle blieben die Gäste verwundert stehen und sahen tuschelnd unserem Trio nach. Angelina kam aus Vicentes Büro. An die Rezeption gelehnt stand Pedro, versteinert, und versuchte Angelina mit seinen Blicken festzuhalten. Ihre Augen waren blind von Tränen, so dass sie beinahe mit einer Frau zusammengestoßen wäre, hätte Pedro sie nicht umfasst und beiseite gezogen.

Ich warf einen Blick auf die palmenüberdachte Terrasse, den Pool, die blühenden Büsche, betrachtete Vicente und Luzma, aber in meiner Seele war eine Leere, die sich bei jedem Schritt mit Abschiedsschmerz füllte. Alles schien bereits nicht mehr zu meinem Leben zu gehören. Ich betrachte es bereits aus großer historischer Entfernung.

Ein Auto der Policia Local brachte uns zum Hafen. Ich wurde unter das Deck der Polizeibarkasse in eine winzige Kabine gebracht. Dort saß ich dem kleineren der beiden Polizisten gegenüber, der sich hinter einer Illustrierten verschanzte. Vergeblich versuchte ich ihn in ein Gespräch zu ziehen, ihm Fragen zu stellen, dann begann ich zu erzählen, ohne dass ich eine Reaktion erhielt. Verärgert platzte ich auf deutsch heraus: Himmel, Arsch und Zwirn!«, aber auch darauf reagierte mein Gegenüber nicht und ich schloss enttäuscht die Augen und döste dem Kommenden entgegen.

Der Gemütliche ließ sich während der Überfahrt nicht blicken. Ab und zu waren heftige Würgegeräusche aus der Nachbarkabine zu hören, und als ich im Hafen von Puerto de Pollensa an Deck geführt wurde, stand der Dicke bereits, gestützt von einem Matrosen, mit zitternden Hängebacken und kreidebleich mit wässrigen Augen, auf dem Kai.

Ein offener Jeep brachte uns zur Polizeistadion. In einem verrauchten Büro ließ sich der Dicke erleichtert hinter seinem Schreibtisch nieder und man sah ihm an, dass er sich hier am wohlsten fühlte.

Zwei Stunden beantwortete ich Fragen, nur unterbrochen von einem kurzen Essen, einem fetttriefenden Eintopf, der mir wie ein Stein im Magen lag. Man hatte mir Zigaretten angeboten, und ich rauchte nervös eine nach der anderen.

»Bitte Ihren genauen und ganzen Namen?«

Der gemütlich wirkende Dicke blätterte in meinem Reisepass und ließ sich den Namen buchstabieren.

»Wo wohnen Sie?«

»Das wissen Sie doch, im Hotel.«

Der Gemütliche ließ sich nicht aus der Ruhe bringen.

»Ihre Heimatadresse in Deutschland?«

»Habe ich keine.«

Der Dicke zog die Augenbrauen hoch und zu spät fiel mir ein, dass ich noch immer unter Marions Adresse gemeldet war.

Je mehr Fragen ich beantworte, um so unglaubwürdiger erschienen mir selbst meine Antworten. Die Fragen erfolgten für mich ohne Sinn, und meine Antworten schufen für mich keine logischen Zusammenhänge. Meine Versuche, die Geschehnisse in einer chronologischen Abfolge zu berichten, wurden abgeblockt. Entnervt beschränkte ich mich auf kurze Antworten, meist ja oder nein.

An der Wand über dem Kopf des Dicken hing ein Bild von Juan Carlos. Der König schien mir vertrauensvoll zuzulächeln. Verstört löste ich meinen Blick, als die flache Hand des Dicken mit einem lauten Klatschen auf einen Packen Papiere traf.

»Von Señorita Pasión haben wir diese Fotokopien erhalten. Sie behauptet, daraus ergäbe sich ihre Unschuld. - Sind das Ihre Papiere?«

Er schob mir die Unterlagen zu und ich begann die Papier durchzublättern; dann nickte ich.

»Ja, hier steht alles, was bisher geschehen ist. - Es sind die Aufzeichnungen für mein Buch. - Aber wer ist Señorita Pasión?«

Bei meinem Gegenüber verengten sich die Augen und auf seiner Stirn entstanden zwei tiefe Falten. Fasziniert sah ich, wie sich der Eindruck der Gemütlichkeit verflüchtigte und einer ernsten, lauernden Intelligenz Platz machte.

»Sie kennen sie nicht? Sie behauptete, Ihre Verlobte zu sein!«

Von meiner Zigarette fiel Asche auf die Papiere, ohne dass ich darauf achtete, dann schaute ich den Polizisten fragend an.

»Señorita Angelina Pasión?« Und als der Polizist nickte, sagte ich erleichtert: »Ja, sie ist meine Verlobte. - Ist sie hier, kann ich sie sehen?«

Der Dicke bekam wieder diesen traurigen Blick, den ich schon kannte, dann schüttelte er den Kopf.

»Sie kam mit dem Flugzeug. Sie wurde gebeten zurückzufliegen und im Hotel für eventuelle Rückfragen zur Verfügung zu stehen.« - Er schaute auf seine Armbanduhr. - »Sie müsste bereits wieder im Flugzeug sitzen.«

Die Beamten begannen sich flüsternd zu unterhalten, und ich wischte mir den kalten Schweiß von der Stirn. Ich war enttäuscht. Hatte sich Angelina wirklich so einfach zurückschicken lassen? Ich konnte und wollte es mir nicht vorstellen. Ich beobachtete den Tabakrauch, der in träge kreisenden Ringen von dem sich schwerfällig drehenden Ventilator an die Decke gesaugt wurde.

Der kleinere der Polizisten drehte den Kopf zu mir und legte mir die Hände auf die Schultern. Langsam wanderten seine Pupillen der Bewegung des Kopfes nach, und erzwangen meinen Blick. Wie ein Hypnotiseur starrte er mich an.

»Wir werden Ihre Papier übersetzen lassen. - Fassen wir einmal zusammen was wir bis jetzt wissen.«

Umständlich stöberte er in seinen Hosentaschen, als hätte er sein Wissen darin verkramt. Dann förderte er ein fleckiges Taschentuch zu Tage. Er begann sich kräftig zu schnäuzen und betrachtete interessiert und selbstvergessen das Ergebnis. Dann wedelte er mit dem dreckigen Taschentuch vor meinem Gesicht und fuhr im Plauderton fort: »Sie sind mit einem Freund, dessen Namen Sie nicht nennen wollen, in das Haus eines deutsch-spanischen Staatsbürgers eingedrungen, haben dem Besitzer das Nasenbein gebrochen und dessen Gast durch einen Faustschlag über die Balustrade in den Tod befördert. - Ist das richtig?«

Ich nickte, dann schüttelte ich den Kopf und schaute mich hilfesuchend um.

»Ja, aber ...«

Der Dicke unterbrach mich schnaubend.

»Ja oder nein, nichts aber. - Sie haben keinen festen Wohnsitz, kein Vermögen, von dem Sie leben, keinen Arbeitgeber, keinen Beruf, - ach ja, doch, Schriftsteller sind Sie, Romanschriftsteller mit einer grandiosen Phantasie und eine Freundin - eine Verlobte haben Sie, deren Namen Sie nicht kennen.«

Der Kleine, Giftige hatte sich vor mir aufgebaut und starrte mir in die Augen.

»Und Sie behaupten dieses Mädchen wurde von Señor Hübner und seinem Gast entführt, um sie wegen einem Schweizer Bankschließfach gegen eine fünfzig Jahre alte Militärpistole zu tauschen, die Sie nicht haben.«

Er drehte sich zu seinem Partner und begann zu kichern. Es war ein Kichern, das langsam begann, ohne sich zu einem Lachen zu steigern. Es brach ab, gluckerte weg, als würde es in seinem Hals abwärts sinken und blubbernd in einem Strudel gallenbitterer Magensäure ertrinken.

»Ein Idiot - oder er hält uns für schwachsinnig? Er will uns weismachen, dass der Schwanz mit dem Hund wedelt.«

Der Dicke erhob sich schwerfällig hinter seinem Schreibtisch und grunzte: »Geben wir ihm Zeit, darüber nachzudenken.«

und zu mir gewandt sagte er mit weinerlicher Stimme: »Lügen sind wie ein Pullover mit einem losen Faden. Zieht man daran, rubbelt sich das ganze Ding auf.«

Ich hatte den Eindruck, dass der Dickere der Nettere der beiden wäre und wandte mich an ihn.

»Was heißt das, Sie geben wir Zeit? - Bin ich verhaftet?«

Der Dicke schüttelte den Kopf, als hätte er einen uneinsichtigen Schüler vor sich.

»Señor Hellhaus, wir wollen Sie nicht verhaften. Wir bitten Sie, einige Tage unser Gast zu sein. Wir würden gerne die Angelegenheit hier auf der Insel klären. - Selbstverständlich steht es Ihnen frei unsere Einladung abzulehnen.«

Er begann nervös zu hüsteln. Ich fand den Dicken einfach zu nett, um Polizist zu sein.

»Bitte denken Sie bis morgen über meinen Vorschlag nach. - Falls Sie sich dagegen entscheiden bringt Sie mein Kollege nach Madrid, dort wird sich dann die Brigada Criminal mit der Sache befassen.«

Der Giftige begann wieder zu kichern.

»Selbstverständlich können Sie sich auch sofort für Madrid entscheiden, in dem Falle dürften Sie sich als verhaftet betrachten.«

Verhaftung, dieses Wort löschte in mir jede Hoffnung. Irgendwo in meinem Innern hatte ich die irrationale Vorstellung, jeden Augenblick müsse sich die Tür öffnen und Hübner würde zum Hauptdarsteller, würde in Handschellen mit mir die Rolle tauschen. Wie ein Erwachen durch Schichten von Träumen kam diese Vorstellung aus dem Gleis.

Ich wurde in eine Zelle geführt. Mut- und widerstandslos hatte ich mich abführen lassen. In Kriminalfilmen hatte ich es gesehen und ich hatte mich darauf eingestellt, dass man mir den Gürtel meiner Hose abnehmen würde, die Schnürsenkel - nein ich trug Slipper - , aber nichts dergleichen geschah, ja sogar meine Brieftasche durfte ich behalten. Die schwere Türe hatte sich hinter dem Beamten geschlossen, dann lag ich auf der dünnen Matratze eines Gitterbetts und starrte an die Decke, von der sich die Farbe in großen Fetzen löste. Zum ersten Mal in meinem Leben war ich eingesperrt, in einer weiß getünchten Zelle, mit einer Tür ohne Klinke und einem Fenster mit stabilen, daumendicken Gittern. Da war ein wackliger Tisch, ein Stuhl, ein Blechwaschbecken und ein Hahn, aus dem rostbraunes Wasser tropfte; und eine Toilettenschüssel ohne Sitzring und Deckel. Eine Flasche Wasser und ein Tonbecher standen auf dem Tisch und daneben lagen ein karierter Schreibblock und ein Kugelschreiber. Aber ich wusste nicht, wem oder was ich schreiben sollte, was noch nicht gesagt war oder meine Lage verbessern könnte.

Noch immer rumorte das Essen in meinen Eingeweiden. Unter dem Tisch sah ich meine Aktentasche stehen, aber ich hatte keine Lust, mich zu waschen oder meinen Schlafanzug anzuziehen. Eine Stunde lag ich auf dem Bett und starrte vor mich hin. Die Federn des Gitterbettes quietschten, als ich mich unruhig drehte und nach einer bequemeren Lage suchte. Fast gleichzeitig mit meinem Blick auf die Uhr begann die Deckenlampe zu flackern, dann wurde das Licht dämmrig, bis nur noch ein schwaches Glühen der Leuchtfäden in der Birne erkennbar war.

Ab und zu döste ich ein. In den wachen Momenten beobachtete ich die sich über die Zellendecke tastenden Scheinwerferlichter vorbeifahrender Autos. Regelmäßig, in einem kurzen, ampelgesteuerten Zyklus. Ich zählte sechs - Pause - sieben - Pause - fünf - Pause -, das Ausbleiben weiterer Lichter störte meine Konzentration. Meine Gedanken wanderten zu Pedro und dann zu Angelina. Ich meinte ihre zärtlichen Hände und ihre heißen Lippen zu spüren. Ich versuchte die Vorstellung festzuhalten, aber der Gedanke rollte wie Quecksilbertropfen davon, und ich fiel in einen unruhigen Schlaf.

In der Nacht glaubte ich einen erregten Wortwechsel zu hören, doch noch bevor ich richtig wach wurde, war wieder Stille eingekehrt. Geweckt wurde ich am Morgen von einer jungen Frau, die trällernd im Türrahmen stand, ein Tablett mit Milchkaffee und einem dick mit Zucker bestreuten Gebäck in den Händen. Sie war ein plumpes, wenig anziehendes Wesen mit nachlässigen Manieren und, wie sich herausstellte, fürchterlich geschwätzig.

Mühsam richtete ich mich auf. Seit Jahren zum erstenmal spürte ich wieder diesen lähmenden Schmerz in der Bandscheibe. Eine Sportverletzung aus meiner Schülerzeit. Ich bedachte die durchgelegene Matratze mit einem wütenden Blick. Es war heiß, und der Schweiß klebte mir das zerknautschte Hemd auf die Brust.

Sie hatte das Tablett auf den Tisch gestellt, machte aber keine Anstalten, die Zelle zu verlassen. Ich wunderte mich, Frühstück von einer Frau ans Bett gebracht, entsprach nicht meinen Vorstellungen von einem Gefängnisaufenthalt. Irritiert wanderte mein Blick zwischen der Frau und dem Tablett hin und her. Ich hatte keinen Hunger, die Turbulenzen der letzten Tage schlugen mir auf den Magen, aber über den heißen Kaffee freute ich mich. Während ich trank, plapperte meine Bedienung fortwährend. Über das Wetter, ihre Arbeit, die Familie, den schweren Beruf der Polizei; und ich hörte heraus, dass sie die Frau des kleinen, giftigen Polizisten war, dass sie für die leibliche Versorgung der Polizisten und das Reinigen des Dienstgebäudes zuständig war und dass ihr Mann in der Nacht noch aus dem Bett musste, um eine Verhaftung vorzunehmen. »Wahrscheinlich ein Mörder - auch ein alemán - schon älter - in der anderen Zelle eingesperrt.« Ich hatte schweigend zugehört. Als sie begann, mich auszufragen, was ich denn verbrochen hätte, ein so netter junger Mann, bestimmt ein Studierter mit einer hübschen Frau und süßen Kindern, wurde es mir zuviel und ich komplimentierte sie aus der Zelle. Widerwillig zog sie sich zurück, weiter schwatzend. »Sie können duschen - am Ende des Flurs ist eine Dusche!« und wieder wunderte ich mich. Die Zellentür blieb unverschlossen, und duschen, wo gab es denn so etwas in einem Gefängnis?

Die kalte Dusche hatte die Lebensgeister in mir geweckt. Ich schlang mir das Handtuch um die Hüften, setzte mich an den Tisch und trank in langen gierigen Zügen das lauwarme Sprudelwasser. Dann zog ich mir frische Sachen an. Ich fühlte mich besser, und eine kämpferische Laune stieg in mir hoch. Über eine Stunde saß ich an meinem Tisch und starrte auf den leeren Schreibblock. Kein Mensch schien sich um mich zu kümmern. Ich streckte den Kopf aus der Tür meiner Zelle und betrachtete den Flur von dem fünf Türen abgingen, die Dusche, eine leere Zelle gegenüber, die Tür nur angelehnt, aus der Zelle neben meiner drangen gedämpfte Schnarchgeräusche, und da war die Tür zum Flur mit einem großen vergitterten Ausschnitt. Durch das Gitter erkannte ich eine kurze Treppe, die zum offenen Haupteingang der Polizeistelle führte, auf die Straße. Ich sah die vorbeifahrenden Autos und Fußgänger. Auf der anderen Straßenseite ei-

nen Obststand und lachende Frauen mit prallgefüllten Einkaufs-
körben. Ich hatte die Stirn gegen das kühle Gitter gelegt und bemerkte verblüfft, wie die schwere Tür langsam aufschwang. Ich war
frei; zehn schnelle Schritte, und ich würde zwischen den Menschen
auf der Straße untertauchen. Der Kleine, Giftige würde vergeblich
nach mir suchen - erst der Kopf und Sekundenbruchteile später die
Augen. Der Gedanken reizte mich zum Lachen, aber irgend etwas
stimmte hier doch nicht. Zögernd ging ich weiter. Links war das Büro, in dem ich verhört wurde. Auch hier stand die Tür auf. Der Gemütliche hing schwerfällig in seinem Sessel hinter seinem Schreibtisch. Er wirkte übermüdet. Die Uniform war zerknautscht, als hätte
er darin geschlafen. Sein Haare standen ihm wirr vom Kopf ab, seine
Augen waren gerötet, und dunkle Augensäcke hingen über seine dik-
ken Backen. Auf der Haut glänzte der schmierige Schweiß der Er-
schöpfung, aber er lächelte mich freundlich an.

»Ah, buenos días, Señor Hellhaus, Sie haben hoffentlich gut geschlafen - ich hatte leider keine Gelegenheit dazu - bitte kommen Sie
herein und setzen Sie sich.«

Zögernd betrat ich das Büro und schüttelte die ausgestreckte Hand,
dann setzte ich mich dem Polizisten gegenüber.

»Was ist denn geschehen - und meine Zellentür ...?«

Der Gemütliche unterbrach mich.

»Ihre Unterlagen sind bereits beim Übersetzter. Die Übersetzung
erfolgt vorerst auf Tonband, um keine Verzögerungen wegen der
Schreibarbeit zu bekommen. Ich hoffe, es ist in ihrem Sinne, wenn
wir uns im Moment auf die letzten Berichtstage beschränken?«

Ich lehnte mich zurück, und meine Stimme bekam einen ärgerli-
chen Ton.

»Sie glauben mir also nicht, warum dann die offenen Türen? - Was
hätten Sie denn gemacht, wenn ich einfach verschwunden wäre?«

Das Lächeln des Dicken wurde noch eine Spur intensiver.

»Sie sind aber nicht verschwunden. Wir sitzen hier zusammen und
unterhalten uns - ist das nicht Antwort genug?«

Ich brachte nur ein gequältes Grinsen zustande.

»Sie scheinen an das Gute im Menschen zu glauben. - Aber die
Erwartung, dass die Menschen einen anständig behandeln, weil man
ihnen anständig begegnet, ist genau so verrückt, wie die Annahme,
dass ein Stier nicht auf einen losgeht, nur weil man Vegetarier ist.«

Als der Polizist sich nur schmunzelnd mit den Fingernägeln über
seine Bartstoppeln kratzte, sagte ich resigniert: »Ich weiß nicht mehr,

woran ich bin.«

Der Dicke stemmte sich schwerfällig aus seinem Sessel und griff nach einem Ringordner, den er vor mir auf den Tisch legte.

»Ich sag es Ihnen. - Zwischen Ihren Unterlagen fanden wir diese Tagebuchseiten von Hübners Haushälterin. Wir haben Señor Hübner damit konfrontiert und seine Reaktion hat uns veranlasst, ihn zu bitten, vorerst seinen Wohnsitz zu uns zu verlegen. Er sitzt jetzt mit dick bandagierter Nase in der Zelle neben der Ihren.«

Ich atmete hörbar auf und meinte: »Also, Sie haben den Schuldigen verhaftet und ich bin frei? Mir lag ein Scherz auf den Lippen, etwas wie Verbrechen lohnt sich nicht oder wer andern eine Grube gräbt, aber etwas im Blick, in der Haltung des Polizisten hinderte mich daran.

Der übernächtigte Polizist schaute mich nachdenklich an, dann bückte er sich und rumorte in seinem Schreibtisch. Mit hochrotem Kopf kam er wieder hoch und knallte ein Flasche Branntwein auf den Holztisch.

»Sie wissen, dass der Oberst - der Vater von Adolf Hübner - bei uns ein sehr geschätzter Mann war und die Seiten aus den Tagebuch ...«

Das Klingeln des Telefon unterbrach ihn. Er nahm den Hörer ab und hörte schweigend zu. Ohne ein Wort zu sagen, warf er den Hörer wieder auf die Gabel. Sehnsüchtig schaute er erst auf die Flasche und fuhr sich mit der Zungenspitze über die Lippen, dann schüttelte er bedauernd den Kopf und sagte zu mir gewandt: »Ich bin gleich zurück, Sie werden überrascht sein! - Lesen Sie derweil noch einmal die Tagebuchseiten.«

Ich griff mir den Ringordner und beschäftigte mich mit den abgehefteten Blättern. Die Seiten waren eng, mit einer zierlichen aber ungelenken Handschrift beschrieben.

„Heute, am Mittwochmorgen des 28. oder 29 April 1976.“ Ich hielt mich mit dem unleserlich verschmierten Datum nicht auf und las weiter. „Im biblischen Alter von 81 Jahren, ist Don Oberst Hübner gestorben.

Die Krankheit kam ganz plötzlich. Der Patrón lag die ersten beiden Tagen in tiefem Schlaf. Ich habe ihm eine Gemüsesuppe gemacht, aber er nahm nichts zu sich, kein Essen und kein Trinken. Einen Arzt zu benachrichtigen hat er uns streng verboten.

Den dritten und vierten Tag verbrachte er schlaflos und sehr unruhig. Er hat wieder nichts gegessen und nahm keine Medizin. Er klagte über Übelkeit und starke Leibschmerzen, wollte sich aber weiterhin nicht behandeln lassen, nicht einmal sein Sohn durfte an sein Krankenlager.

In den beiden nächsten Tagen war ihm sehr schwindlig und er hatte Fieber. Am siebten Tag begann er unregelmäßig zu atmen und er bekam Schluckauf. Seine Augen wanderten hin und her und ich musste ihm immer wieder schwarzen Speichel von den Lippen wischen.

Am achten Tage reagierte er nicht mehr. Ich habe mit ihm gesprochen, aber ich glaube, er hörte mich nicht mehr. In der frühen Morgenstunde des 9. Tages gab er Gott seine Seele zurück.

Sein Sohn Adolf hat dann den Arzt geholt. Der Arzt sagte, der Patrón wäre an einer Lungenentzündung gestorben, aber ich glaube ihm nicht. Mein Bruder Carlos ist an einer Lungenentzündung gestorben, und das war eine andere Krankheit."

Zweimal las ich die Tagebuchseiten, dann begann ich den Ordner durchzublättern. Das Meiste waren Kopien meiner Unterlagen. Ein Telefax nach Madrid war abgeheftet und eine Notiz über ein Gespräch mit der deutschen Botschaft. Offensichtlich lagen meine Papiere dort zur Übersetzung. Dann gab es Aufzeichnungen über mein gestriges Verhör mit Randnotizen in Mallorquin, einer Sprache, die nur wenig Ähnlichkeit mit Spanisch hat, und die ich nicht verstand.

Als der Dicke mit einem Telefax wedelnd zurückkam, lag der Ordner wieder geschlossen auf dem Schreibtisch, und ich wartete gespannt auf die angekündigte Überraschung.

»Wir haben ihn. - Ich habe ihm dieses Telefax gezeigt und er ist zusammengebrochen. Er beantwortet die Fragen meiner Kollegen wie am Fließband!«

»Wen?« Die Frage war mir herausgerutscht, bevor mir dämmerte, wer gemeint war. Der Dicke betrachtete mich mit einem mitleidigen Lächeln, dann drückte er mir das Papier in die Hand und verfolgte interessiert meine Reaktion.

Es war das Fernschreiben eines medizinischen Kriminallabors aus Madrid. Das nüchterne Schriftbild machte die Information unpersönlich, und im ersten Überfliegen begriff ich den Zusammenhang mit Hübner nicht.

„Lungenentzündung (Pneumonie), man unterscheidet hauptsächlich zwei Formen, die Lappen- und die Herdpneumonie. Die erste entsteht durch eine Infektion mit Pneumokokken oder mit Viren. Der Kranke hat plötzlich Kopfschmerzen, Schüttelfrost, Fieber und Bruststechen. Typische Symptome sind rotes Gesicht mit bläulich gefärbten Wangen, Husten und rostbrauner Auswurf, erhöhte Puls- und Atemfrequenz.

Bei der Herdpneumonie sind nur einzelne oder mehrere kleine Lungenherde befallen. Die Form kann nach Infektionskrankheiten oder Bronchitis auftreten, aber auch sehr häufig bei bettlägerigen älteren Patienten.

Der beschriebene Krankheitsverlauf ähnelt einer Pneumonie, passt in der Tat jedoch besser zu den Symptomen einer akuten Arsenvergiftung, die durch eine Verletzung des Magen-Darm-Kanals erhebliche Übelkeit und Leibschmerzen hervorruft. Die Magenschleimhäute schwellen an und lassen Blutgefäße platzen. Das Blut vermischt sich mit der Magensäure zu einer schwarzen Masse, die durch den Darm ausgeschieden oder durch den Mund erbrochen wird.

Behandlung: Magenspülung, Brech- und Abführmittel, Milch, Eiweißlösungen.

Gegengifte: z. B. Ferrum oxyd. sacchar., Herzmittel.

Arsen (As): Chemisches Element, Ordnungszahl 33, Atomgewicht 74.92, spezifisches Gewicht 5.72, Schmelzpunkt 817°C, Halbmetall. In der Natur nur in metallischer Modifikation (grau) als Scherbenkobald (gediegen) oder Arsenkies (als Verbindung); die nichtmetallische Modifikation ist gelb. Arsen wird durch Erhitzen von Arsenkies gewonnen. Die giftigen Arsenverbindungen finden in der Arzneimittelindustrie Verwendung.

Empfehlung: Hohe Nachweiswahrscheinlichkeit bei Exhumierung der Leiche und labortechnischer Untersuchung von Gewebeteilen und Gelenkablagerungen.«

Ich las den Text noch einmal langsam durch.

Der Polizist verfolgte meine Reaktionen, und die widersprüchlichen Gefühle, die über mein Gesicht huschten. Erst eine klinische Distanz, dann Verblüffung und schließlich Entsetzen, als mir schlagartig bewusst wurde, dieser Hübner war ein Mörder - ein Vatermörder.

Der Polizist stellte zwei Gläser auf den Tisch, goß ein und zeigte mir die Flasche.

»Arrak, aus Reis und Palmensaft. Sechzig Prozent Alkoholgehalt, davon trinkst du drei Schluck, dann fällst du beim Rülpsen rückwärts vom Stuhl. Aber es ist ein Gefühl, als würde einem ein Engel auf die Seele pinkeln.«

Ich nickte.

»Na dann salud!«

Ich machte es dem gemütlichen Dicken nach und leerte das Glas in einem Zug. Es war ein Fehler, zu spät erinnerte ich mich, dass ich noch nichts gegessen hatte. Schweißperlen bildeten sich auf meiner Stirn, die über die Wange zum Kinn rollten und von dort schließlich in den offenen Kragen meines Hemdes tropften. Ich begann heftig zu schlucken und klammerte mich an die Lehne meines Stuhles, während mein Gegenüber in lautes Gelächter ausbrach.

Heftig nach Atem ringend, stöhnte ich: »Mensch das Gesöff brennt einem ein zweites Loch in den Hintern.«

Mühsam nach Luft keuchend stellte ich die Frage: »Heißt das für mich, dass ich durch Hübners Geständnis aus der Sache heraus bin?«

Der Polizist wackelte bedächtig mit dem Kopf.

»Wir werden Sie nachher zur deutschen Botschaft nach Palma bringen. - Da es sich bei dem Toten um einen deutschen Staatsbürger handelt, wurden wir darum gebeten.«

Was der Gemütliche unter nachher verstand, überraschte mich nicht besonders. Erst kurz nach siebzehn Uhr brachte er mich persönlich zur Botschaft. Vorher hatte er mich noch zum Essen eingeladen. »Ganz privat natürlich.«, hatte er augenzwinkernd gemeint und: »Ich kenne da am Hafen ein Fischrestaurant, einmalig gut.« Dabei sah man, wie ihm das Wasser im Mund zusammenlief.

Er bestellte für jeden von uns eine Crema de pescado con curry, eine wirklich einmalig gute Fischcremesuppe und ein wunderbar frisches und zart gebratenes Lenguado al vino tinto, ein Seezungenfilets in Rotweinsauce. Dazu tranken wir eine Flasche Vina Albali, eine 1984 Gran Reserva aus der Region Valdepeñas. Der Polizist schaute mir schmunzelnd zu, wie ich das Essen und den Wein genoss. Er klopfte mir auf die Schulter und sagte schläfrig: »Du bist unschuldig, sag Estebán zu mir, so ist mein Vorname.« Dann schob er seinen Stuhl zurück, setzte sich bequem zurecht, faltete die Hände über seinem beachtlichen Bauch und schloss die Augen. Mit leisem Schnauben schlief er in der Mittagssonne, während ich ihn schmunzelnd betrachtete. Er war wirklich viel zu nett, um Polizist zu sein.

Ich nutzte die Zeit und telefonierte mit Menorca.

Erst versuchte ich vergeblich, Pedro zu erreichen, dann telefonierte ich mit Vicente. Ich hatte gehofft, ja mir gewünscht, mit Angelina sprechen zu können, ihr zu sagen, wie sehr ich sie liebte und vermisste, aber sie war nicht erreichbar. Vicente berichtete, dass Angelina und Pedro mehrfach mit der deutschen Botschaft telefoniert hätten und alles Mögliche versuchten, mir zu helfen, und die Polizei noch einmal mein Zimmer durchsucht habe und das Gepäck ...

Ich hörte nicht mehr zu und unterbrach Vicente frustriert. Dann ließ ich mir versprechen, Angelina und Pedro auszurichten, dass es mir gut gehe, alle Vorwürfe ausgeräumt seien und ich bald zurück komme.

Gegen Halbfünf erwachte Estebán mit einem lauten Seufzer aus seiner Siesta und schaute auf seine Uhr.

»Dienstbeginn, wir müssen fahren.«

Die Fahrt zur Botschaft verlief schweigend. Konzentriert und zügig steuerte Estebán den Jeep durch den regen Verkehr. Aus den Augenwinkeln betrachtete ich den Fahrer, der mit zusammengekniffenen Augen auf die Straße starrte, und ich hatte den Eindruck, als wollte sich der gemütliche Estebán rasch einer unangenehmen Aufgabe entledigen.

In der Botschaft wurden wir bereits erwartet. Ein Dr. Jense begrüßte den Polizisten mit einem demonstrativen Blick auf die Uhr. Er stellte sich mir als Vertreter des Herrn Botschafters vor. Nach einem vorwurfsvollen Blick, den Estebán mit einem gemütlichen Lächeln kommentierte, erklärte er: »Wir hatten früher mit ihrem Kommen gerechnet. Der Herr Botschafter konnte nicht länger warten, er musste zu einem Auswärtstermin.«

Unbeeindruckt grinste Estebán den Vertreter des Herrn Botschafters an und übergab ihm meinen Reispass.

»Hier sind die Papiere von Señor Hellhaus. Sie benötigen mich dann wohl nicht mehr?«

Er wartete die Antwort nicht ab und reichte mir die Hand.

»Machen Sie's gut, Miguel, und wenn Ihr Buch veröffentlicht wird, schicken Sie mir ein Exemplar mit Widmung. Ich kann es zwar erst lesen, wenn die spanische Ausgabe kommt, aber zum Renommieren reicht die deutsche Fassung.«

Nach einem kurzen Zögern zog er mich mit einer kräftigen Armbewegung dicht zu sich heran und sagte: »Denken Sie daran, junger Mann, Leid und Glück sind zwei Seiten der gleichen Medaille. Nur der, der das Leid erträgt wird das Glück erleben. Hinter jeder Träne wartet ein Lächeln - und unter Spaniens Sonne trocknen Tränen schneller.«

Ich nickte dazu nur sprachlos und spürte noch immer den kraftvollen Händedruck, nachdem die Tür bereits hinter Estebán ins Schloss gefallen war.

»Herr Hellhaus, Ihr Gepäck wurde bereits aus ihrem Hotel in Menorca hierher gebracht. Wollen Sie erst auf Ihr Zimmer und sich frisch machen, oder wollen wir uns gleich unterhalten?«

Ich hörte die Worte, verstand aber die Frage von Dr. Jense nicht. Irgend etwas schien die Verbindung zwischen meinem Gehör und dem Gehirn zu stören. Nur langsam dämmerte mir die Ahnung eines kommenden Problems. Ich begann zu stottern.

»Sie haben mein Gepäck? - Ein Zimmer? - Zu was ein Zimmer, ich beabsichtige noch heute zurück nach Menorca zu fahren?«

Dr. Jense schüttelte bedauernd den Kopf

»Das wird leider nicht gehen.«

»Aber meine Unschuld ist doch bereits bewiesen, das hat mir die spanische Polizei doch bestätigt!«

»Bitte, nehmen Sie doch Platz - lassen Sie uns in Ruhe darüber sprechen.«

Ich wischte mir aufgeregt die schweißnassen Hände an meiner Hose ab und setzte mich.

»Was halten Sie von einem Kaffee? Ich bestelle uns einen.«

Ohne meine Antwort abzuwarten orderte er telefonisch Kaffee und setzte sich mir vis-à-vis, hinter einen modernen Schreibtisch mit einer schwarzen Schieferplatte.

»Sie unterstehen hier im Botschaftsgebäude der deutschen Gesetzgebung und egal wie es die hiesigen Behörden sehen, für uns bleibt die Tatsache bestehen, dass Ihr Handeln für einen deutschen Staatsbürger einen letalen Ausgang genommen hat.«

»Letalen ... ?«

»Tödlichen, wie die Mediziner sagen.«

Meine Backenknochen begannen zu mahlen, und meine Lippen wurden zu einem bleistiftdünnen Strich.

»Sie klagen mich wegen Totschlags an?«

Unter Dr. Jenses strengem Blick kam ich mir schon wie ein Verurteilter vor, wie ein Krimineller im Fernsehen, dem die Schuld bereits in die Physiognomie gemeißelt war. Mir wurde klar, dass mein Stahlrohrstuhl mir eine Haltung aufzwang, wie ein Schuldiger zu sitzen, mit hängenden Schultern. Ein infantiler Trotz in mir wünschte sich sehnlichst, die Szene würde jetzt aufhören und alle würden nach Hause gehen und mich alleine lassen.

»Ob es zu einer Anklage kommt, wird die Untersuchung ergeben. Letztlich liegt es in der Entscheidung der Staatsanwaltschaft.«

Der Kaffee wurde gebracht, und Dr. Jense schob mir eine Tasse über den Tisch.

»Nehmen Sie Milch und Zucker?«

Ich verneinte und stierte grübelnd auf den dampfenden Kaffee.

»Kann ich mit meiner Braut in Menorca telefonieren?«

Dr. Jense schüttelte bedauernd den Kopf.

»Tut mir leid, das liegt nicht in meiner Entscheidung.«

Mit einer heftigen Bewegung stellte ich die erhobene Kaffeetasse ab. Der Kaffee schwappte über den Rand der Tasse und bildete auf der Schieferplatte des Schreibtisches kleine Pfützen. Geistesabwesend malte ich mit dem Zeigefinger Kreise in die Kaffeepfützen, dann hob ich den Kopf und schaute Dr. Jense nachdenklich an.

»Wer entscheidet was ich darf oder nicht darf?«

»Wir erwarten noch heute abend einen Mitarbeiter des Bundeskriminalamtes, der Sie morgen früh nach Frankfurt bringen wird, mit ihm können Sie alle Fragen klären.«

Resigniert senkte ich den Blick, meine Stimme war apathisch als ich sagte: »Ich begreife, die Staatsmacht hat immer recht. Ich werde nichts mehr sagen, bitte zeigen Sie mir mein Zimmer.«

Dr. Jenses freundliche Miene hatte einem Stirnrunzeln Platz gemacht, aber er erhob sich und bat mich, ihm zu folgen. Das Zimmer lag im ersten Stock und war modern und großzügig möbliert. Sogar ein Fernsehapparat stand am Fußende des Doppelbetts. Meine Kleidung war in die Schränke eingeräumt und im Bad lagen die Waschutensilien ordentlich aufgereiht. Das Ganze entsprach einem Luxushotel, nur die weiß lackierten Gitterstäbe vor dem Fenster störten den Gesamteindruck.

»Herr Hellhaus, ich bitte Sie um Verständnis, ich muss die Zimmertüre abschließen. Wenn Sie etwas wünschen, bitte wählen Sie die Eins.« Er zeigte auf das auf dem Nachtisch stehende Telefon, dann klopfte er auf den Fernseher.

»Übrigens können Sie fast alle deutschen Programme empfangen.«

Ich reagierte nicht. Als sich der Schlüssel von außen im Schloss drehte, ließ ich mich auf das Bett fallen. Ich hatte die Nase gestrichen voll und wollte von dem ganzen Mist nichts mehr wissen. An der Wand über dem Bett hing ein gerahmtes Poster und ich las:

Moses:	Alles beruht auf dem Gesetz
Jesus:	Alles beruht auf der Liebe
Marx:	Alles Übel beruht auf Geld
Freud:	Alles wird von Sex regiert
Einstein:	Alles ist relativ

In Gedanken ergänzte ich:
Hellhaus: Alles ist Scheiße

Was, zum Teufel, wollte man von mir? Dieser Dr. Jense hatte mir bestätigt, dass der Inhalt meiner Aufzeichnungen bekannt war, auch dass Hübner meine Darstellung bestätigt hatte, wurde von ihm bejaht. Sogar der Tote war bereits identifiziert. Paul Herbert Heimel war sein Name, und er habe schon längere Zeit bei Interpol wegen Waffenhandels auf der Fahndungsliste gestanden. Trotzdem sperrte man mich ein und wollte mich zurück nach Deutschland bringen. Warum? Einer Antwort auf meine Frage, ob die Mauser Pistole und das Bankschließfach damit in Zusammenhang stünden, war Dr. Jense ausgewichen, aber das kurze, fast unmerkliches Zögern und der stechende Blick waren mir nicht entgangen.

Verdammt noch mal, wenn ich mit meiner Vermutung richtig lag, was hatte dann das BKA mit der Sache zu tun? Ich fand keine Antworten auf meine Fragen. Unzufrieden klickte ich die Fernbedienung des Fernsehers. Nach einem kurzen Aufblitzen der Bildröhre erschien ein verschwommenes Bild. Eine aufgetakelte Brünette hantierte in einer zum Esszimmer hin offenen Küche. Während sie scheinbar sinnlos Geschirr hin und her räumte schimpfte sie schrill in Richtung Esszimmer, wo ein gepflegter Endfünfziger ergeben und wortlos am Tisch sitzend die Schimpfkanonaden ertrug. Ein unsichtbares Publikum brach in wahre Begeisterungsstürme aus, und ein falsettviertes Gelächter schepperte aus den Lautsprechern. Ich schaltete den Ton ab und betrachtete grübelnd die Schauspieler. Hauptdarsteller wie ich, nur meine Hauptrolle war mir vom Schicksal zugewiesen. Wer mein Stück inszenierte, würde ich in Kürze erfahren, auch ob es sich um ein Drama oder gar eine Tragödie handelte. Nur eines schien mir sicher, eine Komödie war es nicht.

Auf der Suche nach Ablenkung wanderte ich durch das Zimmer. Irgendeine Lektüre hoffte ich zu finden oder wenigstens eine Zigarette, aber ich erinnerte mich, die letzte bereits geraucht zu haben. Mein Blick fiel auf das Telefon. Ob ich mir etwas zu lesen und Zigaretten bestellen könnte? Ich nahm den Hörer ab und wählte die Eins. Eine gelangweilte Frauenstimme meldete sich. Ich fragte nach Lesestoff. »Zeitungen oder ein Buch?« Die Frauenstimme antwortet mit einem kurzen: »Zeitungen - werden gebracht.« Dann kam mir eine Idee, vielleicht könnte ich ja doch nach Menorca telefonieren. Ich fragte: »Kann ich von meinem Apparat Auswärtsgespräche führen?«

Ein zögerliches »Ja.« war die Antwort.

»Dann hätte ich gerne eine Amtsleitung.«

Ein Augenblick war Stille in der Leitung, dann erfolgte ein mürrisches »Nein.«. Enttäuscht und verärgert bat ich um Zigaretten.

»Zigaretten - im Fach über der Minibar.«

Ein Klicken, dann das Echo und dann nichts mehr, nur Rauschen. Ich hatte enttäuscht den Hörer aufgelegt.

Tatsächlich war die Minibar randvoll. Neben verschiedenen Säften und Wasserflaschen gab es eine ganze Reihe kleiner Schnapsflaschen. Über der Minibar war ein Fach mit Nüssen, Kartoffelchips und mehrere Schachteln Zigaretten und Feuer. Der Service war erstklassig, nur die versprochenen Zeitungen blieben aus.

Ich baute die Schnapsfläschchen auf dem Nachtisch auf. Zweimal Wodka für Hübner und Paul; für Vicente und Berthold aus Oberndorf je ein Whiskyfläschchen. Herr Schmieder bekam einen Gin zugewiesen. Einen Wacholderbeerschnaps für Antonio und für Pedro einen Pflaumenschnaps. Zum Schluss Kirschwasser, das trank ich am liebsten, eins für mich und eins für Angelina. Dann legte ich mich aufs Bett und begann mit der Vernichtung von Hübner und Paul. Ich hasste Wodka, und erst nach Vicente und der Hälfte von Berthold hatten sich meine Magennerven wieder beruhigt. Herrn Schmieder empfand ich als appetitanregend. Ich legte eine kurze Pause ein, aß eine Handvoll Erdnüsse, knabberte Chips und trank dazu, nur so, noch einen Gin. Dann beschäftigte ich mich mit Antonio. Ich wunderte mich etwas, dass ich zwischen Antonio und Pedro keinen Geschmacksunterschied feststellen konnte und starrte leicht benommen auf das Kirschwasser. Der Schraubverschluss machte mir anfänglich einige Schwierigkeiten. Dann hatte ich ihn offen und schnupperte mit glasigen Augen an Angelina. Ich nahm das Kirschwasserfläschchen zwischen die Zähne, legte den Kopf in den Nacken und ließ mir den Schnaps gluckernd in den Mund laufen. Nach einem kräftigen Rülpser schlief ich ein, sabbernd und selig grinsend; und an dem Fläschchen saugend wie ein Baby an seinem Schnuller, schlummerte ich einem grandiosen Kater entgegen.

Aus der Ferne vernahm ich das grelle Pfeifen eines schnell näher kommenden Zuges. In regelmäßigen Abständen hörte ich das Aufjaulen der Dampfpfeife, das Stampfen der Kolben und das schrille Kreischen der Metallräder auf den Schienen. Dann fuhr der Zug donnernd in mein rechtes Ohr und der Kessel der Lok explodierte hinter meinen Augäpfeln.

Desorientiert starrte ich auf das Telefon auf dem Nachttisch, und ein neues Klingeln des Apparates schickte einen stechenden Schmerz quer durch meinen Kopf.

Schlaftrunken und benommen griff ich nach dem Hörer. Noch immer surrte der Anlasser in meinem Gehirn ohne einen Zündfunken zu produzieren, und eine irrationale Angst kroch in mir hoch, womöglich hatte mein Gehirn endgültig seine Tätigkeit eingestellt?

Eine fröhliche Frauenstimme ertönte.

»Guten Morgen, es ist vier Uhr dreißig. Man bittet Sie aufzustehen, Ihre Maschine geht sechs Uhr fünfzehn.«

Ich stöhnte aus tiefster Seele auf. Am liebsten hätte ich mich im Bett verkrochen, um dort würdevoll und möglichst rasch zu sterben. Ich brummte einen Fluch, aber die Frauenstimme ließ sich in ihrer Fröhlichkeit nicht beirren.

»A quien madruga, Dios le ayuda - Morgenstund' hat Gold im Mund!«

Ich knurrte: »Pero no es oro todo lo que reluce - Aber es ist nicht alles Gold was glänzt!« dann knallte ich den Hörer aufs Telefon.

Auf wackligen Beinen war ich in das Badezimmer gewankt. Meinem Spiegelbild hatte ich ein gequältes Grinsen geschenkt, getreu meinem Motto, beginne den Tag mit einem Lächeln, dann hast du es hinter dir. Ich hatte eiskalt geduscht und mich angezogen, danach packte ich meinen Koffer und die Reisetasche. Auch meine Schreibmaschine stand im Schrank, nur die Aktentasche mit meinen Papieren war verschwunden. Ich blickte mich suchend im Zimmer um. Die Kartoffelchips waren über den Fußboden und das Bett verstreut und die Batterie leerer Schnapsfläschchen stand demonstrativ auf dem Nachttisch. Ob mir die Hotelleitung die Getränke auf die Rechnung setzen würde? Der Gedanke reizte mich zum Lachen, aber das dumpfe Hämmern in meinen Schläfen bremste meinen Lachreiz und ich brachte nur ein verhaltenes Wiehern zustande.

Nach einem kurzen Klopfen hörte ich, wie sich der Schlüssel im Schloss drehte. Eine recht attraktive, wenn auch etwas gelangweilt aussehende Blondine von knapp dreißig Jahren öffnete die Tür und begrüßte mich mit einem gut gelaunten »Buenos días.«

Direkt hinter ihr kam ein würdig aussehender Herr. Er war Mitte Fünfzig und maß um den Bauch locker das Doppelte seines Alters. Er betrachtete mich mit einem forschenden Blick.

»So, so, Sie san dr Herr Hellhaus«, sagte er mit einem unverkennbar bayrischen Akzent.

»Ja mei, i hob do an Haftbefehl für ehna.«

Er zeigte mir ein amtlich aussehendes Stück Papier. Der Mann machte keine Anstalten, mir die Hand zu geben, er stand nur da und schaute mich an, mit geneigtem Kopf, die Stirn ein wenig gerunzelt und an den Ecken eines imposanten Schnauzbartes kauend. Offensichtlich war die Musterung zu meinen Gunsten ausgefallen, und langsam wich sein klinisches Interesse einer Spur von Sympathie.

»Duad mr laid, aber Sie missn an's Bandl - aber do domit wart mr no bis nach am Frühstück.«

Er zog Handschellen aus der Tasche und klimperte damit vor meinem Gesicht.

»Aber bittschön, wir bleibn beisammn, damit mr ons net verliern.«

Gemeinsam marschierten wir eine Etage tiefer in ein kleines Eckzimmer mit einem gedeckten Frühstückstisch. Nur zwei Gedecke waren aufgelegt. Während wir frühstückten, ließ sich keiner der Botschaftsangestellten sehen. Der Bayer hatte sich als Herr Mandelhuber, Kriminalhauptkommissar, vorgestellt, war aber ansonsten recht gesprächsfaul. Mir war es recht, noch immer dröhnte mir der Kopf.

Eine Viertelstunde später erhielten wir die Information, dass der Wagen abfahrtsbereit und das Gepäck bereits verladen sei. Herr Mandelhuber befestigte umständlich die Handschelle an seinem linken Arm, dann bat er mich mit einem bedauernden Blick: »Bittschön, strecken's den rechten Arm aus.« Mit einem leisen Klicken schloss sich das Metallband um mein Handgelenk.

»Mir legn mai Jackn drüber, dann sieht's koiner«, meinte der Bayer; dann ließ er sich ächzend neben mir auf den Rücksitz der Limousine fallen. Auf der Fahrt zum Flughafen begann er nervös an seinem Schnauzbart zu kauen und wischte sich des öfteren mit seinem Taschentuch über das Gesicht.

»Sie missn endschludign, aber i hob a bisserl Angst vor am Fliagn, do werd i immer seekrank. 'Zefix, seit's dös em Amt wissn, gebn's mir immer dia Aufträg wo ma fliagn muss - dia Hund dia damischen, dia Bazi dia schiachen!«

Ich hatte beschlossen, vorerst die Dinge hinzunehmen, wie sie kommen würden und betrachtete grinsend den schwitzenden Bayer am anderen Ende der Metallkette. Dann schaute ich gelangweilt aus dem Fenster und verfolgte, wie der Wagen nach einem kurzen Halt an einem Maschendrahttor direkt auf das Rollfeld zu einer Lufthansamaschine fuhr und vor der hinteren Gangway zum Stehen kam.

Wir waren die letzten Passagiere und wurden von einer Stewardess zu einer freien Sitzreihe im Heck der Maschine geführt. Ich wunderte mich, dass das Ganze ohne großes Aufsehen vonstatten ging. Keiner der anderen Passagiere drehte sich nach uns um. Die Stewardess, die die Handschellen bemerkt hatte, beugte sich zu Mandelhuber und flüsterte: »Sie müssen die Handschellen öffnen. Es sind Vorschriften zur Sicherheit unserer Fluggäste.« Mandelhuber zeigte auf mich und brummte: »Nein, zu meiner Sicherheit bleibt des Bandl dran, des kommt nie nicht weg.« Über dem hübschen Stupsnäschen der Stewardess entstand eine steile Falte.

»Ich werde Ihren Entschluss dem Flugkapitän berichten. Der Kapitän verfügt über die luftpolizeiliche Hoheitsgewalt.«

Der Kriminalhauptkommissar wischte mit der freien Hand durch die Luft.

»Ja mai, machen's, was se wolln!« Damit war für ihn die Sache erledigt. In routinierter Beherrschung kontrollierte die Stewardess den Sitz der Sicherheitsgurte. Mit dem Anlegen der Gurte und dem Anrollen der Maschine war es um Mandelhubers Selbstbeherrschung geschehen. Verärgert maulte er der Stewardess nach: »So a blede Flugenten. - Ja, varreck, eigentlich bin i ja a stressstabile Kreuzung zwischn am Wiener und aner Münchnerin - aber dia Fliagerei schnürt mir dia Luft ab.«

Ich hatte verständnisvoll genickt und ihm geraten: »Wenn Sie die Stewardess nett bitten, dürfen Sie vielleicht den Kopf aus dem Fenster strecken.«

Bei der Vorstellung fielen meinem Nebenmann fast die Augen aus den Höhlen, und die Anspannung trieb ihm den nackten Angstschweiß auf die Stirn.

»Ha, Kruzitürkn! - Sie san schuld! - Hätten's nix von dem Banksafe gschriebn, däd ich jetzt net hier sitzn ond bräucht net fliagn.«

Ich stutzte und schaute den Kriminalbeamten verblüfft an. Der Gedanke fügte der Situation eine neue Dimension hinzu.

»Heißt das, es geht gar nicht um den Toten, es geht um das Bankschließfach in der Schweiz?«

Mandelhuber war sichtlich froh, seine Gedanken auf ein anderes Thema lenken zu können.

»Ja, was glaubn denn Sie! Wenn's nur an mickriger Totschläger oder an attestierter Kinderschänder wärn, dann däden's in zwoi Tagn wieder auf ihrem Sofa sitzn. - Aber doch net, wenn's vor hamn a hailige Kuh zu schlachten. - Die Kuh hoißt nun a moi Geld.«

Ich beschränkte mich auf ein: »So, so!«

»Schaun's, des ergibt sich ainfach aus unserm Strafgesetzbuch. Als dös unsere Vorfahrn 1871 geschaffn hamn, war die Maxime, dass Gut und Geld mehr wert sei als dia Gsundhait. Dia gingn domals davon aus, dass a Watschn Privatsach wär ond a blaus Aug von selber wieder gsond wird, anderst als dr Geldbeutel.«

Der Kriminalhauptkommissar holte tief Luft und klammerte die Hände um die Armlehnen.

Verstehn's, deswegn geltn verschiedne Maßstäbe. Schlagen's a oiden Oma aufn Kopf ond klauen ihre tausend Mark Rente, stellt der Staat drei Psychiater ond Sie kriagn Bewährung. Krampen's aber fünfhundert Mark von oiner Bank, stellen dia drei Gutachter ond Sie wern im Knast in Stadelheim beerdigt.«

Er wischte sich mit beiden Händen über das Gesicht. Ich kommentierte das schmerzhafte Zerren an meinem Handgelenk mit einem Fluch, den mein angeketteter Partner nicht zur Kenntnis nahm.

»Ganz obn is des Gleiche. Bscheißen's z'Finanzamt damit ihr Firma überlebt ond zehn Arbeiter a Gschäft hamn, wern's om d ganze Welt gjagd. Machen's aber als Topmanager bei em Automobilkonzern an Milliardenverlust ond missn deswegn fünftausend Arbeiter gehn, kriagn's Steuervergünstigungen ond des Bundesverdienstkreuz für a erfolgreiche Anpassung an d'Weltwirtschaftslage.«

Der Jet war über die bucklige Piste geholpert und hatte sich schwerfällig in den strahlend blauen Himmel erhoben. In einem weiten Halbkreis drehte das Flugzeug nun mit sanftem Schaukeln auf Nordkurs ein. Aus dem Fenster erkannte ich die 20 Kilometer tiefe Bucht von Palma, den Jachthafen mit weit über tausend Liegeplätzen, die eng verwinkelte Stadt und die alles überragende Kathedrale. Dann breitete sich das Hinterland wie ein hell leuchtender Flickenteppich unter uns aus. Nach wenigen Minuten wechselte das Bild und wir überflogen die bizarre Gesteinslandschaft der gebirgigen Nordwestseite der Insel. Der höchste Punkt der Insel, der Puig Mayor mit seinen 1.445 Metern, schien zum Greifen nahe an uns vorbeizuziehen, dann war nur noch eine unendliche blaue Fläche unter uns.

Ein Gong ertönte und die Warnlichter erloschen. Durch die Maschine ging ein befreites Raunen, als hätten die Passagiere den Atem angehalten. Stimmen und Gelächter erklangen, und eine rege Betriebsamkeit setzte ein. Nicht so Herrn Mandelhuber. Zusammen mit dem Erlöschen der Warnlichter beendete er seinen erregten Vortrag. Nach einem leidvollen Seufzer schloss er die Augen und war kurz darauf eingeschlafen. Ich beobachtete amüsiert, wie sich seine Schnauzbarthaare im regelmäßigen Rhythmus der tiefen Atemstöße abspreizten.

Ich fühlte mich seit dem Anlegen der Handschellen merkwürdig entspannt. Eine unerklärliche Lockerheit hatte von mir Besitz ergriffen, als wäre mit der Stahlkette jede Verantwortung von mir abgeleitet worden. Mit einer fatalistischen Ergebenheit döste ich dem Kommenden entgegen.

Über Frankreich ertönte erneut die Aufforderung zum Anschnallen. Der Kapitän rechnete mit leichten Turbulenzen und berichtete von einer geschlossenen Wolkendecke über Süddeutschland und weit über Frankfurt hinaus. Der Beamte ließ sich davon nicht stören. Er hing noch immer im Tiefschlaf in den Gurten; auch als die blondgelockte Stewardess das Essen austeilte, hatte er nur unwirsch abgelehnt und war sofort wieder eingeschlafen. Ich hatte grinsend auf meine Handschelle gezeigt und auf ein einarmiges Essen verzichtet. Die Meinung des Kapitäns zum Thema Handschellen ließ vergeblich auf sich warten, der Lockenkopf hatte mir nur einen interessierten Blick zugeworfen und mit einem verstehenden Verlegenheitslächeln einen Kaffee serviert.

Ich war schon dreimal in Frankfurt gelandet und war jedes Mal beeindruckt, wenn der Jet im Tiefflug über die Autobahn und die Waldgebiete auf den Flughafen zuschwebte. Diesmal war davon nichts zu sehen. Der Blick nach unten zeigte nur undurchdringliche weißgraue Watte, und urplötzlich wurde das gleißende Sonnenlicht von grauen Wolkenfetzen verschluckt. Dann tauchten auch bereits die Lichter des Landeplatzes und die Rollbahn aus dem diffusen, regenverhangenen Morgenlicht auf. Mit einem kräftigen, bockigen Schütteln setzte die Maschine auf und weckte Herrn Mandelbauer, der sich mit einem herzhaften Gähnen zurückmeldete.

Die ersten Reisenden drängten sich bereits lärmend und über das Sauwetter schimpfend am Ausstieg. Mandelhuber grunzte verschlafen. »So, samer wieder dahoim! - San's froh, Herr Hellhaus?« Dann legte er mir seine Hand auf den Arm und meinte: »Bleiben's sitzen, wir gehn als Letzte.«

Ich hatte nicht geantwortet. Ob ich froh wäre, wieder daheim zu sein? Was für eine blöde Frage? Wie lange war es her, dass ich nach Menorca geflogen war? Vier, knapp fünf Wochen. Vor sieben Wochen war ich bei Marion ausgezogen und hatte die verfluchte Pistole gefunden. Ich schaute auf meine Uhr und begann zu rechnen. Gerade mal dreiundsechzig Stunden waren seit dem Tod von Paul Heimel vergangen. Verflixt und zugenäht, wie war es möglich, dass die deutsche Polizei so schnell reagieren konnte? Dann wanderten meine Gedanken zu Angelina. Schon drei Wochen dauerte unsere Liebe und wie wenige Stunden davon hatten wir für uns; und doch zählte jede Minute wie Äonen. - Ich musste einen Weg finden, sie zu informieren.

Die Dämmerung ging in ein blasses, stahlblaues Morgenlicht über. Graue und dreckig weiße Wolken, mit schwarzen Schlieren durchzogen, wurden von einem böigen Wind über den Himmel getrieben. Eine undurchdringliche Wolkendecke, die sich wie ein riesiges graues Metalldach von Horizont zu Horizont spannte, lag über dem Flughafen. Nieselregen schlug uns entgegen, und die Luft war unangenehm kühl, als wir als letzte das Flugzeug verließen. Ich fror in meiner leichten Sommerkleidung, aber auch Mandelhuber schien es nicht besser zu gehen. Er zog mich mit eiligen Schritten auf einen wartenden Mercedes zu. Wieder wunderte ich mich, mit welcher präzisen Logistik mein Abtransport erfolgte. Das Auto, das Gepäck, die Zollabfertigung, alles lief wie am Schnürchen, und kaum dreißig Minuten später fädelte unser Fahrzeug in den morgendlichen Berufsverkehr in Richtung Wiesbaden ein.

Als wir die Stadt erreichten, hatte der Regen aufgehört. Auf dem noch regennassen Asphalt spiegelten sich die Reklamelichter zu surrealistischen Gemälden, wie der Blick in einen Haufen Spiegelscherben.

In rascher Fahrt fuhren wir durch die Adolfsallee. Vorbei am Hauptsitz des Bundes der Steuerzahler. Auf einer gigantischen Digitalanzeige tickte die Schuldenuhr Deutschlands. Eine Zahl mit dreizehn Stellen zählte ich - weit über eine Billion.

Mandelhuber hatte meinen interessierten Blick aus dem Fenster bemerkt und las mir die Gedanken vom Gesicht ab.

»Dia Schuldn von de Länder ond Kommunen dazu, san des weit über zwoi Billionen. Wenn i dia Zinsen grign dät, wär i in fünf Minuten Millionär.«

Ich schaute meinen Kettenhund kopfschüttelnd an.

»Und wer bekommt die Zinsen?

»Na dia Banken! A runde Billion hamer Schulden bei deutsche Banken ond über a halbe Billion bei de ausländische. Jeder von uns, ob Baby oder Oma, jeder zahlt jeden Tag mehr als drei Mark Zinsn.«

Mandelhuber kaute an seiner Schnauzbartspitze.

»Ganze 3.700 Tonnen wiegt onser Goldschatz bei dr Bundesbank, des san nur rund 54 Milliarden Mark. - Milliarden, Billionen, der Onterschied san blos a bar Nulln ond di sitzn im Parlament.«

Aus meinem Lächeln wurde ein breites Grinsen.

»Dann sind Sie also Bankangestellter, denn faktisch gehört Deutschland ja bereits den Banken?«

Der Kriminalhauptkommissar glotzte erst verständnislos, dann nickte er ärgerlich, und der grimmige Ausdruck seines Gesichtes verwandelte sich langsam in tiefe Ratlosigkeit, dem ein nachdenkliches Schweigen folgte. Auf meine Frage nach dem Wohin und wie lange es noch dauern würde, hatte er nur noch gebrummt: »Gleich samr do - wir wern im BKA erwartet.«

Tatsächlich hielt der Wagen kurz darauf vor einer Absperrung. Zwei Polizisten patrouillierten mit umgehängten Maschinenpistolen vor der Zufahrt zum Bundeskriminalamt. Nach einem kurzen Blick in den Wagen gaben sie den Weg frei. Von den beiden Polizisten abgesehen, war dem Gebäude seine Bedeutung nicht anzusehen. Als der Wagen vor dem Eingang hielt, war ich gezwungen, auf Mandelhubers Seite auszusteigen, der nach einem Blick auf seine Uhr energisch an den Handschellen zerrte und mich, wie einen unwilligen Hund an der Leine, hinter sich herzog. Im zweiten Stock betraten wir ein Büro und wurden von einer unscheinbaren, aber freundlichen Sekretärin empfangen, die uns sofort weiter in einen Konferenzraum führte, in dem bereits zwei Männer auf uns warteten..

Der eine stellte sich als Kriminaldirektor Obermann vor, dann zeigte er auf den anderen, der die Hände in den Hosentaschen vergraben hatte und mit ausdruckslosem Gesicht im Hintergrund stand: »Herr Selber, vom Bundesnachrichtendienst.«

Herr Obermann sah aus, als sei er bereits mit Kopfschmerzen auf die Welt gekommen. Er betrachtete mich mit einem kritischen Blick. Sein Blick schien durch mich hindurchzudringen, als sei er auf einen weit hinter mir liegenden Punkt gerichtet. Auf Obermanns Wink hin öffnete Mandelhuber die Handschellen. Ich rieb mir das schmerzende Handgelenk und entfernte mich mit einem raschen Schritt von Mandelhuber, der dazu nickte, als verstehe er, dass ich der aufgezwungenen Nähe der letzten Stunden entweichen wollte.

Der Kriminaldirektor stellte sich als Chef von Mandelhuber heraus. Er forderte die Anwesenden auf, sich zu setzen und sich bei den bereitstehenden Butterbrezeln und dem Kaffee, oder den Säften zu bedienen. Der Ton war freundlich, ganz so, als sei es eine Zusammenkunft alter Freunde. Dann saßen wir alle in bequemen Ledersessel um einen runden Tisch, und Mandelhuber und Selber musterten mich schweigend, während Obermann mit in unendliche Ferne gerichteten Augen in vor ihm liegende Unterlagen starrte. Das Neonlicht überzog die Gesichter mit einer kalkigen Blässe. Ich empfand die Stille als unbehaglich. Unruhig begann ich auf meinem Sitz hin und her zu rutschen und fragte: »Was habe ich mit dem Bundesnachrichtendienst zu tun? Ich bin doch kein Spion.«

Als der BND-Mann darauf nicht reagierte, nur seine kalten bernsteinfarbenen Augen waren plötzlich sehr wachsam, drehte ich mich zum Kriminaldirektor um, der mit einem leisen Klopfen auf der Tischplatte um Aufmerksamkeit bat.

»Herr Selber ist nicht in die Untersuchung involviert, er ist nur Zuhörer. - Warum, tut im Moment nichts zur Sache.«

Der bestimmende Ton erinnerte mich an meine Rolle als Verhafteter und ich fragte: »Bitte beantworten Sie mir zuerst eine Frage. Wie ist es möglich, dass die deutsche Polizei so schnell nach dem Tod von Herrn Heimel reagieren konnte? Mein Hiersein kommt mir vor, als seien Sie auf alles vorbereitet gewesen?«

Ein gequältes Lächeln huschte über Obermanns Gesicht.

»Nicht auf alles. - Ja genau genommen waren wir von der Entwicklung sogar, na sagen wir einmal, ziemlich überrumpelt.«

Er rieb sich nachdenklich die Schläfen, dann fragte er mich: »Ist es Ihnen bekannt, dass der tote Paul Heimel wegen Waffenhandel und Waffendiebstahl zur Fahndung ausgeschrieben war?«

Er zögerte einen Moment, und als ich nickte, warf er einen kurzen Blick zu Herrn Selber, der mich, wie eine Katze die Maus, mit lauerndem Blick beobachtete.

»Die Einbruchdiebstähle erfolgten in Bundeswehrwaffendepots. - Heimels Aufenthaltsort war uns bekannt, und er stand unter Beobachtung. - Im Rahmen unserer Möglichkeiten in Spanien und zumindest, soweit es seine Aktionen außerhalb des Hübner Anwesens betraf.«

Ich hatte interessiert zugehört, dann unterbrach ich den Kriminaldirektor.

»Warum konnten Sie dann nicht verhindern, dass ich von Heimel zusammengeschlagen wurde und dass der Kerl meine Braut entführte?«

Herr Obermann blickte auffordernd durch Mandelhuber hindurch, der genüsslich an einer Brezel kaute.

»Das kann Ihnen der Kollege erklären.«

Nach einem unterwürfigen Blick auf seinen Chef hüstelte Mandelhuber verlegen und erklärte mir: »Wir hatten gehofft, durch die Observation an Heimels Hintermänner und Kontakte zu kommen.«

Er hüstelte wieder und kämmte sich mit den Fingern Brezelreste aus seinem Schnauzbart. Ich war sichtlich verblüfft, weniger über das, was Mandelhuber sagte, vielmehr, wie er es sagte. Unter den Augen seines Chefs sprach er ein gepflegtes Hochdeutsch.

»Wir hatten Ihre Verhandlungen mit Hübner über die Pistole mitbekommen, sie aber falsch bewertet. - Sie verstehen doch: Heimel Waffenhändler - Heimel und Hübner Partner - und Hübner verhandeln mit Ihnen über Waffen?«

»Nur über eine Pistole, eine zig Jahre alte Mauser-Pistole«, warf ich dazwischen, und Mandelhuber nickte dazu.

»Ja, natürlich, das wissen wir zwischenzeitlich auch, aber als Sie überfallen wurden war uns das noch nicht bekannt - und unsere Möglichkeiten im Ausland sind sehr beschränkt - wir haben keine Amtsgewalt. Das erklärt übrigens auch, dass wir die Entführung nicht verhindern konnten. Heimel und Hübner benutzten, wie Sie, eine Privatjacht, und beide Male war es unseren Leuten unmöglich, die Verfolgung aufzunehmen.«

Mandelhuber hatte die Erklärung mit einem um Verständnis heischenden Blick abgeschlossen, und ich musste unwillkürlich lachen.

»Aber um mich hierher zu bekommen, reichte Ihre Amtsgewalt?«
Auch Mandelhuber begann zu lächeln.

»Nicht ganz. Hätten wir Sie der spanischen Staatsgewalt überlassen, hätte es ein monatelanges Tauziehen um Ihre Auslieferung gegeben. Aber das Mitwirken des spanischen Kollegen und Ihr mehr oder weniger freiwilliger Besuch in unserer Botschaft hat dies erübrigt.«

Nachdenklich betrachtete ich den schmunzelnden Mandelhuber. Der spanische Kollege war wohl der gemütlich wirkende. Dieser Polizist, von dem ich geglaubt hatte, dass er viel zu nett sei um Polizist zu sein. Falls mein Buch wirklich veröffentlicht würde, würde ich dem dicken Estebán ein Exemplar mit einer besonderen Widmung schicken.

Obermann konzentrierte sich wieder auf den nur für ihn sichtbaren Punkt hinter mir.

»Herr Hellhaus, wir haben uns die letzten Stunden intensiv mit Ihren, uns von den spanischen Kollegen überlassenen Aufschrieben beschäftigt. - Ihre Darstellungen erscheinen, ich betone, erscheinen, eine logische Kette zwangsläufiger Handlungen zu ergeben, die letztlich zum Tode von Heimel geführt haben und eine Notwehrbetrachtung rechtfertigen würden.«

Mandelhuber brummte dazu. »Und allem Anschein nach hat die menschliche Gesellschaft durch den Tod Heimels keinen großen Verlust erlitten.«, verstummte dann aber sofort, als ihn der Blick seines Chefs traf.

Ich blickte in das ausdruckslose Gesicht meines Gegenübers und setzte zu einer Erwiderung an, die der Kriminaldirektor mit einer Handbewegung unterband.

»Bitte unterbrechen Sie mich nicht. Sie werden Gelegenheit bekommen, meine Fragen zu beantworten. - Unterstellen wir, dass Ihre Aufzeichnungen ein Produkt ihrer berufsbedingten Phantasie darstellen, demnach Lügen sind, die einen Kosmos von Möglichkeiten eröffnen und ihrer Person eine Aura fragwürdiger Aspekte vermitteln. Für diesen Fall hätten Sie mit einer Anklage, mindestens wegen Totschlages, zu rechnen.«

Dieser Obermann war ein blendender Rhetoriker. Die Erklärung war in betont freundlicher Weise erfolgt. Mit überlegt gesetzten Pausen und wohlklingender Betonung. Als würde man die Behandlung einer Sache erwägen und nicht über das Schicksal eines Menschen reden. Die regungslose Miene und die in die Ferne gerichteten Augen Obermanns unterstrichen die Unpersönlichkeit des Vortrages. Ich hatte das Gefühl, einem Telefonat zu folgen, bei dem ich mir aufgrund der Stimme ein Bild des Gesprächsteilnehmers machte, das in krassem Widerspruch zu Obermann stand.

»Heißt das, Sie beabsichtigen, mich wegen Totschlags anzuklagen?«

Obermanns Blick bohrte sich wie ein Laserstrahl durch meinen Kopf, und ich schloss unwillkürlich die Augen. Ich hatte beschlossen meiner Telefonvorstellung zu folgen und Obermanns Präsenz nur noch akustisch zu akzeptieren.

»Herr Hellhaus, wir erwarten von Ihnen, dass Sie uns die Geschehnisse netto mitteilen, also unter Abzug der dichterischen Verpackung. - Bei neunzig Prozent aller Straftaten führt die Motivfrage zur Aufklärung. Ihre Aufzeichnungen liefern gleich zwei mögliche Motive. - Erstens, die von Ihnen möglicherweise konstruierte Entführung ihrer Braut - und zweitens, das Naheliegende, das Bankschließfach in der Schweiz.«

Ich schüttelte mit geschlossenen Augen den Kopf und hatte den Wunsch, meine Telefonvorstellung sei Wirklichkeit, dann hätte ich jetzt wortlos den Hörer auflegen können.

»Wenn das Ihre, wie Sie sagen, naheliegende Betrachtung ist, werde ich gar nichts mehr sagen und verlange einen Rechtsanwalt.«

Obermanns Stimme klang unverändert freundlich, vielleicht mit einem Timbre interessierter Sachlichkeit.

»Wir sind der Auffassung, dass sich die Angelegenheit ohne Außenstehende für alle Beteiligten besser aushandeln lässt.«

Ich öffnete verwundert die Augen.

»Bitte? - Aushandeln? - Ja, wo bin ich denn hier? - Herrn Mandelhuber, das ist doch das Bundeskriminalamt, oder haben Sie mich versehentlich in den Basar nach Marrakesch entführt?«

Herr Obermann schüttelte unwillig den Kopf und sagte: »Herr Hellhaus, wir sind keine marokkanischen Teppichhändler.«

Er stockte und starrte wieder auf seine Unterlagen. Eine Weile massierte er sich mit dem Handballen die Schläfen dann ging ein Ruck durch seine Gestalt, und er wandte sich an den BND-Mann.

»Herr Selber, das mir vorliegende Telefax aus dem Ministerium«, er klopfte auf die vor ihm liegenden Papiere, »gibt mir die Möglichkeit, die Informationen den Gesprächserfordernissen anzupassen. - Ich schlage vor, dass Sie Herrn Hellhaus einen kurzen Abriss der Problemstellung vermitteln. - Wenn Sie einverstanden sind« - er drehte sich zu Herrn Mandelhuber - »muss ich Sie Herr Kollege, bitten, den Raum zu verlassen.«

Mit einem lethargischen Schulterzucken kommentierte Mandelhuber die Aufforderung und verließ den Raum, dann beugte sich der BND-Mann zu mir und betrachtete mich sekundenlang mit seinen ausdruckslosen Katzenaugen, bevor er mit seinem Bericht begann.

»Um den Zweiten Weltkrieg zu finanzieren, requirierten die Nazis bei den Staatsbanken der eroberten Länder Goldbestände. Die US-Amerikaner haben das in der Operation Safe Haven aufgezeichnet. - Sie kennen doch die CIA, die Central Intelligence Agency, sie beziffert die Gesamtsumme mit sage und schreibe 648 Millionen US-Dollar, das wären fast 300 Tonnen Gold. Allein von Belgien für 223 Millionen Dollar und von Niederlande 168 Millionen; und das waren die Werte von 1945.«

Man sah ihm an, dass die vorgetragenen Zahlen nicht in sein Weltbild passten. Er räusperte sich und fuhr fort.

»Davon soll Gold im Wert von 550 Millionen Dollar von den Nazis in der Schweiz deponiert worden sein. Ob Hitlers Außenminister Joachim von Ribbentrop, Vizekanzler Franz von Papen oder Göring, jeder soll sich etwas für schlechtere Zeiten zurückgelegt haben.«

Er fuhr sich nervös mit den Fingern in den Kragen und fingerte aufgeregt an der Krawatte, als würde sie ihm die Luft abschnüren.

»Im sogenannten Washingtoner Abkommen von 1946 haben sich die Siegermächte mit der Schweiz auf eine pauschale Zahlung von 60 Millionen US-Dollar an die Alliierten geeinigt und beschlossen, den Rest von 490 Millionen Dollar zu vergessen. - Übrigens, sind das nur die Zahlen über das Raubgold. Was sonst noch von den Nazis in Schweizer Banken gehortet worden sein soll, ist gar nicht abzuschätzen. - Alleine der Bereich der Rohdiamanten aus der Antwerpener Diamantenbörse berechtigt zu abenteuerlichen Rechnungen, und wie hoch das in der Schweiz lagernde Fluchtvermögen der Holocaust-Juden war und was daraus wurde, darüber lässt sich nur spekulieren.«

Er unterbrach seinen Vortrag und begann hektisch die vor ihm liegenden Blätter zu ordnen, dann schaute er mich lange an, bevor er weiter sprach.

»Nun ist die Schweiz ja für ihr Bankgeheimnis berühmt, aber offensichtlich haben einige die Geschichte nicht vergessen. Zum Beispiel wollen die Holländer von den Schweizer Banken fünfundsiebzig Tonnen Gold im Wert von 1,3 Milliarden Mark zurück. Auf öffentlichen Druck muss der Schweizer Nationalrat die Untersuchung der während der Naziherrschaft in die Schweiz gelangten Vermögenswerte möglich machen. Aber zwischen der Verabschiedung des Gesetztes und dem Inkrafttreten liegen fünfzehn Monate. - Verstehen Sie warum?«

Er ließ die Frage in der Luft hängen und zündete sich bedächtig eine Zigarette an, ohne mir eine anzubieten.

»Es liegt doch auf der Hand, die Banken sollen Gelegenheit haben - sagen wir einmal - die Dinge in ihrem Sinne und im Staatsinteresse zu ordnen. Denn weder die Schweizer noch wir Deutschen legen Wert darauf, dass jemand in der Brühe stochert und den braunen Bodensatz nach oben kehrt.«

Ich hatte fasziniert seinen Vortrag verfolgt, dann fragte ich: »Warum erzählen Sie mir das?«

Selbers Gesicht bekam einen nachdenklichen Ausdruck, und er begann hastig in kleinen Zügen an seiner Zigarette zu ziehen, mit scheinbar ausschließlichem Interesse an dieser Beschäftigung.

»Warum? - Weil auch Sie, vielleicht ungewollt, in der braunen Brühe stochern, und daran weder die Banken noch Ihr Heimatland Interesse haben.«

Der BND-Mann hatte sich eine neue Zigarette angezündet und beschäftigte sich konzentriert mit den vor ihm liegenden Papieren, während der Kriminaldirektor mit gequälter Miene auf den Punkt weit hinter mir starrte und die weitere Erklärung übernahm.

»Rechtsanwälte und Gerichte bedeuten Öffentlichkeit, und die wollen wir vermeiden. Wir suchen nach einer Möglichkeit, die Angelegenheit in beiderseitigem Interesse rasch und ohne Aufsehen zu erledigen. - Das erfordert Ihr Mitwirken und Ihre Aussagen zu allen unseren Fragen. - Insbesondere fehlt der Depotschein der Schweizer Bank in Ihren Unterlagen und die Pistole.«

Der letzte Satz Obermanns ließ mich stutzen. Richtig, der Depotschein, er befand sich in meiner Brieftasche. Ich überzeugte mich durch einen unauffälligen Griff an meine Brusttasche. Ich hatte ihn eingesteckt, als ich mich in Ciudadela von dem Bankdirektor über die Schließfachbedingungen informieren ließ; und ihn dann dort vergessen. Dass sich die Mauser Pistole bei Herrn Schmieder in Oberndorf befand, würde Obermann wohl in Kürze aus meinen Aufzeichnungen erfahren, aber der Depotschein in meiner Tasche vermittelte mir eine gehörige Portion Selbstsicherheit.

»Ich verstehe Sie doch richtig? - Grundsätzlich glauben Sie an meine Notwehrsituation, aber Sie benutzen die Drohung einer Anklage wegen Totschlags, um mich in der Schließfachsache gefügig zu machen. - Ich verstehe auch Ihre Befürchtung, dass der Inhalt - wie meinte Herr Selber - braune Brühe ans Tageslicht befördert, aber was Sie genau von mir wollen, begreife ich nicht.«

Obermann fixierte wieder den Punkt und begann sich mit beiden Händen die Schläfen zu massieren.

»Es liegt uns eine klare Direktive vor, diese Frage bis zum morgigen Eintreffen eines Ministeralbeamten auszuklammern und uns auf den Tathergang und die Tatzusammenhänge zu beschränken.«

Ich lehnte mich aufatmend zurück. Innerlich hatte ich den Telefonhörer aufgelegt und das Gespräch mit Obermann beendet.«

»Dann warten wir doch, bis dieser wichtige Mensch hier eintrifft. Redefreiheit ist ja nun mal ein Recht und keine Pflicht.«

Obermann saß da wie eine Jahrmarktsattraktion. Eine sprechende Puppe, die ohne eine Gefühlsregung in unendliche Weiten glotzte. Dann gab er sich einen Ruck und erklärte die Besprechung, und wie er es ausdrückte: »Den Versuch eines konstruktiven Miteinanders«, als gescheitert.

Von einem stämmigen Wachmann wurde ich in eine blitzsaubere, aber spärlich möblierte Zelle gebracht. Ein Etagenbett mit Eisenrahmen, Tisch, Stuhl und Metallspind waren die ganze Einrichtung. Hinter einer Vormauerung befand sich eine Toilette, ein Waschbecken und eine Duschgelegenheit. Eine dünne Matratze, ein klumpiges Kopfkissen, zwei Laken und zwei Wolldecken komplettierten das Ganze zu einer traurigen Eremitage.

Ich hatte Gelegenheit bekommen, meine Waschutensilien und Kleidung zum Wechseln aus meinem Gepäck zu nehmen. Die Reiseschreibmaschine und Schreibpapier hatte man mir buchstäblich aufgedrängt. Auch meinem Wunsch, das Kofferradio aus meinem Gepäck mit in die Zelle zu nehmen, hatte Obermann zögerlich und nach eingehender Untersuchung des Radios zugestimmt, nur meine Bitte nach einem Buch aus meinem Gepäck hatte er mit einem Kopfschütteln abgelehnt.

Mir war klar, was Obermann bezweckte, er wollte mir Ablenkungsmöglichkeiten nehmen und mich zu einer schriftlich Aussage drängen, einer Kurzfassung der Fakten, und vielleicht wäre dies auch die einfachste Lösung. Ich beantwortete mir die Frage mit einem theoretischen Ja, entschied mich dann aber nach einem Blick in meine Brieftasche, dieser theoretischen Einsicht nicht zu folgen. Ich war überzeugt davon, dass mir der Besitz des Depotscheines alle Trümpfe in die Hand gab. Vorsichtig faltete und rollte ich das über fünfzig Jahre alte Papier und versteckte es im abschraubbaren Plastikgriff meiner Haarbürste.

Dann setzte ich mich abwechselnd grinsend und vergnügt pfeifend an meine Schreibmaschine. Ich hatte beschlossen zu schreiben, den vielleicht heimlichen Zuhörern oder Beobachtern etwas zu bieten, aber keine Aussage, keine Kurzfassung der Ereignisse, sondern eine Kurzgeschichte, zu der mich das Telefongespräch mit Kriminaldirektor Obermann und die katzenhaft lauernde Art von Herr Selber inspiriert hatten.

In blendender Laune verbrachte ich die nächsten Stunden an der Schreibmaschine, nur unterbrochen von Kohlrouladen und Kartoffelbrei, die mir auf einem Tablett durch ein Klappe in der Zellentür gereicht wurden. Als ich fertig war, legte ich mich auf das Bett, hörte Tanzmusik aus dem Radio und las meine Kurzgeschichte.

Ein Mann meldet telefonisch seine Verlobte Angelina als vermisst und das Ganze mit einem makaberen Ende. Das war eine von diesen Geschichten, für die Schmelinger vom Tagblatt Geld locker machte. Ich war mit mir und dem Ergebnis zufrieden, und doch war da etwas,

was mich störte. Minutenlang brütete ich über dem Text, dann strich ich den Namen Angelina und ersetzte ihn durch Helen.

KOMM MIEZE, KOMM

»Guten Tag, Herr Inspektor, ich freue mich, dass Sie endlich Zeit gefunden haben, ans Telefon zu gehen.«

»Nein, bestimmt nicht - ich wollte Sie nicht beleidigen.«

»Ja, ist ja schon gut, ich entschuldige mich.«

»Eine Vermisstenmeldung.«

»Meine Verlobte, Helen Banks, wird vermisst.«

»Was heißt das? Ob ich berechtigt bin, eine Vermisstenanzeige aufzugeben?«

»Herr Inspektor, ich sag Ihnen doch, dass Miss Banks meine Verlobte ist!«

»Nein, wir wohnen nicht zusammen.«

»Gestern Abend waren wir verabredet, und als ich sie abholen wollte, war sie nicht da.«

»Nur ihre Katze war in der Wohnung.«

»Ja, so eine grau-weiß-gefleckte.«

»Was hat das denn mit Helens Verschwinden zu tun?«

»Nein, nicht die Katze, meine Verlobte heißt Helen.«

»Ich habe nicht geklingelt. Ich habe einen Schlüssel, oder glauben Sie, die Katze habe mir die Tür geöffnet?«

»Ich soll 48 Stunden warten, ob Helen auftaucht?«

»Das ist doch Unsinn, ich kenne doch meine Verlobte. Nie im Leben würde sie ohne Nachricht verschwinden. Wer sollte sich denn um ihre geliebte Mieze kümmern?«

»Ich? Nein, ich kann Katzen nicht ausstehen, sie sind falsch, faul und gefräßig.«

»Klar hab ich ihr was zum Fressen gegeben, Helen würde mir nie verzeihen, wenn ihr etwas passieren würde - der Katze meine ich.«

»Aber lassen Sie mich doch endlich mit dem Tier in Ruhe!«

»Ich bin nicht streitsüchtig.«

»Warum sollte ich mit Helen streiten? Im Gegenteil, wir wollen in drei Wochen heiraten.«

»Nein, gesehen habe ich Helen gestern nicht, aber gesprochen hab ich sie, so gegen 14 Uhr.«

»Ich habe Ihnen doch schon gesagt, dass wir uns für den Abend verabredet hatten.«

»Klar, kann man sich sprechen ohne sich zu sehen.«

»Herr Inspektor, das schwarze Ding auf ihrem Schreibtisch ist ein

Telefon, und das bekommen jetzt auch wir normale Bürger.«

»Nein, ich werde nicht frech. Ich will nur, dass Sie endlich etwas unternehmen.«

»Was? Das weiß ich doch nicht, ich bin doch kein Polizist!«

»Das hab ich doch schon gesagt, ich habe alle Bekannten angerufen, keiner hat Helen seit gestern Mittag gesehen.«

»Richtig, ich mag keine Katzen.«

»Ob Sie sie mögen, ist mir egal, ich finde, es sind heimtückische Killer.«

»Tut mir leid. Natürlich verstehe ich, dass es Menschen gibt, die sogar weinen müssen, wenn in einem Film ein Katze überfahren wird, und ich verspreche, wenn Ihnen das passiert, weine ich auch.«

»Ich bin nicht gefühllos!«

»Über was ich mit Helen am Telefon gesprochen habe? - Was hat das denn mit ihrem Verschwinden zu tun?«

»Nein, wir haben nichts Wichtiges oder Besonderes geredet.«

»Selbstverständlich kann ich mich erinnern.«

»Helen war morgens bei ihren Eltern, außerhalb Londons.«

»Allein, mit dem Auto.«

»Das interessiert mich doch nicht, dass Sie nur ein Dienstfahrrad haben!«

»Sie reden Blödsinn, auf der Rückfahrt kann ihr nichts passiert sein, ich habe doch anschließend mit ihr telefoniert.«

»Ja, ist ja gut, ich entschuldige mich.«

»Nein, mit ihren Eltern hatte Helen auch keinen Streit.«

»Etwas Ungewöhnliches oder Auffallendes auf der Rückfahrt?«

»Ich wüsste nicht!«

»Ob Helen aufgeregt war?«

»Klar, Helen war immer aufgeregt, wenn es um Katzen ging.«

»Nein, nicht wegen ihrer Katze.«

»Unterwegs hat sie so ein Vieh überfahren. Es rannte ihr aus einem Garten genau unter die Räder.«

»Wichtig? Was soll daran wichtig sein? Jährlich werden auf unseren Straßen Tausende Katzen überfahren!«

»Um vermisste Menschen, nicht um Katzen sollte sich die Polizei kümmern.«

»Klar war das Vieh tot, oder wäre Ihnen lieber gewesen, Helen wäre verletzt?«

»Da muss ich ja lachen! Helen und den Kadaver auf der Straße liegen lassen, da kennen Sie Helen aber schlecht.«

»Gar nicht? - Herr Inspektor, das war nur eine Redewendung.«

»Ich bin sachlich!«

»Liebevoll in eine Decke hat sie sie eingewickelt und in den Garten getragen. Da kam auch schon die Bewohnerin aus der Haustür und mit ihr noch ein paar andere Katzen.«

»Nein, woher soll ich das alte Weib denn kennen?«

»Eine Verrückte, lebt scheinbar mit lauter Katzen unter einem Dach.«

»Herr Inspektor, wenn Ihre Frau auch drei Katzen hat, ist mir das doch egal.«

»Nein, ich kenne weder die Bewohnerin noch das Haus, ich weiß nur, was Helen berichtet hat.«

»Helen hat, so glaube ich, erwähnt, das Haus liege in der Line Street.«

»Ihr Polizeirevier auch? Na, dann kennen Sie es ja vielleicht.«

»So ein kleines freistehendes, rotes Backsteinhaus, fast verborgen hinter Hibiskushecken. - Ach ja, im Garten standen zwei oder drei, nein ich bin sicher, es waren drei Grabkreuze.«

»Wahrscheinlich ein Katzenfriedhof. Muss wohl eine verkehrsreiche Wohngegend sein.«

»Nein, ich mache mich nicht lustig.«

»Soll ich jetzt weiter erzählen, oder was?«

»Also gut, die Frau kam keifend aus dem Haus und belegte Helen mit den übelsten Beschimpfungen.«

»Was sie gesagt hat? - Na so etwas wie, jeder Autofahrer sei ein Mörder und gehöre ebenfalls totgefahren oder bestenfalls vergiftet und zusammen mit dem armen toten Tier begraben.«

»Helen hatte keine Gelegenheit, ihr Bedauern und ihr Mitgefühl auszudrücken.«

»Auf jeden Fall kam die alte Hexe mit dem total verrückten Vorschlag, am Nachmittag eine Trauerfeier für die plattgefahrene Mieze abzuhalten - mit einer anschließenden Gartenbestattung.«

»Ist das überhaupt erlaubt, Begräbnisse im eigenen Garten vorzunehmen?«

»Ob Helen nachmittags zu der Beerdigung gefahren ist?«

»Das weiß ich doch nicht. Halten Sie einen solchen Blödsinn für möglich?«

»Sie können das Haus von ihrem Fenster aus sehen?«

»Meinen Sie, wir finden Helen wenn wir uns von der alten Hexe wahrsagen lassen?«

»Und Sie sind sicher, das es das Haus ist?«

»Ja, Sie beschreiben es schon richtig, Hibiskushecke, roter Backstein und vier Kreuze im Garten.«

ENDE

Gegen siebzehn Uhr wurde ich abgeholt und in das schon bekannte Besprechungszimmer gebracht. In Begleitung des Wachmanns wartete ich dort fast zwanzig Minuten, dann öffnete sich die Tür und Obermann erschien mit zornrotem Kopf und knallte mir meine Kurzgeschichte auf den Tisch.

»Herr Hellhaus, Sie verkennen den Ernst der Situation!«

Schwer atmend ließ sich Obermann auf einen Stuhl fallen und betrachtete mich mit gefurchter Stirn. Zum erstenmal hatte ich den Eindruck, dass Obermanns Blick meiner Person galt. Diese Abweichung vom Gewöhnlichen irritierte mich und erzeugte gleichzeitig ein Gefühl der Sympathie, das nach dem nächsten Satz Obermanns sofort wieder ins Gegenteil umschlug.

»Übrigens verstehe ich Ihre Geschichte nicht. Wo ist denn die Pointe? Diese Helen überfährt eine Katze, dann geht sie vermutlich auf die Beerdingungsfeier und wird anschließend vermisst. - Und weiter?«

Ich betrachtete den Kriminaldirektor mit einem skeptischen Blick.

»Ich denke, Sie sind Polizist? Ist Ihnen nicht aufgefallen, dass zuerst drei Gräber im Garten waren und dann vier?«

Obermann stutzte, dann las er erneut und konzentriert meine Geschichte. Langsam glätteten sich seine leidgeprüften Stirnrunzeln, und ein Lächeln grub kleine lausbubenhafte Fältchen in sein Gesicht.

»Ha, das ist gut, jetzt hab ich's verstanden. Das vierte ist das von Helen. - Sie sind ein Schlitzohr, mit einem schwarzen Humor!«

Langsam kehrten die Kummerfalten auf seiner Stirn zurück. Er massierte sich wieder die Schläfen und der auf mich gerichtete Blick wurde durchdringend, als würden die hinter seiner Stirn klopfenden kleinen Männchen an der Okulareinstellung seiner Optik drehen.

»Ihnen ist doch klar, dass der neuerliche Beweis ihrer Phantasie Ihre Darstellung der Geschehnisse in Mallorca nicht glaubwürdiger macht.«

Ich hatte darauf nicht geantwortet und Obermann hatte sichtlich entnervt den Wachmann aufgefordert mich zurück in die Zelle zu führen.

An diesem Abend lag ich lange wach und starrte auf das Schattengeflecht des Fenstergitters, das ein schwaches Außenlicht an die Zellendecke projizierte. Ich suchte nach Erklärungen für mein ablehnendes Verhalten. Man hatte mir doch, wenn auch versteckt, ein deutliches Angebot gemacht. An diesem Punkt zerriss meine Gedankenkette, die Vorstellung verlor sich in der nüchternen Wirklichkeit der Gefängniszelle und noch während ich mit dem Problem rang, schlief ich ein.

Im Osten wurde die graue Dämmerung von einem kalte Lichtstreifen aufgesogen. Der Morgen kam mit dicken Wolken und die Luft roch nach Gewitter. Es war warm und schwül in der Zelle. Der Wachmann brachte mir das Frühstück und berichtete, dass der Besuch aus Bonn bereits im Haus wäre. »Ein ganz hohes Tier, ein Herr Staatssekretär.«

Zwei Stunden später stand ich dem Herrn Staatssekretär gegenüber. Mandelhuber der mich aus der Zelle geholt hatte, hatte mir vor der Tür zum Konferenzraum die Hand auf die Schulter gelegt und gemeint: »Sein's halt a bisserl zugänglich, s'wird ihr Schaden ned sain.«

Ich hatte unwillig Mandelhubers Hand abgestreift und die Tür geöffnet. Doch bevor ich den Raum betreten konnte, ergriff Mandelhuber meine Hand und schüttelte sie.

»Viel Glück Hellhaus, i komm net mit rain. I muss für zwoi Tag nach Stockholm«, und mit einem scheelen Blick auf seinen Chef setzte er brummend hinzu: »Wieder fliagn.«

Nachdenklich schaute ich dem davoneilenden Mandelhuber nach.

Im Konferenzraum begrüßte mich Obermann und stellte den Staatssekretär vor. Kresber war sein Name, ich schätze ihn auf Anfang fünfzig, er war klein und knochig, mit einer betonten Eleganz und mir fiel bei seinem Anblick ein Satz meines Vaters ein: In einem knochigen Wesen findet sich in den wenigsten Fällen ein weiches Gemüt.

»Guten Tag mein lieber Herr Hellhaus, ich freue mich, Sie kennen zu lernen, wenn auch die Umstände ... mh ... sehr unglücklich ...« Er beendete den Satz mit einem Schulterzucken.

Seine forciert liebenswürdige Art konnte das Unbehagen, das ich in seiner Gegenwart empfand, nicht verscheuchen. Die Freundlichkeit war zu glatt, zu oberflächlich, wie ein dünner Schokoladenüberzug, unter dem sich ein Block Bitterschokolade verbarg.

Der Staatssekretär setzte sich mir gegenüber. Er saß vorübergebeugt, seine gepflegten Hände vor sich auf der spiegelten Holzfläche des Tisches zu einem kleinen Zelt zusammengefügt und beobachtete mich über die manikürten Nägel hinweg mit zusammengekniffenen Augen.

Obermann berichtete Kresber kurz von dem gestrigen Gespräch. Mir gegenüber legte er eine Haltung resignierter Duldsamkeit an den Tag, die nicht frei von Widerwillen war.

Dann schaltete sich der Staatssekretär ein und erklärte mit näselnder Stimme: »Lassen Sie uns in medias res gehen. De facto haben Sie einen Mann getötet, um in den Besitz des Inhalts eines Bankschließfaches zu kommen.«

Ich schüttelte verärgert den Kopf.

»Das ist doch purer Schwachsinn, das glaubt Ihnen kein Richter!«

Mein Gegenüber ließ sich nicht aus der Ruhe bringen.

»Apropos Bankschließfach. Hier ist die Gesetzeslage eindeutig. Ein durch eine Straftat erworbenes Vermögen wird vom Staat konfisziert.«

Meine Antwort klang genervt.

»Das ist doch borniert, es gibt keine Straftat und kein Vermögen.«

Wieder der nasale, in provozierender Ruhe vorgetragene Ton.

»In toto betrachtet besteht für mich kein Zweifel. Bis dato müssen wir davon ausgehen - das sagt uns die Erfahrung.«

Meine Hände krampften sich um die Lehne des Stuhles. Mein Widerwillen und das Misstrauen gegen diesen Menschen wuchsen mit jedem Augenblick.

»Menschen glauben gerne, was sie glauben wollen. - Diese Weisheit stammt von Cicero und ist schon länger gültig als Ihre Erfahrung.«

Der Staatssekretär quittierte meine Bemerkung mit einem Lächeln dann schoss er die Frage ab: »Was erwarteten Sie in dem Bankschließfach zu finden? Das Schließfach war doch a priori Ihre Motivation?«

In mir kochte Zorn hoch, - in medias res, de facto, apropos, in toto, a priori, bis dato - dieser Beamte war unmittelbar zur Sache, tatsächlich und nebenbei bemerkt, ein totaler Idiot, und das von vornherein, bis heute; und mit Sicherheit auch in spe, zukünftig.

»Sie irren sich. - Irren ist menschlich, im Irrtum zu verharren närrisch. Das stammt von Caesar und ist eine zweitausend Jahre alte Weisheit.«

Ich gefiel mir in meinen Zitaten und betrachtete mein Gegenüber mit einem geringschätzigen Blick. Kresber klopfte sich mit den manikürten Fingernägeln affektiert auf die Zähne und ließ mich reden, als ich zu einem neuen Zitat ansetzte.

»Ich habe das alles nicht gewollt. Ich habe mich dagegen gewehrt. Aber den Willigen führt das Geschick, und den Störrischen schleift es mit.«

Kresber hatte sich zurückgelehnt und meinen Ausbruch mit stoischer Gelassenheit verfolgt, dann stand er auf und ging zur Tür. Bevor er sie hinter sich schloss, drehte er sich zu mir um und sagte: »Ein Orden und der Galgen werden manchmal auf dem gleichen Weg verdient, und das sagte Juvenal, der letzte große Satiriker der römischen Literatur, so etwa hundert Jahre nach Christi; und ich glaube, er trifft den Kern der Dinge am Besten.«

Obermann starrte entgeistert auf die geschlossene Tür, dann drehte er sich zu mir und laserte seinen Blick durch meinen Kopf.

»Wir bieten Ihnen an, auf eine Anklage wegen Totschlages zu verzichten, wenn Sie bereit sind mit dem Ministerium zusammenzuarbeiten. - Haben Sie das immer noch nicht verstanden?«

Ich knurrte: »Ja, doch, das habe ich.« Ich schloss die Augen und drückte die geballten Fäuste in die Augenhöhlen. Der Film, wie Heimel in der blitzdurchzuckten Nacht auf Hübners Terrasse stand, sein Gesicht, mit dem überraschten, fast kindlichen Ausdruck, wie er rücklings über die Balustrade fiel, der tierische Aufschrei mit dem er in die Tiefe stürzte, ein rasend schnell kleiner werdender grauer Fleck, und der Aufschlag auf die Felsen, schob sich zwischen mich und meine Umwelt. Ich war erfüllt von den Bildern, nahm Obermann kaum wahr und verstand seine Worte nicht mehr. Ich nahm nur noch Geräusche wahr, die sich mit dem Tosen der schäumenden Brandung die Heimels Körper verschlang, zu einem schrillen Crescendo vermischten. Das Atmen fiel mir schwer, in meinen Schläfen hämmerte der Schmerz und meine Nerven vibrierten. Nur mühsam gelang es mir mich auf Obermann zu konzentrieren, der mich erstaunt anstarrte.

»Herr Hellhaus, sehen Sie es einmal so, es ist besser ein Zehntel vom Kuchen zu bekommen als zehn Zehntel einer Gefängniszelle.«

Ich beobachtete Obermann aus den Augenwinkeln heraus, dann fragte ich zögernd: »Aus was besteht denn der Kuchen?«

Mit staunenserregender Geschwindigkeit begann Obermann in den vor ihm liegenden Papieren zu blättern, dann sagte er fast feierlich: »Wir haben Grund zu der Annahme, dass in dem Schweizer Schließfach erhebliche Werte lagern.«

Ich verwandelte das in meiner Kehle aufsteigende Lachen in ein gedämpftes Husten und glotzte Obermann ungläubig an.

»Und davon soll ich ein Zehntel bekommen?«

Ich kam mir vor, wie wenn ich einen Angelhaken verschluckt hätte, und Obermann spürte mein plötzliches Interesse. Unbemerkt von uns beiden hatte Kresber wieder den Raum betreten und übernahm die Antwort.

»Ja, einen pauschalen Finderlohn von zehn Prozent - einkommensteuerfrei!«

»Wie viel ist das?«

Kresber registrierte meine Reaktion und erwiderte: »Wir wissen es nicht, aber vermutlich mehr als Chickenpee oder Peanuts.«

Ich war sprachlos in meinem Sessel zusammengesunken und Obermann bohrte nach: »Bitte bedenken Sie, dass Sie damit einen langwierigen Streit über internationale Eigentums- und Verjährungsfragen umgehen, von Vorwürfen der Fundunterschlagung oder gerichtlichen Auseinandersetzungen über international unterschiedliche Finderlohnansprüche ganz zu schweigen.«

Ich hatte noch immer meine Sprache nicht wiedergefunden und kaute noch an Kresbers Worten, dann wackelte ich mit dem Kopf kräftig Zustimmung.

Der Staatssekretär kramte in seinem Aktenkoffer und näselte: »Ich glaube, wir können damit eine Anklage gegen Sie ad acta legen und uns mit der schriftlichen Vereinbarung beschäftigen.«

Er drückte mir Papiere und einen Füller in die Hand und forderte mich auf, die vorbereitete Vereinbarung zu lesen. Ich kam mir überrumpelt vor, dieser Kresber war sich schon im voraus seiner Sache sicher, ja, er hatte die Papiere sogar schon unterschrieben. Vergeblich versuchte ich mich auf den Text zu konzentrieren, aber meine Augen wanderten nur ziellos zwischen den fettgedruckten 10 Prozent und dem dicken schwarzen Adler im rechten oberen Eck des Blattes hin und her. Ich gab mir einen Ruck und unterzeichnete die Vereinbarung. Obermann stieß deutlich hörbar die Luft aus, und Kresber kommentierte die Unterschrift mit: »Prima, warum nicht gleich so? - Nun stehen Sie auf der richtigen Seite, sind einer von uns.«

»Einer von Ihnen?« stieß ich hervor. »Ich weiß nicht, ob ich das sein will!«

Obwohl sich eine gewisse wohlwollende Spannung ausgebreitet hatte, die in ihre Wohltemperiertheit aus der zwischen uns getroffenen Vereinbarung resultierte, war Kresber mir nicht sympathischer geworden.

»Eigentlich müsste Ihre Sorte Mensch ständig in der Furcht leben, vom Teppich zu fallen. Bei dem, was alles unter den Teppich gekehrt wird, braucht der Normalbürger eine Leiter, um auf dem Teppich zu bleibe.«

Der Staatssekretär lächelte nur süffisant und spielte mit seiner goldumrandeten Brille.

»Herr Hellhaus, vielleicht können Sie den Terminus Partner inhaltlich akzeptieren und sich auf sachdienliche Beiträge beschränken.«

Obermann mischte sich ein.

»Zur Sache. Sie wissen, dass Sie sich durch den Besitz der Mauser Pistole strafbar machen, das wollen wir doch nicht. Also schlage ich vor, dass Sie gleich morgen früh mit einem Beamten nach Oberndorf fahren und die Pistole an uns übergeben.«

Kresber klopfte mit den Fingerknöcheln auf die Tischplatte.

»Ich werde ebenfalls dabei sein, dann können wir mit der Pistole und dem Depotschein direkt weiter in die Schweiz fahren.«

Er beschäftigte sich mit seinem schweinsledernen Diplomatenkoffer. Dann legte er eine Klarsichthülle auf den Tisch, in der sich der Depotschein der Schweizer Bank befand.

Meine Verblüffung löste bei Obermann eine gewisse Heiterkeit aus. Er lächelte mit einer unbezwingbaren Treuherzigkeit durch mich hindurch, dann sagte er zu Kresber gewandt: »Es ist unvorstellbar, mit der Waffe im Gepäck die Schweizer Grenze zu passieren.«

Kresbers Augen bekamen ein kindlich verdutztes Staunen, das seinem Gesicht einen dümmlich, infantilen Ausdruck gab. Daran hatte er wohl nicht gedacht, sein klug berechnetes System hatte ein Loch, und ich genoss die Situation. Kresber saß lange schweigend da und rieb sich nachdenklich die Nasenwurzel, dann ging ein Ruck durch seine hagere Gestalt und in befehlsgewohntem Ton bestimmte er: »Herr Kriminaldirektor, Sie werden mit der Schweizer Bank Kontakt aufnehmen, und diese Frage klären. Ich erwarte die Antwort spätestens übermorgen.«

Obermann schien im Geist die Hacken zusammenzuschlagen, und Kresber wartete geduldig sein ergebenes Nicken ab, dann fuhr er fort. »Ich benötige ein Fahrzeug der Fahrbereitschaft und zwei Beamte. Buchen Sie Übernachtungsmöglichkeiten in Oberndorf und informieren Sie diesen Schmieder über unser Kommen.«

Für ihn war mit dem Delegieren der Aufgaben die Angelegenheit erledigt. Demonstrativ schloss er seinen Aktenkoffer und erklärte: »Herr Hellhaus, wir fahren morgen nach Oberndorf, solange bleiben Sie Gast beim BKA.«

Der Diesel tackerte wie eine Nähmaschine und fraß Kilometer um Kilometer. Ich saß neben Kresber im Fond des Mercedes. Er hatte seinen Aktenkoffer auf den Knien liegen und war seit Stunden in irgendwelche Papier vertieft. Ich hatte eine verknautschte Packung Zigaretten aus den Taschen gekramt, sie dann aber wieder verärgert eingesteckt, als Kresber den Kopf schüttelte und näselte: »Unterlassen Sie bitte das Rauchen im Fahrzeug, ich bekomme davon Kopfschmerzen.« Ich hätte am liebsten geantwortet, es gehe mir bei seinem Anblick ebenso, aber ich hatte mir beides, Rauchen und Antwort, verkniffen.

Der Fahrer unterhielt sich angeregt mit seinem Kollegen auf dem Beifahrersitz, und keiner schien mir auch nur eine Spur von Beachtung zu schenken. Ich beäugte den Staatssekretär aus den Augenwinkeln heraus und hasste diese aufgezwungene Nähe.

Gestern Abend hatte sich Kresber mit einem kurzen, fast militanten Gruß verabschiedete und sich auf den Weg, wahrscheinlich in eines der Edelhotels von Wiesbaden, gemacht, während ich zurück in die karge Zelle geführt wurde. Ich hatte das Radio aufgedreht und war wie ein Verrückter durch die Zelle getanzt. Ich war Mister Ten Prozent. Zehn Prozent, das klang hervorragend, aber ein Zehntel von was? Ich holte meine Vertragsabschrift aus der Brieftasche und fuhr vorsichtig mit den Fingern über den geprägten Deutschen Adler. Der Vertragstext war gespickt mit Paragraphen, die mir nichts sagten. Aber zweifelsfrei hatte ich buchstäblich auf alle denkbaren Rechte verzichtet. Da stand: Der Vertragspartner, damit war ich gemeint, verzichtet auf alle Ansprüche ..., weiter unten las ich: ... unterwirft sich den staatlichen Wertfestlegungen; und der dickste Hund kam am Schluss: verpflichtet sich, über diesen Vertrag und alle damit im Zusammenhang stehende Einzelheiten absolute Verschwiegenheit bewahren.

Verfluchter Mist, ich wanderte wutschnaubend durch den kleinen Raum und fühlte mich nach Strich und Faden betrogen. Glaubten Kresber und seine Konsorten tatsächlich, dass sie mir für ein paar Tausende Mark Finderlohn, ich stutzte bei dem Gedanken und dachte hoffnungsvoll, oder vielleicht für einige Zigtausend meine Veröffentlichungsrechte nehmen könnten? Unter meinem linken Auge machte sich ein nervöses Zucken bemerkbar.

Am meisten ärgerte mich, dass meine Bitte, mit Angelina zu telefonieren, von Kresber lapidar, mit: »Später!« abgetan wurde. Nur mühsam beruhigte ich mich wieder und untersuchte mein Gepäck. Alles war vorhanden, man hatte es mir in die Zelle gebracht, nur mein Reisepass und der Depotschein fehlten. So wie es aussah, war wohl mein Sträflingsdasein beendet, obwohl die Zellentür verschlossen war. Ein komisches Gefühl, Übernachtungsgast im Knast.

Ich hatte den Plastikgriff meiner Haarbürste abgeschraubt und nachdenklich die leere Hülse betrachtet. Die Jungs vom BKA waren gut, hatte ich mir widerstrebend eingestanden, und dann die ganze Zelle Zentimeter für Zentimeter abgesucht. Eine versteckte Kamera hatte ich vermutet, aber nichts dergleichen gefunden.

In der Nacht hatte ich nur wenig geschlafen, trotzdem fühlte ich mich zum Bersten voll mit Energie. Meine Gedanken waren längst vorausgeeilt, und ein wohlig kribbelndes Spannungsgefühl durchrieselte mich, wenn ich an die Freunde in Oberndorf dachte.

Als wir um die Mittagszeit Oberndorf erreichten, stürzte ich in ein tiefes Loch grenzenloser Enttäuschung.

Gerade wegen, oder vielleicht trotz des von mir unterschriebenen Schweigegelübdes hatte ich mir vorgenommen, die Ereignisse minuziös festzuhalten, aber später erinnerte ich mich an die drei Tage in Oberndorf nur noch vage. Wenn ich im Archiv meiner Erinnerungen blätterte, waren einige Dinge ganz deutlich in meinem Gedächtnis geblieben, andere dagegen waren eher wie verschwommene Traumfragmente.

Irgendwie war ich mir sicher, dass wir uns bei Berthold im Neckarblick einquartieren würden. Als der Wagen vor einem Hotel am Stadtrand hielt, stupste ich Kresber in die Seite. Der hatte wohl meine Gedanken vorausgeahnt, und noch bevor ich zu meiner Frage ansetzen konnte, reagierte er.

»Wo wir auf Staatskosten nächtigen, müssen Sie schon mir überlassen.«

Ich war eingeschnappt. Langsam wuchs mein Zorn auf Kresber ins Unermessliche.

Ich bekam im zweiten Stock ein Zimmer zugewiesen, zwischen dem von Kresber und dem der beiden Beamten. Kresber hatte mir seinen manikürten Zeigefinger vor die Nase gehalten und mich noch einmal an den Vertrag erinnert.

»Das Hotel verlassen Sie nur in Begleitung und sprechen Sie mit keinem Menschen über ...«

Er bemerkte meinen wütenden Blick und fuhr wesentlich konzili-anter fort, wozu er mit den Fingern auf seinen Diplomatenkoffer trommelte: »Na, Sie wissen schon, also ich bitte Sie sich an die unter-zeichneten Regeln zu halten - also bitte auch keine Telefonate.«

Ich hatte dazu nur genickt, und als Kresber hinzufügte: »Am Nachmittag fahre ich gerne mit Ihnen zum Gasthaus Neckarblick - Bei ihrem Freund Schmieder haben wir uns auf Morgen angemeldet«, hatte sich mein Gefühlszustand merklich gebessert.

Das Gasthaus Neckarblick lag wie ausgestorben in der Mit-tagssonne. Im ersten Moment vermutete ich, dass der Betrieb Ruhe-tag hätte, dann fiel mein Blick auf eine an der Tür befestigte Tafel mit der Aufschrift: Wegen Renovierung geschlossen. Ich hatte mit den Fäusten gegen die Tür gehämmert und aus Leibeskräften gebrüllt, bis sich im ersten Stock ein Fenster öffnete und sich der zornbebende Busen von Bertholds Frau über die Fensterbrüstung schob.

»Wollt ihr mir die Türe einschlagen? - Könnt ihr denn nicht lesen, wir haben geschlossen!«

Ich hatte den Kopf gehoben und lachend geantwortet. »Ent-schuldigung, dann gehe ich eben wieder.«

Ein ungläubiges Staunen breitete sich auf dem Gesicht der Wirtin aus, das sich in ein pausbäckiges Strahlen verwandelte.

»Oh, mein Gott - Michael!«

Das Fenster flog mit einem dumpfen Schlag zu, und kurz darauf öffnete sich die Wirtshaustür.

Der zierliche Kresber machte erschrocken zwei Schritte zurück, als sich die gewaltige Wirtin auf mich stürzte und mich abzubusseln be-gann. Dann drückte sie mich atemlos auf Armeslänge von sich weg und betrachtet mich von unten bis oben.

»Gut siehst du aus - wie ich mich freue. - Dann ist ja wohl alles wieder gut!«

Ich verstand nicht und fragte: »Was gut?«

»Na ich denke, du bist von der Polizei verhaftet worden - oder stimmt das nicht?«

Ich warf einen Blick auf Kresber, der fast unmerklich den Kopf schüttelte, dann antwortete ich: »Nur ein Missverständnis, aber woher wisst ihr davon?

»Kommt doch erst einmal herein, ich habe gerade Kaffee gemacht, dabei lässt es sich doch besser unterhalten.«

Ich hatte mir vorgenommen, Kresber als einen guten Freund vorzustellen, doch Kresber ließ all zu deutlich seine Abneigung gegen die dicke Wirtin erkennen, und so verbesserte ich mich in Gedanken und strich das gute. Als Kresber auch noch vor ihrer ausgestreckten Hand zurückzuckte und sich zur Begrüßung auf ein eingeschüchtertes Kopfnicken beschränkte, stellte ich ihn als einen flüchtigen Bekannten vor, den ich zufällig hier wiedergetroffen habe.

Kresber hatte die kühle Distanz bemerkt und sich nur widerwillig zu Kaffee und Kuchen überreden lassen. Dann saßen wir am Stammtisch, Kresber gekränkt schweigend und ich gespannt auf den Bericht der Wirtin.

»Vorgestern haben wir einen Anruf aus Spanien bekommen. - Warte, hier habe ich einen Zettel.«

Sie blätterte aufgeregt in einem Notizbuch, das neben dem Telefon lag.

»Ein Fräulein Angelika Pasión hat angerufen. Sie hat mit Bienchen gesprochen, englisch.« Und mit sichtbarem Stolz fügte sie hinzu: »Das kann unser Bienchen nämlich.«

Ich drängte ungeduldig. »Angelina heißt sie, und was hat sie noch gesagt?«

»Falls du dich bei uns meldest, sollen wir dir ausrichten, dass sie bei einem Vicente auf dich wartet.«

Ein glückliches Lächeln huschte über mein Gesicht, das die Wirtin mit einem interessierten und verstehenden: »Aha, so ist das«, begleitete.

Ich war verlegen dem Thema ausgewichen und hatte nach Berthold gefragt.

»Berthold? Nein, Berthold ist nicht da. Er ist auf der Jagd, irgendwo im Bayrischen. Die Jagdsaison hat begonnen - auf Schmaltiere.«

Ich wusste damit nichts anzufangen, und sie glaubte es mir erklären zu müssen.

»Weibliches Rotwild.«

Aber auch das sagte mir nichts. Es interessierte mich auch nicht. Dann fragte ich hoffnungsvoll: »Und Bienchen, ist sie da?«

Ich erntete nur ein mitfühlendes Kopfschütteln.

»Wo ist sie denn - auch auf der Jagd?«

Bertholds Frau begann schallend zu lachen, dann gluckste sie heraus: »So kann man es nennen! - Auf der Jagd nach ihrem Klaus!«

Als ich sie verständnislos anglotzte, begann sie noch immer kichernd zu erzählen.

»Bienchen hat erfahren, dass das Schiff, auf dem ihr Verlobter seinen Dienst macht, dieser Tage in Bremerhaven anlegt. Sie hat sich nicht davon abringen lassen, ihn mit ihrem Besuch zu überraschen und ist gestern abgefahren.«

So sehr ich mich über das Wiedersehen mit Bienchens Mutter freute, so enttäuscht war ich, dass Bienchen und Berthold nicht da waren, und ich war froh, als Kresber darauf drängte zurück ins Hotel zu kommen.

Im Hotel saß ich nachdenklich auf meinem Bett. Ich hatte Bertholds Frau von Menorca erzählt. Ihren Fragen wegen der Verhaftung war ich ausgewichen, und in Richtung Angelina hatte ich nur einige Andeutungen gemacht, aber das Thema Liebe hatte ich geschickt umgangen.

Jetzt, alleine in meinem Zimmer, wurde mein ganzes Denken von Angelina beherrscht. Sie wartete auf mich, bei Vicente. Diese Vorstellung erzeugte ein schmerzhaftes Gefühl der Sehnsucht, und alles in mir drängte darauf, ans Telefon zu stürzen und mit ihr zu telefonieren. Ich hatte Kresber versprochen, damit zu warten, mindestens bis nach der Schließfachöffnung. Aufgebracht schüttelte ich den Kopf. Ich ließ mich auf das Bett zurückfallen und strampelte mit den Beinen in der Luft.

Genaugenommen war mir diese Zusage genau so wurst wie die von mir unterschriebene Verschwiegenheitsverpflichtung. Dieser manikürte Paragraphenkacker war mir scheißegal, aber ich selbst hatte mir dieses Versprechen ebenfalls gegeben: Zu warten, solange, bis ich mich wieder als freier Mensch bewegen könnte, und - ich zögerte bei diesem Gedanken - ich die Höhe meines Finderlohnes wissen würde. Wieder endete mein Denken bei der Frage: »Zehn Prozent, aber von was?«

Ein schmerzhaftes Ziehen in meinen strampelnden Beinen erinnerte mich an ein zweitausendvierhundert Jahre altes Sprichwort von Epiktet: »Die Schienbeine und die Hoffnungen sollte man nicht zu weit hinausstrecken.«

Ich nahm mir vor, meinen Katzenjammer an der Hotelbar zu ertränken. Dort traf ich Kresbers Begleiter, den Fahrer und Beifahrer. Die beiden Beamten stellten sich als Rainer und Frank vor und rieben sich vor Freude die Hände, als ich mich als der begehrte dritte Mann für eine Skatrunde zu erkennen gab.

Ich spielte gerne Skat, ich war kein Meisterspieler, gleiches galt auch für Rainer, wie ich schnell feststellte. Aber was Frank im Laufe der nächsten Stunden ablieferte, war die Höhe. Mehrmals erreizte ich mir Kreuz- und Karo-Spiele gegen Frank, obwohl er die besseren Karten auf der Hand hielt; und natürlich verlor ich. Zu meiner Verblüffung hatte ich bei keinem der Spiele ein Kontra erhalten, ja genau genommen bemerkte ich, dass Frank auch bei den besten Kartenkonstellationen nie ein Kontra gab. Ich konzentrierte mich immer mehr auf die Spielweise von Frank. Er spielte ausgezeichnet, aber komischer Weise war nie ein Karo- oder Kreuz-Spiel dabei. Langsam begann ich nervös zu werden. So machte mir das Spiel keinen Spaß. Nach der nächsten Runde und einem weiteren verlorenen Kreuz Spiel knallte ich wütend die Karten auf den Tisch und entschuldigte mich, ich müsse auf die Toilette.

Als ich aus der Toilette kam, wartet Rainer vor der Tür auf mich und musterte mich, wie man jemanden über eine Brille hinweg betrachtete, aber er trug keine Brille. Dann lachte er, für mich völlig unmotiviert, und fragte: »Und? - Was gibt's?«

»Warum reizt dieser Mensch seine Karten nicht aus? Ich habe dieses Gemauer satt. Das ist doch bescheuert, seit zwei Stunden kein Karo, kein Kreuz, ja nicht einmal ein Kontra.«

Rainer klopfte mir schmunzelnd auf die Schulter.

»Frank ist Stotterer, das K am Anfang eines Wortes bringt den armen Kerl fast um - und das verrückte an der Geschichte, er heißt auch noch Kasper.«

Ich wusste nicht, ob ich weinen oder lachen sollte, dann entschied ich mich für Letzteres.

Frank stutzte, als wir beiden vergnügt feixend zurückkamen, und als ihn Rainer aufforderte: »Bestell uns mal drei kalte Korn, ich bezahle«, war für ihn alles klar.

Von da an verlief das Spiel k ...k ...kollosal gut, wie Frank es bezeichnete, und der Abend endete in einem k ...k ...katastrophalen Besäufnis.

Entsprechend mitgenommen erlebte ich den nächsten Morgen. Zum Frühstück hatte mir die Bedienung unaufgefordert und augenzwinkernd zwei Aspirin gebracht, aber die Wirkung ließ auf sich warten, und meine Stimmung pendelte um den Nullpunkt. Mühsam köpfte ich mein Frühstücksei und starrte finster in den schlabberigen Dotter. So traf mich Kresber an, der sich gutgelaunt, wie aus dem Ei gepellt und nach Kölnisch Wasser duftend, ungefragt zu mir setzte.

»Ich habe ein Fax erhalten.«

Ich reagierte nicht..

»Wegen der Waffe - die Schweizer Bank hat geantwortet.«

Ich knurrte ein gedämpftes »Na und ...?« und stocherte mit dem Kaffeelöffel lustlos in der Marmelade.

»Die Bank legt aus verständlichen Gründen keinen Wert auf die Vorlage der Waffe. Alleine die Waffennummer dient uns bereits als Legitimation. Konkret wurde mit der Bank abgesprochen, dass wir uns durch einen deutschen Notar ein Foto der Waffe beglaubigen lassen. Diese notarielle Urkunde in Verbindung mit dem Depotschreiben legitimiert unseren rechtmäßigen Anspruch.«

Ich rieb mir die schmerzenden Schläfen und schaute mein Gegenüber herausfordernd an.

»Die Bezeichnung rechtmäßiger Anspruch auf geklautes Gut erscheint mir doch sehr gewagt.«

Kresber betrachtete schadenfroh meinen gequälten Gesichtsausdruck und schnaufte verächtlich.

»Aristoteles, einer der von Ihren vielzitierten alten Griechen, hat treffend formuliert. - Das Gerechte als Regulierendes ist nichts anderes als die Mitte zwischen Verlust und Gewinn; und Ihr Juvenal sagte, zuerst fragt man nach dem Vermögen, zuallerletzt nach der Moral.«

Ich schüttelte den Kopf, was mir einen stechenden Schmerz einbrachte.

»Herr Staatssekretär, ich freue mich schon auf Ihr dämliches Gesicht, wenn das Schließfach leer ist.«

Kresber trommelte mit den Fingern einen kleinen Wirbel auf die Tischplatte und näselte maliziös: »Warten wir es ab, der Balsam aller Schmerzen ist die Geduld, sagte der römische Dichter Publilius Syrus.

Diese Dichterzitate und das Philosophengequatsche gingen mir gehörig auf die Nerven, aber ich musste mir insgeheim eingestehen, dass ich damit begonnen hatte.

Ich war froh, als Kresber aufstand und sich vergnügt lächelnd verabschiedete.

»Bis heute Nachmittag, dann treffen wir Ihren Museumsfreund, und anschließend habe ich den Notartermin vereinbart. - Morgen steht Zürich auf dem Programm.«

Ich hätte den Termin am Nachmittag fast verschlafen. Erst als Frank an die Tür klopfte und rief: »Michael, K ...K ...Kresber wartet, Sie sollen sofort k ...k ...kommen!« war ich aufgewacht.

Kresber saß bereits über einen Stadtplan von Oberndorf gebeugt auf dem Beifahrersitz, wartete auf mich und erklärte dem Fahrer im Befehlston den Weg zu Schmieders Wohnung.

»Fahren wir denn nicht ins Museum?« fragte ich.

Ich erhielt nur ein kurzangebundenes, bissiges »Nein!« zur Antwort und erntete einen vorwurfsvollen, demonstrativen Fingerzeig auf die Armbanduhr.

Frank lächelte mich säuerlich an und zuckte resigniert mit den Schultern. Ich reagierte mit einem verärgerten Kopfschütteln. Konnte dieser Kresber nicht einmal freundlich mit seinem Umfeld umgehen? Zu Frank gewandt erklärte ich: »Ein Fall für die Arzneimittelprüfstelle. Auch Brechmittel bedürfen der amtlichen Zulassungen.«

Franks, »K ...k ...k ...lasse, das gefällt mir«, brachte mir einen bitterbösen Blick Kresbers ein.

Die Fahrt zu Schmieders Haus dauerte nur wenige Minuten. Warum der Herr Staatssekretär nicht selbst fuhr und Rainer und Frank dabei sein mussten, leuchtete mir nicht ein, zumal Kresber die beiden im Wagen warten ließ.

Schmieders Haushälterin hatte uns geöffnet und uns ins Wohnzimmer geführt. Schmieder saß in einen Bademantel gehüllt in einem Sessel im abgedunkelten Zimmer. Wie ein Häufchen Elend kauerte er zwischen den Polstern des Ohrensessels, und ich, der in der Euphorie der Wiedersehensfreude auf ihn zustürzen wollte, blieb erschrocken stehen.

»Mein Gott, Herr Schmieder, was ist denn mit Ihnen passiert?«

»Pollenallergie, Heuschnupfen und eine Sommergrippe«, nuschelte er und ließ einen herzhaften Nieser folgen. Er rieb sich die Tränen aus den geschwollenen Augen und blinzelte mich unter rotentzündeten Augenlidern an.

»Michael, mein junger Freund, ich freue mich, Sie wohlbehalten zu sehen - wenn auch ein wenig verschwommen.«

»Und ich habe mich so auf eine Skatrunde mit Ihnen gefreut.«

Schmieder lachte krächzend.

»Daraus wird leider nichts, ich muss gleich wieder zurück ins Bett, - ärztliche Anweisung.«

Ich hatte Schmieders Hand ergriffen und drückte sie in einer herzlichen Geste.

»Ich verspreche Ihnen, dass wir das bei meinem nächsten Besuch nachholen, wenn Sie wieder gesund sind. Wir stören Sie auch nicht lange, es geht nur um ...«

Kresber mischte sich ein. »Herr Schmieder weiß Bescheid, also wollen wir es kurz machen. Wo ist die Pistole?«

Herr Schmieder zog mich zu sich heran und flüsterte: »Um was geht es denn? Das muss ja ein ganz hohes Tier sein, dieser Herr Kresber.« Als er meinen Blick sah, nickte er. »Ich verstehe, geheime Kommandosache. Sie dürfen nicht darüber reden.«

»Sie haben den Nagel auf den Kopf getroffen.«

Kresber hatte zustimmend genickt und auf die Herausgabe der Pistole gedrängt. Herr Schmieder zeigte auf eine Kommode, dort lag die Waffe, eingewickelt in einem blaukarierten Schnupftuch.

»Das Magazin ist leer. Ich habe die beiden Patronen herausgenommen - oder brauchen Sie die auch?«

Kresber verneinte die Frage und begann mit spitzen Fingern die Pistole auszuwickeln, dann warf er angewidert das Tuch auf den Boden.

Herr Schmieder wurde von einem neuen Niesanfall geschüttelt und brummelte entrüstet: »So was gab es doch früher nicht. Meine Eltern waren Bauern, das ganze Jahr im Wald, auf den Feldern und Wiesen, aber die kannten keinen Heuschnupfen, Allergien und so einen Kram.«

Kresber betrachtete im schwachen Schein einer Stehlampe die Waffe und packte sie dann in seinen Diplomatenkoffer. Er war in Aufbruchsstimmung, man merkte ihm an, dass er der bazillengeschwängerten Atmosphäre so schnell wie möglich entfliehen wollte. Auch ich fühlte, dass der plötzliche Besuch an den Kräften meines väterlichen Freundes zehrte.

Als wir wieder im Auto saßen, auf dem Weg zum Notar, machte sich in mir ein Gefühl grenzenloser Einsamkeit breit. Wie schön hatte ich mir das Wiedersehen mit meinen Freunden vorgestellt, und nun, Berthold nicht da, Bienchen in Bremerhaven und Herr Schmieder ..., meine Enttäuschung war riesengroß. Ich fühlte mich wie ein kleiner Junge, der im Gewühl eines Kaufhauses seine Eltern verloren hatte und an der Hand eines bösen Onkels durch die Spielwarenabteilung gezerrt wurde. Der böse Onkel war Kresber, und ich hätte ihm am liebsten in einem Anfall kindlichen Trotzes gegen das Schienbein getreten.

Vor einem Fotogeschäft ließ Kresber den Wagen halten, klemmte sich seinen Aktenkoffer unter den Arm und forderte mich auf, ihm zu folgen. Im Geschäft befand sich nur ein Mädchen, das sich mit andächtiger Hingabe dem Lackieren ihrer Fingernägel widmete. Ich schätzte sie auf sechzehn oder siebzehn. Ihr Gesicht hatte noch Babyspeck beladene Rundungen, und auf dem bleichen Make-up schwammen ihre schnippisch verzogenen Lippen wie dunkelrote Marmeladekleckse. Uns gönnte sie nur einen gelangweilten Augenaufschlag und konzentrierte sich dann selbstvergessen wieder auf die Malerarbeiten.

Kresber blieb irritiert stehen und starrte auf die schwarz glänzenden Nägel der Kleinen, dann kramte er in seinem Koffer und knallte einen Ausweis auf die Theke.

Das Mädchen betrachtete unbeeindruckt das Stück Papier und schob es dann mit spitzen Fingern zurück.

»Na, und?«

Kresber schnappte hörbar nach Luft.

»Mein Name ist Kresber, ich bin Staatssekretär!«

Die Kleine ließ sich nicht aus der Ruhe bringen, griff sich einen Föhn und begann ihre Nägel zu trocknen.

»Mein Name ist Verena, ich bin Laborgehilfin.«

Ich verfolgte belustigt, wie sich Kresbers Gesicht zartrot verfärbte.

»Ich will Ihren Chef sprechen.«

Die Nägel waren trocken, nun begann sie ihre Haare zu ordnen.

»Ist nicht da.«

Kresbers zarte Röte pulsierte in einen dunkleren Ton. In mühsam kaschiertem Zorn, mit vor Wut zitternden Händen öffnete Kresber seinen Aktenkoffer.

»Ich brauche ein Foto auf dem die Nummer der Waffe deutlich erkennbar ist, und zwar sofort.«

Das Mädchen blickte mit großen Augen auf die Pistole. Ihre an den Haaren zupfenden Finger verharrten für einen Moment regungslos in der Luft, dann ließ sie erschrocken die Arme sinken und stieß einen spitzen Schrei aus.

Zitternd stand sie an die Verkaufstheke gelehnt, eine Haarsträhne ungeordnet, wirr vom Kopf abstehend, mit ängstlichem Blick uns beobachtend. Von dem kessen Verhalten war nichts mehr zu spüren, und mir tat die Kleine leid, die unter Kresbers stechendem Blick stammelte: »Polaroid, Polaroid.«

Die Aufnahmen wurden ausgezeichnet, klar und deutlich konnte man die Nummer der Waffe erkennen, obwohl das Mädchen sich standhaft weigerte, die Waffe zu berühren. Kurz und präzise gab sie Kresber Anweisungen, die Pistole für die Fotos zu platzieren, der bereitwillig und wortlos ihren Kommandos folgte.

Wie der Sieger einer Schlacht verließ Kresber, die Fotos schwenkend, das Fotogeschäft.

»Und nun, auf zum Notar. Anschließend lasse ich die Pistole zu ihrem Freund Schmieder zurückbringen.«

Ich war stehen geblieben.

»Ohne mich, Herr Staatsekretär, dazu brauchen Sie mich ja wohl nicht.«

Ich hatte erwartet, dass Kresber auf meine Begleitung bestehen würde, aber er nickte nur zustimmend, offensichtlich steckte ihm noch das widerspenstige Verhalten der Laborgehilfin in den Knochen.

»Machen Sie was Sie wollen, morgen früh fahren wir in die Schweiz.«

Das Frühstück am nächsten Morgen war um Viertel vor sieben. Eine halbe Stunde später saß ich bereits neben Kresber im Fond des Mercedes, und wir waren auf dem Weg in die Schweiz.

Auf der Autobahn Richtung Singen herrschte ein reger Urlaubsverkehr. Erst als wir bei Schaffhausen die Schweizer Grenze passierten, wurde der Verkehr weniger.

Kresber hatte vom Auto aus zweimal mit der deutschen Botschaft in Zürich telefoniert, ohne dass ich aus den kurzen Antworten Kresbers den Inhalt der Gespräche verstand.

Gegen zehn Uhr näherten wir uns dem Stadtzentrum von Zürich. In Kresbers Gesicht stand eine angespannte Erwartung, und auch ich begann unruhig auf meinem Sitz hin und her zu rutschen. Was würden wir in dem Schließfach finden? Vielleicht war es längst leer, oder der Inhalt bestand nur aus wertlosem Papiere oder irgendwelchen historischen Geheimnissen? Oder wenn doch wertvolle Dinge darin waren, von denen ich zehn Prozent erhalten sollte? Vielleicht würden mir in naher Zukunft zehn oder zwanzig oder gar dreißigtausend Mark gehören. Ich erklärte mich selbst zum Spinner, das waren viel zu viele Wenn und Aber. Während ich noch diesen Gedanken nachhing, hielt das Auto vor einem herrschaftlichen Sandsteinbau, dem sein Zweck nicht anzusehen war. Nur eine Messingplatte wies darauf hin, dass sich in dem alten Gemäuer eine Bank verbarg. Bankhaus Brändli & Hüsch war in die Platte eingraviert, die spiegelte, als hätten Generationen von Banklehrlingen sie blankpoliert.

Kresber wies die beiden BKA-Beamten an, vor der Bank zu warten.

Dann stürmte er, seinen Aktenkoffer schlenkernd, in die Bank, und ich hatte Mühe, ihm zu folgen.

Eine etwas blasse, altjüngferlich wirkende Endvierzigerin blickte erstaunt von ihrer Arbeit auf und nestelte nervös an ihrer Brille.

»Bitte, meine Cherren, was kann ichch fürr Sie tun?«

Während Kresber unser Anliegen vortrug, schaute ich mich interessiert in der Schalterhalle um. Was ich sah, hatte nur wenig Ähnlichkeit mit der nüchternen Funktionsarchitektur meiner Sparkasse. Genaugenommen waren gar keine Schalter erkennbar, es sah eher aus wie ein spärlich und altertümlich möbliertes Großraumbüro.

Die Altjüngferliche ließ Kresbers Redefluss über sich ergehen, dann antwortete sie im bemühten Hochdeutsch. »Sie werden erwartet, das ischt gut. Ichch werde den Cherrn Direktor von ihrem Erscheinen informieren, bitte gedulden Sie sichch einen Augenblick.«

Wir wurden von ihr in ein angrenzendes Besucherzimmer geführt, dann schnappte die Tür leise hinter ihr ins Schloss.

Wir setzten uns, und ich durchblätterte nervös die auf dem Tisch liegenden Prospekte, Bilanzen und Jahresberichte. Kresbers saß wortlos auf der vordersten Kante seines Sessels, den Diplomatenkoffer auf den Knien und strapazierte meine Nerven mit unrhythmischen Trommelwirbeln seiner Finger auf dem Kofferdeckel.

Ich schaute ihn aufgebracht an und fauchte gereizt. »Es fiele mir wesentlich leichter, mich zu konzentrieren, wenn Sie dieses verdammte Klopfen lassen würden.«

Kresber kicherte, aber völlig humorlos und verharrte eingeschnappt. Schließlich kam eine junge Dame, sehr elegant, auffallend gepflegt, aber eine Nuance zu kalt und geschäftlich und forderte uns auf, ihr zu folgen. Ein rachitischer Fahrstuhl beförderte uns in den zweiten Stock, und durch eine Flucht von Türen wurden wir in einen saalähnlichen Raum geleitet. Er war mit echten Teppichen ausgelegt, die Wände zierten eine üppige Eichentäfelung und ledergepolsterte Türen. In der Mitte des riesigen Raumes stand ein gewaltiger Konferenztisch; an der Breitseite des Raumes ein ausladender, mit Schnitzereien versehener Schreibtisch, dahinter raumhohe, schmale, bleiverglaste Fenster, durch die diffuses Licht fiel, das eine bedrückende, schwermütige Atmosphäre erzeugte. Ich räusperte mich und widerstand dem Drang, mit den Fingern an meinem Krawattenknoten zu fummeln. Ich stand im Mekka des Mammons, und ein groteskes Gefühl der Ehrfurcht beschlich mich.

Hinter dem Schreibtisch erhob sich schwerfällig ein altes, ausgemergeltes Männchen, trippelte auf uns zu und stellte sich asthmatisch keuchend als Direktor Brändli vor.

Kresber überreichte ihm den Depotschein und die notarielle Urkunde.

Der Bankier schien weit über siebzig und wohl näher an achtzig, hatte ein runzliges, hohlwangiges Gesicht mit einer auffallend großen Hakennase, aber hellwache, glänzende, schwarze Augen, die beim Betrachter den Eindruck von Scharfsinn und Schlauheit erweckten.

Er wirkte integer, sachlich und sehr kompetent als er die Unterlagen studierte und uns aufforderte, am Konferenztisch Platz zu nehmen.

Er selbst setzte sich ans gegenüberliegende Ende des Tisches, gut fünf Meter entfernt, neben ihm in Hab-Acht-Stellung die attraktive, kühle junge Dame.

»Wir haben da noch ein kleines Problem, meine Herren.«

Ich hatte Mühe, die sonor keuchende Stimme zu verstehen.

»Nämlich?«, fragte ich nervös.

»Der Betrag, der für die Depotgebühren hinterlegt wurde, ist seit kurzem aufgebraucht. Es ist nur eine kleine Summe, aber vor der Öffnung des Schließfachs muss das Konto ausgeglichen sein. - Sie verstehen bitte, Vorschriften.«

Er drückte der Sekretärin ein Papier in die Hand und scheuchte sie mit einer Handbewegung an unser Tischende. Der Journalist in mir hatte sich einige provozierende Fragen zurechtgelegt, aber ich kämpfte noch immer mit dem fremden Gefühl von Ehrfurcht und betrachtete den betagten Bankier aus und mit respektvoller Distanz. Die Empfindungen veränderten sich schlagartig, als ich bemerkte, wie die Augen des Bankdirektors zu den Strumpfnähten der davon stöckelnden Sekretärin wanderten. Sein Blick bekam etwas Genießerisches, versetzt mit einem greisenhaften Lechzen.

Ein verstehendes Schmunzeln breitete sich auf meinem Gesicht aus und der Bankier begann, ertappt, verlegen die vor ihm liegenden Papiere zu ordnen.

Kresber hatte einen Scheck ausgestellt, ohne dass ich mitbekam, um welchen Betrag es ging. Es interessierte mich auch nicht, ich konzentrierte mich auf den Bankdirektor und fragte ihn: »Ich gehe davon aus, dass Ihnen bekannt ist, dass das Schließfach von einem Hauptmann der deutschen Wehrmacht eröffnet wurde. Haben Sie den Hauptmann Klenk kennen gelernt?«

Der alte Mann blickte verwundert auf und schüttelte sein Haupt.

»Ich kann mich beim besten Willen nicht daran erinnern, es ist zu viele Jahre her.«

»Sie wissen aber, dass wir hier sind, um den Inhalt des Schließfachs abzuholen. Interessieren Sie die Hintergründe nicht?«

Kresbers linke Augenbraue hob sich verärgert, während der Bankier unbeeindruckt antwortete. »Nein, junger Mann, wir sind eine Bank. Damals waren nicht selten deutsche Offiziere unsere Geschäftspartner.«

»Und die moralischen Aspekte der Angelegenheit?«

»Was meinen Sie damit?«

»Zum Beispiel interessiert mich, wie die neutralen Schweizer den Unterschied zwischen jüdischem Fluchtvermögen und Nazivermögen definieren.«

Die Augen des Bankiers bekamen einen stechenden Ausdruck.

»Sie scheinen ein kluger junger Mann zu sein, aber Sie definieren den Begriff Neutral falsch - wir sind keine Schiedsrichter.«

Ich schüttelte unwillig den Kopf.

»Neutralität ist nur ein anderer Begriff für unterlassene Hilfeleistung. Neutralität hilft nur den Unterdrückern und niemals den Opfern.«

»Sie sind doch Deutscher Herr ...«, er kramte in den vor ihm liegenden Papieren. »Herr Hellhaus, Sie sprechen von Neutralität und Opfern. Wäre es nicht angebrachter den Begriff Täter zu definieren?«

Die letzten Worte waren in einer so endgültigen Form vorgetragen, dass sie alle weiteren Fragen erstickten. Ich kam mir vor wie ein Schuljunge, der auf der Toilette beim Rauchen erwischt wurde.

»Und nun«, sagte Herr Brändli, »benötigen wir noch Ihre Unterschrift auf dem Entlastungsformular für die Bank.«

Wieder wurde die Sekretärin ans andere Tischende gescheucht, und Kresber unterschrieb die ihm gereichten Formulare.

»Somit wären alle Formalitäten erledigt.« Der greise Direktor zeigte auf seine Sekretärin. »Frau Leier wird Sie in den Tresorraum führen. Wenn Sie mich jetzt entschuldigen, ich habe noch zu tun.«

Er war aufgestanden und verabschiedete sich freundlich aber bestimmt, ohne meine ausgestreckte Hand zu ergreifen, und ich war froh darüber, denn langsam sammelte sich nervöser Schweiß in meinen Handflächen. In wenigen Minuten würde ich wissen, was das Schließfach enthielt.

Mit dem altertümlichen Aufzug fuhren wir in das Untergeschoss des Bankgebäudes. Durch mehrere elektronisch gesicherte Stahltüren gelangten wir in einen nur mit einem Schreibtisch und Stühlen möblierten Raum. An der linken Wand befand sich eine gewaltige, mit armdicken Stahlgestängen versperrte Tresortür, und rechts erkannte man im Schein einer Neonlichterkette, durch die weiß gestrichenen Gitter einer Metalltür, einen langgestreckten Raum. Vor der Gittertür erwarteten uns zwei Männer in grauen Anzügen. Ein junger gutaussehender, in meinem Alter, die jünger Ausgabe des Bankdirektors, was sich auch sofort bestätigte, als Frau Leier ihn als Herr Brändli vorstellte. Der andere, wesentlich älter, mit einer ungesunden Gesichtsfarbe, wurde als Herr Gauter vorgestellt.

Nachdem Kresber und ich weitere Unterschriften geleistet hatten, überreichte uns Herr Brändli einen versiegelten Umschlag.

»Bitte überzeugen Sie sich von der Unversehrtheit des Sigels.«

Ich hatte meine nervös flatternden Hände in die Hosentasche gesteckt und überließ es Kresber, das Kuvert zu öffnen. Zum Vorschein kam ein silbern glänzender Schlüssel mit einem kompliziert gezahnten Bart.

Herr Brändli gab seinem Kollegen ein Zeichen, worauf der einen Schlüssel ins untere Schloss der Gittertür steckte und Herr Brändli das zweite Schloss öffnete; und beide gemeinsam die schwere Stahltür aufdrückten.

Die umständlich vorgetragene Zeremonie trug nicht zu meiner Beruhigung bei. In kehligem Schweizerdeutsch forderte Herr Gauter uns auf, ihm zu folgen. Langsam und bedächtig wanderte er an einer nicht enden wollenden Reihe von Schließfächern entlang, die die linke Wand vom Fußboden bis zur Decke einnahmen. Die Schließfächer erinnerten mich an die spanischen Grabhäuser mit ihren übereinander gestapelten Grabnischen. Ein Friedhof des Mammons, der makabre Gedanke ließ mich frösteln.

An der rechten Wand des schlauchartigen Raumes standen in regelmäßigen Abständen Tische und Stühle. Ich knuffte Kresber in die Seite, zeigte auf Gauter und flüsterte: »Da stehe ich schneller, als der läuft«, worauf Kresber mit einem gereizten Kichern reagierte und murmelte: »Zeitlupe heißt auf Schweizerdeutsch Standbild.«

Fast am Ende der Schließfachreihe stoppte Herr Gauter und zeigte auf das Schließfach Nummer 137.

Der Bankangestellte steckte nun einen weiteren Schlüssel in das Schloss der Schließfachtür und forderte Kresber auf, seinen Schlüssel in das zweite Schloss zu stecken. Nachdem dies geschehen war, zog er seinen Schlüssel heraus. Umständlich erklärte er, dass er nun den

Tresorraum verschließen würde. Wenn Hilfe benötigt würde oder der Raum verlassen werden wollte, genüge ein kurzes Klingelzeichen, wobei er auf die über den Tischen angebrachten Klingelknöpfe zeigte.

Kresber stand vor der in Brusthöhe befindlichen Schließfachtür, den Schlüssel im Schloss, bereit ihn zu drehen, und starrte mir in die Augen. Ich lächelte auffordernd, und zum erstenmal hatte ich das Gefühl, mit Kresber im Gleichklang der Gefühle zu marschieren.

Mit einem gepressten: »Heureka« auf den Lippen drehte Kresber den Schlüssel und öffnete langsam die Stahltür.

Kopf an Kopf standen wir und starrten in die sechzig auf dreißig Zentimeter große Öffnung.

Unser Blick fiel auf zwei hintereinander stehende, silbergrau gestrichene Blechbehälter. Obenauf lagen zwei Leinwandrollen.

Kresber zog die Leinwandrollen aus dem Safe und legte sie auf einen der Tische, und ich übernahm es, die Blechbehälter herauszuheben. Sie waren unerwartet schwer, und ich mühte mich, sie aus der gut achtzig Zentimeter tiefen Öffnung zu zerren.

Dann saßen wir uns eine lange Zeit schweigend an dem Tisch gegenüber, jeder eine der Blechboxen vor sich, und jeder mit sich und seinen erwartungsvoll gespannten Gefühlen beschäftigt.

Ich spürte, wie mir der Schweiß zwischen den Schulterblättern den Rücken entlang lief und wartete, dass Kresber als erster die Blechbox öffnen würde. Kresber war kalkweiß im Gesicht und atmete heftig, dann grinste er mich verzerrt an und meinte: »Beide gleichzeitig, also los.«

Wir hoben die Deckel der Boxen, Kresber schwungvoll, so dass der Blechdeckel scheppernd gegen die Wand schlug, und ich vorsichtig, zögernd.

Das Erste, auf das unsere Augen fiel, waren Goldbarren, in Kresbers Behälter sechs und in meiner Box fünf.

Ich drehte einen der Barren in der Hand, der aussah wie ein kleiner, mit vielen goldgelben Eidottern gebackener Sandkuchen, nur war er viel schwerer. Eintausend Gramm, 999,9 war darauf eingraviert, also Feingold, und das Zeichen der italienischen Staatsbank.

Während ich die Barren auf dem Tisch zu einem kleinen Turm stapelte, untersuchte Kresber den weiteren Inhalt seiner Blechbox. Ein Din-A4 großes, prall mit Papieren gefülltes Kuvert und eine Pappschachtel waren der restliche Inhalt. In der Pappschachtel fanden wir ein dickes Bündel wertloser Reichsmark. Das Kuvert enthielt eine ganze Sammlung von Ausweisen, Blankodokumenten und anderer Papiere. Kresber raffte die Unterlagen, noch bevor ich Gelegenheit hatte, sie interessiert und näher zu betrachten, zusammen und verstaute sie in seinem Aktenkoffer.

In meinem Blechbehälter befanden sich noch ein postkartengroßes und etwa zehn Zentimeter hohes Messingkästchen und zwei elfenbeinfarbene Holzschatullen in der Größe drei Zentimeter dicker Bücher. Alle drei Dinge platzierte ich zwischen mir und Kresber auf dem Tisch, während Kresber die leeren Blechbehälter zurück in das Schließfach stellte.

Dann öffnete ich das Messingkästchen. Es war fast bis zum Rand mit Schmuck gefüllt. Ich schüttete den Inhalt auf den Tisch und stocherte mit den Fingern in dem kleinen, funkelnden Berg. Zwischen bizarren Schmelzgoldklumpen lagen Goldkettchen und Ringe. Dann entdeckte ich, wie bei einem Schlüsselbund, an einem Draht aufgereihte Eheringe und Goldzähne. Erschrocken zog ich die Hand zurück und betrachtete bestürzt den Fund.

In Gedanken versunken beobachtete ich, wie Kresber die auf dem Tisch verstreuten Gegenstände einsammelte.

Was war dieser Hauptmann Klenk nur für ein Mensch gewesen? Irgendwo in meinem Innersten hatte ich für Klenk sogar eine gewisse Sympathie reserviert, solange ich glauben durfte, dass Klenk nur die Banken beklaut oder das System betrogen hatte, aber ein ganzer Bund voller Eheringe, Schmuck und gar die Goldzähne ..., es schüttelte mich bei dem Gedanken.

Kresber konzentrierte sein Interesse auf die beiden Leinwandrollen. Es waren zweifellos Bilder, Ölgemälde. Die Leinwände hätten sich nur mit Gewalt aufrollen lassen, und bestimmt wäre dabei die spröde Ölfarbe in tausend Stücke zerbrochen.

In der einen Leinwandrolle steckte ein kleines Pappkärtchen und drauf stand: Carravagio, Borghese Palast, Mädchen am Brunnen.

Achtsam legte Kresber die Leinwand auf den Tisch.

»Carravagio war ein Maler aus dem Barock, wenn ich mich recht erinnere, lebte er 1573 bis 1610.«

Ich nickte dazu. »Sie haben recht, und das Bild stammt wahrscheinlich aus dem Borghese Palast. Es ist ein Museum in Rom, ich habe es vor einigen Jahren einmal besichtigt.«

Ich erinnerte mich daran, als wäre es gestern gewesen. Pincio, der Park in Rom, mit seinen schönen Wegen und Alleen, die herrliche Aussicht und der wunderbare Sonnenuntergang, den ich mit Marion erlebt hatte, waren mir im Gedächtnis geblieben. Eine der Alleen war die Viale delle Magnolie, die zur Villa Borghese führten. Wir waren verliebt, Hand in Hand, durch den Park gelaufen. An eine der im Park verteilten Steinfiguren gelehnt, hatte mir Marion aus ihrem Reiseführer vorgelesen: Borghese Palast, im Auftrag von Kardinal Scipo Borghese 1616 erbautes Museum, beheimatet eine der bedeutendsten Sammlung italienischer Kunst aus dem 17. und 18. Jahrhundert.

Dann hatte Marion kichernd die nackten Pobacken der Steinfigur geküsst und mit dem Lippenstift ein großes rotes Herz um die Kussabdrücke gemalt. Wie zwei M's, die Initialen unserer Vornamen, sahen die Lippenabdrücke aus. Vor dem schimpfenden Parkwächter waren wir in das Museum geflüchtet und hatten beeindruckt vor den unzähligen Meisterwerken gestanden. Canova, Bernini, Raffael, Sodoma, Tizian und Rubens waren nur einige Namen die mir einfielen, und natürlich Caravaggio.

Kresbers Stimme holte mich aus meiner Erinnerung.

»Was ist los, interessiert Sie der Inhalt der Holzkästchen nicht?«

Die beiden flachen Holzkästchen waren die letzten Dinge, die auf unsere Entdeckung warteten. Mit spitzen Fingern öffnete ich den Deckel der ersten Schachtel und erblickte matt glänzende, unregelmäßig geformte Glassteine.

»Kresber, schauen Sie, was ist das? Sind das Bergkristalle?«

Kresber leckte sich seine zitternden Lippen, dann absolvierte er einen Hustenanfall, schnaubte sich die Nase, räusperte sich nervös und stammelte: »Diamanten - das sind Rohdiamanten.«

Ich stellte die kleine Schachtel vorsichtig auf den Tisch, dann sackte ich auf meinem Stuhl zusammen, stützte den Ellbogen auf die Tischplatte und legte das Kinn auf den Handballen. So saß ich, betrachtete die unscheinbar schimmernden Kristalle und flüsterte mit belegter Stimme: »Wie viel sind die Diamanten wert?«

Kresber gab keine Antwort. Er hatte die zweite Schachtel geöffnet, Schweißtropfen perlten ihm über die Stirn, und er begann unregelmäßig zu keuchen. Ich befürchtete, Kresber begänne zu hyperventilieren.

»Was ist mit Ihnen?« Ich schaute mich suchend um. »Sie müssen in eine Tüte atmen, damit können Sie Ihren Kohlenstoffdioxydpegel regulieren.«

Kresber stierte mich verwundert an, als hätte er meine Anwesenheit eben erst bemerkt; dann schloss er den Deckel.

»Kohlenstoff, was ist mit Kohlenstoff?«

Er schob die geschlossene Holzschachtel zu mir.

»Hier haben Sie noch mehr Kohlenstoff.«

Sachte öffnete ich den Deckel des Behälters. Wie bei einem Kühlschrank schien das Öffnen einen versteckten Mechanismus auszulösen und eine kleine Halogenlampe einzuschalten. Zwei Handvoll kleiner Diamanten verbreiteten in der Reflexion der Neonlichter ein gleißendes Feuer. Ich wollte in die Schachtel greifen, die Edelsteine berühren, zog dann aber die ausgestreckte Hand zurück und drehte mich mit einem Ruck zu Kresber.

»Auch Diamanten?«

Kresber wackelte zustimmend mit dem Kopf.

»Geschliffene Diamanten, also Brillanten.«

»Wie viel sind die Steine Wert?«

Kresber schüttelte den Kopf.

»Ich weiß es nicht. Ihr Wert wird nach Karat und Qualität gerechnet. 0,2 Gramm sind ein Karat. Ich glaube, die Qualität wird durch die Reinheit bestimmt. Je reiner, um so wertvoller. In der reinsten Form sind die Steine glasklar.«

Hinter meiner Stirn begannen sich die Zahlen zu überschlagen und ich bemerkte nicht, dass ich meine Gedanken für Kresber hörbar vor mich hin murmelte.

»Schmelinger vom Tageblatt trug einen Brillantring. Ein Karat für schlappe drei Mille, erzählte er jedem, ob der es hören wollte oder nicht. - Ein Karat, 0,2 Gramm dreitausend Mark. - Ein Gramm weit über Zehntausend Mark. - Wie viel Gramm wogen die Steine?«

Meine Phantasie galoppierte in unendliche Dimensionen.

Kresber hatte die beiden Schachteln geschlossen. Seine flachen Hände ruhten auf den Deckeln, als wollte er die Kistchen segnen. Dann platzte er in meine Fiktionen.

»Über eine Million - Millionen, die Edelsteine, das Gold, der Schmuck - und die Bilder - unbezahlbar.«

Kresber hatte die neun Goldbarren und die Edelsteinschatullen in seinem Aktenkoffer verstaut, damit war der Koffer voll. Er hob ihn prüfend und verfolgte stirnrunzelnd, wie ich mir die Bilderrollen unter den Arm klemmte und den Karton mit den Banknoten und das Messingkästchen in die Hände nahm. Man sah ihm an, dass er am liebsten alles allein getragen hätte, aber der Koffer mit dem Gold hatte ein ordentliches Gewicht.

Auf unser Klingeln öffnet Herr Brändli die Stahltür.

»Sie haben hoffentlich alles in bester Ordnung vorgefunden?« erkundigte er sich, nachdem er die Tür zum Tresorraum wieder verschlossen hatte.

Kresber, wieder ganz Herr der Lage, antwortete mit einem militärisch knappen: »Ja!«.

»Beabsichtigen Sie das Schließfach weiter zu benutzen?«

Ich drückte ihm unseren Schlüssel in die Hand.

»Nein, es wird nicht mehr benötigt.«

Der junge Brändli brachte uns persönlich zum Ausgang der Bank, dort verneigte er sich.

»Wir würden uns freuen, wenn wir Sie bei ihrem nächsten Besuch in Zürich wieder begrüßen dürften.«

»Danke, lassen wir uns überraschen«, sagte ich und schüttelte ihm die Hand.

Kresber hatte sich den Formalitäten entzogen. Seit dem Verlassen des Tresorraumes war er wieder in seine gewohnt arrogante Art zurückgefallen. Er war vorausgeeilt, hatte seinen Koffer im Auto verstaut und den rauchenden Fahrer angeraunzt. Nun wartete er ungeduldig auf mich, als ich provozierend langsam auf das Auto zu schlenderte.

»Herr Hellhaus, haben Sie sich bereits die langsame Gangart der Einheimischen angewöhnt?«

Ich war nicht in der Stimmung, mit Kresber zu streiten. Ich setzte mich zu Kresber auf den Rücksitz und zündete mir eine Zigarette an. Kresber registrierte es mit einem bösen Blick, doch dann, während er schon zu bissigen Bemerkung ansetzte, mischte sich der Fahrer ein.

»Und nun, Herr Staatssekretär, fahren wir direkt zur Botschaft?«

Ein schnippisch kurzes »Ja!« war die Antwort. Während der Wagen anrollte, fragte ich: »Was machen wir in der Botschaft?«

Nach einer kurzen Denkpause erklärte Kresber die weitere Vorgehensweise. »Wir übergeben den Schließfachinhalt der Botschaft. Alles wird noch heute als Diplomatengepäck nach Frankfurt ausgeflogen. Dort beschäftigen sich unsere Experten mit dem Fund.«

»Und wir, fliegen wir auch zurück?«

Kresber verneinte die Frage. »Wir bleiben heute nacht in Zürich und fahren morgen mit dem Wagen zurück nach Wiesbaden.« Damit war für ihn alles gesagt. Er versank in ein brütendes Schweigen.

Vor der deutschen Vertretung ließ Kresber mich zwanzig Minuten im Auto warten, dann fuhren wir zu einem Hotel in der Innenstadt.

Kresber hatte sich an der Rezeption mit einem kurzen Hinweis: »Ich bitte morgen früh um ein pünktliches Erscheinen, wir fahren um acht Uhr ab«, verabschiedet. Erst am nächsten Morgen, pünktlich, wie Kresber mit einem beifälligen Kopfnicken zur Kenntnis nahm, sah ich ihn wieder.

Die Fahrt nach Frankfurt verlief ohne Besonderheiten, nur einmal hatte ich Kresbers Ärger mit meiner Frage heraufbeschworen. »Was machen Sie, wenn ich mit der Geschichte an die Öffentlichkeit gehe?«

An Kresbers Schläfen waren die Adern angeschwollen, und er hatte mich giftig angelächelt.

»Sie zitieren doch so gerne die alten Griechen, dann sollten Sie sich an einen Ausspruch von Demokrit halten: Ruhm und Reichtum ohne Verstand sind ein unsicherer Besitz.«

Unser Ziel in Wiesbaden war wieder das Bundeskriminalamt. Als wir durch die Sperre fuhren, wurde mir klar, dass meine Bewegungsfreiheit auch für die nahe Zukunft eingeschränkt bleiben würde. Der Kriminaldirektor begrüßte mich wie einen alten Freund, dann wies er Frank an, mich auf mein Zimmer zu bringen.

»Mach ich, Herr K ...K ...K ...riminaldirektor.«

Ich hatte gefragt: »Wie lange halten Sie mich noch fest, wann bekomme ich meinen Reisepass zurück?, aber Kresber hatte sich nicht festgelegt.

»Ein paar Tage noch, wir werden sehen.«

Ich hatte erwartet, zurück in meine Zelle gebracht zu werden, aber dem war nicht so. Ich atmete hörbar auf, als Frank die Tür zu einem einfach, aber freundlich möblierten Zimmer im Obergeschoss öffnete. Der Raum hatte zwar den gleichen Zuschnitt, auch die Toilette, das Waschbecken und die Duschgelegenheit waren am gleichen Platz wie in der Zelle, nur anstelle des Etagenbettes gab es nun ein Doppelbett, aber was mir sofort ins Auge fiel, das Fenster hatte keine Gitter und die Tür an der Innenseite eine Klinke.

Frank hatte meinen freudig überraschten Blick bemerkt und klopfte mir kameradschaftlich auf die Schulter und zeigte auf das Doppelbett.

»Das ist die Hochzeitssuite. Michael, Sie dürfen sich auf dieser Etage frei bewegen. Am Ende des Flurs befindet sich die K..K..K.antine und wenn Sie etwas benötigen oder mich sprechen wollen, einfach hier drücken.« Er zeigte auf ein kleines Kästchen neben der Tür.

Als hinter Frank die Tür ins Schloss fiel, verkrampften sich meine

Nackenmuskeln, und ich erwartete das Geräusch des sich drehenden Schlüssels zu hören, aber das schon vertraute Geräusch blieb aus.

Langsam entspannte ich mich und betrachtete nachdenklich mein Gepäck. Sollte ich alles auspacken? Lohnte es sich? Wie lange würde ich hier bleiben müssen? Ich beschloss, alles auszupacken und mich nicht falschen Hoffnungen hinzugeben.

Die erste Nacht in meinem neuen Zuhause verbrachte ich mit einem sich ständig wiederholenden Alptraum, der sich wie Säure durch mein Bewusstsein fraß.

»Hand in Hand mit Kresber lief ich über ein abgeerntetes Weizenfeld. Der Boden war übersät mit goldgelben Stoppeln. Inmitten des Feldes kniete ich mich auf den Boden, und meine ausgestreckten Hände griffen nach den aus dem Boden ragenden Halmenden. Unter meiner Berührung verwandelten sich die Stoppeln in unzählige Finger, und an jedem dieser Finger steckte ein goldener Ehering. Ich wollte schreien, aber Kresber presste mir die Hand auf den Mund und erstickte mein Rufen. Dazu lachte er, und seine diabolisch verzerrte Fratze wurde größer und größer, bis ich nur noch den Mund sah, das Gebiss, Zähne, einen Goldzahn am anderen.«

In zäher, quälender Gleichförmigkeit schlief ich ein, schreckte an der gleichen Stelle des Traumes auf, schlief ein und wachte schweißgebadet wieder auf.

Erst gegen Morgen erlöste mich ein traumloser Schlaf, aus dem ich am späten Vormittag erwachte.

In der Kantine trank ich Kaffee und aß eine Kleinigkeit. Der Kaffee war heiß, das war aber auch schon alles, was für ihn sprach. Es war ein ständiges Kommen und Gehen, aber ich sah keine bekannten Gesichter, und niemand schien mich zu beachten. Wieder zurück in meinem Zimmer, beschloss ich, den Rest des Tages zu schreiben.

Erst am nächsten Morgen sah ich Frank wieder.

»Ich habe beim Chef einen Freigang für Sie herausgeholt. - Haben Sie Lust?«

Mein erstaunter Blick zwang Frank zu einer Erklärung. »Stadtbummel, K..K..K.ino, oder was Sie wollen?

Dem Freigang, wie es Frank nannte, folgte am nächsten Tag ein zweiter, immer in Franks Begleitung, der auf Obermanns Befehl nicht von meiner Seite wich. Als ich auf dem Postamt telefonieren wollte, hatte mich Frank freundlich, aber bestimmt davon abgehalten; aber ansonsten war Frank ein lustiger Bursche, mit dem ich viel Spaß hatte.

Am Abend des dritten Tages klopfte es an meiner Tür, und als ich öffnete, stand Mandelhuber vor mir.

»Na, do schaun's, sammer wieder beinander, au dr Staatssekretär is a wiedr do.«

Mandelhuber brachte mich in Obermanns Besprechungszimmer. Hier warteten der Kriminaldirektor und Kresber auf mich. Kresber erhob sich nicht, als ich eintrat und begrüßte mich nur mit einem fast unmerklichen Kopfnicken. Obermann gab mir die Hand und forderte mich auf, mich zu setzen.

Sekundenlang saßen wir uns schweigend gegenüber. Obermann stierte lächelnd durch mich hindurch, und Kresber musterte mich wie ein Pferdehändler einen lahmen Gaul.

Mich hatte eine unerklärliche Nervosität befallen.

»Wollen Sie mir nicht sagen um was es geht?

Kresber nickte bedächtig und sagte: »Womit wollen Sie das ich anfangen, mit der guten oder der schlechten Nachricht.«

Ich zuckte die Achseln, und Kresber bestimmte: »Dann erst die Schlechte. - Madrid hat sich gemeldet. Sie wollen Ihre Gegenüberstellung mit diesem Hübner und müssen Ihre in Mallorca gemachten Aussagen wiederholen. - Wir fliegen morgen früh.«

»Herr Kresber, warum fliegen Sie mit, warum kann ich nicht alleine fliegen?«

Obermann übernahm die Antwort.

»Ihre Ausreise aus Spanien war - na sagen wir - etwas ungewöhnlich. Wir haben daher den spanischen Kollegen Ihr Erscheinen zugesichert. Bitte haben Sie Verständnis, wenn wir uns von der Einhaltung unserer Zusage überzeugen wollen.«

Ich grübelte über Kresbers Wort nach. War es wirklich nur für eine Gegenüberstellung, sollte ich tatsächlich nur als Zeuge nach Madrid? Ich verscheuchte die Gedanken und wandte mich zu Kresber.

»Sie sprachen von einer schlechten und einer guten Nachricht; was ist die gute?«

Ein Lächeln zitterte um Kresbers Mund, er langte in die Tasche, holte ein Zigarettenetui hervor und bot mir ein Zigarette an. Überrascht griff ich zu, dann gab ich mir schnell selbst Feuer, um Kresber zuvorzukommen.

Obermann war aufgestanden und kam mit einer Flasche Rotwein und drei Gläsern an den Tisch zurück. Ich bemerkte irritiert, wie er die Gläser füllte und jedem eines reichte.

»Lassen Sie uns auf Ihre Zukunft anstoßen.«

Ich trank in kurzen, hastigen, nervösen Schlücken, während ich krampfhaft versuchte zu ergründen, von was Obermann sprach. Und warum grinste Kresber wie ein Honigkuchenpferd? Offensichtlich machte es ihm Spaß, mich in meiner Unwissenheit zappeln zu lassen.

»Wollen Sie mir nicht endlich erklären wovon Sie reden?«

Anstelle einer Antwort reichte mir Kresber ein Stück Papier.

Mein erster Blick fiel auf den Schriftzug der Deutschen Bundesbank, dann wanderten meine Augen über das Papier und blieben ungläubig staunend an der Zahl hängen. Ohne meinen Blick von der Zahl zu wenden, zündete ich mir einen neuen Zigarette, dann stammelte ich: »Ein Scheck - das ist ein Scheck - ist das mein Scheck?«

Kresber nickte, und fast erschrocken ließ ich das Papier auf den Tisch flattern. Fahrig trank ich einen Schluck Wein, verschluckte mich und hustet in mein Glas.

Kresber ließ den Rest seines Weines im Glas rotieren und beobachtete mich, ganz Herr der Lage, amüsiert.

Die folgenden Stunden hatten sich in meinem Gedächtnis begraben. Kresber hatte sich rasch verabschiedet und mit Obermann hatte ich einige Banalitäten ausgetauscht. Später erinnerte ich mich noch, wie ich den Scheck unter mein Kopfkissen gelegt hatte und in fiebriger Erwartung dem nächsten Tag entgegenträumte.

Am anderen Morgen war ich schon lange vor der Zeit abfahrbereit und saß auf meinem gepackten Koffer. Aufgeregt rauchte ich eine Zigarette nach der andern. Obermann hatte mir zum Abschied herzlich die Hand gedrückt und auch Frank hatte ich noch gesehen.

»Alles Gute K ...K ...K ...umpel, lassen Sie mal was von sich hören.«

Die Fahrt nach Frankfurt und den Flug erlebte ich wie in Trance. Erst als die Lufthansamaschine auf dem Rollfeld in Madrid aufsetzte und die Passagiere dem Piloten zur gelungenen Landung frenetisch Beifall klatschten, holte mich Kresber in die Realität.

»Was für jämmerliche Idioten, das ist doch wohl selbstverständlich, dass der Typ im Cockpit eine ordentliche Arbeit abliefert.«

Vom Flughafen brachte uns ein Taxi in die Innenstadt zum reservierten Hotel, das in seiner Vornehmheit nicht zu überbieten war. Das Foyer, ganz in maurischem Stil gehalten, war dreistöckig, und im Glanz der marmorverkleideten Wände spiegelten sich die Lichter riesiger Kristalleuchter.

Unsere Zimmer lagen sich gegenüber. Kresbers Unterkunft war in schwerem Florentiner Renaissance gehalten und mein Raum in zierlichem Rokoko. Im schnörkelumrahmten Spiegel betrachtete ich mein Äußeres. Welche Disharmonie, Sportjackett, Jeans und die ausgelatschten Turnschuhe, ich kam mir in diesem Ambiente ziemlich lächerlich vor und nur die Tatsache, dass die Staatskasse diese Nobelherberge bezahlte, bremste meine Fluchtgedanken. Das leise Klicken des Thermostats der Klimaanlage rief mir das Ticken der Wiesbadener Schuldenuhr ins Gedächtnis.

Ich hatte mich mit Kresber im Frühstücksraum verabredet. Es herrschte eine gedämpfte, fast bedrückend klaustrophile Atmosphäre, nur gestört von lautlos huschendem Personal und gehauchten Gesprächen.

Die vornehm steife Lautlosigkeit übte eine merkwürdige Faszination auf mich aus, der ich mich krampfhaft zu entziehen versuchte. Zu meiner Beruhigung und Ablenkung beschäftigte ich mich mit den Etiketten der Frühstücksverpackung und stellte mit Erstaunen fest, dass ich in reichlicher Menge Antioxidationsmittel E 307, Farbstoff E 171, Natrium- und Kaliumhydrogencarbonat, Eisengluconat, Cyclamat, Tricalciumortho- und Calciumgycerophosphat und ähnlich nahrreiche Produkte zu mir genommen hatte. Besonders die reichliche Vitaminzufuhr in Form von Vitamin C, aller B-Varianten und nicht zu vergessen je eine Brise des Vitamin D und E brachten mir nicht zuletzt dank dem Stabilisator E339 meine Ausgeglichenheit zurück.

Um 11 Uhr waren wir im Audiencia Nacional, dem Justizministerium, verabredet. Wir wurden bereits erwartet. Die Begrüßung war überschwänglich freundlich, wurde dann aber schnell von einer sehr sachlichen Behandlung abgelöst. Der Staatssekretär, der nur wenig Spanisch sprach, hatte den abrupten Wandel aufatmend begrüßt. Die bürokratische Sachlichkeit entsprach mehr seinem Naturell.

Ich musste meine in Mallorca gemachte Aussage wiederholen, Fragen beantworten und ein Protokoll unterschreiben, dann wurde ich Hübner gegenübergestellt. Hübner, von einem uniformierten Beamten vorgeführt, trug Handschellen und Häftlingskleidung. Die letzten Tage hatten seine Züge herber gemacht und tiefe Falten in seine Mundwinkel gegraben. Ich hätte ihn fast nicht wiedererkannt. Seine jugendliche Bräune war einer fahlen, ungesunden Blässe gewichen. Graue Bartstoppeln wucherten auf seinem Kinn, und die Augen lagen in tiefen, dunkel unterlaufenen Höhlen. Die Pupillen waren ungewöhnlich groß und von einem wässrigen, milchigen Blau.

Dieser Mann hatte nichts mehr gemein mit dem eleganten Hübner, der mich bedroht hatte, mich zusammenschlagen ließ und Angelina entführt hatte. Ich hatte mich vor der Gegenüberstellung gefürchtet, aber jetzt hatte diese Furcht Mitleid Platz gemacht, Mitleid für den im Irrgarten seiner Gedanken gefangenen alten Mann.

Der Staatssekretär hatte Hübner mit unverhohlener Abscheu betrachtet, dann zitierte er aus meinen Aufzeichnungen. »Wie hat er über die restlichen Jahre seines Lebens gesagt? - Einmal gegen den Wind gespuckt, und wenn der Rotz wieder im Gesicht klebt, ist alles vorbei. - Nun klebt ihm die Spucke im Gesicht!«

Kresber war der Einzige, der über die makabere, gallenbittere Bemerkung lachte und ich fauchte ihn an: »Arroganz ist die Perücke für geistige Kahlheit.«

Dann drehte ich mich zu Hübner und sprach ihn an. Ich versuchte in sein Bewusstsein vorzudringen, aber er gab keine Antwort, nur seine Augen bewegten sich unstet durch das Zimmer, und es war ein Blick, als mühe er sich, mich zu erkennen, als suche er in den düsteren Räumen seiner Seele nach einem Lichtschein des Verstehens, aber das Erinnern ließ vergeblich auf sich warten.

Wieder im Hotel, schob Kresber mich mit sanftem Zwang in Richtung Hotelhalle, wo er sich in einen der vandyckbraun bespannten Sessel fallen ließ. Der Kontrast von Kresbers blasser Gesichtsfarbe zu dem fast schwarzen Farbton des Stoffes ließ ihn noch eine Spur bleicher und seelenloser erscheinen. Auf seinen Wink hin huschte eine Bedienung herbei. Ich hatte mich Kresber gegenüber gesetzt und seine als Befehl vorgetragene Einladung »Sie trinken einen Whisky mit?« mit einem stummen Kopfnicken quittierte.

Ich beobachtete die anderen Gäste. Soweit es sich auf die Quantität bezog, war die Halle sehr belebt. Im Zusammenhang mit dem Alter der Gäste war die Beschreibung belebt gänzlich ungeeignet.

Das Hotel war ein Sammelbecken wohlbeleibten Erfolges. Ein Mumienkonvent von Menschen, die ihr Geld, anstatt es zu zählen, wogen. Chirurgisch von Knitterlook auf Feinripp gequälte Haut, Grauer Star, Hüfhaltergürtel und ein mühsam kaschiertes Geflecht tiefblauer Krampfadern waren in opulenter Fülle vorhanden. Zwischen jeder pergamentenen Dekolletérunzel baumelte funkelndes Geschmeide, und an jedem altersschwachen Handgelenk klimperte und kontrastierten Gold und glitzernde Diamanten mit den Altersflecken. Der Goldzahn der Zeit hatte erfolggekrönt an den Insassen dieses

Altersheims geknabbert und seinen Tribut gefordert.

Ich betrachtete mit finsterem Gesicht ein älteres Paar am Nebentisch, das sich wortlos, wie versteinert gegenüber saß. Sie hatte den Kopf in den Nacken gelegt und lauschte Chopins Etüden, die aus versteckten Lautsprechern durch die Halle klimperten. Der Mann nippte ab und an mit zittrigen Händen und leisem Schnalzen seiner Zahnprothese an einem Cognac. Seine Frau begleitete das Abstellen des Glases mit flatterig fummelnden Bewegungen, bemüht, seine verrutschte Manschette um die brillantbesetzte Rolex zu drapieren.

Irritiert zog ich mir den Ärmel meines T-Shirts über meinen Swatch-Timer. Dann tasteten meine Hände zu meiner Gesäßtasche und fühlten das Portemonnaie, in dem der Scheck schlummerte. Eine erkleckliche Summe, aber mein Schicksal mit diesen Irren zu teilen, war so ungefähr das Letzte, was ich mir erträumte. Mein Blick wanderte durch die getönten, raumhohen Glasscheiben zu dem quirlenden südländischen Leben, jenseits der schallgedämmten, klimatisierten Luxuswelt.

Eine lustlos wirkende Bedienung schwebte heran, wedelte mit ihrer Serviette über die Tischplatte und platzierte mit einem geflüsterten salud die Whiskygläser auf unserem Tisch.

Einen kurzen Augenblick starrte ich in die bernsteinfarbene Flüssigkeit, dann nahm ich einen kräftigen Schluck ohne Kresber zuzuprosten. Langsam wandte ich mich dann zu Kresber.

»Wissen Sie etwas über den toten Fliegerleutnant Waldmann und seine Angehörigen?«

Ein abweisender, arroganter Zug legte sich auf Kresbers Gesicht.

»Gestatten Sie mir eine Gegenfrage, was finden Sie an dem Schicksal eines kleinen Leutnants interessant?«

Ich schüttelte verärgert den Kopf.

»Sie sind ein Ignorant. Sie haben überhaupt nichts verstanden. - Mehr als elf Millionen Angehörige der deutschen Armee wurden zwischen 1939 und 1945 gefangengenommen. Zwei Drittel davon waren in Gefangenenlagern der Alliierten und davon starb jeder hundertste Soldat. Von den 3,35 Millionen Kriegsgefangenen im Osten starben über eine Million an Fleckfieber, Entkräftung, Hunger und Kälte. Allein von der 284.000 Mann starken Armee des Generalfeldmarschalls Paulus, die mit ihrer Niederlage in Stalingrad die Wende des zweiten Weltkrieges einleitete, gerieten über 100.000 Überlebende in russische Gefangenschaft und nur 6.000 sahen ihre Heimat wieder.«

Ich hatte über dieses Thema vor einigen Monaten einen Artikel geschrieben und die Zahlen aus meinem Gedächtnis rekapituliert. Der Staatssekretär nahm sie mit einer gelangweilten Miene, ohne jede Gefühlsregung, zur Kenntnis. Sekundenlang zögerte ich, dann fuhr ich fort: »Nach dem Krieg wurden zweieinhalbe Millionen Suchanträge beim Deutschen Roten Kreuz gestellt. Das Schicksal von 520.000 Wehrmachtsangehörigen, von 260.000 Zivilgefangenen und die Suche von und nach 300.000 Kindern konnte geklärt werden. Aber noch immer ist das Schicksal von mehr als einer Million deutscher Soldaten ungeklärt. Bis heute leben die Angehörigen in der Hoffnung, aus einer jahrzehntelangen quälenden Ungewissheit befreit zu werden. - Eine Million Einzelschicksale und jeder ein Mensch wie Sie und ich.«

Der Staatssekretär räusperte sich.

»Und dafür machen Sie mich verantwortlich?«

»Nein, nicht Sie, aber die Amnesie des Systems, das Sie verkörpern.«

In der plötzlichen Stille hörte ich das Eis im warmen Whisky knisternd zerplatzen. Ich beobachtete gedankenversunken eine Fliege, die sich auf den Rand des Glases setzte, und erst als mein Gegenüber sich erneut räusperte und mir zuprostete, nahm ich ihn wieder war.

»Herr Hellhaus, eine Rückführung der sterblichen Überreste von Leutnant Albert Waldmann wurde erwogen, aber aus technischen Gründen verworfen. Wir haben veranlasst, dass auf das Grab ein Grabstein kommt, der der Bedeutung eines deutschen Soldaten gerecht wird, und wir haben die Familie davon formell in Kenntnis gesetzt.«

Mir fröstelte, dann nickte ich zustimmend.

»Das ist gut, ich habe auch bereits mit dem Gedanken gespielt.«

Der Staatssekretär lächelte süffisant und antwortete: »Das freut mich zu hören. Wir werden die Rechnung für den Grabstein von ihrem Finderlohn in Abzug bringen. - Ich wurde übrigens gebeten, Ihnen den Dank der Familie für Ihre uneigennützigen Recherchen zu übermitteln«, wobei er uneigennützigen besonders betonte.

Ich wünschte mir, Kresber würde verschwinden, sich einfach auflösen wie das Eis in meinem Glas. Ich erhob mich.

»Ich glaube, es ist an der Zeit das Gespräch zu beenden. Ich werde jetzt gehen. Auf Wiedersehen, Herr Staatssekretär - oder besser nicht.«

»Ja, nun, Sie sind ein freier Mann. Ich bitte Sie jedoch, am Freitag rechtzeitig am Flughafen zu sein, wir haben ein gemeinsames Rückflugticket in die Heimat.«

»Sie sagten, ich wäre frei. Heißt das, ich kann auch entscheiden, ob ich mit Ihnen zurückfliege?«

Kresbers Augenbrauen hoben sich konsterniert. Nach einer kritischen Pause kam ein zögerliches »Ja - natürlich, aber darf ich fragen, was Sie vorhaben?«

»Hier in Madrid gibt es ein Sprichwort, de Madrid al cielo - von Madrid direkt in den Himmel - und das habe ich vor, von Madrid direkt zu meiner Verlobte nach Menorca.«

»Herr Hellhaus, ich verstehe Sie nicht, Sie sind nicht nur ein freier Mann, Sie sind nun auch vermögend.«

»Was verstehen Sie nicht?«

Der Mund des Staatssekretärs verzog sich zu einem anzüglichen Lächeln.

»Sie werden feststellen, was für eine aphrodisierende Wirkung von Geld auf hübsche und heiratswillige deutsche Mädchen ausgeht. - Um im Urlaub mal mit einer temperamentvollen Südländerin ins Bett zu hüpfen, muss man sie doch nicht gleich heiraten.«

Zwischen Wut und Verblüffung entschied ich mich für das, was auf halbem Weg dazwischen lag, Verachtung.

»Herr Staatssekretär, gestatten Sie mir bitte eine persönliche Bemerkung - manche halten sich für den Nabel der Welt, nur umdrehen dürfen sie sich nicht. - Sie gehören auch zu dieser Sorte.«

Kresber schaute mich mit großen, erstaunten Augen an. Dann hob er beide Hände, ganz so, als wäre eine Pistole auf ihn gerichtet, und er hätte beschlossen, sich zu ergeben, doch ich war nicht zu bremsen.

»Sie sind ein Spiegelbild meiner eigenen Erziehung, und was ich sehe verabscheue ich zutiefst. - Sie sind ein arrogantes, egozentrisches Arschloch, mehr von ihrer Art, und ich habe bestimmt kein Heimweh!«

Ich setzte das Whiskyglas an den Mund, trank es in einem Zug leer und stellte es, wie als Schlusspunkt meiner Erklärung, zurück auf den Tisch. Die Frau des tatterigen Cognacschwenkers ließ bei meinem Ausbruch erschrocken, mit lautem Klirren, die schmuckbehängten Arme auf die Glastischplatte fallen und starrte mich schockiert an.

Der Staatssekretär betrachtete mich wie ein Staubkorn auf seinem Anzug, dann setzte er zu einer Erwiderung an, aber unter meinem bissigen Blick verstummte er.

Wutentbrannt war ich an die Hotelrezeption gestürzt und hatte den blonden Engel hinter dem Tresen angeraunzt. »Einen Flug nach Menorca, - so schnell es geht!«

Ihre Finger wischten über die Tatstatur ihres Computers, und mit einem unschuldigen Augenaufschlag und wie aus der Pistole geschossen, kam die Antwort. »16 Uhr 25, - wir buchen für Sie und veranlassen, dass Ihr Gepäck eingecheckt wird. Ihr Ticket wird am Iberia Schalter bereit liegen.«

Ich ertappte mich bei einem um Entschuldigung bittenden Lächeln, und es war wohl ein ziemlich einfältiges Lächeln.

»Entschuldigung, muchas gracias, können Sie bitte auch noch ein Taxi besorgen.?«

Wieder dieser alles verstehende und alles verzeihende Augenaufschlag.

»Gerne, Señor, direkt vor dem Ausgang stehen Taxis bereit.«

Als ich in die strahlende Mittagssonne hinaus eilte und mir ein freundlich lächelnder Taxifahrer die Wagentür aufhielt, war meine Wut wie weggeblasen. Nur einen kurzen Augenblick noch dachte ich an Kresber und murmelte: »Einer von den Typen, die sich einbilden, einen Extraschatten zu werfen.« Dann verscheuchte ich die Erinnerung und grübelte über dem Gedanken, Angelina anzurufen.

Ich betrachtete den vergnügt vor sich hin pfeifenden Fahrer, als erwartete ich von dort die Antwort. Dann verwarf ich die Idee wieder und schüttelte entschlossen den Kopf. Nein, ich wollte sie überraschen, wie Phönix aus der Asche wollte ich vor ihr auftauchen. Ein weniger alberner Vergleich fiel mir momentan nicht ein.

An der Rezeption hatte ich eines der ausliegenden Prospekte eingesteckt, darauf stand in dicken Lettern: Spaniens Hauptstadt ist mit seinen prachtvollen Bauten und breiten Alleen eine der schönsten Metropolen Europas. Schon die kurze Fahrt, vorbei an der Plaza de la Paja, mit der malerischen Kulisse einiger der schönsten Bauwerke von Madrid und dem ehemaligen Wohnsitz der Könige, bestätigte mir diese Aussage.

Am Palacio de Oriente stieg ich aus und bummelte durch die winkligen Gassen der Altstadt. Zwischen alten Häusern mit geraniengeschmückten Balkonen und unzähligen uralten Tabernas, aus denen, von Gelächter begleitet, Musikfetzen wehten, spazierte ich bis zur Plaza Mayor und genoss diese einzigartige Mischung aus Laisserfaire und Eleganz.

In einer der Tabernas hatte ich einen Café solo getrunken und den Kellner nach der Adresse eines Juweliers gefragt, und der hatte die

Frage lautstark durch das kleine Lokal gerufen. Sofort entstand eine lebhafte Diskussion, die mit einem einstimmigen Ergebnis endete. Der Plaza de Cánovas del Castillo, auch Plaza Neptuno genannt, war die erste Adresse in Madrid für Goldschmiedearbeiten.

Wieder mit einem Taxi fuhr ich zu besagter Adresse. In einem der Schmuckgeschäfte kaufte ich Verlobungsringe. Aus dem riesigen Angebot suchte ich zwei Goldringe aus, in die ein zierliches Weißgoldband eingeflochten war, das bei dem kleineren Ring noch mit acht Diamanten besetzt war.

Als ich, ohne zu handeln, den beachtlichen Preis bezahlte, schenkte mir der Verkäufer dazu ein mit blauem Samt ausgeschlagenes Lederetui. Meine Ersparnisse waren damit auf einen kümmerlichen Rest zusammengeschrumpft. Ich holte den Scheck aus der Brieftasche, betrachtete ihn lange und wedelte vergnügt mit dem Stück Papier durch die Luft.

Dank, Dank und nochmals Dank an die alten Ägyptern, die schon vor 4.600 Jahren aus Pflanzenfasern Papyrus herstellten, den Vorläufer des Papiers; Dank auch Tsai Lung, diesem chinesischen Hofbeamten, der 105 n. Chr. beschrieben hat, wie man aus der Rinde eines Maulbeerbaumes Papier machte. Und nun stand ich in der Hauptstadt Spaniens, dem Land, in dem um 1150 herum die europäische Papierproduktion begann, nachdem ein chinesischer Kriegsgefangener 751 n. Chr. das Rezept an die Araber verraten hatte.

Und Dank natürlich Johannes Gutenberg, der so ungefähr vor 460 Jahren den Buchdruck erfand. Der jährliche Pro-Kopf-Verbrauch an Papier in Deutschland lag bei über 200 Kilogramm; man stelle sich das vor, alle Deutschen zusammen wiegen nur ein Viertel der Jahres-Papierproduktion; und das bedruckte Blättchen Papier, das ich in der Hand hielt, wog wahrscheinlich gerade mal zwei Gramm und gab mir die Möglichkeit, meine schönsten Träume mit Unendlich zu multiplizieren. Vergnügt vor mich hin pfeifend, faltete ich den Scheck und steckte ihn zu den Ringen in das Etui. Herrgott, konnte das Leben schön sein.

Der Taxifahrer hatte nur genickt, als ich ihm als Fahrziel den Flughafen nannte und rasch die Wagentüre hinter mir zugezogen. Die Klimaanlage klapperte und stank, aber im Auto war es angenehm kühl. Über den abgeschabten Vordersitzen lagen Überzüge mit dem Emblem des Atlético Madrids. Am Rückspiegel baumelte ein Wimpel des Fußballvereins und am Armaturenbrett klebte ein Foto, der Fahrer im Kreis seiner vielköpfigen Familie. Über den Rücksitzen breitete sich die in Frotté gewebte spanische Fahne mit der Königskrone aus.

Familie, Fußball und König, eine ganze Welt verpackt in einem alten, klapprigen Volvo. Ich hatte auf das Foto gezeigt und gefragt: »Ihre Familie?«

Dreißig Minuten später, am Flughafen, war mir das Versprechen abgenommen, beim nächsten Besuch in Madrid die beste Ehefrau und die besten Kinder der Welt persönlich kennen zu lernen. Ich war ein profunder Kenner des spanischen Fußballs geworden, besonders des besten Fußballvereins, mindestens Europas, und durfte mich zu den Insidern des spanischen, natürlich besten Königshauses aller Herrscherhäuser rechnen. Alles, absolute Fixsterne am Meinungshimmel von Javier, dem Taxifahrer.

Über dem Asphalt des Madrider Flughafens flackerten silberne Pfützen, und die nahen Berge tanzten im hitzeflirrenden Dunst. Nach den wenigen Schritten vom Taxi mit dem freundlich winkenden Javier in die klimatisierte Flughafenhalle klebte mir das Hemd schweißnass am Körper.

Mein Gepäck war tatsächlich bereits eingecheckt und die Boarding-Card lag für mich bereit. Auf dem Weg zum Abflug-Gate hörte ich bereits den Aufruf meines Fluges.

Der kurze Flug nach Menorca dauerte mir viel zu lange. Noch, bevor das Flugzeug seine Parkposition erreicht hatte, streifte ich mir die Sicherheitsgurte ab und drängte mich an der vorwurfsvoll blickenden Stewardess vorbei zum Ausstieg. Eine Stunde mit dem Taxi zum Hotel, sechzig Minuten noch, bis ich Angelina in den Armen halten würde, hatte ich mir ausgerechnet. In der Flughafenhalle wartete ich ungeduldig, von einem Fuß auf den anderen tretend, bis das Transportband mein Gepäck ausspuckte, dann hetzte ich vollbepackt zum Taxistand.

Ich nannte dem Fahrer das Fahrziel und setzte hinzu: »Schnell bitte, ich werde erwartet. Für jede Minute, die wir früher als eine Stunde ankommen, gibt es 200 Peseten Trinkgeld. - Also, muy rápido!«

Der Taxifahrer nickte, verständnisvoll lachend, und murmelte: »Claro, amor.« Dann warf er sich hinter das Lenkrad und jagte den Wagen mit quietschenden Reifen vom Flughafenparkplatz.

Der Fahrer verdiente sich sein Trinkgeld redlich, und in manchen Kurven und bei allzu gewagten Überholmanövern klammerte ich mich ans Armaturenbrett und verfluchte in stiller Verzweiflung mein muy rápido.

Vierzehn Minuten vor der berechneten Zeit stand ich mit meinen Habseligkeiten auf dem menschenleeren Hotelparkplatz.

Wie ein schwarzer Scherenschnitt stand das Hotel vor einem gold- und purpurfarbenen Abendhimmel. Ich fühlte mich wie ein Heimkehrer nach einer abenteuerlichen Odyssee, es war mir, als schließe sich ein Kreis.

Ich betrat das Bahía Vista und schaute mich in der Empfangshalle um. An der Rezeption standen Vincente und Pedro und starrten mich ungläubig erstaunt an. Pedro ruderte zwei Schritte auf mich zu und knurrte: »Miguel, compadre? - Madre mío, du bist wieder da?« Dann schlug er mir seine Pranke auf die Schulter und ich knickte in den Knien ein. Ich hatte das Empfinden, als seien mir die Beine zentimeterweit in den Rumpf getrieben worden.

Vincente, sprachlos, winkte erst, fuchtelte dann regelrecht mit den Armen, als wollte er abheben und zeigte auf die Tür zur Terrasse.

Pedro hielt mich, den wehrlos in seinen Armen Zappelnden, an seine Brust gedrückt und küsste mich abwechseln links und rechts auf die Wangen.

Vincente, inzwischen zu verzweifelndem Händeringen übergegangen, brüllte: »Lass ihn doch los, du hirnloser Affe!« Er hob beschwörend die Hände und den Blick, als wolle er Gott persönlich um Beistand anflehen. Aber Pedro stand noch immer, mit Tränen in den Augen, wie ein Fels in der Brandung und umklammerte mich. Erst als der kleine Vincente ihm kräftig in den Hintern trat, ließ er die Arme fallen, und seine Stimme klang eine Oktave tiefer, als er brummte: »Mach schon, sie ist auf der Terrasse.«

Ich nickte ihm grinsend zu und rannte los. Ich merkte, wie mein Herz in wilden, schnellen Schlägen zu pochen begann. Dann öffnete ich die Glastür und blieb abrupt stehen, einen Moment verharrte ich reglos, als fürchtete ich, das Bild vor mir würde sich auflösen, wenn ich mich nähern würde. Vorsichtig, fast ängstlich hob ich den Kopf und lächelte zögernd und fragend.

Einen Augenblick war sie sprachlos, starrte mich an, mit offenem Mund, dann erwiderte sie mein Lächeln. Auch ihr Herz klopfte bis zum Hals und ihr wurde schwindlig vor Glück. Ungläubig fragte sie mit zitternder Stimme: »Du hast es wirklich geschafft? Du bist frei, - du bist bei mir?«

»Ja, mein Liebling, hol die Gläser und ein Hoch auf unsere Zukunft.«

Am späten Abend saßen wir dann in ihrem Zimmer und tranken die zweite Flasche Champagner. Wir waren herumgetollt wie Kinder und hatten uns mit einer zärtlichen Hingabe geliebt. Wir fühlten uns glücklich, so unvergleichbar berauscht von unseren erfüllten Sehnsüchten.

Durch die offene Balkontür drangen von der Terrasse das Stimmengewirr und Gelächter der Gäste. Ich war in meine Hose geschlüpft und hatte Angelina mein Hemd umgehängt. Dann hatte ich sie auf die Arme genommen und auf den Balkon getragen. Dort stand ich und hielt sie wie ein Kind in meinen Armen. Sie hatte ihren Kopf an meine Schulter gelehnt und schaute in den sternenübersäten Nachthimmel. Das Mondlicht hatte um die schwarzen Silhouetten der Palmenfächer eine silbern glitzernde Korona gelegt. Ein sanfter, warmer Wind rauschte leise durch die Palmen und streichelte unsere Gesichter.

»Hast du mich sehr vermisst?«

Sie nickte, schaute liebevoll zu mir auf und flüsterte: »Es ist ein grauenhaftes Gefühl, wenn du einen Menschen verlierst, für den du lebst, du erlischt wie ein Vulkan und bist nur noch ein Haufen trokkener Asche.«

Nachdenklich blickte ich sie an. Diese Augen, dachte ich, so schwarz, dass man sich darin verlieren könnte, versinken wie in den unergründlichen Tiefen eines Bergsees.

»Es hätte auch anders kommen können«, sagte ich; und stockend, ängstlich zögernd fragte ich: »Hättest du dann trotzdem auf mich gewartet?«

Sie stupste mir mit dem Finger gegen die Brust.

»Ich liebe dich! - Ist das nicht Antwort genug?«

»Das wird mir ein ewiges Rätsel bleiben. - Ich werde mich ändern und deine Liebe verdienen.«

Sie strich mir sanft über das Gesicht und küsste mich.

»Bitte, tu das nicht, Micha, bleibe, wie du bist und was du bist.«

Ich lächelte sie an und sagte: »Du brauchst mich um nichts zu bitten. Ich werde immer tun was du willst.« Dann ließ ich langsam die Arme sinken und stellte Angelina auf den Boden. Mit den Händen hielt ich sie an den Schultern und schüttelte sie leicht. »Wie und was bin ich denn?« fragte ich sie.

Ihr helles Lachen klang wie das Anschlagen unzähliger kleiner Glöckchen. Sie ballte ihre zierlichen Hände zu Fäusten. Prüfend, mit zusammengekniffenen Brauen, betrachtete sie mich spöttisch, dann streckte sie nacheinander die Finger aus und zählte auf: »Ein gutaussehender - intelligenter - lieber - zärtlicher - einmalig netter - aber armer Schreiberling.«

Ich lachte sie strahlend an und zog aus der Hosentasche das kleine Lederetui und reichte es ihr.

»Fast richtig, mein Engel, aber eben nur fast.«

Behutsam öffnete sie das Etui. Sie sah die Ringe und ihr Blick bekam ein funkelndes Feuer. Dann wurden ihre Augen zu großen, schwarzen Murmeln, und mit ungläubigem Staunen starrte sie auf den Scheck und las mit stockender Stimme die Zahl: Einemillioneinhundertundfünfzigtausend Deutsche Mark.

*

Sieben Wochen später machte das Fährschiff in Ciudadela am Pier fest. Schwere, am Schiffskran baumelnde Eisenhaken wurden an armdicken Netzen befestigt. Dann schwenkte der Kranarm mit seiner tonnenschweren Last aus, und auf dem Kai landete ein nagelneuer, elfenbeinfarbener Mercedes. Dem Hafenmeister wurden die Papiere in die Hand gedrückt und darauf stand: Absender: Eheleute Angelina und Michael Hellhaus, wohnhaft: Jávea/Costa Blanca. Empfänger: Pedro Gonzales, wohnhaft: Ciudadela/Menorca.

ENDE